中国海洋大学"985工程"

海洋发展人文社会科学研究基地建设经费资助

薛永武 著

中西文论与美学研究

中国社会科学出版社

图书在版编目（CIP）数据

中西文论与美学研究/薛永武著 . —北京：中国社会科学出版社，
2016.12

ISBN 978 - 7 - 5161 - 9400 - 3

Ⅰ.①中… Ⅱ.①薛… Ⅲ.①比较文学—文学理论—
理论研究—中国、西方国家②比较美学—理论研究—中国、
西方国家 Ⅳ.①I0 - 03②B83

中国版本图书馆 CIP 数据核字（2016）第 290681 号

出 版 人	赵剑英
责任编辑	张 湉
特约编辑	罗 佳
责任校对	张依婧
责任印制	李寡寡

出 版	中国社会科学出版社
社 址	北京鼓楼西大街甲 158 号
邮 编	100720
网 址	http://www.csspw.cn
发 行 部	010－84083685
门 市 部	010－84029450
经 销	新华书店及其他书店

印刷装订	三河市君旺印务有限公司
版 次	2016 年 12 月第 1 版
印 次	2016 年 12 月第 1 次印刷

开 本	710×1000 1/16
印 张	22.5
插 页	2
字 数	356 千字
定 价	80.00 元

凡购买中国社会科学出版社图书，如有质量问题请与本社营销中心联系调换
电话：010－84083683

目　录
CONTENTS

第一编 中国文论研究

第 二 编 西 方 文 论 研 究

此，一方面我们不能就中国文学理论谈中国文学理论，不能为中国文学理论而中国文学理论；另一方面，也不能为追问所谓的"原意"，而局限于对一些概念范畴的阐发。中国文学理论只有在间性拓展中才能够找到解决问题的出路。所谓间性拓展，这里是指中国文学理论研究突破经典的自在性，注重概念范畴之间的关系互动，以寻找和建构中国文学理论新的间性存在，从而在全球化中寻找新的理论生长点。

一 中国宏观文学理论的间性研究

中国文学理论研究的间性拓展，应该从大处着眼，注重对宏观文论的间性研究。研究中国文学理论，应该力求发现和建构宏观文论中新的间性存在，在全新的视域融合中既要从经典出发，又不拘泥于经典，而是在对经典原理的开掘过程中，注重把传统文论当作一种"历史流传物"，以开放的视野和360°的视角，在宏观上应该把握研究宏观文论的四种关系：中国文学理论与中国文学、中国文化的互动关系；中国传统文论与中国现当代文论的关系；中国文学理论与外国文学、外国文论的关系；中国文学与社会人生的关系。

（一）中国文学理论与中国文学、中国文化的互动关系

所谓中国文学理论，是指中国古代文论与中国现当代文论在融合中形成的文论形态，因此，在范围上既包括中国古代文论，也包括现当代文论。要研究中国文学理论，就必须重新梳理中国文学理论与中国文学、中国文化的关系。

中国文学理论与中国文学、中国文化都根植于中国社会发展史的历史土壤。因此，我们一方面要站在历史和当下的双重视域，重新审视中国文学理论、中国文学和中国文化与中国社会历史的关系，寻找它们孕育、生成和发展的历史轨迹，既要发现其偶然性，又要发现其历史必然性；既要发现它们如何来源于中国社会历史的兴衰更替的历史事实，又要发现它们如何超越中国社会历史的外在风貌。在此基础上，我们重新认识和评价中国文学理论与中国文学、中国文化历史生成的轨迹、特点和本质。

第一编
中国文论研究

第一章

中国文学理论研究的间性拓展

中国文学理论研究要寻找突破口，就必须克服思维的遮蔽性，不能就中国文学理论谈中国文学理论，不能为中国文学理论而中国文学理论，也不能拘泥于追问所谓的"原意"，而局限于对中国传统文论概念范畴的阐发。中国文学理论只有在间性拓展中才能够找到解决问题的出路。所谓间性拓展，是指中国文学理论研究突破经典的自在性，注重概念范畴之间的关系互动，以寻找和建构中国文学理论新的间性存在，从而在文化全球化中寻找新的理论生长点。通过对中国文学作品为基点和中心，注重研究文学作品自身内部各要素之间的间性、文学与文化和社会之间的互动关系等，进而构建中国文学理论的话语体系。

第一节　中国文学理论研究的间性意蕴

以往的中国古代文论研究，主要侧重于两点：其一是追求古代文论的"原意"，注重民族特色；其二是注重古代文论的现代转换。事实上，这种研究虽然具有一定的合理性，但客观上存在着许多难以逾越的困境。在全球化语境下，中国文学理论要寻找突破口，就必须克服思维的遮蔽性，海德格尔强调应该"对一切思维方式的先入之见和武断论保持距离"①。因

---

① ［德］海德格尔：《诗·语言·思》，彭富春译，文化艺术出版社 1990 年版，第 33 页。

不仅如此，我们还应该对中国文学理论与中国文学、中国文化的互动关系作出新的阐释。从历史的观点来看，中国文学理论与中国文学、中国文化之间具有非常密切的亲缘关系，所谓文史哲不分家，正是说明了学科之间的融合性。从科学史或者学科史的分化与整合来看，首先，在科学史或者学科史上，人们最早往往从直觉的角度出发，对事物的整体进行朴素的研究；其次，随着认识水平向纵深发展，科学研究开始进行学科的分化；再次，科学研究逐步走向整合。显而易见，从科学发展史的分化与整合来看，文学研究同样也会出现分化与整合的发展趋向，而中国文学理论研究正在不可避免地走向新的整合。《诗经》作为我国第一部诗歌总集，既具有文学性，又是我们今天研究古代历史的重要文献；《史记》是历史著作，又是古代文学和古代文化的重要文本；《文心雕龙》等古代文论既是文学理论，又是哲理性的诗歌；《题西林壁》等一些哲理诗，既是诗歌，又具有浓郁的哲学思辨意味。至于《三国演义》的人才学思想以及《西游记》的成功学思想等，都从不同侧面揭示了文学与文化的互动关系。由此可见，研究中国文学理论与中国文学、中国文化的互动关系，将会有利于文艺学研究的新拓展。

（二）中国传统文论与中国现当代文论的互动关系

研究中国传统文论与中国现当代文论的互动关系，在对传统文论原理进行深入挖掘的基础上，应该自然化育或者育成新的现当代文论，而绝非词汇的简单转换。即沿着中国传统文论血脉流淌的轨迹，一方面，沿流溯源，寻求其生成的源泉；另一方面，顺流而下，发现传统文论血脉畅通流淌之处，同时注入新的时代因子，即现当代文论的合理内核，以便在传统文论与现当代文论的碰撞与接轨中相融相生。当然，二者不是一般的嫁接，而是通过融合、互补与共生，进而融为一体。

以"五四"新文化运动为界，中国传统文论与现当代文论产生了历史分野。但客观地说，"五四"新文化运动对于中国传统文化而言，产生了比较复杂的影响。一方面，白话文的使用促进了新文化的发展和交流；但另一方面，也阻碍了后人对传统文化的阅读、理解和接受，客观上对于造成传统文化的断裂起到了推波助澜的作用。因此，研究中国传统文论与中国现当代文论的互动关系，特别应该注意那些不合规律性与不合目的性的实践活动对于文化发展规律的人为干扰。

（三）中国文学理论与外国文学、外国文论的互动关系

研究中国文学理论与外国文学、外国文论的互动关系，需要从中国文学理论出发，既要注重对民族文论的继承、发展和超越，又要从外国文学和外国文论中汲取营养。

首先，尝试用中国文学理论的基本原理和方法，去解读和阐释外国文学，看看中国文学理论是否具有解读外国文学的普适性，用我们中国文学理论这把钥匙，看看能否打开外国的文学之锁，以此既可以检验中国文学理论的生命力和理论价值，又可以促进我们对外国文学的阅读、理解和评价。歌德早就提出了"世界文学"的概念，这对于我们打开文学视野，以世界的视野去拥抱文学世界，是极具参考价值的。

其次，尝试用中国文学理论的基本原理和方法，自觉与外国文论去碰撞、接轨，通过在一定条件下相互转化或相互阐释，达到在新的语境中相融、互补与共生。研究中国文学理论与外国文论的互动，很重要的一点就是避免自说自话，自觉克服过分本土化的倾向，既要有个性差异，又要有可通约性。前者体现了民族性及其独特风格，后者体现了共同性及其文论的共同本质所在。

（四）中国文学与社会人生的互动关系

研究中国文学与社会人生的互动关系，实际上是注重从系统论的角度对文学与社会人生的关系进行整体性研究，绝非什么所谓的"外部规律"研究。

关于文学与社会人生的关系研究，只有突破"内部规律"和"外部规律"的疏离，才可能从整体上审视文学的存在和发展，才可能真正把握文学与社会人生的关系。诚然，20世纪西欧哲学曾经有过所谓的"语言论转向"，"确是抓住了哲学发展的重要特点"[1]，但人们很快发现，

---

① 钱中文：《钱中文文集》，上海辞书出版社2005年版，第282—283页。

仅靠"语言论转向"根本不可能抓住事物的整体和根本。"事实上，自1979 年以来，文学研究的兴趣已发生大规模的转移：从对文学作修辞式的内部研究，转为研究文学的'外部'的联系，确定它在心理学、历史或社会学背景中的位置。换言之，文学研究的兴趣已由解读（即集中注意研究语言本身及其性质的能力）转移到各种形式的阐释上（即注意语言同上帝、自然、社会、历史等被看作语言之外的事物的关系）。"① 文学既然是一种自为性存在，又是一种社会性存在，我们理所当然应该把文学纳入社会人生的大系统中加以考察，这是研究文学理论不能回避的问题。

特别是随着人们信仰的缺失，文学理论更应该关注文学如何呵护人类精神家园，引导人们学会诗意的生存，这是文学的神圣使命，也是文学理论当下需要关注的问题。在市场经济和全球化的时代，如果我们还是以传统的方式如诗话、评点、训诂、正义、集解来阐释中国文学理论，对中国文学理论的研究就必然脱离中国文学现实和读者对文学的需求，从而失去了中国文学理论发展的现实土壤；而中国当下的文学也会因此而失去发展的源泉乃至目标。

二　中国微观文学理论的间性研究

中国文学理论研究的间性拓展还表现在微观文论的间性研究方面。中国文学理论在关注宏观文论间性研究的同时，还必须注重微观文论的间性研究，力求做到宏微兼顾、相融相谐。微观文论的间性研究主要应该把握作家、文本与读者三者基本的互动关系。

（一）以作家为视界的间性研究

以作家为视界的间性存在需要研究如下几种互动关系：作家与生活的关系、作家精神生命与肉体生命的关系（即身心关系）、作家与创作的关系、作家与作品的关系（包括作家与风格、作家与文本内容、文本形式等）、作

---

① ［美］希利斯·米勒：《文学理论在今天的功能》，拉尔夫·科恩编《文学理论的未来》，程锡麟等译，中国社会科学出版社 1993 年版，第 1 页。

家与艺术形象的关系、作家与读者的关系、作家与作家的关系等。

就作家与生活的关系来看，文论一方面应该研究什么样的社会生活才能够有利于作家脱颖而出；另一方面还要研究作家如何成为人类灵魂的工程师。就作家精神生命与肉体生命的关系而言，文论还应该研究在市场经济的影响下，作家如何保持自己的独立人格，如何维护个人精神生命与肉体生命的和谐关系。就作家与创作的关系而言，文论要研究作家的创作灵感是如何萌发的，怎样才能够开发创作潜能，并由此研究作家的成长和发展史。就作家与作品的关系而言，作家与作品互为存在条件，通过作品可以理解作家；反过来，通过作家也可以更好地理解作品。文论要研究作家为何把作品视为个人本质力量的对象化，为何能够全身心地投入文学创作之中。就作家与艺术形象的关系而言，一般来说，作家在创造的艺术形象身上往往寄托和凝聚着自己的思想感情，或者干脆就是自己的艺术显现。为此，文论要研究作家与艺术形象的相互影响。就作家与读者的关系而言，文论要研究作家主体与读者主体的交流对话，从而了解作家如何把握读者对作家的期待，以及如何通过文本看到所隐含的读者。就作家与作家的关系而言，文论还要研究作家之间通过人际交流和文学活动，彼此之间所产生的互动关系。

（二）以文本为视界的间性研究

以文本为视界，需要研究文本与文本的关系、文本和文学语言的关系、文学语言与文学内蕴的关系、文学内容与文学形式的关系、文学与其他学科的关系等。

就文本与文本的关系而言，文论通过研究同一个作家不同的文学作品，比较其异同点，有助于全面掌握作家的文学创作；通过对不同作家的作品比较研究，可以发现作家之间的异同点。就文本和文学语言的关系、文学语言与文学内蕴的关系、文学内容与文学形式的关系而言，文论研究仍然需要深入地探索，比如对于文学语言构成文学作品的内在奥秘究竟是什么，甚至就连什么是文学，也还需要予以新的阐释。什么是文学？要界定文学，还是要从"文学是语言的艺术"入手。从这一角度出发，是否可以这样理解：文学是富有审美意义的语言符号系统。这是对文学的一般界定。从狭义上来看，文学是富有审美意义的独立的语言符号系统；从广义上来看，文学除了狭义的含义以外，还应该包括依附于其他事物的富有审美意义的语言符号或语言符号群，如讲故事、对联、某些广告语言、演讲稿、某些交际语言等，都富有浓郁的文学性，因为凡是使用语言，就有语言的文学性问题。至于文学与其他学科的关系，只有把文学当作一种审美文化，才能够真正挖掘文学与其他学科的关系，因为文学作品包含着丰富的文化内容，与其他学科显然存在着千丝万缕的密切关系。

（三）以读者为视界的间性研究

以读者为视界，需要研究读者与读者的关系、读者与文本的关系、读者与艺术形象的关系等。这些关系实际上都是一种具体的间性存在，都在一定程度上揭示了文学的特征和本质。

就读者与读者的关系而言，每个读者都是文学作品的消费者，因而读者个体的审美趣味、审美评价等都可以直接影响文学创作，而且读者之间的交流互动可以构成一个巨大的消费场域，直接影响文学创作的发展走向。就读者与文本的关系而言，文论研究要借鉴接受美学的原理和方法，既要看到文本对读者的影响，又要看到读者对文本价值的发掘和确证，只有读者才能够把文本的潜在价值转化为现实价值。就读者与艺术形象的关系而言，由于读者与文本的交流对话在很大层面上主要是与艺术形象的交流对话，故而文论研究可以借鉴社会学和统计学的方法，考察读者对艺术形象的感悟、体验、理解和共鸣。

第二节　中国文学理论间性研究的方法及核心意蕴

一　中国文学理论间性研究的阐释学依据

一切范畴之间都存在着间性，是自为的存在。因此，对中国文学理论进行间性研究，旨在克服以往研究中范畴之间存在的疏离状态，从具体的研究对象出发，自觉把各种范畴视为一种复杂的关系性存在，通过对范畴之间的间性研究，进而把握事物的整体存在样态及其本质。在这方面，阐释学为文论的间性研究提供了重要的哲学依据。

主体间性研究开始历史性出场，标志着研究方法的重要突破。主体间性是20世纪西方哲学中的一个范畴。主体性哲学是建立在主客二分模式理念下的，主体的过分膨胀导致了价值的极度主体性，也导致人与自然、人与他者的紧张关系。因此，以胡塞尔、海德格尔、伽达默尔为代表的现象学和解释学哲学逐渐走向了主体间性的研究。胡塞尔在肯定先验主体性（先验自我）的同时，提出了主体间性概念，以求摆脱唯我论的困境；海德格尔则开始由历史主体性向主体间性（共在）转化；伽达默尔的解释学把解释活动看作一种主体间的对话和"视域融合"；哈贝马斯的交往理论把孤立的个体转换为交互主体。主体间性研究深刻地影响了各门现代人文学科，形成了人文学科的一个新的研究焦点，即关注主体与主体的关系，把对象世界，特别是精神现象不是看作客体，而是看作主体，研究或规范一个主体怎样与完全作为主体的另一个主体的相互作用，并确认自我主体与对象主体间的同在性、平等性和交流关系。金元浦认为，文学意义是文本与阐释者相互之间对话、交流而建构出来的新的生成物，相对于文本和阐释者来说，"意义是对立中介的第三生成物"①。

由主体间性研究推及文论的间性研究，一方面要把作家、作品和读者视为三位一体，充分肯定每一个要素的主体地位，把三者的互动视为交流对话的关系；另一方面，还要把三者的间性作为文论研究的突破口，从而把握文论研究对象的动态性。因为在中国文学理论的建构过程中，无论是古代文论的意义生成还是价值实现、历史流传，主体间的视域融合都起着至关重要的作用，所以，中国文学理论研究必须注重通过视点的游移，在视域融合中才能把握文论研究的发展走向。中国文学理论的研究对象不是中国文学自身，因为文学只是文学理论研究的逻辑起点，文学理论必须从文学自身出发，但是又不停留在文学自身，而是把作家、

---

① 金元浦：《文学解释学》，东北师范大学出版社1997年版，第263页。

文学和读者的间性看作文学实践的整体系统，进而把文学视为文化形态加以研究，即把文学纳入文化的大范畴中加以考察。在这方面，金元浦创造性地提出了语言在历史时空中"漂移"的理论，打破了结构主义语言学的封闭系统，把语言放到无限延伸的历史过程中来观照，放到语言漂移、变革、传释的实践中来体认，这对于我们阐释中国文学理论的流变具有重要的参考价值。

从逻辑的观点来看，在特定的时空范围内，一个运动的物体既在这里，又不在这里，从而出现了物体运动的动态特点。因此，我们的研究对象也不是孤立的、静止的，而是一个运动的、变化的事物，我们只有从动态的视角出发，研究事物的动态轨迹，通过视点的游移，才能把握事物的复杂性、丰富性及其多质性。由此可见，从文学的动态性来看，文学一经产生，就是一种关系性存在，客观上就会产生与作家和读者的互动，产生与文化之间的互动。这种互动直接影响着文学的性质和文学的发展，因此，文学研究必然要关注文艺与文化在互动中所蕴含的间性。

从辐射思维和辐集思维的角度来看，我们运用辐射思维研究文学时，必须注意文学对文化的辐射作用；我们运用辐集思维时，则要求从文化的四面八方去关注文学，即运用文化的多个视点聚焦文学。这样，文学理论的研究必然要与文化的研究紧密联系在一起，捕捉文艺与文化之间的间性，从而也凸显了文学研究的丰富性。

从艺术创造的角度来看，纵观古今，就总体而言，艺术创造无非就是在"主观表现"和"客观再现"之间，或者是在真实和虚构之间的关系中展开的。黑格尔认为，诗人有徘徊于真实和虚构之间的权利；而齐白石则认为作画妙在似与不似之间。两位艺术大师的共同之处在于，他们都强调了艺术创造的动态间性，既不能过于追求真实，也不能远离真实、全篇虚构。实际上，即使虚构的文艺作品，也有部分的真实，中国古代绘画就非常注重虚与实的统一。同样，文学理论的研究既要从文学自身出发，但又不能拘泥于文学自身，而是在虚与实的间性统一中把握文学理论的脉搏；既要辐射文化研究，从辐集思维的文化多视角审视文学，又不能脱离文艺学，泛化地走向文化研究，以避免在文学研究中迷失自我。

二 中国文学理论间性研究的核心意蕴

对中国文学理论进行间性研究，通过视点的游移，我们可以发现中国文学理论间性研究的核心意蕴主要是由中和、中庸与和谐构成的和谐之美。中和、中庸与和谐不仅是中国古代重要的哲学思维方法，是中国古代君子修身立命的内在依据，还是中国古代最重要的美学精神和文学精神。

从哲学发展史的角度来看，《周易》已经蕴含了和合思想的重要萌芽，为后世和合思想的成熟和发展积淀了丰厚的前结构，以至于后世谈和合，颇有言必称《周易》的意味。一般来说，"和"在不同的语境中，主要有中和、和顺、谐和、和平、温和、调和等义；"合"，主要有相合、符合、合同、融洽之意，而"合同"又有会合齐同与和睦之意，如《礼记·乐记》："流而不息，合同而化，而乐兴焉。"孔子亦曰："天地不合，万物不生。"[①]在先秦文献中，作者用"和"字远较用"合"字为多，其使用频率相当高。如《国语·周语上》："不解于时，财用不乏，民用和同"；如果尊重农时，"乃能媚于神而和于民"。可见"和"已经深入社会生活的诸多领域。

由于《周易》对后世的巨大影响，先秦儒家开始逐渐形成了中和、中庸、和谐等思想。《礼记·中庸》中明确把"中"与"和"融合起来："喜怒哀乐之未发，谓之中；发而皆中节，谓之和。中也者，天下之大本也；和也者，天下之达道也。致中和，天地位焉，万物育焉。"把中和上升为中国古代哲学本体论的高度，升华为天地宇宙和社会人生运行的理想图式。中和，也就是和合，具有中正、恰当、适度、融洽、和谐等意味。孔颖达《礼记正义》疏："喜怒哀乐之未发谓之中"者，言喜怒哀乐缘事而生，未发之时，澹然虚静，心无所虑而当于理，故"谓之中"。[②]"发而皆中节谓之和"者，不能寂静而有喜怒哀乐之情，虽复动发，皆中节限，犹如盐梅相得，性行和谐，故云"谓之和"。"中也者，天下之大本也"

---

① 钱玄等注译：《礼记》（下册），岳麓书社 2001 年版，第 662 页。
② 《十三经注疏》标点本，《礼记正义》（下册），北京大学出版社 1999 年版，第 1424 页。

者，言情欲未发，是人性初本，故曰"天下之大本也"。"和也者，天下之达道也"者，言情欲虽发而能和合，道理可通达流行，故曰"天下之达道也"。"致中和，天地位焉，万物育焉"，致，至也；位，正也；育，生长也。言人君所能至极中和，使阴阳不错，则天地得其正位焉。生成得理，故万物其养育焉。孔氏对中和的阐释，深刻揭示了子思的中和理论，把握了从"中"发展到"和"的内在轨迹。

从中和到中庸，体现了儒家在社会人生中对和谐状态的理想追求。在中和向中庸的逻辑演绎中，应该说中和是儒家对天地宇宙自然和人类社会存在和发展秩序的深刻探幽；中庸则是儒家中和思想在社会人生中的贯彻和运用。因此，中和具有本体论的意味，而中庸则主要体现了方法论。从中和向中庸的过渡，朱熹在《四书集注》中引游氏曰："以性情言之，则曰中和，以德行言之，则曰中庸是也。然中庸之中，实兼中和之义。"可见，中和是性情之本，是内在的本质的要素，而中庸则从德行的外在显现上予以彰显，在社会人生的诸多层面上都要贯穿中庸的思想。值得注意的是，《礼记》虽然强调中庸，但中庸并非束缚人的个性或价值，而是在遵循客观规律的同时，肯定人的尊严，弘扬人的价值，强调"天之所生，地之所养，无人为大"[1]，这无疑高扬了以人为本和主体性的大旗。

中庸是儒家思想的精华所在，"儒家文论所界定的精神价值，以中庸为最高境界"[2]。对于《礼记·中庸》中载孔子"中庸其至矣乎！民鲜能久矣"，孔颖达疏"言中庸为道至美"，故"人罕能久行"；朱熹则阐释说，"过则失中，不及则未至，故惟中庸之德为至"。孔颖达和朱熹此论颇得孔子中庸思想的内蕴，这与亚里士多德所说"中庸是最高的善和极端的美"可谓不谋而合，体现了中国古代圣贤和西方古代哲人对社会人生方法论的共识。在文学领域，孔子的"乐而不淫，哀而不伤"以及中国古代悲剧的大团圆结局都与中和、中庸、和谐具有密切的关系；在文论领域，陈旸《乐书》序："臣窃谓古乐之发，中则和，过则淫。"说的就是古乐的中和之

① 钱玄等注译：《礼记》（下册），岳麓书社2001年版，第629页。
② 袁济喜：《中国古代文论精神》，山西教育出版社2005年版，第52页。

美。可以说，中国古代文论基本上是沿着中和之美的思路发展和演变的。

实际上，中庸体现了人类社会生活的和谐秩序，它以恰当、适度、中正的内涵，克服了不足和过分的双重局限，避免了矫枉过正的畸形突变，肯定了人类社会生活在合理有序中的和谐发展，这无疑也是对人性乃至人的本质和谐发展的张扬。中庸体现了人类社会生活的和谐秩序，它以恰当、适度、中正的内涵，在文学领域必然表现出来，这就是注重内容与形式的统一、感性与理性的统一、情与理的统一等。通过文学内在的诸多统一，发现文学间性的核心意蕴乃是由中和、中庸与和谐构成的文学精神。

第三节　中国文学理论间性拓展需要关注的问题

一　研究中国文学与中国文化的间性

（一）研究中国文学的文化性

中国文学理论的间性研究具有丰富的内容。因为文学是一种审美的文化形态，因此，中国文学理论的间性研究既要关注文学自身，又不能停留在所谓"内部规律"的研究上，而是应该走出文学自身的封闭性，进而发现文学作为文化形态所蕴含的文化性。

从语言学的角度来看，语言不仅是思维的工具，而且本身就蕴含着思想，是思想和文化的载体。因此，研究中国文学的文化性，就是通过对文学语言的感性把握入手，进而把握文本所蕴含的思想文化意蕴。

从社会学的角度来看，文学作为社会生活的审美反映和审美创造，文本本身就是社会生活多方面的镜子，其中必然包含各种文化要素的蕴意，从而使文学具有了历史文献的特殊价值，而社会的吁求以及"时代的风雨表"也正是通过文学反映出来。正因为文学在较大程度上具有"百科全书"的功能，所以，黑格尔才把诗视为"人类的最普遍最博大的教师"①。

---

① ［德］黑格尔：《美学》第三卷（下册），朱光潜译，商务印书馆1981年版，第20页。

从文学的视野看文化，许多文学现象也具有文化性或者说包含文化要素。由此就可以明白，为什么当文化研究成为重要的学术研究大潮时，研究者大多是文艺理论的专家，而不是其他学者，因为文论研究者容易拓展研究文化的视野。

（二）研究中国文化的文学性

在中国古代，由于文史哲通常是三位一体的，人们很难分辨出哪些是历史，抑或哲学和文学。因而，研究中国文学理论就必须打破文学研究的封闭性，在研究传统文学的基础上，还要研究那些"非文学"的文化性。

在先秦两汉文献中，《周易》《论语》《庄子》《孟子》《史记》《山海经》等无不具有文学性；后世的各种寓言、传奇也是以文学性见长；在现代的科普类文章中，那些极具文采的佳作也都具有浓郁的文学性；各种广告艺术、商品说明书、演讲稿、贺词、交际语言、各种家书和传递爱情的信件、各种对联等，都具有很强的文学性，甚至就连纯粹的学术文章，也可以写得比较美一些。简言之，文学与非文学的界限越来越模糊了。文学理论的研究对象不应该只关注传统经典文本，还应该关注依附于其他事物中的文学现象，对一些新的文学式样作出新的阐释。其中，对联本身就是诗歌，手机短信很多也是诗歌或者小故事，网络文学本身就是文学。从文化的视野看文学，文学作品是文化的重要现象和重要的文化载体。文学理论的对象不是文化，但是研究文学却不能离开文化，尤其是不能忽视文学作品所蕴含的文化内容。

研究中国文学的文化性与研究中国文化的文学性客观上形成积极的互补。既可以通过研究中国文学而发现文化意蕴，又可以通过研究中国文化发现文学意蕴。这样，文学作为文论研究的出发点，与文化研究之间形成了间性，即文学性。换言之，文学性成为研究文学与文化的中介，也是视域融合的必然结晶。

二　研究中国文学理论与中国文化的间性

（一）研究中国文学理论的文化性

中国文学理论是中国文化的特殊缩影。通过研究中国文学理论，可以直接或间接了解中国文化。

从是否具有独立性来看，中国文学理论可以分为两大类：第一类是没有独立性的文论。这类文论主要存在于先秦两汉的文史哲著作之中，如《左传》的"言以足志，文以足言"，《国语》的"修诗以咏之"，《尚书》的"诗言志，歌永言"，《论语》的"乐而不淫，哀而不伤"等。在先秦两汉文献中，即使《乐记》和《乐论》这些看似比较专业的文论，实际上也并非纯粹的文论，而往往是礼乐并重的，是对礼乐文化的系统研究。秦汉以降，还有大量文论是混杂于后世学者各种随笔和政论性文章之中的。第二类是比较具有独立性的文论，如陆机《文赋》、刘勰《文心雕龙》、钟嵘《诗品》、严羽《沧浪诗话》、刘熙载《艺概》、王国维《人间词话》等。这些比较纯粹的文论也在一定程度上反映了该时代丰富的文化内容。

通过研究中国文学理论的文化性，可以揭示中国文学理论形成的文化因子，也可以从研究中国文学理论中窥见和发现中国文化的意蕴。

（二）研究中国文化的文论性

如前所述，由于中国文化中存在文史哲三位一体的情况，因而研究中国文化的文论性，就水到渠成了。研究中国文化的文论性，不仅要研究那些文史哲三位一体的经典文本，而且还要研究那些其他著作中的文论思想。比如研究亚里士多德的文论时，不仅要研究《诗学》，还要研究《修辞学》《政治学》《尼各马可伦理学》和《形而上学》；同样，研究中国文学理论时，一方面在研究文论家文论著作的同时，要研究文论家其他著作的文论思想；另一方面还要研究非文论家著作中所包含的文论思想。如韩愈、欧阳修、苏轼、朱熹、陆九渊、汤显祖等人，他们都不是以文论见长，但其文论思想仍然具有重要的理论价值。

通过研究中国文学理论的文化性和中国文化的文论性，有利于我们把握中国文学理论与中国文化的间性，从中国文学理论走向中国文化——从中国文化走向中国文学理论，在两种走向的视域融合中，可以更好地把握中国文学理论的特点和本质。

三　研究中国文学理论与中国美学的间性

(一) 研究中国文学理论的美学性

从美学诞生之日起，美学就与艺术哲学浑然一体，难以区分。黑格尔在《美学》全书开篇即阐明美学就是研究艺术的学问："这些演讲是讨论美学的；它的对象就是广大的美的领域，说得更精确一点，它的范围就是艺术，或则毋宁说，就是美的艺术。"① 因此，他在《美学》中不是谈一般的美学理论，而是大量论"诗"。因此，研究中国文学理论的美学性，旨在融通中国文学理论与中国美学，进而发现中国文学理论所蕴含的美学原理和美学精神，因为文学哲学或者艺术哲学都与美学思想直接相关。通过研究中国文学理论的美学性，直接研究中国文学理论所体现出来的美学思想，可以把研究中国文学理论作为了解中国美学的一个重要窗口。

(二) 研究中国美学的文论性

研究中国美学的文论性，即从中国美学文本中发现中国文学理论的思想。实际上，由于中国美学与中国文学理论的混融性，中国美学与中国文学理论往往很难完全分开。有些著作的某些文字纯粹谈美，这姑且属于美学思想；而大量谈文学艺术的文章段落，既是文艺理论，又是艺术哲学或文艺美学。《乐记》是音乐美学，也是文艺美学，还包括文学理论。金圣叹评点"六才子书"和毛宗岗评点《三国演义》等，既是文学鉴赏和批评理论，也是典型的小说美学。我们通过研究他们的小说美学，可以了解他们的文学观、创作观和批评观。因此，通过对中国美学进行文论的研究，我们可以发现中国美学宝库中丰富的文论思想。

四　研究中国文学理论与世界文学理论的互补性

(一) 中国文学理论丰富和深化了世界文学理论

中国文学理论是世界文学理论的一部分，能够在较大程度上体现世界

---

① ［德］黑格尔：《美学》第一卷，朱光潜译，商务印书馆1979年版，第3页。

文学理论的价值取向。改革开放以来，人们经常挂在嘴边上的一句话就是"让中国走向世界"。这句话的哲学意味就是让部分（中国）走向整体（世界）。从哲学的角度来看，部分只有是整体的部分，它才是真正的部分；整体只有掌控或者渗透到部分，整体才能够包括部分。从把中国文学理论纳入世界文学理论的视野来看，无论是中国文学理论的研究方法，还是中国文学理论的一些重要范畴所蕴含的文学原理，大多能够与世界文学理论进行沟通、对话和交流。中国古代文论的"以道制欲"与柏拉图为理想国制定文艺法规具有异曲同工之妙；中国古代文论的"文以载道"与亚里士多德的"必然律"等也有相似之处；苏轼评王维的"诗中有画，画中有诗"与古希腊西门尼德的"画是一种无声的诗，诗是一种有声的画"亦可相通。因此，通过研究中国文学理论这个"部分"，可以由点及面，触类旁通，进而了解世界文学理论这个"整体"。《文心雕龙·时序》提出"歌谣文理，与世推移"，"文变染乎世情，兴废系乎时序"，这与黑格尔对于各门艺术兴衰的分析亦颇为相似。

（二）世界文学理论为中国文学理论提供了参照

研究社会学，既可以从个体出发研究社会，也可以从社会出发来研究个体；研究人类学，既可以从具体的个人出发研究人类，也可以从人类出发来研究具体的个人。同样，中国文学理论与世界文学理论的互补性表明，中国文学理论是世界文学理论宝贵的财富；而世界文学理论为研究中国文学理论提供了宽广的视野和参照。因此，研究中国文学理论有利于加深对世界文学理论的了解，研究世界文学理论也有利于对中国文学理论的把握。

比如，在文艺发生学意义上，先秦两汉文学理论主张"效法天地说""言志说""物感说"和"立象尽意说"；古希腊罗马文论主张"理念说""灵感神赐说""模仿说"和"模型说"。在艺术与自然和现实的关系上，先秦两汉和古希腊罗马都肯定了艺术模仿自然：先秦两汉表现为"效法天地说"和"物感说"；而古希腊罗马则表现为赫拉克利特、德谟克利特、柏拉图和亚里士多德的"模仿说"，也包括柏拉图的"理念说"和贺拉斯的"模型说"。在艺术与创造主体的关系上，先秦两汉表现为"诗言志"的"言志说"；而古希腊则表现为柏拉图的"灵感神赐说"。由此可见，世界文学理论不仅为研究中国文学理论提供了参照，而且还可以与中国文学理论形成互补互参。

五　研究文学的人性与人性的文学性

(一)　研究文学的人性

受传统文论"以道制欲"和"文以载道"的影响，中国文学理论对文学的人性研究是很不够的。文学是人学，当然要反映人性。但文学反映哪些人性？如何反映人性？文论研究哪些文学的人性？文论如何研究文学的人性？这些问题都需要进一步思考。在"大众化"语境下，文学世界的情欲泛滥是人性的彰显，还是人性本能的宣泄？文学是否应该表现人的本能？如何表现人的本能？这些问题都需要作家和文论家的共同关注。其实，就文学表现人性而言，尽管人性的内容极其丰富，但主要可以分为两个方面：一是个体生命的生存主题和发展主题，其中包括个体生命的身心和谐或矛盾的主题；二是人与人所形成的家庭、友谊、爱情、同学、同事等各种社会关系所蕴含的人性内容。这些关系都可以进入作家的审美视野，文论研究也可以通过对文学的研究，发现文学作品对人性的艺术彰显。

(二)　研究人性的文学性

研究人性的文学性，这是文论一直忽视的问题。随着社会文明的进步，人类求真、向善和审美三大主题愈加突出，而人类愈加文化化和诗意化了，而社会生活的审美化则进一步突出了人们"诗意栖居"的主题。从人的本质来看，人性自古以来就渴望着自由，人的一生都在追求自由，都在追求诗意的栖居，因而必然具有文学的自由精神，具有对生命的审美追求。由此出发，我们可以理解作家的成长史，理解读者的接受史，因为文学世界本质上恰恰是人性的文学性的语言载体。因此，我们一旦深入研究了人性的文学性，就可以更好地加深对于文学本质的认识，加深对文学所蕴含人性的认识。

六 作家主体与读者主体的交流对话

（一）作家隐含着读者

中国文学理论的间性拓展，还可以借鉴接受美学的理论，从作家与读者的间性中把握作家主体与读者主体的交流与对话。

根据生产消费理论，作家只是文学作品的生产者，而读者则是文学作品的消费者。因此，作家的创作必然要考虑读者对文学作品的消费需求，从而把读者对文学作品的需求潜移默化地蕴藏于文学作品的创造之中，即作家从素材的观察积累到文学创作的构思，再到文学作品的完成定稿，都在一定程度上蕴含了读者对文学作品的心理需求，其中包括求知、向善与审美等多方面的需求。由此可见，作家的审美视野、艺术构思和艺术表达，都不是纯粹个人的意志，而是应该体现作家对读者的理解和尊重，也是作家主体与读者主体交流对话的表现方式。

（二）读者对作家的期待

中国文学理论对于作家与读者交流对话的研究重视不够，影响了文论研究的向外拓展，也往往忽视了对读者主体的关注。受到接受美学的影响，20 世纪 90 年代以来，虽然文论研究开始关注对读者的研究，但总体而言，对读者的研究还是不够的。可以设想，既然读者对文学作品的需求直接影响着文学创作，那么，显而易见，文论研究就理所当然地应该研究读者对作家的期待，研究读者期待如何对作家产生具体的影响，甚至可以通过统计学的方法进行调研。事实上，只有对作家与读者的交流对话进行深入研究，才能够从作家与读者的互动中把握文学创作的间性和整体性。

七 中国文学理论的民族性与世界性

中国文学理论无疑具有民族性的特色，但如何对中国文学理论在世界文学理论中的价值进行定位，确实是一个比较难以回答的问题。

问题之一：如何建立具有中国特色的文艺学？中国文学理论研究在价值取向方面，应该力求建立一种超越民族文论的大文论，但在客观上一定是有民族特色的文艺学（受之前的理解和特定视域的影响）。从学理上来看，建立有"中国特色的文艺学"的说法有合理性，但也有明显的局限性（汽车、电视机、电脑未必有民族特色）。科学史和社会发展史证明：在学理和实践层面上，一种文化形态可共享性越广泛越普及，就越有价值。因此我们建立中国特色的文艺学，就不能为特色而特色。你的特色再鲜明，也只是特色而已；即使不叫"中国特色文艺学"，你也是中国特色的，你的视域已经决定了你的中国特色。故此，如其称"中国特色文艺学"，倒还不如直接称"中国文学理论"。在笔者看来，一叶知秋、举一反三、窥一斑而见全豹等说法有其合理性，但也有局限性。"知秋"，也只能知道秋的一部分，而不可能是秋的全部；"举一反三"无法说明事物的偶然性和特殊性，也并非普遍真理；"见全豹"也容易犯管窥之见的错误。因此，建立有"中国特色的文艺学"，其合理性和局限性并存，其局限性不言而喻。关键在于，不能为了特色而忽视了文论的可共享性、通约性和普适性。

中国文学理论虽然极具民族性，但是，这种民族性并非封闭性，而是既要对传统和当下视域的文学及其文论研究作深入细致的梳理和宏观审视，透过各民族和国家的文学异同的辨析，从而对广泛的文学实践作出理论的概括和说明，以揭示文艺发展的普遍规律，又要对全球化过程中的文学发展作出预测和指导，以实现理论的引路导航作用。换言之，理论的品格不在于，也不应该仅仅停留在对每个具体事物的解释上，而是应该通过微观的烛照和探幽，走出柏拉图所说的"洞穴"，进而解释其可共享性、通约性和普适性。

问题之二：如何理解中国文学理论的民族性与世界性的关系？在全球化浪潮中，为了迎接全球化的挑战，不少专家学者为了弘扬民族文化的自主性和独立性，认为"越是民族的就越是世界的"。这种立论的出发点是好的，旨在弘扬民族文化，但是，从逻辑的观点来看，"越是民族的就越是世界的"这一说法的前提已经自觉不自觉地把民族和世界对立起来。实质上，民族和世界的关系是个别和一般的关系。在个别和一般的哲学关系上，并非个别事物之间的差异性愈突出愈能体现出一般性；相反，只有个别事物之间的差异性减少时，即它的特点愈能涵括较大程度或者较大范围的一般性时，这样的个别事物才能更具有一般性。由此推论，只有当民族文化之间的差异性缩小时，某一民族文化的特点愈能体现出人类文化的共同性时，只有在这样的意义上来说，"越是民族的就越是世界的"说法才有说服力；相反，如果某一民族的文化更多地体现了民族之间的差异性，而不具备共同性，那么，这样的文化恐怕很难具有世界意义。

研究中国文学理论的民族性本身并非目的，而是在与世界文学理论的相互交流、相互濡染中寻找自己新的生长点，积极建设新的中国文学理论。唯其如此，中国文学理论才能在世界文学理论的融合中为自己进行恰当的定位，成为世界文学理论中富有生命活力的重要文化因子。也就是说，只有当中国文学理论更多地蕴含了人类的可共享性、通约性和普适性的时候，才能在世界文学理论中拥有更多的话语权，客观上也有利于促进世界文学理论的融合；反之，如果中国文学理论过分强调自身的独特性和差异性，就愈容易导致自身的封闭和衰落，而不能成为推动世界文学理论发展的动力。

世界文明史证明，"正是文明间的深刻互动、经济发展的相对同步性、社会发展程度的相对一致性，使人类历史的统一性成为可能。……人类文明的演进中的确有一种总的趋势，或者说，具体文化样式的特殊性中存在普遍性，个别文明形态的多样性中存在统一性"①。实际上，经过全球化濡染和渗透的民族性，经过交流与对话，在我们的当下视域中已经不再是原来的民族性，而是具有了世界普遍意义的民族性，也是带着阐释学视域的民族性。因此，从中国文学理论的民族性与世界性的关系来看，中国文学理论要获得突破性进展，就必须吸收全世界各民族文论的精华，对以往的中国文学理论和中国文学作出新的理论概括和说明，以各民族文艺理论之间的可通约性促进中国文学理论与各民族之间的交流对话，以实现文论发展和文学繁荣的共生效应。

综上所述，中国文学理论研究的间性拓展旨在从中国文学研究出发，

---

① 阮炜：《文明的表现》，北京大学出版社 2001 年版，第 25 页。

进而对文学研究进行"越界"和"扩容"。一方面中国文学理论研究可以向内探幽，即加强对文学自身的研究；另一方面可以向外拓展，即扩容，使文学研究走向文化诗学。为此，需要对中国文学理论进行各种间性研究，在宏观上应该把握研究宏观文论的四种关系：中国文学理论与中国文学、中国文化的互动关系；中国传统文论与中国现当代文论的关系；中国文学理论与外国文学、外国文论的关系；中国文学与社会人生的关系。在微观文论的间性研究方面，主要应该把握作家、文本与读者三种基本的互动关系。在传统文论与现当代文论的融通和世界文学理论大视野的参照下，通过对中国文学作品为基点和中心，注重研究文学作品自身内部各要素之间的间性，通过对文学向文化和社会之间辐射所形成的互动关系的阐发等，进而构建中国文学理论的话语体系。

第四节　影响中国文学理论研究的主体性原因

历经新时期30年的变迁，我国文学理论研究从20世纪80年代的"方法论热"到21世纪的文化研究转向等多种价值取向，取得了一系列比较显著的成果，但也面临新的困境，即如何建构具有中国特色的文学理论，业已成为文学理论界需要关注的问题。本节拟从研究者主体性的角度出发，对文学理论研究陷入困境的主体性原因进行初步的解读。

一　研究者的学术视野不够宽广

研究文学理论需要研究者具有宽广的学术视野，这是由文学理论的性质决定的。文学作为一种特殊的审美文化，具有丰富的内涵。文学理论是一种审美文化学，或者是文学文化学（这里所使用的"文化"是指与物质文化相对的精神文化）。因此，研究者只有具备宽广的学术视野，才能够更好地进行文学理论研究。但是，我们的研究者大多是中文相关专业出身，受到自身专业的制约，缺乏足够的哲学、文化学和社会学等学科的理论素养，知识结构与能力结构缺乏优化组合，虽然经常讲要多角度多层次看问题，但实际上远远没有形成全方位的360°视角。

研究文学理论需要具有理论视野的高度。高度决定我们是否具有开放性和前瞻性的视野。研究文学理论，首先，要把文学理论看作是一门社会科学，不仅把文学看作是作家心灵的创造，而且还是一种能够促进人生美化、推动社会发展进步的精神力量，如果说文学应该具有真善美的维度，那么研究文学理论则应该具有真与善相统一的维度；其次，要把文学理论视为一种文学文化学，把文学现象视为一种文化现象进行研究，把文学理论研究视为文化研究中的一种特殊研究。由此出发，把研究文学理论纳入文化学，纳入社会发展进步的轨道，纳入人性的全面发展，纳入时代性与民族性的融合中加以审视，才能突破研究的局限性，对许多问题的论争就能够豁然开朗，比如对文学创作动因的分析，对文学价值的解读等，都可以做到宏微兼顾，达到主观与客观的和谐统一。

研究文学理论需要具有理论视野的宽度。宽广的学术视野能够使我们真正具有海纳百川的胸怀，具有真正的雅量，不拘一格，不拘小流，百川归海。宽广的学术视野有利于多角度、多层次、全方位看问题。学术视野如果不够宽广，在研究文学与其他文化之间的关系时，就容易陷入捉襟见肘的困境，比如研究文学与哲学的关系、文学与经济的关系、文学与宗教的关系、文学与政治的关系等。这些问题的研究都需要跨学科的知识结构，没有比较宽广的学术视野，就难以形成理论聚焦的穿透力。

对于文学批评的视野，狄德罗曾经有个"修士"的比喻。狄德罗认为，如果用"野蛮人"来比喻批评家有些过分的话，那么至少可以把批评家看作是在"山谷里隐居的修士"。"这个有限的空间就是他的整个宇宙。他转了一个半身，环顾了一下狭窄的天地，就高声喊叫：我什么都知道，我什么都看到了。可是有一天他忽然想走动一下，去接触以前没有摆在他眼前的事物，就爬上了一座山峰。当他看到一片广大无垠的空间在他的头上和他的眼前展开的时候，他的惊讶是无比的。于是，他改变论调，说：

我什么也不知道，我什么也没有看见。"① 狄德罗的"修士"比喻类似中国成语所说的"井底之蛙"与"坐井观天"。修士从山谷爬上山峰，与井底之蛙爬到井口的感觉相类似，由茫然四顾、豁然开朗的惊讶，再反思"坐井观天"的狭隘、愚昧，就颇有些滑稽之感了。可是，在狄德罗看来，批评家实际上是那些没有爬上山峰的修士，"仍然蛰居在他们的巢穴里，始终不肯放弃对自己的高不可攀的评价"。也就是说，批评家仍然是"坐井观天"，仍然是山谷里隐居的修士，被周围的山冈挡住了视线。狄德罗这一比喻很形象、生动，也很有说服力。它启示我们，研究文学理论不能夜郎自大、"坐井观天"，而是应该走出"山谷"，拥有宽广的视野，才能突破"修士"视野的封闭性。

杨守森指出了学者"视野窄狭，自我匡拘"的局限性，"对于某一具体学者而言，其研究空间、学术视野则不应该有边界。相反，只有具备开阔的学术视野、广博的知识结构，才有可能在某一学科或多学科中有所作为……但在我国的文艺学领域，一些自信是搞文艺学的学者，不仅相邻学科的知识贫乏，在学科边界的不良暗示下，甚至对原本应是构成文艺学研究基础的中国古代文学、现当代文学、西方文学也很少关注"②。事实确实如此，研究者的视野比较狭窄，必然造成思维的遮蔽，难以研究出具有较大创见性的成果。

二　研究者缺乏文学创作体验

我们研究任何问题都是以已有的知识结构和能力结构为前提的，这种带着知识结构和能力结构的"前理解"直接影响我们的视野，也影响我们对问题的看法。文学是文学理论研究的出发点，而研究文学创作的特点和规律，是研究文学理论的重要内容，研究者如果没有相应的文学创作体验，就必然影响对文学理论的深入研究。

众所周知，研究自然科学，研究者需要在实验室进行具体的实验，离

---

① 中国社会科学院文学研究所编：《文艺理论译丛》（上），知识产权出版社 2010 年版，第401 页。

② 杨守森：《学术体制与学者素质》，《湛江师范学院学报》2008 年第 5 期。

开了科学实验，就无法得出令人信服的结论；研究文化学、人类学、社会学等，都需要进行实际调研与考察；同样，文学理论作为对文学感性经验的总结、提升和超越，也离不开对文学创作体验的积淀和感悟。研究者具备相应的创作体验，才能更好地从创作的微观经验出发，对一般的文学创作经验举一反三、触类旁通，通过深入的梳理与提炼，形成理论的品格。《乐记》说"乐由中出"，而研究者只有通过具体的创作体验，感悟"文由中出"的审美体验，才能更好地理解创作的特性。在文论史上，许多理论家是集理论研究与创作于一身的"大家"，陆机的《文赋》、刘勰的《文心雕龙》、司空图的《诗品》等，都具有诗歌之美，但又都是文学理论；在西方文论史上，柏拉图、贺拉斯、狄德罗、莱辛、席勒、萨特等，其文学创作与文论研究的联系也都非常密切，而达·芬奇不仅是大画家，而且也是著名的艺术理论家。事实证明，研究者具有文学创作的经验，非常有利于文学理论的深入研究。

姚文放认为，文学理论"说到底它还是从文学的创作实践和作品实际中结晶、升华出来的。它不是目的论的，而是经验论与目的论的结合；它采用的不仅是演绎法，而是归纳法与演绎法的结合。它必须得到文学经验的支撑并反过来接受文学经验的检验，而不是主题先行，从既定的理念出发去俯视文学、审判文学"①。但令人遗憾的是，我们大多数文学理论研究者并不进行具体的文学创作，而是眼高手低，缺乏文学创作体验，缺乏文学创作的灵感，没有进行过艺术构思，在研究文学理论时，往往纸上谈兵、夸夸其谈，老是喜欢高高在上的"形而上"，不愿意"形而下"，缺乏对文学的实证性研究。文学理论一旦缺少文学创作的根，缺少文学创作鲜活的生命，理论又怎么能有鲜活的生命力呢？

三 研究者对文学作品的阅读与批评不够

作家、作品与读者共同构成了文学实践完整的系统。研究者作为特殊的读者，只有加强对文学作品的阅读和批评，才能在培养艺术感受力的同

---

① 姚文放：《共和国 60 年文学理论的理想诉求》，《文学评论》2010 年第 1 期。

时，提高文学鉴赏和研究的能力。

首先，研究者缺乏对文学作品的阅读直接影响研究者的艺术感受力和鉴赏力。研究者虽然在大学里学的多是中文专业，但除了在大学期间匆忙地浏览一些文学作品以外，参加工作以后，平时忙于教学与科研，没有足够的时间来阅读文学作品。因此，对于经典作品缺乏深入的研读，没有来得及反复体味，对于当代作品则读得更少，久而久之，就会降低艺术感受力和鉴赏力。

其次，缺乏对作品的阅读在较大程度上也影响了研究者对作品的批评。文学批评是从感性的审美阅读出发，进而达到对作品的理性解读、认知和判断，是感性与理性的和谐统一，也是联系文学创作与文学理论的重要中介。因此，不仅作家重视批评家的批评，而且文学理论家也要关注文学批评，然而，文学理论研究者很少对作品进行比较深入的具体批评，这必然导致在研究文学理论过程中缺乏审美阅读的体验，也缺乏理论分析的文学实践依据。

从文学理论研究的理论品格来看，研究者只有通过对文学作品的阅读与批评的"入乎其内"，才能够达到对文学作品"出乎其外"的超越与洒脱，使研究具有真正的理论品格；如果没有这样的"入乎其内"，就不可能有真正理论意义上的"出乎其外"。

四　研究者与作家缺乏必要的交流

文学理论研究一方面需要通过研究作品来了解作家，另一方面也可以通过研究作家来了解作品。我们在这两个方面都注意不够，尤其是与作家缺乏交流，对作家缺乏必要的了解。了解古代的作家，可以通过相关的文献间接了解；了解当代作家应该尽量与作家直接交流，获取最直接的材料。但在这方面，我们的研究者与作家的交流也是不够的。

影响研究者与作家交流的一个重要原因是研究者对作家的重视程度不够。文人相轻也表现在研究者对作家的轻视上，研究者认为理性比感性重要，理论比创作重要，难免有一种凌驾于文学创作之上的优势感。狄德罗在《论戏剧艺术》中指出："作家的任务是一种妄自尊大的任务，他自以为有资格教育群众。而批评家的任务呢，就更狂妄了，他自以为有资格教育那些自信能教育群众的人。""作家说：先生们，你们要听我的话，因为我是你们的老师。批评家说：先生们，你们应该听我的，因为我是你们的老师的老师。"在狄德罗看来，批评家比作家更狂妄，把自己看作是群众老师的老师，而实际上这种意见是错讹的，像旅行家所说的，批评家就是那些向过路人射出毒箭的"野蛮人"，这就是批评家的形象。狄德罗批评的是当时法国的批评家，但对于我们今天的文学研究依然具有参考价值。我们今天的学者客观上也存在重理论、轻创作的现象，因此，就必然导致疏远作家及其创作的状况，而如此一来，也就意味着研究者疏远了当下鲜活的作品。

五 研究者追求从理论到理论的抽象思辨

文学理论既然是文学的理论，就不应该脱离文学实践而单纯追求理论的思辨。然而，自从 20 世纪 80 年代的方法论热兴起以来，理论上的花样翻新几乎是日新月异，尤其是 21 世纪以来，受到西方哲学思潮、语言学、文化学与社会学思潮的多种影响，我们的文学理论在抽象思辨中使鲜活的理论变得枯燥乏味，不要说读者和作家不喜欢读文学理论文章、教材和专著，即使文学理论的研究者，也不喜欢读这些枯燥乏味的所谓理论成果。

首先，因为追求理论的抽象思辨，研究者在一定程度上忽视了对文学本身的关注。按说，文学理论应该与文学保持非常密切的关系，但事实上，有不少专家学者长期不读文学作品，而是追求从理论到理论的抽象思辨，客观上不知不觉失去了文学理论的灵性和实践的品格。

其次，因为追求理论的抽象思辨，在一定程度上忽视了深入浅出的学理性。理论研究成果的最高境界是深入浅出，而不是深入深出，更不能浅入深出。深入浅出，是深刻的道理用浅显易懂的形式表现出来；深入深出，是深刻的道理用深奥晦涩的形式表现出来；浅入深出，则是指把简单问题复杂化，甚至故弄玄虚，把简单易懂的问题通过深奥晦涩的形式表现出来，显得好像很有学问。康德的《判断力批判》是深入深出，所以当时许多读者读不懂；黑格尔吸取康德的教训，其《美学》则力求深入浅出。

但是，我们当下的许多成果深入浅出者甚微，而较多的是浅入深出，偶尔也有深入深出者。浅入深出者最突出的表现就是用一些西方的术语吓唬人，忽悠人，把本来简单易懂的问题晦涩化、复杂化了。读者不看不知道，看了有时也不知作者所云。

研究文学理论从理论到理论的抽象思辨，实质上这是一种经院哲学式的文风，也是一种自我封闭或"六经注我"式的自我言说。而真正的理论，应该在追求"道"的过程中，既应"道"由"器"出，让"道"依附于"器"，又要使"道"超越"器"，做到"道"与"器"的和谐统一。

六　研究者缺乏理论的融通性

文学本质上是一种审美文化，因此，研究者只有具备理论的融通能力，才能把握文学丰富的文化意蕴。然而，如前所述，一些研究者由于缺乏宽广的学术视野，没有形成比较优化的知识结构与能力结构，客观上很难对各种相关的理论进行有机整合，无法通过多种理论的融通渗透，形成系统的理论整合力。

首先，研究视角与研究方法的单一性是缺乏理论整合性的突出表现。从宏观上来看，文学理论研究确实出现了研究视角的丰富性与研究方法的多样性，但从微观来看，由于个人学术视野的局限性，每个具体的研究者往往只能从某个视角，运用比较单一的研究方法，对文学理论进行研究，因此难以进行有效的理论整合。我们通常说：仁者见仁，智者见智。但实际上每个人往往局限于具体的"仁者"或者"智者"，难以做到"仁者"与"智者"的统一。从思维的系统性来看，具体的研究者应该力求克服自身的局限性，从片面的合理性转化为全面的合理性，兼顾"仁者"与"智者"的双重视界，力求达到"仁者"与"智者"的和谐统一。

其次，各种理论拼盘的杂多性也是缺乏理论整合性的表现。应该看到，在这30年文学理论的发展变化过程中，许多学者试图对文学理论进行整合研究，但由于受到自身学术视野与知识结构、能力结构的制约，客观上欲速则不达，在追求理论的整合过程中，因为力不从心，虽然运用了多种理论、多种视角、多种方法，但又存在囫囵吞枣的现象，类似理论的大拼盘，缺乏理论内在的融通性，难以达到理论整合的目的。

七 研究者盲目崇拜西方后现代文论

在 30 年文学理论的发展变化过程中，学界一方面通过借鉴吸收西方文论，有力地促进了我国文学理论的发展，另一方面也存在盲目崇拜西方后现代文论的现象。

首先，有些研究者对西方文论缺乏历时性的学术视野，不了解西方文论的发展脉络，尤其是对古希腊文化以及德国古典美学缺乏足够的了解，而片面地对西方现代文论尤其是后现代文论情有独钟。西方文论是一个源远流长的话语系统，我们研究文学理论，既不应该"言必称希腊"，也不能"言必称后现代"，对后现代文论俯首称臣。实际上，作为西方文论话语系统的子系统，后现代文论尚需历史的检验，因为从历史哲学的观点来看，人们往往过分看重当下的历史价值，而真正的价值只有通过历史长河大浪淘沙的积淀，才能历久弥新，而从历史的观点来看，后现代文论很可能也是各领风骚三五年，有些甚至是昙花一现。

其次，对后现代文论存在"消化不良"的现象。合法性（legitimacy）与合法化（legitimation）是韦伯社会学理论的关键概念，在政治学和社会学中占有非常重要的地位。我们把合法性与合法化概念引入文化研究、文学理论研究，虽然有助于打开新的研究视角，但存在生搬硬套的现象；失语症（aphasia）本来的含义是指由于神经中枢病损，导致抽象信号思维障碍而丧失口语、文字表达和领悟能力的病症，其障碍的形式取决于脑损害部位，一般分运动和感知两类，分别涉及言语生成和言语理解两方面。我们把失语症大量运用于文学理论研究，大多指文论研究者的"失语"，这不够准确，研究者之所以"失语"，并非因为大脑的损害，而是在研究视野、研究方法等方面的不足，才导致了某种所谓的"失语"，而不是科学意义上的"失语"。由此可见，简单地套用其他学科的理论和术语来研究文学理论，很可能牵强附会、生拉硬扯，难以有理论的创新。

八 研究者过于迷恋中国古代文论

学界不但存在盲目崇拜西方后现代文论的现象，也存在过于迷恋中国古代文论的现象，对中国古代文论津津乐道，过于痴迷，什么都是老祖宗的好，所谓"越是民族的就越是世界的"就是最鲜明的表述，表现在文学理论方面，所谓中国古代文论的现代转换，就是过于迷恋中国古代文论的重要表现。

我们能否完成中国古代文论的现代转换？这不是我们的研究能力问题，而是我们的文化观与文论观的问题。古代文论作为中国传统文化的组成部分，已经构成了历史的文化因子，广泛渗透、融合于我们生生不息的血脉之中，在潜移默化中已经构成了我们的文化基因，成为我们的"集体无意识"。也就是说，古代文论是不需要转换的，客观上也不可能转换，而是自然而然地孕育、化育与生成，应该是瓜熟蒂落；如果勉强进行转换，就容易出现"早产""难产"或者出现"强扭的瓜不甜"的现象。回眸"五四"的白话文运动，白话文实际上是古代汉语的现代转换，在某种程度上破坏了语言发展演变的规律，揠苗助长，使白话文成为语言的"早产儿"，影响了中国传统文化的客观流变。

对古代文论进行现代转换，难以克服如下困难：第一，我们无法对古代文论进行"还原"研究，难以实现"我注六经"的客观性；第二，古代文论是个大范畴，内涵丰富，广泛渗透于古代音乐理论、戏曲理论、绘画理论、诗歌理论以及各种随笔之中，我们把这些所谓古代文论所蕴含的原理整理出来，按照古代文论的话语系统构建起来，这还不能说是古代文论的现代转换；第三，片面强调对古代文论进行现代转换，不但忽视了文学理论研究的现实性和国际化视野，客观上也很容易割裂古代文论与中国文论的关系，因为真正意义上的"中国文论"应该既包括中国古代文论，也包括现当代文论，而且还应该具有国际化视野的开放性。

九 研究者缺乏沉潜的学术心态

时代浮躁病在学术研究中普遍存在，文学理论研究也不例外。在市场经济条件下，一方面有的学者急于出成果，存在急功近利的倾向；另一方面，受到考评机制的影响和制约，不少学者缺乏十年磨一剑的精神，根本做不到贺拉斯所说的写完稿子要压上九个年头。

首先，政府各种研究课题都具有比较严格的时间规定，要求立项者必须在规定的时间内完成研究任务，这本身就不符合科研创新规律。研究课题规定的完成时间一般是两三年，研究者在承担平时的教学、科研任务的同时，要在两三年内完成一项比较重要的课题，客观上难以保证学术质量，也很难创造出重要的研究成果。

其次，文学理论教材在传播文学理论的过程中具有非常重要的作用，但文学理论教材的编写大多时间较短，编写者往往要根据出版社出版的时间或高校开课的需要匆忙定稿，客观上无法保证质量，甚至出现常识错误。比如《西方文艺理论名著教程》说亚里士多德提出艺术模仿的是"行动中的人"，认为亚里士多德把传统的模仿说提高到了现实主义的高度。实际上，真正提出艺术"模仿行动中的人"的不是亚里士多德，而是柏拉图在《理想国》中提出来的。该教材还认为柏拉图发现了"文章的秘诀：合乎艺术的文章既不能太长，也不能太短，要长短适中"。这也属于常识错误。这段话只是柏拉图在《斐德若》中引用了普若第库斯的话，柏拉图并没有发现文章的秘诀。至于统编的《文学理论教程》，也没有做到深入浅出，学者业已指出其瑕疵，该教材也需要进一步修改完善。

再次，受社会评价机制和晋升职称等因素的影响，许多高校和研究机构比较重视发表论文和出版著作的数量，这在客观上也影响研究者的创新思维和治学精神。在这方面，从对学者的考核机制，再到对研究生的考核，一般都有对科研成果数量的规定。甚至某些学校已经基本取消了传统的职称评审工作，而代之以量化进行衡量。实际上，这种考评机制过于注重科研成果的数量，难以衡量成果的质量，客观上容易导致人们的短期行为，研究者难以沉下心来做扎实的研究工作。

综上所言，为了深入研究文学理论，从研究者的主体性角度来看，研究者只有保持沉潜的学术心态，进一步拓宽学术视野，丰富文学创作的体验，加强对文学作品的阅读与批评，与作家进行积极的沟通交流，避免纯粹的抽象思辨，对理论进行有机整合，广泛吸取古今中外的文论营养，优化知识结构和能力结构，才能促进文学理论在文化融合中获得新的生命。

第二章

先秦音乐理论与《乐记》

《乐记》是我国美学史上一部极为重要的文艺美学著作，它系统地总结了我国西周、春秋、战国时期乃至秦和西汉前期的音乐、诗歌、舞蹈理论，构成了比较完整的儒家礼乐文艺美学思想体系，深刻影响了后世的诗词、戏曲、小说等文艺领域。我们在《毛诗序》《史记》《文赋》《文心雕龙》《诗品》等诸多著作中都可以看到对《乐记》的接受和承传。这部专论熔春秋音乐理论于一炉，融儒道音乐美学于一体，以其丰富、精深的学理，为中国古代文艺美学论著中最重要的文献之一，两千余年来，不断被引用、论述，产生了极其深远的影响。

第一节　先秦音乐理论对《乐记》的影响

《乐记》作为"历时性"形成的文艺美学经典文本，其思想萌芽在孔子以前的音乐见解中已经初露端倪，我们从中可以见出《乐记》思想发展的一些迹象。通过研究《易传》《左传》和《国语》对《乐记》的影响，我们可以看到《乐记》在形成与发展过程中对先秦文献中音乐美学思想的接受。

一　《易传》对《乐记》的影响

在孔子以前，中国没有系统的音乐理论。这里所说的"孔子前音乐理论"，是指先秦在孔子以前的音乐理论，这里主要指《易传》《左传》和《国语》。这些先秦文献记载了一些珍贵的音乐思想，通过这些资料，我们不仅可以看到人们当时对于音乐的见解，而且还可以看到这些音乐思想对于《乐记》的某些影响。《乐记》作为"历时性"形成的文艺美学经典文本，其思想萌芽在孔子以前的音乐见解中已经初露端倪，客观上揭示了《乐记》在形成过程中所具有的集大成的性质。

《易传》作为中国古代的重要经典，充满了对先王、圣人和君子的赞美。这种赞美直接影响了《乐记》对先王、圣人和君子的评价。

《易传》对圣人与先王赞美的地方甚多：

《彖传·恒》："天地之道，恒久而不已也。'利有攸往'，终则有始也。日月得天而能久照，四时变化而能久成，圣人久于其道，而天下化成。观其所恒，而天地万物之情可见矣。"

《彖传·观》："观天之神道，而四时不忒；圣人以神道设教，而天下服矣。"这段话是赞美圣人遵循天之神道，使"天下服"。

《彖传·颐》："天地养万物，圣人养贤以及万民，颐之时大矣哉！"

《彖传·咸》："柔上而刚下，二气感应以相与……天地感而万物化生，圣人感人心而天下和平。观其所感，而天地万物之情可见矣。"

《系辞》："圣人设卦观象，系辞焉而明吉凶。刚柔相推而生变化。是故吉凶者，失得之象也。"

《象传·无妄》："先王以茂对时育万物。"

《象传·豫》："雷出地奋，豫；先王以作乐崇德。"①

《易传》这些赞美圣人的文字，大多是赞美圣人遵循天地之道，而达到天下化成；而《象传·豫》"先王以作乐崇德"，则直接表明先王作乐的目的在于"崇德"。《易传》这些思想在《乐记》中也有相似的表述：

《乐记·乐礼》："故圣人作乐以应天，制礼以配地。礼乐明备，天

---

① 参见黄寿祺、张善文撰《周易译注》，上海古籍出版社2001年版。

地官矣。"

《乐记·乐本》:"是故先王之制礼乐也,非以极口腹耳目之欲也,将以教民平好恶而反人道之正也……是故先王之制礼乐,人为之节。"①

《乐记·乐施》:"然则先王之为乐也,以法治也,善则行象德矣。"

《乐记·乐施》:"是故先王有大事,必有礼以哀之;有大福,必有礼以乐之。哀乐之分,皆以礼终。"

《乐记·乐施》:"乐也者,圣人之所乐也,而可以善民心。其感人深,其移风易俗,故先王著其教焉。"

《乐记·乐礼》:"著不息者,天也。著不动者,地也。一动一静者,天地之间也。故圣人曰'礼乐云'。"

《乐记·乐言》:"是故先王本之情性,稽之度数,制之礼义,合生气之和,道五常之行,使之阳而不散,阴而不密,刚气不怒,柔气不摄。四畅交于中而发作于外,皆安其位而不相夺也。"

《乐记·乐化》:"先王耻其乱,故制《雅》《颂》之声以道之,使其声足乐而不流,使其文足论而不息,使其曲直、繁瘠廉肉、节奏,足以感动人之善心而已矣,不使放心邪气得接焉,是先王立乐之方也。"②

《易传》对圣人和先王充满了赞美之情,而《乐记》则在字里行间到处都以圣人和先王为理想典范,引经据典,立论说理,说明先王制作礼乐,以阐明行文的观点,特别是《乐记·乐化》篇所言,非常鲜明地揭示了先王"立乐之方"。

再看《易传》对君子的赞美:

《象传·同人》:"唯君子为能通天下之志。"

《象传·乾》:"天行健,君子以自强不息。"

《象传·坤》:"地势坤,君子以厚德载物。"

---

① 参见胡平生、陈美兰译注《礼记·孝经》,中华书局2007年版。
② 参见杨天宇撰《礼记译注》,上海古籍出版社2004年版。

《象传·大壮》："雷在天上，大壮。君子以非礼弗履。"

《象传·困》："泽无水，困。君子以致命遂志。"

《象传·大有》："君子以遏恶扬善，顺天休命。"①

在《易传》看来，君子似乎是介于圣人、先王与凡人之间的理想典范，是人生可以效仿的榜样，因为"唯君子为能通天下之志"。君子能够"自强不息"，"厚德载物"，要"致命遂志"，"遏恶扬善"，即使处困之时，宁可舍弃生命，也要坚持实现崇高的志向。

《易传》这种对君子的赞美在《乐记》中也得到了充分的显现：

《乐记·乐本》："唯君子为能知乐。"

《乐记·乐象》："故曰：乐者，乐也。君子乐得其道，小人乐得其欲。以道制欲，则乐而不乱；以欲忘道，则惑而不乐。是故君子反情以和其志，广乐以成其教，乐行而民乡方，可以观德矣。"

《乐记·乐化》："君子曰：礼乐不可以斯须去身。"②

《乐记》谈到了"唯君子为能知乐"，"君子乐得其道"，"君子反情以和其志"，"君子动其本"，"君子以好善"，君子善于"听音"等，其中，《乐记·乐象》还两次谈到了"君子反情以和其志"。可以说，《乐记》在行文中充分表现出对君子的赞美。

此外，《易传》中还有一段关于天地运行的论断：

《系辞》："天尊地卑，乾坤定矣。卑高以陈，贵贱位矣。动静有常，刚柔断矣。方以类聚，物以群分，吉凶生矣。在天成象，在地成形，变化见矣。是故刚柔相摩，八卦相荡。鼓之以雷霆，润之以风雨；日月运行，一寒一暑。"③

《易传》这段话直接影响了《乐记》。《乐记》肯定了《易传》关于天地运行的精神，又结合礼乐，进行了新的阐发。《乐记·乐礼》篇阐发如下：

---

① 参见黄寿祺、张善文撰《周易译注》，上海古籍出版社 2001 年版。
② 参见杨天宇撰《礼记译注》，上海古籍出版社 2004 年版。
③ 参见黄寿祺、张善文撰《周易译注》，上海古籍出版社 2001 年版，第 527 页。

天高地下，万物散殊，而礼制行矣。流而不息，合同而化，而乐
兴焉。春作夏长，仁也；秋敛冬藏，义也。仁近于乐，义近于礼。乐
者敦和，率神而从天；礼者别宜，居鬼而从地。故圣人作乐以应天，
制礼以配地。礼乐明备，天地官矣。

天地尊卑，君臣定矣。卑高已陈，贵贱位矣。动静有常，小大殊
矣。方以类聚，物以群分，则性命不同矣。在天成象，在地成形，如
此，则礼者天地之别也。

地气上齐，天气下降，阴阳相摩，天地相荡，鼓之以雷霆，奋之
以风雨，动之以四时，暖之以日月，而百化兴焉。如此，则乐者天地
之和也。

化不时则不生，男女无辨则乱升：天地之情也。

及夫礼乐之极乎天而蟠乎地，行乎阴阳而通乎鬼神，穷高极远而
测深厚。乐著大始，而礼居成物。著不息者，天也，著不动者，地
也。一动一静者，天地之间也。故圣人曰"礼乐云"。①

《易传》内容丰富，对天地之道作了素朴而又比较深入的阐释，"所谓
《周易》者，即日月之道普照周天"②。《易传》对宇宙自然的思考，反映
了古人对自然之道的猜测与遐想，对后世产生了深远的影响。《乐记·乐
礼》篇以《易传》关于天地运行的精神为基准，把礼乐文化与天地宇宙运
行有机结合起来，把人创造的礼乐文化与客观的宇宙自然同构起来。《乐
记·乐论》推崇"大乐与天地同和，大礼与天地同节"，进而把"乐"上
升为"天地之和"的最高境界。

《易传》还肯定了古人对天地运行的效法与模仿：

《象传·坤》："至哉坤元，万物资生，乃顺承天。坤厚载物，德合
无疆。"

《象传·大有》："其德刚健而文明，应乎天而时行，是以元亨。"

---

① 同上书，第477—479页。
② 刘大均：《周易概论》，齐鲁书社1986年版，第3页。

《彖传·谦》：“天道下济而光明，地道卑而上行。”

《彖传·贲》：“观乎天文，以察时变；观乎人文，以化成天下。”

《系辞》：“《易》与天地准，故能弥纶天地之道。仰以观于天文，俯以察于地理，是故知幽明之故。”①

《乐记》受到《易传》的影响，行文的思路不少是从肯定《易传》效法与模仿天地运行规律展开论述的，以此显示《乐记》的理论依据，除了《乐记·乐礼》篇以外，其他篇中也多有论及：

《乐记·乐论》：“大乐与天地同和，大礼与天地同节。和故百物不失，节故祀天祭地……乐者，天地之和也；礼者，天地之序也。和，故百物皆化；序，故群物皆别。乐由天作，礼以地制。过制则乱，过作则暴。明于天地，然后能兴礼乐也。”

《乐记·乐施》：“天地之道：寒暑不时则疾，风雨不节则饥。”

《乐记·乐言》：“土敝则草木不长，水烦则鱼鳖不大，气衰则生物不遂，世乱则礼慝而乐淫。”

《乐记·乐象》：“是故清明象天，广大象地，终始象四时，周还象风雨……”

《乐记·乐情》：“礼乐偩天地之情，达神明之德……是故大人举礼乐，则天地将为昭焉。天地欣合，阴阳相得，煦妪覆育万物，然后草木茂，区萌达，羽翼奋，角觡生，蛰虫昭苏，羽者妪伏，毛者孕鬻，胎生者不殰，而卵生者不殈，则乐之道归焉耳。”

《乐记·师乙》：“动己而天地应焉，四时和焉，星辰理焉，万物育焉。”②

《乐记》所强调的乐为“天地之和”，这是一种至高、至大、至广的富有极大包蕴性的大乐观，旨在体现宇宙自然万物运动的和谐，也是一种超越具体感性事物的大和合观，这种大和合观恰恰是借鉴了《易传》的思想。《礼记·郊特牲》亦云“天地合而后万物兴焉”，同样借鉴了《易传》

---

① 参见杨天宇撰《礼记译注》，上海古籍出版社 2004 年版。

② 参见杨天宇撰《礼记译注》，上海古籍出版社 2004 年版。

的思想。

从《易传》对《乐记》的影响来看，可以说，没有《易传》，《乐记》就不可能有对天地之道的阐释，论述礼乐的制作也不可能以天地之道为依据。因此，我们有理由肯定《易传》对《乐记》的重要影响。但是，我们还需要注意，《易传》所阐释的天地之道以及天人关系并没有实现真正的和谐统一，即使统一，也不可能统一于人类对天地自然的科学认识，而是在较大程度上统一于对天地自然的依赖、恐惧与崇拜。正如蔡仲德所言"中国古代美学中人与自然的关系以人对自然的顺应为基础，其间不存在真正的和谐统一"①。

二 《左传》对《乐记》的影响

《左传》原名《春秋左氏传》，是我国第一部叙事详细、体系完整的编年史，是研究我国春秋时期社会重要的历史文献。左丘明生活的时间稍晚于孔子，但《左传》所反映的史料的年代却早于孔子，因此，这里把《左传》所反映的音乐思想视为孔子以前的音乐理论予以阐述。

（一）关于乐德与五声之和

《左传·襄公二十九年》记载，吴国季札访鲁时曾观周乐，并进行了评论。季札根据自己听到的不同音乐，畅谈自己的审美感受，多次用了"美哉"来感叹所听之歌，不仅推崇乐德，而且注重乐的美，倡导乐德与五声之和：

> 为之歌《邶》《鄘》《卫》，曰："美哉渊乎！忧而不困者也。吾闻卫康叔、武公之德如是，是其《卫风》乎！"为之歌《王》，曰："美哉！思而不惧，其周之东乎！"为之歌《郑》，曰："美哉！其细已甚，民弗堪也。是其先亡乎！"为之歌《齐》，曰："美哉，泱泱乎！大风也哉！表东海者，其大公乎！国未可量也。"为之歌《豳》，曰："美哉，荡乎！乐而不淫，其周公之东乎！"……为之歌《颂》，曰：

---

① 蔡仲德：《中国音乐美学史》（上册），人民音乐出版社2004年版，第23页。

"至矣哉！直而不倨，曲而不屈，迩而不偪，远而不携，迁而不淫，复而不厌，哀而不愁，乐而不荒，用而不匮，广而不宣，施而不费，取而不贪，处而不底，行而不流。五声和，八风平。节有度，守有序，盛德之所同也。"①

《左传》这里载季札对周乐的评论，所评"美哉"，主要是肯定了音乐的声音之美，即音乐的形式美，但季札的深刻之处在于，他在肯定音乐形式美的同时，还特别注重乐德的本质内涵，追求"五声和"的和谐境界。

《左传·昭公二十年》载晏婴与齐景公曾经谈论"和""同"的差别，晏婴认为"先王之济五味、和五声也，以平其心、成其政也。声亦如味，一气、二体、三类、四物、五声、六律、七音、八风、九歌以相成也，清浊、小大、短长、疾徐、哀乐、刚柔、迟速、高下、出入、周疏以相济也。君子听之，以平其心，心平德和"。所谓"济五味""和五声"实质上就是追求乐的中和之美，通过"平其心""成其政"，达到"心平德和"的目的。《左传》这种思想也在较大程度上影响了《乐记》对"德音"的倡导以及对中和之美的追求。《乐记》在肯定乐"通伦理"的前提下，多次谈到了"德音"以及和合之美：

《乐记·乐本》："礼乐皆得，谓之有德，德者得也……是故先王之制礼乐也，非以极口腹耳目之欲也，将以教民平好恶而反人道之正也。"

《乐记·乐施》："乐者，所以象德也；礼者，所以缀淫也。"

《乐记·乐象》："德者，性之端也；乐者，德之华也。"

《乐记·魏文侯》："正六律，和五声，弦歌诗颂，此之谓德音，德音之谓乐。"

《乐记·乐论》："大乐与天地同和，大礼与天地同节。和故百物不失，节故祀天祭地……乐者，天地之和也；礼者，天地之序也。和，故百物皆

---

① 杨伯峻编著：《春秋左传注》，中华书局 1995 年版，第 1161—1164 页。

化；序，故群物皆别。"

《乐记·乐礼》："乐者敦和，率神而从天。"

《乐记·乐礼》："地气上齐，天气下降，阴阳相摩，天地相荡，鼓之以雷霆，奋之以风雨，动之以四时，暖之以日月，而百化兴焉。如此，则乐者天地之和也。"

《乐记·乐言》："是故先王本之情性，稽之度数，制之礼义，合生气之和，道五常之行，使之阳而不散，阴而不密，刚气不怒，柔气不摄。四畅交于中而发作于外，皆安其位而不相夺也。"[①]

《乐记》所论述的"德音"以及乐的和合之美，"皆安其位而不相夺"，也是指各种生气之和，这是《乐记》重要的美学思想。唯其如此，《乐记》才非常重视乐的教化作用，认为先王制礼乐，是为了"反人道之正"，是"人为之节"，如《乐记·乐施》所言："而可以善民心，其感人深，其移风易俗，故先王著其教焉。"

（二）从"哀有哭泣，乐有歌舞"看《乐记》的"声""音"论

《左传》关于乐与性情的关系虽然论述不多，但对后世颇有启迪。其中，《左传·昭公二十五年》记载了子大叔回答赵简子的问话：

> 天地之经，而民实则之。则天之明，因地之性，生其六气，用其五行。气为五味，发为五色，章为五声。淫则昏乱，民失其性。是故为礼以奉之：为六畜、五牲、三牺，以奉五味；为九文、六采、五章，以奉五色；为九歌、八风、七音、六律，以奉五声。为君臣上下，以则地义；为夫妇外内，以经二物；为父子、兄弟、姑姊、甥舅、昏媾、姻亚，以象天明……民有好恶、喜怒、哀乐，生于六气。是故审则宜类，以制六志。哀有哭泣，乐有歌舞，喜有施舍，怒有战斗……哀乐不失，乃能协于天地之性，是以长久。[②]

---

① 参见杨天宇撰《礼记译注》，上海古籍出版社 2004 年版。
② 杨伯峻编著：《春秋左传注》，中华书局 1995 年版，第 1457—1459 页。

子大叔这段话不仅肯定了礼为上下之纪和"天地之经"，揭示了社会伦理与天地自然的关系，而且也说明了五味、五色与五声的来源，揭示了乐与性情的关系，"哀有哭泣，乐有歌舞"，意思是说，人悲伤了就要哭泣，人感到快乐了就会唱歌跳舞。这一思想在《乐记》中也打下了深深的烙印。《乐记》关于乐与性情的关系的论述：

《乐记·乐本》："凡音者，生人心者也。情动于中，故形于声。声成文，谓之音。"

《乐记·乐论》："乐由中出，礼自外作……乐由天作，礼以地制。过制则乱，过作则暴。明于天地，然后能兴礼乐也。"

《乐记·乐象》："乐者，心之动也。声者，乐之象也。"

《乐记·乐化》："故乐也者，动于内者也；礼也者，动于外者也。"

《乐记·乐化》："夫乐者，乐也，人情之所不能免也。乐必发于声音，形于动静，人之道也。声音动静，性术之变尽于此矣。"

可见，子产对乐与性情关系的论述还比较简略，而《乐记》对乐与性情的关系进行了更为具体深入的分析。对此，《乐记·乐本》不仅肯定了"情动于中，故形于声。声成文，谓之音"，而且还进一步揭示了"声音之道，与政通矣"，认为"审声以知音，审音以知乐，审乐以知政，而治道备矣"。值得注意的是，《乐记》有一条很重要的线索，这就是：情—声—文—音—乐—政—道。这一线索表明，情由心生，如《乐记·乐本》所言"在人心之感于物"，而一旦表现出来，就可以逐步深化、层层递进，体现了情—声—文—音—乐—政—道的逻辑轨迹。

（三）从"中声""淫声"看《乐记》对乐的爱憎

《左传》谈论音乐的文字多涉及乐的中和之美，肯定"中声"，反对"淫声"。《左传·昭公元年》记载医和以乐喻病的文字：

对曰："节之。先王之乐，所以节百事也，故有五节；迟速本末以相及，中声以降。五降之后，不容弹矣。于是有烦手淫声，慆堙心耳，乃忘平和，君子弗听也。物亦如之。至于烦，乃舍也已，无以生疾。君子之近琴瑟，以仪节也，非以慆心也。天有六气，降生五味，发为五色，征为五声。淫生六疾。六气曰阴、阳、风、雨、晦、明也，分为四时，序为五节，过则为菑。……今君不节、不时，能无及此乎？"①

医和肯定了先王之乐的节制作用，"中声"具有平和之美，而"淫声""乃忘平和，君子弗听"。在医和看来，君子之所以近琴瑟是为了"仪节"，而不是为了心灵的快乐。

与《左传》这种思想相媲美的《乐记·乐象》曰："凡奸声感人，而逆气应之。逆气成象，而淫乐兴焉。正声感人，而顺气应之。顺气成象，而和乐兴焉。倡和有应，回邪曲直各归其分，而万物之理，各以类相动也。是故君子反情以和其志，比类以成其行。奸声乱色不留聪明，淫乐慝礼不接心术，惰慢邪辟之气不设于身体，使耳目鼻口心知百体，皆由顺正，以行其义。"②

《乐记》这里所说的"正声"，也就是《左传》中医和所说的"中声"。按照传统的乐理，音阶中居于核心地位的五声叫作正声，是相对于变声而言。这种"正声"的说法是以五声为正，而视其他音阶为变化音。中国古代多以雅乐或雅颂之声作为纯正的音乐，称为正声，也是相对于"奸声""郑卫之音"和"夷狄之音"而言。《国语·周语下》伶州鸠论乐曾谈及"古之神瞽，考中声而量之以制，度律均钟"。这里的"中声"就是指选择适合的中音区，也就是正声的区域。《乐记》倡导"正声"，反对"奸声"和"淫乐"，认为"奸声乱色"，"淫乐慝礼"，唯其如此，才把"郑卫之音"看作"乱世之音"，把"桑间濮上之音"看作"亡国之音"。当然，事实上，郑卫之音与桑间濮上之音并非导致乱世与亡国的真正原因。

此外，《左传》中关于"礼"的论述，客观上也对《乐记》中的"礼"产生一些影响。比如"礼，经国家，定社稷，序民人，利后嗣者

---

① 杨伯峻编著：《春秋左传注》，中华书局1995年版，第1221—1222页。
② 杨天宇撰：《礼记译注》，上海古籍出版社2004年版，第485页。

也"①；"礼，所以整民也"②；"礼，国之干也"③。根据杨伯峻对《左传》中"礼"字的统计，《左传》一共提到了"礼"字462次④，《左传》这些对"礼"的高度肯定无疑对后世的《礼记》包括《乐记》会产生一定的影响。

三 《国语》对《乐记》的影响

《国语》也记载了当时的一些音乐思想，对于《乐记》的形成也产生了重要的影响。其中，《国语》中关于"和声"乃"乐之至"，以及"乐开山川之风"，"以耀德于广远"，从中可以见出一些关于乐的思想萌芽。

（一）"和声"乃"乐之至"

《国语》在不同的语言环境中记载了"和乐""和声""和之至"和"乐之至"等重要的音乐思想。《国语·郑语》记载周太史伯在回答郑桓公关于"周其弊乎"的问题时，谈到了"和乐"以及"和之至"的思想：

> 夫和实生物，同则不继。以他平他谓之和，故能丰长而物归之；若以同裨同，尽乃弃矣。故先王以土与金、木、水、火杂，以成百物，是以和五味以调口，刚四支以卫体，和六律以聪耳，正七体以役心，平八索以成人，建九纪以立纯德，合十数以训百体。出千品，具万方，计亿事，材兆物，收经入，行姟极。故王者居九畡之田，收经入以食兆民，周训而能用之，和乐如一。夫如是，和之至也。⑤

史伯这段话肯定了人与天的相互顺从，认为"和实生物，同则不继"，彼此之间应该取和而去同，达到"和乐如一"，才是真正的"和之至"。

---

① 参见杨伯峻编著《春秋左传注》，中华书局1995年版。
② 同上。
③ 同上。
④ 同上书，第16页。
⑤ 《国语译注》，上海古籍出版社1994年版，第488—489页。

关于"和声"以及"乐之至"的说法，见于《国语·周语下》。周景王欲铸大钟，单穆公进行劝谏：

> 夫乐不过以听耳，而美不过以观目，若听乐而震，观美而眩，患莫甚焉。夫耳目，心之枢机也，故必听和而视正。听和则聪，视正则明。聪则言听，明则德昭。听言昭德，则能思虑纯固，以言德于民，民歆而德之，则归心焉。上得民心以殖义方，是以作无不济，求无不获。然则能乐。夫耳内和声，而口出美言，以为宪令，而布诸民，正之以度量，民以心力，从之不倦，成事不贰，乐之至也。口内味而耳内声，声味生气。气在口为言，在目为明。言以信名，明以时动。名以成政，动以殖生。政成生殖，乐之至也。若视听不和，而有震眩，则味入不精，不精则气佚，气佚则不和。于是乎有狂悖之言，有眩惑之明，有转易之名，有过慝之度。①

单穆公这段话强调了"听和而视正"的重要性和"视听不和"的危害性。"听和而视正"的重要性在于："听和则聪，视正则明。聪则言听，明则德昭。听言昭德，则能思虑纯固，以言德于民，民歆而德之，则归心焉。"这实际上揭示了由乐知政达到"心力"和谐、"政成生殖"，才是"乐之至"的最高境界。"视听不和"的危害性在于："有震眩，则味入不精，不精则气佚，气佚则不和。于是乎有狂悖之言，有眩惑之明，有转易之名，有过慝之度。"

《国语》关于"和乐"和"乐正"的思想，在《国语·周语下》该篇还有一段关于周景王与伶州鸠的一段对话，伶州鸠回答说：

> 夫政象乐，乐从和，和从平。声以和乐，律以平声。金石以动之，丝竹以行之，诗以道之，歌以咏之，匏以宣之，瓦以赞之，革木以节之。物得其常曰乐极，极之所集曰声，声应相保曰和，细大不逾曰平。如是，而铸之金，磨之石，系之丝木，越之匏竹，节之鼓而行之，以遂

---

① 同上书，第93—94页。

八风。于是乎气无滞阴，亦无散阳，阴阳序次，风雨时至，嘉生繁祉，人民和利，物备而乐成，上下不罢，故曰乐正……夫有和平之声，则有蕃殖之财。于是乎道之以中德，咏之以中音，德音不愆以合神人，神是以宁，民是以听。①

伶州鸠这段话蕴含了天人合一的思想萌芽，通过对政与乐的关系的阐释，把政与乐联系起来，认为"政象乐"，还提出了"乐从和，和从平"的观点，揭示了"声以和乐""律以平声"与"和平之声"的审美特点。在伶州鸠看来，只有达到了人与自然的和谐，具有"和乐"与"平声"的"和平之声"，才能够算是"乐正"。由伶州鸠这些思想到《乐记》的和合思想，不难看出《乐记》与《国语》的渊源。

《乐记》行文也蕴含着浓郁的和合思想。《乐记·乐本》"乐以和其声"，即"和声"，"声音之道，与政通矣"即乐与政通。《乐记》还多次提到"乐者，天地之和"。《乐记·乐论》："大乐与天地同和，大礼与天地同节。和故百物不失；节故祀天祭地……乐者，天地之和也。"《乐记·乐礼》不仅肯定了"乐者敦和，率神而从天"，而且还从天人合一的高度出发，揭示了天地自然相摩相荡的"百化兴焉"的勃勃生机，认为"地气上齐，天气下降，阴阳相摩，天地相荡，鼓之以雷霆，奋之以风雨，动之以四时，暖之以日月，而百化兴焉。如此，则乐者天地之和也"。由此可见，《乐记》谈乐的和合思想，比《国语》显然更具体，也更深入。

（二）"乐开山川之风"，"以耀德于广远"

《国语·晋语八》又记载，师旷对"平公说新声"发表了如下议论：

夫乐以开山川之风也，以耀德于广远也。风德以广之，风山川以远之，风物以听之，修诗以咏之，修礼以节之。夫德广远而有时节，是以远服而迩不迁。②

---

① 《国语译注》，上海古籍出版社 1994 年版，第 94 页。
② 《国语译注》，上海古籍出版社 1994 年版，第 431 页。

师旷认为音乐不仅具有"开山川之风"的功能，而且能借助山川之风，"以耀德于广远"，"风物以听之"。也就是说，音乐能感化万物，促进万物的顺利生长。同时，师旷也认为，乐的表现需要"修诗以咏之，修礼以节之"，即用诗来表现乐，用修礼来节制音乐。

与《国语》相比，《乐记》更加重视乐对天地自然以及社会的巨大影响。《乐记·乐礼》："及夫礼乐之极乎天而蟠乎地，行乎阴阳而通乎鬼神，穷高极远而测深厚，乐著太始而礼居成物。"这就是说，礼乐充满于天地之间，可以达到最高远最深厚的地方，而乐则可以与天合而为一。《乐记·乐施》认为"乐者，所以象德也"，不仅把乐视为"圣人之所乐"，而且认为乐能够改善民心，具有移风易俗的教化作用，所以"先王著其教焉"。《乐记·乐象》认为由乐可以观德，进一步把乐推到"天下皆宁"的高度："乐行而伦清，耳目聪明，血气和平，移风易俗，天下皆宁"，认为"生民之道，乐为大焉"。由此可见，《乐记》高度重视乐的社会作用，其历史由来已久，与《国语》客观上也存在承接关系。

综上所述，《乐记》作为中国古代第一部音乐美学著作，在形成过程中客观上会自觉不自觉地受到《易传》《左传》和《国语》等先秦文献的影响。事实上，《乐记》正是根据我国先秦时包括歌舞在内的音乐艺术实践，对于我国先秦时期音乐美学思想的总结，具有集大成的性质，在我国音乐美学思想发展史上产生极为深远的影响，正如蒋孔阳所言："《乐记》在我国的音乐美学思想发展史中，不仅是第一部最有系统的著作，而且还是最有生命力、最有影响的一部著作。"[1]

第二节　《庄子》与《乐记》的比较

庄子在中国哲学史上是一个奇才、怪才，在他的哲学思想中，看似荒诞的问题却蕴含着深刻而又独到的见解。他的思想对后世美学以及音乐理

---

[1] 蒋孔阳：《先秦音乐美学思想论稿》，人民文学出版社 1986 年版，第 209 页。

论，都产生了重要的影响。庄子作为道家的重要代表，虽然主张"出世"，但他的反异化思想一方面具有超然物外的意味，另一方面也与《乐记》的许多观点不谋而合。

一　庄子的反异化与《乐记》的"人化物"思想

庄子追求返璞归真，反对世俗的礼乐，其深层原因在于他发现了现实社会对人性与自由的束缚，揭示了道德文化对人性的异化力量。因此，庄子的哲学在深层上实质上也是一种反异化的哲学。庄子这种反异化的思想在《乐记》那里也有突出的表现。

《庄子》是我国第一部具有反"异化"思想的著作。庄子处于战国中期封建领主制向封建地主制过渡的时代，对当时社会的变异更迭、人生价值的扭曲有着深切的观察和体验。因此，《庄子》一书深刻揭示了社会中的异化现象，批判了人的本质发生异化的社会问题，在追求个人自由中表达了反异化的人生理想。《庄子·齐物论》："与物相刃相靡，其行进如驰而莫之能止，不亦悲乎！终身役役而不见其成功，苶然疲役而不知其所归，可不哀邪！人谓之不死，奚益！其形化，其心与之然，可不谓大哀乎？人之生也，固若是芒乎！"在庄子看来，人与外物相互摩擦，沉溺于外物，终生忙忙碌碌而无所成就，这就是物对人的异化。尤其是《庄子·缮性》对异化的否定非常坚决："丧己于物、失性于俗者，谓之倒置之民。"意思是说，人由于外物而失去了自我，由于习俗而丧失了本性，这是本末倒置。庄子这种反异化的思想在《乐记·乐本》中也得到了充分的表现：

> 人生而静，天之性也。感于物而动，性之欲也。物至知知，然后好恶形焉。好恶无节于内，知诱于外，不能反躬，天理灭矣。
>
> 夫物之感人无穷，而人之好恶无节，则是物至而人化物也。人化物也者，灭天理而穷人欲者也。于是有悖逆诈伪之心，有淫泆作乱之事。是故强者胁弱，众者暴寡，知者诈愚，勇者苦怯，疾病不养，老幼孤独不得其所，此大乱之道也。是故先王之制礼

乐，人为之节。①

在《乐记》看来，"好恶无节"就会导致"物至而人化物"，出现"灭天理而穷人欲"滋生"悖逆诈伪之心""淫泆作乱之事"，这是"大乱之道也！"《乐记》认为，要克服"人化物"，就必须"乐以治心"，具有人为之节，只有礼乐教化，才能"反人道之正"，所以《乐记·乐本》说："是故先王之制礼乐也，非以极口腹耳目之欲也，将以教民平好恶，而反人道之正也。"通过乐节民心，可以超越人的感官欲望对人的束缚，控制个人的好恶之情，存天理，控人欲，使人的好恶达到平衡的心境，从而实现"反人道之正"的目的。在庄子那里，虽然具有反异化的思想，但庄子并没有提出积极有效的措施，而《乐记》提出的克服异化的思路却是积极有效的，也具有较强的社会性。

《乐记》强调人为之节的科学之处在于，它并非以强硬的手段去强迫人们实现乐的人为之节，而是在遵循天地自然与乐的规律的基础上，"明于天地，然后能兴礼乐"，通过"礼节民心，乐和民声"，以达"礼乐皆得，谓之有德，德者得也"的最高境界。

二 庄子的天人合一与《乐记》的"天地之和"思想

天人关系是庄子哲学中的核心论题。从庄子的宇宙观来看，他把人视为宇宙的一个部分，认为人与天地自然都是密不可分、浑然一体的，因此，人应该在"发天贵真"中保持天赋的婴儿之心、赤子之心，以保存人的自然情性，进而达到人与自然的和谐，实现天人合一的境界。庄子从"道"的角度出发，即以道观之，来审视人与自然的关系问题，正如《庄子·齐物论》所云："唯达者知通为一"，"天地与我并生，而万物与我为一"。这是庄子天人合一思想的最好表述。

《乐记》的天人合一思想不但受到《易传》的影响，也很可能受到《庄子》的影响。我们不妨看看《乐记》如何论述礼乐与天地自然的关系：

---

① 杨天宇撰：《礼记译注》，上海古籍出版社2004年版，第471—472页。

《乐记·乐论》:"大乐与天地同和,大礼与天地同节。……乐者,天地之和也;礼者,天地之序也。和,故百物皆化;序,故群物皆别。乐由天作,礼以地制。过制则乱,过作则暴。明于天地,然后能兴礼乐也。"

《乐记·乐礼》:"乐者敦和,率神而从天;礼者别宜,居鬼而从地。故圣人作乐以应天,制礼以配地。礼乐明备,天地官矣。"

《乐记·乐情》:"是故大人举礼乐,则天地将为昭焉。天地欣合,阴阳相得,煦妪覆育万物,然后草木茂,区萌达,羽翼奋,角觡生,蛰虫昭苏,羽者妪伏,毛者孕鬻,胎生者不殰,而卵生者不殈,则乐之道归焉耳。"①

《乐记·乐论》揭示了礼乐与天地自然的关系,"大乐与天地同和,大礼与天地同节",这里蕴含的礼乐与天地自然的关系是"同和""同节",可见二者关系的和谐。而庄子则说"天地与我并生,而万物与我为一",也强调了人与天地自然的和谐关系。尤其是《乐记·乐情》在"天地欣合,阴阳相得,煦妪覆育万物,然后草木茂,区萌达,羽翼奋,角觡生,蛰虫昭苏,羽者妪伏,毛者孕鬻,胎生者不殰,而卵生者不殈"的前提下,把"乐之道归焉"作为结论,直接揭示了"乐之道"与自然之道的同构性、相通性与一致性。

但是,我们需要注意的是,庄子的天人合一思想虽然看到了人与自然的一致性,同时也注意到了万物之间(包括人在内)的差异性,既有辩证法的意味,也初步蕴含了否定人类中心论的思想,但在"道"的层面上,庄子并没有肯定人的价值的主体性及其独立性,这样客观上就自觉不自觉地抹杀了人在宇宙自然中的独立性与主体性,因此,在天人合一的建构中,庄子的宇宙观却存在难以克服的消极倾向,即人作为有生命的个体或群体,在天人合一中只能屈从于天地自然。《乐记》与《庄子》不同,《乐记》一方面肯定了天人合一,但另一方面也张扬了人类的主体意识,通过人为之节,克服人的异化,努力自觉建构天人合一的境界。

---

① 参见王文锦译解《礼记译注》,中华书局2001年版。

三　庄子的性情论与《乐记》"乐由心生"的思想

庄子的性情论主要表现为率真自然。《庄子·齐物论》:"随其成心而师之"揭示了"成心"的重要性,即人的行为是效法自己的内心。庄子这一思想在刘勰《文心雕龙·体性》中得到了深化:"各师成心,其异如面。"值得注意的是,《庄子·养生主》不仅仅反映了认识规律和掌握规律的重要性,而且其中所说的"方今之时,臣以神遇,而不以目视;官知止而神欲行",实际上也在很大程度上揭示了庖丁在解牛过程中是按照"神遇"进行操作的,是"神欲行",或者用现代的话来说,就是不知不觉或不由自主。《庄子·养生主》描写庖丁解牛的声音是"砉然莫不中音:合于《桑林》之舞,乃中《经首》之会。"这从一个侧面说明了乐的产生是来自庖丁内在的"神",也就是心灵的外化。

与庄子这一观点相比,《乐记》的"乐由心生"则直接揭示了乐与心的关系。《乐记·乐本》多处提到了"凡音之起,由人心生也","乐者,音之所由生也","凡音者,生人心者也","凡音者,生于人心者也"。很显然,在《乐记》看来,无论是"音"还是"乐",都是从人心中产生的,是人心感物而动,也是人的心灵的外化。所以《乐记·乐论》认为"乐由中出,礼自外作。乐由中出,故静;礼自外作,故文。大乐必易,大礼必简"。在《乐记》看来,乐是自然而然地产生的,所以显得非常平和宁静,即使大乐,也必然很简易。究其实质,这些都说明乐的产生是很自然而然的,应该符合人的情性,正如《乐记·乐言》所云:"是故先王本之情性,稽之度数,制之礼义,合生气之和,道五常之行,使之阳而不散,阴而不密,刚气不怒,柔气不慑。四畅交于中而发作于外,皆安其位而不相夺也。"这里"先王本之情性",就是说先王依据人的先天性情,考核一定的度数,制定一定的原则,像阴阳二气谐和交融,像金、木、水、火、土那样先后有序,然后使阴阳刚柔四气和谐通畅地融入体内而又表现于音乐。

此外,《乐记·乐象》云:"君子动其本,乐其象,然后治其饰。"这里说的"动其本"就是指君子作乐的时候,以心为本源,用声来表现,然后对声进行加工组织。《乐记》这些说法都在较大程度上阐释了"乐由心生"的思想，心是乐的本源，但心又不是空穴来风，而是感物而动。

四 庄子推崇自然之乐与《乐记》的乐法自然思想

庄子虽然是道家，但也受到《易传》的影响，在注重天人合一的同时，推崇自然之乐。

《庄子·天运》："夫尊卑先后，天地之行也，故圣人取象也。"又说"天尊地卑，神明之位也"，"夫天地至神而有尊卑先后之序，而况于人道乎?"《庄子·天道》："静而与阴同德，动而与阳同波……故其动也天，其静也地。"庄子认为天与人本来就是合一的，所以"天地与我并生，而万物与我为一"。

庄子推崇自然之乐，把音乐视为对天地自然的模仿。《庄子·齐物论》中子游与子綦关于地籁、人籁与天籁的讨论，说明地籁是各种不同的地穴发出的风声，而人籁则是吹奏竹管所发出的声音，天籁则是能够使事物发出声音的"怒者"，实际上也就是乐之"道"。《齐物论》这里写了不同的风啸怒号，大小相应，高低相和，似乎一首复杂多变的多声部交响乐。庄子这样阐释地籁、人籁与天籁，实际上旨在借风喻乐，揭示乐具有模仿自然的特性。

《庄子·天运》载北门成问黄帝听乐的困惑，黄帝作了如下答复：

> 北门成问于黄帝曰："帝张《咸池》之乐于洞庭之野，吾始闻之惧，复闻之怠，卒闻之惑；荡荡默默，乃不自得。"
>
> 帝曰："汝殆其然哉！吾奏之以人，徵之以天，行之以礼义，建之以太清。四时迭起，万物循生；一盛一衰，文武伦经；一清一浊，阴阳调和，流光其声；蛰虫始作，吾惊之以雷霆；其卒无尾，其始无首；一死一生，一偾一起；所常无穷，而一不可待。汝故惧也。"
>
> "吾又奏之以阴阳之和，烛之以日月之明；其声能短能长，能柔能刚，变化齐一，不主故常；在谷满谷，在坑满坑；涂郄守神，以物为量。其声挥绰，其名高明。是故鬼神守其幽，日月星辰行其纪。吾

止之于有穷，流之于无止。子欲虑之而不能知也，望之而不能见也，逐之而不能及也；傥然立于四虚之道，倚于槁梧而吟。心穷乎所欲知，目知穷乎所欲见，力屈乎所欲逐，吾既不及已夫！形充空虚，乃至委蛇。汝委蛇，故怠。"

"吾又奏之以无怠之声，调之以自然之命，故若混逐丛生，林乐而无形；布挥而不曳，幽昏而无声。动于无方，居于窈冥；或谓之死，或谓之生；或谓之实，或谓之荣；行流散徙，不主常声。世疑之，稽于圣人。圣也者，达于情而遂于命者也。天机不张而五官皆备，无言而心说，此之谓天乐。故有焱氏为之颂曰：'听之不闻其声，视之不见其形，充满天地，苞裹六极。'汝欲听之而无接焉，而故惑也。乐也者，始于惧，惧故祟。吾又次之以怠，怠故遁；卒之于惑，惑故愚；愚故道，道可载而与之俱也。"①

《天运》所载黄帝的回答，非常深刻地揭示了乐与自然的密切关系。黄帝在这里把人道、天道、礼仪与无为结合起来，因此，黄帝所谓演奏的音乐实际上是无始无终，"一清一浊，阴阳调和"，是"阴阳之和，烛之以日月之明"，"日月星辰行其纪"，"调之以自然之命"，因为圣人就是"达于情而遂于命"，即遵循天道，所以真正的天乐是"听之不闻其声，视之不见其形，充满天地，苞裹六极"。可见，《天运》篇里把乐视为与天地自然的相通相融，"天乐"是天地自然之道的自然表现，而人为之乐则是对"天乐"的一种模仿。

《乐记·乐论》中"大乐与天地同和"，"和，故百物不失"，就是说"大乐"的和谐也应该遵循"和"的规律，只有这样，才能够达到"百物不失"的境界。"百物不失"，是万物和谐生长。很显然，大乐的产生也只有遵循和谐之道，才能够实现大乐的和谐。《乐记·乐论》还谈道："乐者，天地之和也……和，故百物皆化……乐由天作……明于天地，然后能兴礼乐也。"这些表述都说明乐的创造应该遵循天地之道，要明于天地，

---

① 陈鼓应注译：《庄子今注今译》，商务印书馆 2007 年版，第 426—427 页。

依照自然而作。

此外，《乐记》的《乐礼》篇由于明显受到《易传》的影响，而在这一点上与《庄子》恰恰具有相似之处，即二者都受到《易传》的影响，都是从遵循天地自然之道入手，来探讨乐的产生问题。二者的不同在于《庄子》推崇自然之乐，侧重于对自然之"道"的遵循，而《乐记》则通过对天地自然的感性体悟，进行了具体的阐释，直接揭示了"乐由天作"与"明于天地"的创造规律。

第三节 荀子《乐论》与《乐记》的比较

《乐记》是中国古代文艺美学的重要经典。要研究《乐记》，荀子的《乐论》是绕不过去的一个点。通过对《乐记》与《乐论》异同的比较，把《乐记》视为一种特殊的"历史流传物"，而《乐论》则是《乐记》形成史上的一个重要环节，正因为如此，《乐记》对后世的影响才能够大大超越《乐论》的影响。

一 荀子《乐论》与《乐记》的相同或相似点

如果稍微仔细阅读《乐论》与《乐记》就不难发现，在内容方面，《乐论》与《乐记》的相同点或相似点主要在于：《乐论》的主要内容与《乐记·乐化》和《乐记·乐象》两篇相同或相似，此外还与《乐记·乐施》《乐记·乐言》《乐记·乐情》《乐记·乐论》具有一些相同或相似之处。

（一）《乐论》与《乐记·乐化》的相同或相似点

先看《乐论》对乐以及乐的社会功能的阐释：

> 夫乐者，乐也，人情之所必不免也，故人不能无乐。乐则必发于声音，形于动静，而人之道，声音、动静，性术之变尽是矣。故人不能不乐，乐则不能无形，形而不为道，则不能无乱。先王恶其乱也，

故制雅、颂之声以道之，使其声足以乐而不流，使其文足以辨而不谓，使其曲直、繁省、廉肉、节奏，足以感动人之善心，使夫邪污之气无由得接焉。是先王立乐之方也，而墨子非之，奈何！

故乐在宗庙之中，君臣上下同听之，则莫不和敬；闺门之内，父子兄弟同听之，则莫不和亲；乡里族长之中，长少同听之，则莫不和顺。故乐者，审一以定和者也，比物以饰节者也，合奏以成文者也，足以率一道，足以治万变。是先王立乐之术也，而墨子非之，奈何！

故听其雅、颂之声，而志意得广焉；执其干戚，习其俯仰屈伸，而容貌得庄焉；行其缀兆，要其节奏，而行列得正焉，进退得齐焉。故乐者，出所以征诛也，入所以揖让也。征诛揖让，其义一也。出所以征诛，则莫不听从；入所以揖让，则莫不从服。故乐者，天下之大齐也，中和之纪也，人情之所必不免也。是先王立乐之术也，而墨子非之，奈何！

且乐者，先王之所以饰喜也；军旅铁钺者，先王之所以饰怒也。先王喜怒皆得其齐焉。是故喜而天下和之，怒而暴乱畏之。先王之道，礼乐正其盛者也，而墨子非之。故曰：墨子之于道也，犹瞽之于白黑也，犹聋之于清浊也，犹欲之楚而北求之也。①

再看《乐记·乐化》对乐以及乐的社会功能的阐释：

夫乐者，乐也，人情之所不能免也。乐必发于声音，形于动静，人之道也。声音动静，性术之变尽于此矣。故人不耐②无乐，乐不耐无形，形而不为道不耐无乱。先王耻其乱，故制《雅》《颂》之声以道之，使其声足乐而不流，使其文足论而不息，使其曲直、繁瘠廉肉、节奏，足以感动人之善心而已矣，不使放心邪气得接焉，是先王

---

① 安小兰译注：《荀子》，中华书局2007年版，第196—199页。
② "耐"：郑玄注为"古书'能'字也。后世变之，此独存焉"。《乐书》即作"能"。参见蔡仲德注译《中国音乐美学史资料注译》，人民音乐出版社2004年版，第296页。

立乐之方也。

是故乐在宗庙之中，君臣上下同听之，则莫不和敬；在族长乡里之中，长幼同听之，则莫不和顺；在闺门之内，父子兄弟同听之，则莫不和亲。故乐者，审一以定和，比物以饰节，节奏合以成文，所以合和父子、君臣，附亲万民也，是先王立乐之方也。

故听其《雅》《颂》之声，志意得广焉；执其干戚，习其俯仰诎伸，容貌得庄焉；行其缀兆，要其节奏，行列得正焉，进退得齐焉。故乐者，天地之命，中和之纪，人情之所不能免也。

乐者，先王之所以饰喜也。军旅铁钺者，先王之所以饰怒也。故先王之喜怒，皆得其侪焉。喜，则天下和之；怒，则暴乱者畏之，先王之道，礼乐可谓盛矣。①

通过对《乐论》与《乐记》这两段文字的比较可以发现，二者除在文字表述上有一些细微的差异之外，在内容方面大同小异，只不过是荀子借"先王立乐之方"来批驳墨子的非乐思想罢了。

（二）《乐论》与《乐记·乐施》《乐记·乐言》《乐记·乐情》《乐记·乐论》的相同点或相似点

《乐论》："墨子曰：'乐者，圣王之所非也，而儒者为之，过也。'君子以为不然。乐者，圣人之所乐也，而可以善民心，其感人深，其移风易俗易，故先王导之以礼乐而民和睦。"

《乐记·乐施》："乐也者，圣人之所乐也，而可以善民心，其感人深，其移风易俗，故先王著其教焉。"

《乐论》："夫民有好恶之情而无喜怒之应则乱。先王恶其乱也，故修其行，正其乐，而天下顺焉。故齐衰之服，哭泣之声，使人之心悲；带甲婴轴，歌于行伍，使人之心伤；姚冶之容，郑、卫之音，使人之心淫；绅端、章甫，舞《韶》歌《武》，使人之心庄。故君子耳不听淫声，目不视

---

① 杨天宇撰：《礼记译注》，上海古籍出版社 2004 年版，第 504—506 页。

女色，口不出恶言。此三者；君子慎之。"

《乐记·乐言》："夫民有血气心知之性，而无哀乐喜怒之常，应感起物而动，然后心术形焉。是故志微、噍杀之音作，而民思忧；啴谐、慢易、繁文、简节之音作，而民康乐；粗厉、猛起、奋末、广贲之音作，而民刚毅；廉直、劲正、庄诚之音作，而民肃敬；宽裕、肉好、顺成、和动之音作，而民慈爱；流辟、邪散、狄成、涤滥之音作，而民淫乱。"

《乐论》："凡奸声感人而逆气应之，逆气成象而乱生焉；正声感人而顺气应之，顺气成象而治生焉。唱和有应，善恶相象，故君子慎其所去就也。"

《乐记·乐象》："凡奸声感人，而逆气应之。逆气成象，而淫乐兴焉。正声感人，而顺气应之。顺气成象，而和乐兴焉。倡和有应，回邪曲直各归其分，而万物之理，各以类相动也。"

《乐论》："君子以钟鼓道志，以琴瑟乐心。动以干戚，饰以羽旄，从以磬管。故其清明象天，其广大象地，其俯仰周旋有似于四时。故乐行而志清，礼修而行成，耳目聪明，血气和平，移风易俗，天下皆宁，美善相乐。故曰：乐者，乐也。君子乐得其道，小人乐得其欲。以道制欲，则乐而不乱；以欲忘道，则惑而不乐。故乐者，所以道乐也，金石丝竹，所以道德也。乐行而民乡方矣。故乐者，治人之盛者也，而墨子非之！"

《乐记·乐象》："是故君子反情以和其志，比类以成其行，奸声乱色不留聪明，淫乐慝礼不接心术，惰慢邪辟之气不设于身体，使耳目鼻口心知百体，皆由顺正，以行其义。

然后发以声音，而文以琴瑟，动以干戚，饰以羽旄，从以箫管，奋至德之光，动四气之和，以著万物之理。是故清明象天，广大象地，终始象四时，周还象风雨，五色成文而不乱，八风从律而不奸，百度得数而有常，小大相成，终始相生，倡和清浊，迭相为经。故乐行而伦清，耳目聪明，血气和平，移风易俗，天下皆宁。故曰：'乐者，乐也。'君子乐得其道，小人乐得其欲。以道制欲，则乐而不乱；以欲忘道，则惑而不乐。是故君子反情以和其志，广乐以成其教。乐行而民乡方，可以观德矣。"

《乐论》："且乐也者，和之不可变者也；礼也者，理之不可易者也。乐合同，礼别异。礼乐之统，管乎人心矣。"

《乐记·乐情》："乐也者，情之不可变者也；礼也者，理之不可易者也。乐统同，礼辨异，礼乐之说，管乎人情矣。"

《乐论》："穷本极变，乐之情也；著诚去伪，礼之经也。墨子非之，几遇刑也。明王已没，莫之正也。愚者学之，危其身也。君子明乐，乃其德也。乱世恶善，不此听也。於乎哀哉！不得成也。弟子勉学，无所营也。"

《乐记·乐情》："穷本知变，乐之情也；著诚去伪，礼之经也。礼乐偩天地之情，达神明之德，降兴上下之神，而凝是精粗之体，领父子君臣之节。"①

通过以上《乐论》与《乐记·乐化》《乐记·乐施》《乐记·乐言》《乐记·乐情》《乐记·乐论》的相同或相似点的比较，可以发现《乐论》与《乐记》在很多方面几乎完全相同或者相似的。

（三）对荀子《乐论》与《乐记》相同点或相似点的分析

1. 关于乐与人情的关系

在乐与人情的关系上，《乐论》与《乐记》都认为，乐是人情的表现，是人情所不能免的。试比较《乐论》与《乐记》：

《乐论》曰："夫乐者，乐也，人情之所必不免也，故人不能无乐。乐则必发于声音，形于动静，而人之道，声音、动静，性术之变尽是矣。故人不能无乐，乐则不能无形，形而不为道，则不能无乱。"

《乐记·乐化》："夫乐者，乐也，人情之所不能免也。乐必发于声音，形于动静，人之道也。声音动静，性术之变尽于此矣。故人不耐无乐，乐

---

① 安小兰译注：《荀子》，中华书局 2007 年版，第 202—205 页。杨天宇撰：《礼记译注》，上海古籍出版社 2004 年版，第 481—489 页。

不耐无形，形而不为道不耐无乱。"①

通过这两段文字可以见出，荀子《乐论》与《乐记》内容基本一样，二者都从人情的角度出发，揭示了乐乃人情"所不能免"。但二者也有一些细微的差异，《乐论》这段文字比《乐记》多了一句"故人不能无乐"。荀子这段文字中重复使用了"故人不能无乐"一句，而《乐记》则只有"故人不耐无乐"一句；《乐记》把"乐必发于声音，形于动静"直接归于"人之道也"，然后进一步阐释"声音动静，性术之变尽于此"，而《乐论》则表述为"乐必发于声音，形于动静，而人之道，声音、动静，性术之变尽是矣"。显然，这种表述是有一定差异的。

2. 关于乐的中和之美

对于乐的中和之美，《乐论》和《乐记》也基本上都持肯定的态度。荀子《乐论》："故乐者，天下之大齐也，中和之纪也，人情之所必不免也。"荀子认为，这是先王立乐之方。而《乐记》也认为"故乐者，天地之命，中和之纪，人情之所不能免也"。《乐论》和《乐记》这里谈的都是乐的作用，这种作用能够使人的性情中正和平，这意味着乐本身就具有中和之美。《乐论》还直接阐明了乐具有中和之美："乐中平则民和而不流，乐肃庄则民齐而不乱。"荀子的意思是说，音乐中正和平，人民就会和睦相处而不放纵；音乐肃穆庄重，人民就会齐心协力而不散乱。而《乐记》除了谈及"中和之纪"以外，涉及中和之美的表述还有很多，诸如"大乐与天地同和"；"乐者，天地之和"；"从以箫管，奋至德之光，动四气之和，以著万物之理"；"爱心感者，其声和以柔"；"乐以和其声"；"治世之音安以乐，其政和"；"钟鼓干戚，所以和安乐也"；"乐和民声"；"乐文同，则上下和矣"；"大乐与天地同和"；"乐者，天地之和也"；"和故百物皆化"；"乐者敦和"；"合生气之和"；"平和之德"；"和乐兴焉"；"倡和有应"；"反情以和其志"；"四气之和"；"和顺积中"；"心中斯须不

---

① 安小兰译注：《荀子》，中华书局 2007 年版，第 196 页。杨天宇撰：《礼记译注》，上海古籍出版社 2004 年版，第 504 页。

和不乐，而鄙诈之心入之矣"；"乐极和，礼极顺，内和而外顺"；"审一以定和"；"喜则天下和之"等。从中和之美的角度来看，《乐记》显然要比《乐论》的表述更为丰富一些。

3. 关于雅颂之乐的美育功能

中国传统儒家的教化思想都非常重视雅颂之乐的美育功能。因此，《乐论》和《乐记》都以先王立乐之方为事实依据进行论证，充分肯定了雅颂之乐的美育功能。二者都认为先王制作雅颂之乐的目的是实现雅颂之乐的美育功能。《乐记》："先王耻其乱，故制《雅》《颂》之声以道之，使其声足乐而不流，使其文足论而不息，使其曲直、繁瘠廉肉、节奏，足以感动人之善心而已矣，不使放心邪气得接焉，是先王立乐之方也。"《乐记·乐施》："乐也者，圣人之所乐也，而可以善民心，其感人深，其移风易俗，故先王著其教焉。"《乐论》："故乐在宗庙之中，君臣上下同听之，则莫不和敬；闺门之内，父子兄弟同听之，则莫不和亲；乡里族长之中，长少同听之，则莫不和顺。"而《乐记·乐化》："是故乐在宗庙之中，君臣上下同听之，则莫不和敬；在族长乡里之中，长幼同听之，则莫不和顺；在闺门之内，父子兄弟同听之，则莫不和亲。"《乐论》与《乐记》这几段文字的前后顺序以及个别文字虽有差异，但其含义基本一致，都强调了雅颂之乐的美育功能。

不仅如此，《乐论》和《乐记》都把雅颂之乐的美育功能推到了极致，《乐记》："故乐行而伦清，耳目聪明，血气和平，移风易俗，天下皆宁。"而《乐论》的表述似乎要比《乐记》更为完善一些："故乐行而志清，礼修而行成，耳目聪明，血气和平，移风易俗，天下皆宁，美善相乐。"《乐论》甚至把乐上升到"治人之盛"的高度，"故乐者，治人之盛者也"，认为乐是"治人"的极为重要的手段。从《乐论》与《乐记》这两段文字的表述来看，《乐论》不但增加了"礼修而行成"一句，而且还提出了"美善相乐"以及"乐者，治人之盛"的重要观点。由此我们甚至可以推断，荀子的《乐论》很可能是在借鉴公孙尼子《乐记》的基础上，又进行了完善和深化。

4. 关于以道制欲

以道制欲是中国古代儒家修身的重要内容，其基本含义就是要求用合乎规范的理性和道德来约束和控制个人过多的欲望，并且以此作为衡量和判断君子与小人的重要尺度。

《乐论》："君子乐得其道，小人乐得其欲。以道制欲，则乐而不乱；以欲忘道，则惑而不乐。"而《乐记·乐象》也有与此完全相同的一段文字："君子乐得其道，小人乐得其欲。以道制欲，则乐而不乱；以欲忘道，则惑而不乐。"《乐记》的文字与《乐论》的文字完全一样，说明在"以道制欲"的问题上，二者观点完全一致。为了更好地"以道制欲"，《乐论》中言："凡奸声感人而逆气应之，逆气成象而乱生焉；正声感人而顺气应之，顺气成象而治生焉。唱和有应，善恶相象，故君子慎其所去就也。"《乐记·乐象》："凡奸声感人，而逆气应之。逆气成象，而淫乐兴焉。正声感人，而顺气应之。顺气成象，而和乐兴焉。"《乐论》与《乐记》这里的表述略有不同，但并没有根本差异。《乐论》认为"君子耳不听淫声，目不视女色，口不出恶言。此三者，君子慎之"。而《乐记》则在"乐者，音之所由生也，其本在人心之感于物"的基础上，进一步提出了"先王慎所以感"的观点。《乐记》认为，先王制礼乐，"非以极口腹耳目之欲也，将以教民平好恶，而反人道之正也"，目的是预防人们的"好恶无节"。《乐记·乐本》则试图通过礼乐文化来校正异化的现象："夫物之感人无穷，而人之好恶无节，则是物至而人化物也。人化物也者，灭天理而穷人欲者也。于是有悖逆诈伪之心，有淫泆作乱之事。是故强者胁弱，众者暴寡，知者诈愚，勇者苦怯，疾病不养，老幼孤独不得其所，此大乱之道也。是故先王之制礼乐，人为之节。"显然，在揭示异化方面，《乐记》发现了"人化物"的严重性，这又比《乐论》更为深刻一些。

5. 关于郑卫之音与《韶》《武》之音

荀子认为"郑、卫之音，使人之心淫"，因此反对"邪音"和"淫声"，主张舞《韶》歌《武》，"使夷俗邪音不敢乱雅"。《乐论》："故礼乐废而邪音起者，危削侮辱之本也。故先王贵礼乐而贱邪音。其在序官也，曰：'修宪命，审诗商，禁淫声，以时顺修，使夷俗邪音不敢乱雅，太师之事也。'"认为"奸声感人而逆气应之，逆气成象而乱生焉"，"姚冶之容，郑、卫之音，使人之心淫"，而"绅端、章甫，舞《韶》歌《武》，使人之心庄"。因此，荀子强调："君子耳不听淫声，目不视女色，口不出恶言。此三者，君子慎之。"《荀子·富国》还充分肯定了德音对于治理国家的重要性："其德音足以化之，得之则治，失之则乱。"

《乐记》与《乐论》相同，也肯定了雅颂之音，《乐记·乐施》："《大章》，章之也。《咸池》，备矣。《韶》，继也。《夏》，大也。殷周之乐尽矣。"《乐记》这里所陈述的都是雅颂之音，其中，《韶》赞颂了舜的德政。在《乐记·魏文侯》中，通过魏文侯与子夏的对话，子夏批评了郑、卫之音，认为古乐是"德音"；《乐记·宾牟贾》则主要探讨了《武》乐的特点，肯定了《武》乐所表现的武王大一统的声威。值得注意的是，《乐记》还进一步论述了"声音之道与政通"的互动关系，认为"治世之音安以乐，其政和；乱世之音怨以怒，其政乖；亡国之音哀以思，其民困。声音之道与政通矣。"《乐记》还明确否定了郑卫之音和桑间濮上之音，进而认为"郑、卫之音，乱世之音也，比于慢矣。桑间濮上之音，亡国之音也，其政散，其民流，诬上行私而不可止也"。与《乐论》一样，《乐记》也对"奸声感人而逆气应之，逆气成象而乱生焉"进行了分析，并提出了相应的对策。在这一点上，《乐记》明显要比《乐论》具体、深刻。

二　荀子《乐论》与《乐记》的不同点

《乐论》与《乐记》在许多相同点或相似点的基础上，还有一些比较明显的不同点，主要表现在二者的写作目的、对人性的理解、对礼乐的论述以及学理的系统性方面存在一些差异。

（一）《乐论》与《乐记》的写作目的不同

荀子的《乐论》主要是针对墨子的非乐理论而进行的有针对性的反

驳。《乐论》与《乐记》虽然都引用先王的观点来说理，但《乐论》引用先王的观点是为了通过阐明乐的美育功能，达到批驳墨子非乐观点的目的；而《乐记》引用先王的观点则是为了一般性说理，旨在阐明乐的美育功能。也就是说，《乐论》所论具有针对性，而《乐记》则超越了某种针对性，是对乐理一般理论的阐释。

对于荀子批驳墨子的非乐观点，笔者认为这里还有一个误区，即荀子和墨子都以先王或圣人的观点来进行立论，而实际上圣人既是非乐的又是肯定乐的。在这一点上，荀子似乎曲解了墨子，因为荀子所谈的乐与墨子所谈的乐根本不是一回事。墨子之所以非乐，是因为他所谈的乐不是一般的乐，而是统治者的奢侈之乐；而荀子所谈的乐则是圣人进行教化的雅颂之乐，而绝非统治者的奢侈之乐。《荀子·王霸》："急逐乐而缓治国者，非知乐者也。故明君者，必将先治其国，然后百乐得其中。暗君者，必将急逐乐而缓治国，故忧患不可胜校也，必至于身死国亡然后止也，岂不哀哉！将以为乐，乃得忧焉；将以为安，乃得危焉；将以为福，乃得死亡焉，岂不哀哉！於乎！君人者亦可以察若言矣！"① 荀子这段话足以说明"先治其国，然后百乐得其中"的道理。荀子这一点与《乐记》非常相似，《乐记·乐礼》："王者功成作乐，治定制礼。其功大者其乐备，其治辨者其礼具。"由此可见，《乐论》与《乐记》都不反对一般的乐。

我们如果分别站在墨子和荀子两个角度来看，墨子非乐，荀子肯定乐，双方都可谓言之有理，但实际上两个人谈的乐并不是一个概念，所以，荀子的义愤填膺似乎并没有什么道理。而《乐论》载墨子曰："乐者，圣王之所非也，而儒者为之，过也。"由墨子这句话来看，显然圣人也是反对墨子所说的奢侈之乐的。《墨子·三辩》从"乐逾繁者其治愈寡"的历史事实，认为"乐非所以治天下"；而荀子《乐论》恰恰把乐视为统治者治理社会的重要手段，因此《荀子·富国》中甚至认为墨子非乐会导致"天下乱"的结果："我以墨子之'非乐'也，则使天下乱。"荀子此说也

---

① 北京大学《荀子》注释组：《荀子新注》，中华书局 1979 年版，第 170 页。

有间接夸大乐的作用的嫌疑。

(二)《乐论》与《乐记》人性论的差异

就《乐论》与《乐记》的行文来看，二者对人性的理解似乎并没有根本差异，但如果结合荀子在其他文章中对人性的理解，还是能够看出二者的区别的。但值得注意的是，荀子的性恶论实际上对他的《乐论》的影响并不大。

首先，我们分析荀子的性恶论。荀子断定人性是恶的，而人性由恶向善的转化是人后天修炼而成。《荀子·性恶》："人之性恶，其善者伪也。今人之性，生而有好利焉，顺是，故争夺生而辞让亡焉；生而有疾恶焉，顺是，故残贼生而忠信亡焉；生而有耳目之欲，有好声色焉，顺是，故淫乱生而礼义文理亡焉。然则从人之性，顺人之情，必出于争夺，合于犯分乱理而归于暴。故必将有师法之化、礼义之道，然后出于辞让，合于文理而归于治。用此观之，然则人之性恶明矣，其善者伪也。"① 实际上，关于人性恶的观点，并非荀子的首创，因为荀子《性恶》篇很明确地说明古代圣人认为"人之性恶"。《荀子·性恶》："故古者圣人以人之性恶，以为偏险而不正，悖乱而不治，故为之立君上之势以临之，明礼义以化之，起法正以治之，重刑罚以禁之，使天下皆出于治，合于善也。是圣王之治而礼义之化也。今当试去君上之势，无礼义之化，去法正之治，无刑罚之禁，倚而观天下民人之相与也；若是，则夫强者害弱而夺之，众者暴寡而哗之，天下悖乱而相亡不待顷也。"② 在荀子看来，既然古代圣人就已经认为人之性恶，并且因此通过礼仪教化和刑法加以矫正，那么对于现代人的性恶，依然"待师法然后正，得礼义然后治"。《荀子·性恶》："今人之性恶，必将待师法然后正，得礼义然后治。今人无师法，则偏险而不正；无礼义，则悖乱而不治。古者圣王以人性恶，以为偏险而不正，悖乱而不治，是以为之起礼义、制法度，以矫饰人之情性而正之，以扰化人之情性

---

① 《荀子新注》，中华书局1979年版，第390页。
② 同上书，第395页。

而导之也。始皆出于治，合于道者也。"① 其次，荀子的《劝学》篇、《荣辱》篇和《非相》篇也都揭示了人性恶而"成乎修为"的基本规律。《荀子·劝学》："为之，人也；舍之，禽兽也。"《荀子·荣辱》："凡人有所一同：饥而欲食，寒而欲暖，劳而欲息，好利而恶害，是人之所生而有也，是无待而然者也，是禹、桀之所同也。……尧、禹者，非生而具者也，夫起于变故，成乎修为，待尽而后备者也。人之生故小人，无师无法，则唯利之见耳。"② 而荀子在《非相》篇中则认为"人之所以为人"，"以其有辨也"，因为"人道莫不有辨"。荀子在《非相》篇中，甚至把"有辨"看作人与动物相区别的根本标志。

与荀子的"性恶论"相比，《乐记》则对人性作了中性的理解，即《乐记·乐本》所说的："人生而静，天之性也。"很显然，《乐记》既没有把人性看作是善的，也没有把人性看作是恶的，而是"静"的。《乐记》这里所说的"静"很明显是中性的，既没有褒义，也没有贬义。《乐记·乐本》："人生而静，天之性也；感于物而动，性之欲也。物至知知，然后好恶形焉。好恶无节于内，知诱于外，不能反躬，天理灭矣。"《乐记·乐本》还肯定了音由心生、乐由音生的规律："凡音之起，由人心生也。人心之动，物使之然也。感于物而动，故形于声；声相应，故生变，变成方，谓之音；比音而乐之，及干戚羽旄，谓之乐。""乐者，音之所由生也，其本在人心之感于物也。是故其哀心感者，其声噍以杀；其乐心感者，其声啴以缓；其喜心感者，其声发以散；其怒心感者，其声粗以厉；其敬心感者，其声直以廉；其爱心感者，其声和以柔。六者非性也，感于物而后动。"这就是说，人心本来是静的，是感物而动，然后由心生音，音生乐，即"比音而乐之，及干戚羽旄，谓之乐"。在《乐记》看来，正因为人心是感物而动，所以要"慎所以感"，以防人心被外物所异化，即"人化物"。

通过《乐记》对人性的阐释，结合荀子全部的人性理论，不难看出，

---

① 《荀子新注》，中华书局 1979 年版，，第 390 页。
② 同上书，第 44 页。

荀子对人性的理解，从总体上来看，他认为人性是恶的，但这种人性恶的思想并没有很明显地影响到他在《乐论》中的思想。

（三）《乐论》与《乐记》对"礼乐"论述的侧重点不同

《乐论》和《乐记》都使用了"礼乐"这个合成词，但二者使用的次数大不相同。《乐论》使用"礼乐"一词的句子有："先王之道，礼乐正其盛者也。""故礼乐废而邪音起者，危削侮辱之本也。故先王贵礼乐而贱邪音。""故先王导之以礼乐而民和睦。"《乐记》全文中"礼乐"并用的地方有二十多处。再如"礼乐之情""礼乐之文"等，还多次提到"先王之制礼乐"，认为"先王之道，礼乐可谓盛矣"。《乐记》在论述礼乐的时候，还经常采用先分后合的方式，通常使用"礼乐"这个合成词。

《乐论》和《乐记》都把礼乐并列使用，以加强语句的对比效果，但《乐论》使用"礼"字的次数非常少，因此，也就很少进行礼与乐的对比；而《乐记》则大量使用礼乐对比，建构了一种礼乐文化图式。《乐论》对比使用礼乐一词的句子有："故乐行而志清，礼修而行成。""且乐也者，和之不可变者也；礼也者，理之不可易者也。乐合同，礼别异，礼乐之统，管乎人心矣。""穷本极变，乐之情也。著诚去伪，礼之经也。"荀子在其他文章中礼乐对比使用得也不太多，《荀子·臣道》："恭敬，礼也；调和，乐也。"荀子这里使用了礼乐对比的手法，以揭示二者不同的功能。

《乐记》一方面阐释了礼乐之间的差异和不同点，另一方面又深刻地把握了二者的共通性和共同性，阐释了二者的互补与交融，《乐记》阐释礼乐较多的有《乐论》《乐礼》《乐化》《乐情》和《乐本》；《乐施》《乐言》《乐象》《宾牟贾》等篇也论及礼乐问题。《乐记·乐论》："乐者为同，礼者为异"，"大乐与天地同和，大礼与天地同节"。《乐记·乐情》："乐也者，情之不可变者也；礼也者，理之不可易者也。乐统同，礼辨异，礼乐之说管乎人情矣"；"穷本极变，乐之情也。著诚去伪，礼之经也"。《乐记·乐礼》："王者功成作乐，治定制礼。"《乐记·乐化》："乐以治心"，"礼以治躬"等。《乐记》通过对比的方法，既揭示出礼与乐的不同特点，又阐释二者的互补之处。

此外，《乐记》与《乐论》论述礼乐时还有一点显著的不同，即采取先分后合的方式，先阐释礼乐的不同特点，然后再概括礼乐殊途同归的共同性。如《乐记·乐论》："乐者为同，礼者为异。同则相亲，异则相敬。乐胜则流，礼胜则离。合情饰貌者，礼乐之事也。"又说，"乐至则无怨，礼至则不争。揖让而治天下者，礼乐之谓也"。这里是指礼乐结合形成合力，以达"揖让而治天下"的目的。《乐记·乐情》："乐也者，情之不可变者也；礼也者，理之不可易者也。乐统同，礼辨异，礼乐之说，管乎人情矣！"这是说明乐主情，礼主理，二者虽有不同，但都"管乎人情"。《乐记》对礼乐的阐释，也大量使用了先分后合的论述方法，这是《乐论》中基本没有的。从这个角度看，《乐记》对礼乐的阐释要比《乐论》更为深刻和丰富。

在先秦两汉时期，由于礼乐二者的亲缘关系，先儒论乐必谈礼，谈礼也必言乐，从而揭示了礼乐合而为一的文化特征。"儒家言礼必及于乐，故荀子有《乐论》篇。唯考此篇乃据公孙尼子之《乐记》以驳墨子《非乐论》者。"[1] 罗焌所言启示我们，《乐论》对"礼乐"的论述不及《乐记》，这在一定程度上恰恰说明《乐论》很可能是借鉴了公孙尼子的《乐记》，而刘德等人编著的《乐记》恰恰是在秦汉礼乐文化比较成熟完善的基础上，才能够把礼乐如此完美地结合起来。

（四）《乐论》与《乐记》学理的系统性不同

在学理层面，《乐论》与《乐记》也有明显的不同。《乐论》是针对墨子的非乐而言，是力求有的放矢，具有针对性，因此缺乏对乐或者礼乐全面系统的论述；而《乐记》则是一种特殊的"历史流传物"，是集大成之作，因此，无论是行文的结构方面，还是在内在的学理层面，《乐记》显然要比《乐论》更为全面、系统、深入。在内容方面，《乐论》所论内容大部分都蕴含在《乐记》的《乐化》《乐言》《乐象》《乐情》和《乐施》篇中，《乐论》最重要的就是提出了"美善相乐"的观点。至于《乐

---

① 罗焌：《诸子学术》，华东师范大学出版社 2008 年版，第 197 页。

论》中"吾观于乡,而知王道之易易也……故曰:吾观于乡,而知王道之易易也"这一段,则与《礼记·乡饮酒义》相同。《乐论》这一段文字主要介绍乡间饮酒的礼乐文化,而《乐记》中则没有相关论述。

总体来看,《乐记》较之《乐论》,学理上则显得比较全面系统。《乐记》所论内容根据具体的阐释,分别言及乐本、乐论、乐礼、乐施、乐言、乐象、乐情、乐化等,已经基本具备了乐理的系统性。在音乐理论上,《乐记》还提出了"乐由中出""大乐与天地同和""唯乐不可以为伪"等重要观点。至于《乐记》中的魏文侯篇、宾牟贾篇和师乙篇,虽然与《乐记》的前文在理论衔接上不够密切,但对正面支持《乐记》的基本观点,也能够发挥积极的辅助作用。

第四节 《吕氏春秋》与《乐记》的比较

《吕氏春秋》是一部具有"百科全书"性质的著作,蕴含了哲学、管理学和农学等思想,也保存了丰富的音乐理论。《乐记》作为中国古代重要的文艺美学著作,它肇始于公孙尼子,中经《吕氏春秋》和荀子《乐论》的影响,最后编著、定型于刘德、毛生等人笔下。通过对《吕氏春秋》与《乐记》的比较研究,笔者发现二者具有很多相似、相通乃至相同的意蕴。

一 《吕氏春秋》的"以性养物"与《乐记》的"人化物"

在中国古代哲学中,以老庄为代表的道家哲学已经具有了反异化思想的萌芽。在《老子》第三章中,老子肯定圣人之治是"虚其心",即净化人民的心思,使其没有贪欲。《老子》第四十四章曰"甚爱必大费,多藏必厚亡",意思是说被钱财所异化会造成严重的损失。庄子则提出"丧己于物、失性于俗者,谓之倒置之民"的反异化思想。在老庄哲学的影响下,《吕氏春秋》也主张反异化,这种反异化思想在《乐记》中也有鲜明的体现。

《吕氏春秋·本生》："人之性寿，物者抇之，故不得寿。物也者，所以养性也，非所以性养也。今世之人，惑者多以性养物，则不知轻重也。不知轻重，则重者为轻，轻者为重矣。若此，则每动无不败。以此为君，悖；以此为臣，乱；以此为子，狂。三者国有一焉，无幸必亡。"①《吕氏春秋》这段话对异化进行了深入的剖析，认为人们"以性养物"，这实际上是损耗生命去追求外物，这是不知轻重，而不知轻重，做君主，就会惑乱糊涂；做臣子，就会败乱纲纪；做儿子，就会狂放无礼。这三种情况，国家只要有其中的一种就必定灭亡。为了避免异化，《吕氏春秋·审分》提出了"不制于物，无肯为使"的思想，主张人们不要受制于外物，不能被外物所役使，要大力倡导节制和节欲，通过节制和节欲达到"适欲"的目的。《吕氏春秋》中关于节制的思想非常丰富：

《吕氏春秋·重己》："凡生之长也，顺之也；使生不顺者，欲也；故圣人必先适欲。"

《吕氏春秋·为欲》："欲不正，以治身则夭，以治国则亡。故古之圣王，审顺其天而以行欲，则民无不令矣，功无不立矣。"

《吕氏春秋·贵生》："圣人深虑天下，莫贵于生。夫耳目鼻口，生之役也。耳虽欲声，目虽欲色，鼻虽欲芬香，口虽欲滋味，害于生则止。在四官者不欲，利于生者则弗为。由此观之，耳目鼻口，不得擅行，必有所制。譬之若官职，不得擅为，必有所制。此贵生之术也。"

《吕氏春秋·贵生》："子华子曰：'全生为上，亏生次之，死次之，迫生为下。'故所谓尊生者，全生之谓。所谓全生者，六欲皆得其宜也。所谓亏生者，六欲分得其宜也。"

《吕氏春秋·情欲》："天生人而使有贪有欲。欲有情，情有节。圣人修节以止欲，故不过行其情也。故耳之欲五声，目之欲五色，口之欲五味，情也。此三者，贵贱、愚智、贤不肖欲之若一，虽神农、黄帝，其与桀、纣同。圣人之所以异者，得其情也。由贵生动则得其情矣，不由贵生

---

① 张双棣等译注：《吕氏春秋》，中华书局2007年版，第2—3页。

动则失其情矣。此二者，死生存亡之本也。"①

在《吕氏春秋》看来，为了节制就必须反对过度，进而达到"适欲"。《吕氏春秋·尽数》："何谓去害？大甘、大酸、大苦、大辛、大咸，五者充形则生害矣。大喜、大怒、大忧、大恐、大哀，五者接神则生害矣。大寒、大热、大燥、大湿、大风、大霖、大雾，七者动精则生害矣。故凡养生，莫若知本，知本则疾无由至矣。"② 很显然，这些众多的"大"都是过度，都会"生害"，因此应该予以节制。《吕氏春秋·大乐》曰："成乐有具，必节嗜欲。嗜欲不辟，乐乃可务。务乐有术，必由平出。"③ 相反，如果不予以节制，其后果是非常严重的。《吕氏春秋》还有两段文字批判了统治者"侈乐"的严重后果：

《吕氏春秋·侈乐》："世之人主，多以珠玉戈剑为宝，愈多而民愈怨，国愈危，身愈累，则失宝之情矣。乱世之乐与此同。为木革之声则若雷，为金石之声则若霆，为丝竹歌舞之声则若噪。以此骇心气、动耳目、摇荡生则可矣，以此为乐则不乐。故乐愈侈，而民愈郁，国愈乱，主愈卑，则亦失乐之情矣。" "遂而不返，制乎嗜欲，制乎嗜欲无穷则必失其天矣。且夫嗜欲无穷，则必有贪鄙悖乱之心，淫佚奸诈之事矣。故强者劫弱，众者暴寡，勇者凌怯，壮者傲幼，从此生矣。"④

《吕氏春秋》反对侈乐，可能是受到墨子非乐思想的影响。这些反异化的思想，以及节制和节欲的思想，都在较大程度上影响了《乐记》的反异化思想与节制、节欲思想。

我们不妨看看《乐记》的反异化思想以及节制、节欲思想：

《乐记·乐本》："夫物之感人无穷，而人之好恶无节，则是物至而人化物也。人化物也者，灭天理而穷人欲者也。于是有悖逆诈伪之心，有淫泆作乱之事。是故强者胁弱，众者暴寡，知者诈愚，勇者苦怯，疾病不

---

① 参见关贤柱等译注《吕氏春秋全译》，贵州人民出版社1997年版。
② 同上书，第80页。
③ 同上书，第143页。
④ 同上书，第147、150页。

养，老幼孤独不得其所，此大乱之道也。是故先王之制礼乐，人为之节。"①

《乐记·乐本》在反异化方面，担心"人之好恶无节"就会被外物所役使。因为在《乐记》看来，"好恶无节于内，知诱于外，不能反躬，天理灭矣"。《乐记》认为，这是"大乱之道"，因此，先王制礼乐，就是实现"人为之节"。

《乐记》比《吕氏春秋》的深刻之处在于，《乐记》通过对君子与小人的比较，提出了"以道制欲"的节制主张。《乐记·乐象》认为"君子乐得其道，小人乐得其欲。以道制欲，则乐而不乱；以欲忘道，则惑而不乐"。"以道制欲"，这是一个非常深刻的见解，也就是说，节制与节欲要有依据或者标准，这就是"道"。

二 《吕氏春秋》"和心在于行适"与《乐记》的"中和之纪"

《吕氏春秋》的和合思想受到《易传》与《老子》的影响。其中《老子》第四十二章讲"万物负阴而抱阳，冲气以为和"。《吕氏春秋》认为"和心在于行适"，其前提就是和合，这与《乐记》的"中和之纪"也具有相似之处。

我们先看看《吕氏春秋》关于和合思想的一些表述：

《吕氏春秋·有始》："天地有始，天微以成，地塞以形。天地合和，生之大经也。以寒暑日月昼夜知之，以殊形殊能异宜说。夫物合而成，离而生。知合知成，知离知生，则天地平矣，平也者，皆当察其情，处其形。"

《吕氏春秋·察传》："舜曰：'夫乐，天地之精也，得失之节也，故唯圣人为能和乐之本也……'"

《吕氏春秋·大乐》："凡乐，天地之和，阴阳之调也。"

《吕氏春秋·音律》："大圣至理之世，天地之气，合而生风。日至则

---

① 杨天宇撰：《礼记译注》，上海古籍出版社 2004 年版，第 472 页。

月钟其风，以生十二律。……天地之风气正，则十二律定矣。"

《吕氏春秋·孝行》："正六律，和五声，杂八音，养耳之道也。"①

以上是《吕氏春秋》对和合思想的表述，其中谈到了天地的和合，乐是"天地之和，阴阳之调"，"和五声"，"和乐之本也"。在《吕氏春秋》看来，所谓"和"就是要"适音"，"宫、徵、商、羽、角，各处其处，音皆调均"。

《吕氏春秋·大乐》："乐之所由来者远矣，生于度量，本于太一。太一出两仪，两仪出阴阳。阴阳变化，一上一下，合而成章。……万物所出，造于太一，化于阴阳。……形体有处，莫不有声。声出于和，和出于适。和适先王定乐，由此而生。"

《吕氏春秋·适音》："乐之弗乐者，心也。心必和平然后乐，心必乐然后耳目鼻口有以欲之，故乐之务在于和心，和心在于行适。"

"夫乐有适，心亦有适。人之情，欲寿而恶夭，欲安而恶危，欲荣而恶辱，欲逸而恶劳。四欲得，四恶除，则心适矣。四欲之得也，在于胜理。胜理以治身则生全以，生全则寿长矣。胜理以治国则法立，法立则天下服矣。故适心之务在于胜理。"

"夫音亦有适。太巨则志荡，以荡听巨则耳不容，不容则横塞，横塞则振。太小则志嫌，以嫌听小，则耳不充，不充则不詹，不詹则窕。太清则志危，以危听清则耳谿极，谿极则不鉴，不鉴则竭。太浊则志下，以下听浊则耳不收，不收则不特，不特则怒。故太巨、太小、太清、太浊皆非适也。"

"何谓适？衷音之适也。何谓衷？大不出钧，重不过石，小大轻重之衷也。黄钟之宫，音之本也，清浊之衷也。衷也者适也，以适听适则和矣。乐无太，平和者是也。"

《吕氏春秋·圜道》："今五音之无不应也，其分审也。宫徵商羽角，

_____

① 张双棣等：《吕氏春秋译注》，北京大学出版社2000年版。校勘众本"先五"之前皆有"和适"二字，今据毕校，《太平御览》五六六删。

各处其处，音皆调均，不可以相违，此所以不受也。"①

《吕氏春秋》认为，要"适音"，"心亦有适"，就要先"和心"，"乐之务在于和心，和心在于行适"。因为人心"亦有适"，所以"适心之务在于胜理"，即心情适中的关键是依循事物的情理。为了"适音"，《吕氏春秋·侈乐》还反对"夏桀、殷纣作为侈乐"，认为"失乐之情，其乐不乐。乐不乐者，其民必怨，其主必伤"，因此，《吕氏春秋·过理》还揭示了亡国与乐的关系，认为"亡国之主一贯，天时虽异，其事虽殊，所以亡者同，乐不适也。乐不适则不可以存"。《吕氏春秋》以上这种和合思想以及适音的思想与《乐记》的"中和之纪"有异曲同工之妙。

《乐记》受到《易传》及《吕氏春秋》的影响，也直接肯定了"乐者，天地之和"的观点，具有关于"和合"的丰富意蕴。诸如"爱心感者，其声和以柔"；"乐以和其声"；"治世之音安以乐，其政和"；"钟鼓干戚，所以和安乐也"；"乐和民声"；"乐文同，则上下和矣"；"大乐与天地同和"；"乐者，天地之和也"；"和，故百物皆化"；"乐者敦和"；"合生气之和"；"平和之德"；"和乐兴焉"；"倡和有应"；"反情以和其志"；"四气之和"；"和顺积中"；"心中斯须不和不乐，而鄙诈之心入之矣"；"乐极和，礼极顺，内和而外顺"；"审一以定和"；"中和之纪"；"喜则天下和之"；"四时和焉"；"合和父子、君臣"等。《乐记》行文中谈到"和"字的有二十多处，用"合"字近十处。我们甚至可以说，《乐记》作为一部文艺美学，它的内在主旨就是和合。

《乐记·乐化》谈到了"和合"以及"中和之纪"：

> 是故乐在宗庙之中，君臣上下同听之，则莫不和敬；在族长乡里之中，长幼同听之，则莫不和顺；在闺门之内，父子兄弟同听之，则莫不和亲。故乐者，审一以定和，比物以饰节，节奏合以成文，所以

---

① 张双棣等：《吕氏春秋译注》，北京大学出版社 2000 年版。"不收则不搏，不搏则怒。"搏（zhuān）旧本作"特"。

合和父子君臣，附亲万民也。是先王立乐之方也。

故听其《雅》《颂》之声，志意得广焉；执其干戚，习其俯仰诎伸，容貌得庄焉；行其缀兆，要其节奏，行列得正焉，进退得齐焉。故乐者，天地之命，中和之纪，人情之所不能免也。①

在《乐记》看来，乐能够使君臣"和敬"，长幼"和顺"，父子兄弟"和亲"，这是"先王立乐之方"。《乐记》进而由"雅、颂之声"推及"故乐者，天地之命，中和之纪，人情之所不能免也"。因为"乐者敦和"，所以乐是达到性情"中和"的重要手段。

通过《乐记》与《吕氏春秋》的对比，不难发现，二者虽然都谈"和合"，但相比而言，《吕氏春秋》较多地谈乐本身的"和"以及"适音"，而《乐记》则较多地谈乐具有的"和"的作用。

三 《吕氏春秋》的"全性之道"与《乐记》的"乐以治心"

《吕氏春秋》有一个重要的思想就是以生命为本，具有深刻的"全性"思想和"贵生"思想。既然突出"全性"与"贵生"，就必然肯定美以善为前提，而《乐记》的"乐以治心"，则突出乐的"治心"作用，这一点与《吕氏春秋》也有相似之处。

在《吕氏春秋》看来，美是以善为前提的。《吕氏春秋·本生》："今有声于此，耳听之必慊已，听之则使人聋，必弗听。有色于此，目视之必慊已，视之则使人盲，必弗视。有味于此，口食之必慊已，食之则使人喑，必弗食。是故圣人之于声色滋味也，利于性则取之，害于性则舍之，此全性之道也。"② 这段文字说明，声、色、味虽然能够使各种感官感觉舒适，但只要这些感觉"利于性则取之，害于性则舍之"，即以是否有利于性为依据决定这些声、色、味的价值及其取舍，这是"全性之道"。《吕氏春秋·贵生》还有一段关于"贵生"的言论："圣人深虑天下，莫贵于生。

---

① 杨天宇撰：《礼记译注》，上海古籍出版社2004年版，第505页。
② 张双棣等：《吕氏春秋译注》，中华书局2007年版，第3—4页。

夫耳目鼻口，生之役也。耳虽欲声，目虽欲色，鼻虽欲芬香，口虽欲滋味，害于生则止。在四官者不欲，利于生者则为。由此观之，耳目鼻口，不得擅行，必有所制。……此贵生之术也。"① 这段文字也是谈及"莫贵于生"，对于耳、目、鼻、口的各种欲求，也应该以是否对人有害为准，"害于生则止"，"利于生者则为"，此为"贵生之术"。很显然，《吕氏春秋》这两段文字通过谈养生，体现了以生命为本的思想，其中蕴含了美以善为前提的价值判断，即判断事物的价值要看其是否符合人的生命需要，是否有利于"全性"和"贵生"。

《乐记》虽然不谈"全性"和"贵生"，但强调"乐以治心"，也是旨在肯定乐的善，即乐的美也必须以乐的善为前提。《乐记·乐化》："致乐以治心，则易、直、子、谅之心，油然生矣。易、直、子、谅之心生则乐，乐则安，安则久，久则天，天则神。天则不言而信，神则不怒而威：致乐以治心者也，致礼以治躬则庄敬，庄敬则严威。心中斯须不和不乐，而鄙诈之心入之矣；外貌斯须不庄不敬，而易慢之心入之矣。故乐也者动于内者也，礼也者动于外者也。乐极和，礼极顺，内和而外顺，则民瞻其颜色而弗与争也，望其容貌而民不生易慢焉。"② 《乐记》这段话的意思是说，乐能够提高人内心的修养，而平易、正直、慈祥、善良的品性就会自然而然地产生。由此人就会感到愉快，感到愉快就能够使人内心安详，内心安详就能够使人生命长久，生命长久就能够与天相通，与天相通就能够与神相通。《乐记·乐施》认为"乐也者，圣人之所乐也，而可以善民心"。可以说，《乐记》所蕴含的文艺社会学思想的前提恰恰就是注重乐的善，即注重乐的教化作用。

《吕氏春秋》强调耳、目、鼻、口的各种欲求要"利于性"，"利于生"，而不"害于生"，"害于性"；同样，《乐记》也注重乐的善，《乐记·乐象》曰："奸声乱色不留聪明，淫乐慝礼不接心术，惰慢邪辟之气不设于身体，使耳目鼻口心知百体，皆由顺正，以行其义。然后发

---

① 陈奇猷校释：《吕氏春秋新校释》，上海古籍出版社 2002 年版，第 75 页。
② 杨天宇撰：《礼记译注》，上海古籍出版社 2004 年版，第 502—503 页。

以声音，而文以琴瑟，动以干戚，饰以羽旄，从以箫管，奋至德之光，动四气之和，以著万物之理。"① 《乐记》这里实质上也是强调乐要注重善，以善为前提，然后再以美的形式加以表现，即用诗、歌、舞的形式，通过琴瑟、干戚、羽旄、箫管等乐器的演奏，来发扬至德的光辉，调节四时之气，宣扬万物之理。由此可见，在《乐记》看来，乐的善是通过乐的美得到彰显，这显然比《吕氏春秋》对乐的阐释更进了一步。

四　《吕氏春秋》"乐产乎人心" 与《乐记》"乐由中出"

从音乐发生学的角度来看，《吕氏春秋》与《乐记》都认为乐是由人心产生的，没有神秘的色彩。具体而言，《吕氏春秋》认为"乐产乎人心"，而《乐记》则说"乐由中出"。《吕氏春秋·音初》：

> 凡音者，产乎人心者也。感于心则荡乎音，音成于外而化乎内，是故闻其声而知其风，察其风而知其志，观其志而知其德。盛衰、贤不肖、君子小人皆形于乐，不可隐匿，故曰乐之为观也深矣。②

《吕氏春秋》这段话直接揭示了"乐产乎人心"的特点，然后通过"感于心"，表现为"音"，然后"闻其声"—"知其风"—"察其风"—"知其志"—"观其志"—"知其德"。其中，《吕氏春秋》这里所说的"盛衰、贤不肖、君子小人皆形于乐，不可隐匿，故曰乐之为观也深矣"这段话，在《乐记·乐言》中也有相应的表述："使亲疏、贵贱、长幼、男女之理皆形见于乐。故曰：乐观其深矣。"由此可见《乐记》与《吕氏春秋》的渊源。

与《吕氏春秋》相比，《乐记》多次直接肯定了乐由心生的命题，在此基础上，《乐记·乐化》谈到"乐也者，动于内者也"，《乐记·乐化》

---

① 杨天宇撰：《礼记译注》，上海古籍出版社 2004 年版，第 485 页。
② 陈奇猷校释：《吕氏春秋新校释》，上海古籍出版社 2002 年版，第 338 页。

谈到"夫乐者,乐也,人情之所不能免也。乐必发于声音,形于动静,人之道也",等等。在此基础上,《乐记》还对乐的形成进行了更深入的阐释,《乐记·乐本》:"凡音之起,由人心生也。人心之动,物使之然也。感于物而动,故形于声;声相应,故生变,变成方,谓之音;比音而乐之,及干戚、羽旄,谓之乐。"《乐记》这里直接揭示了从"声"到"音",再从"音"到"乐"的形成过程,较之《吕氏春秋》则更加具体而深入。

《乐记·乐本》还进一步揭示了不同的人心感物而动就会出现不同的结果。"乐者,音之所由生也,其本在人心之感于物也。是故其哀心感者,其声噍以杀;其乐心感者,其声啴以缓;其喜心感者,其声发以散;其怒心感者,其声粗以厉;其敬心感者,其声直以廉;其爱心感者,其声和以柔。六者非性也,感于物而后动。"《乐记》通过这样的分析,实际上是认为人心要受到主体与客体之间互动的影响。

值得注意的是,《乐记·乐论》还直接肯定了"乐由中出"的美学命题,认为:"乐由中出,礼自外作。乐由中出故静,礼自外作故文。大乐必易,大礼必简。乐至则无怨,礼至则不争。揖让而治天下者,礼乐之谓也。"《乐记》这段论述,通过礼乐对比分析,一方面揭示了礼乐的不同特点,另一方面又肯定了礼乐具有"揖让而治天下"的重要功能。《乐记·乐象》还进一步阐释了德与乐的关系,进一步把诗、歌、舞紧密结合起来:"德者性之端也,乐者德之华也,金石丝竹,乐之器也。诗言其志也,歌咏其声也,舞动其容也,三者本于心,然后乐器从之。"可以说,《乐记》这段文字也是"乐由中出"的最好注脚。

五 《吕氏春秋》"类同相召"与《乐记》"以类相动"

中国先秦时期,在传统农业文明长期的熏陶下,人们在各种社会实践中体验和感悟到了自然和人类的关系,认识到自然界许多事物之间存在互相影响,甚至还会产生某些相互感应,从而逐渐形成了朴素的自然感应论。

《文言传》子曰:"同声相应,同气相求,水流湿,火就燥,云从龙,风从虎，圣人作而万物睹，本乎天者亲上，本乎地者亲下，则各从其类也。"《文言传》这段话所载孔子语，已经蕴含了以类相动的思想；而在《庄子·渔父》那里，"以类相动"已经上升为一种"天理"："同类相从，同声相应，故天之理也。"在此类思想的影响下，《吕氏春秋》与《乐记》也都肯定了以类相动的思想。

《吕氏春秋·召类》："类同相召，气同则合，声比则应。故鼓宫而宫应，鼓角而角动。以龙致雨，以形逐影。"①《吕氏春秋·应同》还对《召类》篇这段文字进行了具体阐释：

> 类固相召，气同则合，声比则应。鼓宫而宫动，鼓角而角动。平地注水，水流湿。均薪施火，火就燥。山云草莽，水云鱼鳞，旱云烟火，雨云水波，无不皆类其所生以示人。故以龙致雨，以形逐影。师之所处，必生棘楚。祸福之所自来，众人以为命，安知其所。夫覆巢毁卵，则凤凰不至；刳兽食胎，则麒麟不来；干泽涸渔，则龟龙不往。②

《吕氏春秋》这段话不但肯定了以类相动，而且还对以类相动进行了引申，即对以类相动产生的连锁反应作了延伸。这种延伸思考也在一定程度上影响了《乐记》对以类相动的分析。

《乐记·乐象》："凡奸声感人而逆气应之，逆气成象而淫乐兴焉。正声感人而顺气应之，顺气成象而和乐兴焉。倡和有应，回邪曲直，各归其分，而万物之理各以类相动也。"《乐记》这里所说的"万物之理各以类相动"，阐释了同类相应是万物的共性这一重要特点。在同类相应、以类相动中，《乐记》还赋予了对象以感情投射，运用了比喻、拟人和象征的手法，给予对象以美学的直觉、体验和感悟，因而使得这一命题不仅具有了认识论的意义，而且也具有了美学的视域和美的内涵。尤其是在《乐记·乐象》中，作者较多地使用了"象"，使行文更弥漫了浓郁的美学意

---

① 陈奇猷校释：《吕氏春秋新校释》，上海古籍出版社2002年版，第1369页。
② 同上书，第683页。

味，如"逆气成象"，"顺气成象"，"清明象天"，"广大象地"，"终始象四时"，"周还象风雨"，"声者，乐之象也"，"君子动其本，乐其象"等，其中有具象，有比喻，都具有美学意味，而且大多具有对以类相动的延伸意义。

需要强调的是，《乐记》在肯定"以类相动"的基础上，还对"比类以成其行"进行了新的阐释。《乐记》先肯定了"君子反情以和其志"，继之又倡导君子"比类以成其行"，意思是说，君子效法好的榜样，用以成就自己的德行，这可以看作君子在社会实践——善的意义上的"以类相动"。因此，要求君子一方面杜绝淫乱的声色和奸邪的乐，使自己不受惰慢怪僻习气的影响；另一方面，使自己的感官、内心和外形都沿着顺气和正声得到正当发展，按照《乐记·乐象》的说法，"然后发以声音而文之以琴瑟，动以干戚，饰以羽旄，从以箫管，奋至德之光，动四气之和，以著万物之理"。作者这里完成了阐释学意义上的一个动态循环：其一，是由"凡奸声感人，而逆气应之"等"前理解"，推出"万物之理，各以类相动也"的结论；其二，由"君子反情以和其志，比类以成其行"出发，通过特定的乐舞形式，进而推及理想乐舞包含的"从以箫管，奋至德之光，动四气之和，以著万物之理"。从哲学的视域来看，在上述阐释中，其一属于由具体到抽象；其二则是再由抽象到具体，而最终达到抽象的概括，即"以著万物之理"，实现了具体和抽象的和合，从而完成了一个阐释学的动态循环。由此可见，《乐记》由"以类相动"推及"比类以成其行"，在很大程度上超越了《吕氏春秋》所阐释的"以类相动"，而使其具有了新的内涵。

六 《吕氏春秋》的"法天地"与《乐记》的"率神而从天"

关于艺术的起源，古希腊有肇始于赫拉克利特，形成于亚里士多德的"模仿说"；在中国古代则肇始于"道法自然"，形成于《吕氏春秋》的"法天地"，以及《乐记》的"乐由天作"和"明于天地，然后能兴礼乐"的观点。

中国古代非常重视君子的修行。《象传·乾》："天行健，君子以自强不息。"《象传·坤》："地势坤，君子以厚德载物。""君子以自强不息"，"君子以厚德载物"，能够成为中华民族重要的民族精神，构成中国知识分子生命历程的重要精神支柱，其深层的原因正是在于古代君子效法天地，追求天地之序，注重万物的和合与生机。所以《系辞》说："古者包牺氏之王天下也，仰则观象于天，俯则观法于地，观鸟兽之文，与地之宜，近取诸身，远取诸物，于是始作八卦，以通神明之德，以类万物之情。"①

乐法天地，这在中国传统哲学和美学中是一个非常重要的话题。在中国诸多的音乐起源学说中，乐法天地也是一种很有代表性的观点。从《系辞》"仰则观象于天，俯则观法于地"，到《老子》第二十五章所说的"人法地，地法天，天法道，道法自然"，再到《吕氏春秋》的"法天地"，充分说明人类对道法自然的不懈追求。在《易传》和《老子》"道法自然"观念的影响下，《吕氏春秋》进一步将其简化为"法天地"的思想。《吕氏春秋》在《大乐》篇从音乐发生学的角度出发，认为乐的产生具有悠久的历史渊源，是"生于度量，本于太一"，《吕氏春秋·大乐》："乐之所由来者远矣，生于度量，本于太一。太一出两仪，两仪出阴阳。阴阳变化，一上一下，合而成章。"既然乐的本源来自于"太一"，而"太一"就是"道"，那么，老子所说的"道法自然"在《吕氏春秋》中变为"法天地"，就是理所当然了。《吕氏春秋·情欲》："人之与天地也同。万物之形虽异，其情一体也。故古之治身与天下者，必法天地也。"《吕氏春秋》这里肯定了"万物之形虽异，其情一体"，很显然，乐的制作也应该是"必法天地"。

中国古代对"道法自然"和"法天地"的探索也必然影响到《乐记》的思想。在人类与自然的互动关系中，乐法天地意味着人类以主体的态势，自觉构建人类与自然的和谐关系，在学习自然中体现出人类对自然的理解和尊重，使人类与自然的关系进一步具有了文化和美学的意蕴，闪耀着古人在敞开和开放视域中的诗性智慧。《乐记》不仅表现了

---

① 黄寿祺、张善文撰：《周易译注》，上海古籍出版社 2001 年版，第 527 页。

"大乐与天地同和"的大和合观，而且还彰显了乐法天地的大乐观。所谓乐法天地，就是乐应该效法天地，以天地自然为师。《乐记·乐论》肯定了"乐由天作"，即按照天地规律进行制作，认为要"乐由天作，礼以地制。过制则乱，过作则暴。明于天地，然后能兴礼乐也"。在《乐记》看来，乐是按照天的道理创作的，乐如果不合天的道理，就必然导致音调偏激而不和谐，即"过制则暴"。《乐记》这里强调只有认识和遵循自然规律，才能使礼乐兴盛，因此，《乐记·乐情》说"礼乐偩天地之情"。可见，《乐记》在乐法天地这一点上肯定了"乐由天作"，"明于天地，然后能兴礼乐"的观点，较之《吕氏春秋》的"法天地"观点更加明确和清晰。

七 《吕氏春秋》乐"通乎政""俗定而音乐化"与《乐记》"移风易俗""天下皆宁"

乐与政通，文以载道，在中国有着悠久的历史传统，从孔子到《吕氏春秋》和《乐记》，都在不同程度上肯定了乐与政通的特点。《吕氏春秋·适音》：

> 故治世之音安以乐，其政平也；乱世之音怨以怒，其政乖也；亡国之音悲以哀，其政险也。凡音乐通乎政而移风平俗者也，俗定而音乐化之矣。故有道之世，观其音而知其俗矣，观其俗而知其政矣，观其政而知其主矣。故先王必托于音乐以论其教。清庙之瑟，朱弦而疏越，一唱而三叹，有进乎音者矣。大飨之礼，上玄尊而俎生鱼，大羹不和，有进乎味者也。故先王之制礼乐也，非特以欢耳目、极口腹之欲也，将以教民平好恶，行理义也。①

《吕氏春秋》这段文字的前半段从"治世之音安以乐"到"观其政而知其主"，比较详尽地分析了"治世之音""乱世之音"与"亡国之音"在音乐方面的不同表现，由此得出结论，"凡音乐通乎政而移风平俗者也，

---

① 陈奇猷校释：《吕氏春秋新校释》，上海古籍出版社 2002 年版，第 276 页。

俗定而音乐化之矣"。因此，在《吕氏春秋》看来，既然音乐"通乎政"，那么反过来观其音知其俗，观其俗知其政，观其政知其主，就在情理之中了，因此，先王应该注重音乐的教化。

这里值得注意的是，《吕氏春秋》第一次把"音"与"乐"合起来使用，组成了"音乐"这一合成词。但是，由此似乎产生了一个问题：《吕氏春秋》这段文字显然比《乐记》相应的表述还要具体而又丰富和深入，由此说明，《吕氏春秋》的相关作者很可能见到过公孙尼子的《乐记》，并在公孙尼子《乐记》的基础上，进行了延展和深化。在《吕氏春秋》看来，正因为音乐"通乎政"，所以《吕氏春秋·大乐》曰"天下太平，万民皆宁，皆化其上，乐乃可成"；而《吕氏春秋·制乐》则曰："欲观至乐，必于至治。其治厚者其乐厚，其治薄者其乐薄，乱世则慢以乐矣。"《吕氏春秋》这一思想也说明了王者"功成作乐"的思想，与《乐记》"功成作乐"的思想如出一辙。

与《吕氏春秋》这段话可并论的是《乐记·乐本》所云："治世之音安以乐，其政和；乱世之音怨以怒，其政乖；亡国之音哀以思，其民困。声音之道与政通矣。"遗憾的是，《乐记》这段文字比《吕氏春秋·适音》所言要简单一些，很可能是刘德保存了公孙尼子的文字。《乐记》这段文字的表述虽然简单，但《乐记·乐本》明确提出了"声音之道，与政通矣"的观点，认为"乐者，通伦理者也"。在《乐记》看来，治世之音、乱世之音和亡国之音各有不同的风格："治世之音安以乐，其政和；乱世之音怨以怒，其政乖；亡国之音哀以思，其民困。"唯其如此，《乐记·乐本》才说"是故审声以知音，审音以知乐，审乐以知政，而治道备矣"。

此外，还值得注意的是《乐记·乐本》还指出："宫为君，商为臣，角为民，徵为事，羽为物，五者不乱，则无怗懘之音矣。宫乱则荒，其君骄。商乱则陂，其官坏。角乱则忧，其民怨。徵乱则哀，其事勤。羽乱则危，其财匮。五者皆乱，迭相陵，谓之'慢'。如此，则国之灭亡无日矣。"①《乐记》这段文字看似荒诞不经，实际上却赋予了宫、商、角、徵、羽以深刻的社会内涵，揭示了音乐的象征意义，这一点恰恰是《吕氏春秋》所忽视的。我们只有对《乐记》中的"乐—政—道"，进行逐层探幽，才能更好地阐释乐以通政、显道的深刻内涵。

八　《吕氏春秋》"伐性之斧"与《乐记》"乱世之音""亡国之音"

受孔子恶郑声之乱雅乐的影响，《吕氏春秋》也反对郑卫之声和桑间之音，并且把迷恋女色和靡靡之音称为"伐性之斧"。《吕氏春秋》在这方面有很多表述：

《吕氏春秋·本生》："靡曼皓齿，郑、卫之音，务以自乐，命之曰伐性之斧。"

《吕氏春秋·音初》："郑、卫之声，桑间之音，此乱国之所好，衰德之所说。流辟诐越慆滥之音出，则滔荡之气、邪慢之心感矣；感则百奸众辟从此产矣。"

《吕氏春秋·先识》："中山之俗，以昼为夜，以夜继日，男女切倚，固无休息，康乐，歌谣好悲。其主弗知恶，此亡国之风也。"

《吕氏春秋·大乐》："亡国戮民，非无乐也，其乐不乐。溺者非不笑也，罪人非不歌也，狂者非不舞也，乱世之乐，有似于此。君臣失位，父子失处，夫妇失宜，民人呻吟，其以为乐也，若之何哉？"②

《吕氏春秋》这些丰富的表述从不同侧面揭示了对"郑、卫之声，桑间之音"的否定，并且把这些"郑、卫之声，桑间之音"视为"乱世之乐"。

《乐记》具有浓郁的忧患意识，彰显着儒家积极入世的现实主义精神，一方面强烈反对"郑、卫之音"等所谓不健康的乐曲，一方面大力倡导理想的雅颂之声等所谓高雅的作品。《乐记·乐本》曰："郑、卫之音，乱世之音也，比于慢矣。桑间濮上之音，亡国之音也，其政散，其民流，诬上

---

① 杨天宇撰：《礼记译注》，上海古籍出版社2004年版，第469页。
② 陈奇猷校释：《吕氏春秋新校释》，上海古籍出版社2002年版，第259页。

行私而不可止也。"所谓"郑、卫之音",即"郑声",原指郑、卫等地区的民间音乐,郑、卫就是现在的河南省新郑、滑县一带。春秋以降,在"礼崩乐坏"的局面下,"郑卫之音"的影响逐渐扩大,冲击了雅乐的正统地位,并大有取而代之的趋势。孔子对此深感忧虑,《论语·阳货》就有孔子"恶郑声之乱雅乐"的记述;荀子也反对"郑、卫之音",他在《乐论》中认为,"郑、卫之音使人之心淫"。可见《乐论》《乐记》与《吕氏春秋·本生》所说的"靡曼皓齿,郑、卫之音,务以自乐,命之曰伐性之斧",都是对"郑、卫之音"的否定,即都把郑、卫之音视为有害身心健康和影响社会安定的"乱世之音"。

所谓"桑间濮上之音"是指商代故地濮水之上的一种音乐,历代典籍中往往用作"郑、卫之音""亡国之音"的同义语。《乐记·乐本》所说桑间濮上之音,即"桑林"一类商乐遗声。"桑林"是商代的乐舞,在春秋时已经成为商代的遗声,被视为轻浮的"郑声"。《汉书·地理志》:"卫地有桑间濮上之阻,男女亦亟聚会,声色生焉。"《韩非子·十过》载晋平公让师涓奏新声,师旷闻师涓所奏之音,乃来自濮水之上的新声,斥之为"亡国之音",可见,师旷已经开始反对新声,到了战国时代,新声的影响日渐扩大,孟子已经承认"今之乐犹古之乐也"①。由此可见,《乐记》反对"郑、卫之音"和"桑间濮上之音",绝非空穴来风,而是有其特殊的先见,具有悠久的历史积淀。可以说,《乐记·乐本》所言"桑间濮上之音,亡国之音也",与《韩非子·十过》所说的濮水之上的新声,属于同类,即所谓"溺音",因而不符合《乐记》所倡导的审美标准,《乐记》当然要给予抨击。

值得注意的是,在《乐记·魏文侯》中,子夏已经把古乐和新乐当作特定的文化符号,认为郑音放纵,宋音柔媚,卫音急促,齐音古怪。因此,子夏认为这四种音都使人沉湎于声色之乐,所以对人修身养性有害。相反,他认为古乐都是"王者功成作乐",因此,乐也都是对和谐的社会歌功颂德,这才是真正的乐,也就是所谓的"德音"。当然,从审美的角

---

①　杨伯峻译注:《孟子译注》(上册),中华书局1960年版,第26页。

度来看，是被"郑、卫之音"所陶醉，还是自觉对"郑、卫之音"进行理性批判，这是一个涉及情与理的冲突问题。《乐记》对"郑、卫之音"等溺音的理性批判，虽然体现了儒家的理性精神，但尚缺乏学理性反思，由于儒家在"前理解"这一点上的局限性、片面性，遮蔽了对"郑、卫之音"本真的体验和感悟，因而客观上增加了对"郑、卫之音"误读的可能性。

此外，《吕氏春秋》中还有一些与《乐记》相同或者相似的文字，可以见出二者的同源性，对比如下。

（1）关于乐与政通以及先王作乐的目的。

《吕氏春秋·适音》："故治世之音安以乐，其政平也；乱世之音怨以怒，其政乖也；亡国之音悲以哀，其政险也。凡音乐通乎政而移风平俗者也，俗定而音乐化之矣。故有道之世，观其音而知其俗矣，观其俗而知其政矣，观其政而知其主矣。故先王必托于音乐以论其教。清庙之瑟，朱弦而疏越，一唱而三叹，有进乎音者矣。大飨之礼，上玄尊而俎生鱼，大羹不和，有进乎味者也。故先王之制礼乐也，非特以欢耳目、极口腹之欲也，将以教民平好恶、行理义也。"

《乐记·乐本》："是故治世之音安，以乐其政和。乱世之音怨，以怒其政乖。亡国之音哀，以思其民困。声音之道与政通矣……《清庙》之瑟，朱弦而疏越，壹倡而三叹，有遗音者矣。大飨之礼尚玄酒而俎腥鱼。大羹不和，有遗味者矣。是故先王之制礼乐也，非以极口腹耳目之欲也，将以教民平好恶，而反人道之正也。"①

《乐记》与《吕氏春秋》这两段文字非常相同或相似，只不过是《吕氏春秋》这里多了"故有道之世，观其音而知其俗矣，观其俗而知其政矣，观其政而知其主矣。故先王必托于音乐以论其教"这一段话，但二者关于乐与政通以及先王作乐的目的，具有高度的一致性。

试比较《吕氏春秋》与《乐记》二者关于乐由心生等相关表述：

---

① 参见陈奇猷校释《吕氏春秋新校释》，上海古籍出版社 2002 年版；杨天宇撰《礼记译注》，上海古籍出版社 2004 年版。

《吕氏春秋·音初》：“凡音者，产乎人心者也。感于心则荡乎音，音成于外而化乎内，是故闻其声而知其风，察其风而知其志，观其志而知其德。盛衰、贤不肖、君子小人皆形于乐，不可隐匿，故曰乐之为观也深矣。”

“土弊则草木不长，水烦则鱼鳖不大，世浊则礼烦而乐淫。郑卫之声，桑间之音，此乱国之所好，衰德之所说。流辟诐越慆滥之音出，则滔荡之气、邪慢之心感矣；感则百奸众辟从此产矣。故君子反道以修德，正德以出乐，和乐以成顺。乐和而民乡方矣。”

《乐记·乐本》：“凡音之起，由人心生也。人心之动，物使之然也。感于物而动，故形于声。声相应，故生变。变成方，谓之音。比音而乐之，及干戚、羽旄谓之乐。”

《乐记·乐言》：“使亲疏、贵贱、长幼、男女之理，皆形见于乐，故曰‘乐观其深矣’。土敝则草木不长，水烦则鱼鳖不大，气衰则生物不遂，世乱则礼慝而乐淫。是故其声哀而不庄，乐而不安，慢易以犯节，流湎以忘本。广则容奸，狭则思欲，感条畅之气，而灭平和之德，是以君子贱之也。”

《乐记·乐象》：“是故君子反情以和其志，广乐以成其教，乐行而民乡方，可以观德矣。”①

关于乐由心生，《乐记·乐本》还提到了“乐者，音之所由生也，其本在人心之感于物也”；“凡音者，生人心者也。情动于中，故形于声，声成文谓之音”；“凡音者，生于人心者也”。值得注意的是，《吕氏春秋·音初》所说的“是故闻其声而知其风，察其风而知其志，观其志而知其德”这段话，概括得很富有哲理意味，揭示了由“闻其声”—“知其风”—“察其风”—“知其志”—“观其志”—“知其德”这一乐与政通的规律。

综上所述，《吕氏春秋》“伐性之斧”与《乐记》的“乱世之音”“亡

①　参见陈奇猷校译《吕氏春秋新校释》，上海古籍出版社 2002 年版；杨天宇撰《礼记译注》，上海古籍出版社 2004 年版。

国之音”，乐“通乎政”“俗定而音乐化”与《乐记》的“移风易俗”“天下皆宁”，“法天地”与《乐记》的“率神而从天”，“类同相召”与《乐记》的“以类相动”，“乐产乎人心”与《乐记》的“乐由中出”，“以性养物”与《乐记》的“人化物”，“和心在于行适”与《乐记》的“中和之纪”，“全性之道”与《乐记》的“乐以治心”等具有惊人的相似、相通乃至相同的意蕴。由于《乐记》作者的扑朔迷离，我们只能从逻辑的观点进行推测：《吕氏春秋》中的音乐思想很可能受到公孙尼子《乐记》的影响，同时又对刘德等人编著的《乐记》有影响，唯其如此，我们可以理解《吕氏春秋》与《乐记》音乐美学思想的相似、相通乃至相同的意蕴。

第三章

《乐记》 天人相谐的和合精神

"和合"是中华民族永恒鲜活的文化精神，凝聚着中华民族对宇宙及社会人生的深刻体验和理性思考。《乐记》是我国第一部音乐典籍，它的内在灵魂就是和合。《乐记》以天地为思维的两极，运用整体思维和模糊思维，以意象化的语言阐释了"大乐与天地同和"，"乐者，天地之和"的美学思想，描绘了一幅生生不息、万物萌动、化育成长的生命图画，表达了一种至高、至大、至广的天人相谐的大和合观。

第一节 大乐与天地同和

和合是中华民族重要的文化精神，反映了古人对宇宙天地和社会人生的体验和思考，反映了人与自然互相敬畏、互相促进、共存共荣的美好愿望与追求。作为中国第一部文艺美学典籍，《乐记》的内在灵魂就是和合，它所体现的宏大的视野和开放性，彰显出中华民族独特的生命意识和博大情怀。

一 承上启下：和合哲学视野中乐的阐释

从哲学发展史的角度来看，和合思维在中国古代有着悠久的文化历史。《周易》一书已蕴含了和合思想的萌芽，在很大程度上影响着中国古人的思维方式，以致后世谈和合颇有言必称《周易》的意味。《乐记》自始至终渗透着浓郁的和合精神，它所阐发的"大乐与天地同和"，"乐者，天地之和"等，实质上是对《周易》和其他经典著述和合思想的承接和弘扬。

和合理论上的萌芽是《周易》里"中"的表述。在《周易》里，表示褒义的词汇程度最强的是"吉"和"亨"，但是由于"吉"和"亨"表示的只是人们的愿望和祈求，并不具有方法论的意味，故对后世的哲学和思维方法并未产生太大的影响。与此不同，《周易》里"中"字的使用虽只有12次（其中家人卦中的"在中馈"是指家中饮食之事），却必须引起我们的高度重视：其一，这些带"中"的卦都是褒义的，正如刘大均先生所言，这些称"中"的卦辞，"它们都是吉卦、吉爻"[①]；其二，"中"在哲学和思维方法上具有方法论的含义。《周易》里讼卦里的"中吉"，师卦里的"师中"，泰卦里的"尚于中行"，复卦里的"中行独复"，益卦里的"中行告公"，夬卦里的"中行无咎"，丰卦里的"宜日中""日中见斗"（丰卦中有两句"日中见斗"）、"日中见沫"，中孚卦里的"中孚"等，基本上都具有褒义色彩，是一种肯定性的价值判断，充分体现了周人的尚中思想。与频繁使用"中"字相比，《周易》中使用"和"字的仅有两处：兑卦有"和兑"之说，"和兑"即和悦；中孚卦有"鸣鹤在阴，其子和之"，这里的"和"是指应和之意。《周易》全书未见"合"字，可见在《周易》中，"和"字还不具备后世的"和合"之意。因此，从"和合"的发生学角度来看，应该说，《周易》里"中"的概念对我国古代哲学尤其是人的思维方式产生了重大影响，如和合、和谐、中庸等都是我国古代非常重要的哲学概念和思维方式。同样，这一思维方式对音乐美学也产生了极为深远的影响。陈旸《乐书》序云："臣窃谓古乐之发，中则和，过则淫。"说的就是音乐的中和之美。

明确提出"和合"概念的是《国语·郑语》："商契能和合五教，以保于百姓者也。"这里的"和合"即中和。张岱年先生认为，用两个字表

---

① 刘大均：《周易概论》，齐鲁书社1986年版，第30页。

示，称为"和合"；用一个字表示，则称为"和"①。在古代汉语中，"和"具有丰富的含义，在不同的语境中主要有中和、和顺、谐和、和平、温和、调和等义；"合"主要有相合、符合、合同、融洽之意；而"合同"又有会合、齐同与和睦之意，如《乐记·乐礼》："流而不息，合同而化，而乐兴焉。"《礼记·哀公问》载孔子说："天地不合，万物不生。"子思在《中庸》中明确把"中"与"和"融合起来："中也者，天下之大本也；和也者，天下之达道也。致中和，天地位焉，万物育焉。"由此，"中和"上升到了中国古代哲学本体论的高度，升华为天地宇宙和社会人生运行的理想图式，而"中和"也就是和合。

显然，《乐记》的和合思想始于《周易》，并且是以《周易》的和合思想为先见的。《乐记》虽然篇幅凝练，却以开阔的视域、通融万象的姿态，阐释了和合的深厚意蕴，可谓论见迭出。诸如"爱心感者，其声和以柔"；"乐以和其声"；"治世之音安以乐，其政和"；"钟鼓干戚，所以和安乐也"；"乐和民声"；"乐文同，则上下和矣"；"大乐与天地同和"；"乐者，天地之和也"；"和，故百物皆化"；"乐者敦和"；"合生气之和"；"平和之德"；"和乐兴焉"；"倡和有应"；"反情以和其志"；"和顺积中"；"乐极和，礼极顺，内和而外顺"；"审一以定和"；"中和之纪"；"四时和焉"等，另外，还谈到"和敬""和顺""和亲"等。《乐记》行文谈到"和"字的地方有20多处，而用"合"字的近10处。由此可以看出，一部《乐记》的主旨与核心就是和合，是从文艺美学的视角进一步深化和彰显中国古代天人相谐的和合文化的思想与内涵。

《乐记》的语言不仅具有形象性，而且具有高度的想象力，尤其是《乐记·乐论》运用整体思维和模糊思维，以意象化的语言集中阐释了"大乐与天地同和"与"乐者，天地之和"的和合美学思想，展示了中国古代特有的哲学智慧和诗性智慧。《乐记·乐论》有两段表述十分充分的文字，其一，"大乐与天地同和，大礼与天地同节。和，故百物不失。节，故祀天祭地"；其二，"乐者，天地之和也；礼者，天地之序也。和，故百

---

① 张岱年：《漫谈和合》，《社会科学研究》1997年第5期。

物皆化；序，故群物皆别"。孔颖达《礼记正义》认为："'大乐与天地同和'者，天地气和，而生万物。大乐之体，顺阴阳律吕，生养万物，是'大乐与天地同和'也。"另外，《乐记·乐礼》曰："地气上齐，天气下降，阴阳相摩，天地相荡，鼓之以雷霆，奋之以风雨，动之以四时，暖之以日月，而百化兴焉，如此则乐者天地之和也。"由此可知，《乐记》中既有古人的感悟和体验，又有以整体思维和模糊思维为特征的诗性探幽，其和合思想与审美愉悦相互渗透，融合在宏大的开放性视域之中。同时还应看到，中国古代先人的和合思想是伴随着对客观事物内在规律的不断探索而深化的。一方面，"和合是世界万物产生最终的原因和根据，具有形而上学存有的性质"[①]；另一方面，和合也表现为客观事物存在和运动的重要形态。诚如梭罗在《瓦尔登湖》中所言："我们所知道的规则与和谐，常常局限于经我们考察了的一些事物，可是有更多的似乎矛盾而实际上却呼应着的法则，我们还没有找出来，它们所产生的和谐却是更惊人的。"[②]《乐记》所阐发的，正是这种已广泛渗透到事物的原因和存在运动之中的"和合"。从中国音乐发展史的角度看，这种阐发更是一脉相承，"中国传统音乐作品，无论是民间音乐、宗教音乐、文人音乐和宫廷音乐，都强调'中和'"[③]，所以，明代徐上瀛在《溪山琴况》中总结的"二十四况"包括和、静、清、远、古、淡、恬、逸、雅、丽、亮、采、洁、润、圆、坚、宏、细、溜、健、轻、重、迟、速，也把"和"视为首况，认为"和为五音之本"。

二 天地之和：天人相谐的和合精神

《乐记》所强调的乐为"天地之和"，是一种至高、至大、至广的富有极大包孕性的大乐观，体现了宇宙自然万物运动的和谐平衡，与《礼记·郊特牲》"天地合而后万物兴焉"可谓不谋而合。这在一定程度上反映了东方民族的和谐世界观。泰戈尔在《人生的亲证》中，在阐释印度自然环

---

① 张立文：《中国文化的精神》，《中国哲学史》1996 年第 1—2 期。
② ［美］斯蒂芬·哈恩：《梭罗》，王艳芳译，中华书局 2002 年版，第 33 页。
③ 杜亚雄、桑海波：《中国传统音乐概论》，首都师范大学出版社 2000 年版，第 261 页。

境对印度的影响时，还高度赞扬了印度古代先哲对人类精神与宇宙精神之间的这种伟大和谐的亲证。可见，追求和谐"是东方各民族共同的传统精神"①。而且由于和谐中蕴含着美，所以，怀特海指出："美的完善被规定为就是和谐的完善。"②。《乐记》以天地为思维之两极，以乐礼相比、相对，避免了以管窥天的遮蔽和具体事物的局限，拓展了审美视野，这种宏大的视野所追求的是天地宇宙自然的和谐统一，也是一种超越狭隘的感性经验和个人心理的升华。这不仅在当时具有深广的社会认知意义和审美价值，而且对于我们今天研究音乐美学乃至生活美学、生态美学，依然有着重要的启发和参考价值。

和合作为一种认识和处理事物关系的方法论，只有以宏观的视野审视天地自然万物之间的关系，才能把中观和微观的事物统领起来。在《乐记·乐象》中，作者在不同的语境中都谈到了大和合观的问题："从以箫管，奋至德之光，动四气之和，以著万物之理。"在《乐记·乐情》中，"是故大人举礼乐，则天地将为昭焉。天地欣合，阴阳相得，煦妪覆育万物，然后草木茂，区萌达，羽翼奋，角觡生，蛰虫昭苏。羽者妪伏，毛者孕鬻，胎生者不殰，而卵生者不殈，则乐之道归焉耳！"在《乐记·师乙》中，"动己而天地应焉，四时和焉，星辰理焉，万物育焉"。显然，这都是以天地宇宙自然为认识对象和审美对象，把宏观的天地与中观、微观的事物熔铸于和谐运转的图式之中，体现了中国传统的阴阳调和、刚柔相谐、动静互补的中庸把握。在中国古代哲学中，天地是万物之母，"天地感而万物化生"③。《象传·泰》："天地交，泰。"《象传·否》："天地不交，否。"这段话旨在说明，天地只有相交，才能达到和谐；反之，天地不相交，则无法达到和谐。《乐记》所表现的大和合观充分展示了悠久的历史文化积淀，并深刻地影响了后世的美学思想。司马光《资治通鉴》卷第十八载公孙弘对策曰："臣闻之：气同则从，声比则应。今人主和德于上，百姓和合于下，故心和则气和，气和则形和，形和则声和，声和则天地之

---

① 乐黛云：《跨文化之桥》，北京大学出版社2002年版，第73页。
② ［美］菲利浦·罗斯：《怀特海》，李超杰译，中华书局2002年版，第88页。
③ 此语出自《易经·下经》。

和应矣。故阴阳和，风雨时，甘露降，五谷登，六畜蕃，嘉禾兴，朱草生，山不童，泽不涸，此和之至也。"[1] 公孙弘所论与《乐记》"乐者，天地之和"有着明显的承继关系。周敦颐《周子通书》乐中第十八："心达于天地，天地之气感而大和焉。天地和，则万物顺。"张载《张子全书·礼乐》则说："声音之道与天地同和，与政通。"这些阐发也明显受到《乐记》的影响，又反过来可以对《乐记》的和合思想作很好的注释。

荣格认为，人类先天地具有一套心理机制，能够容纳祖先遗传下来的生活与行为模式，从而使人类的集体经验获得在心理深层的积淀。荣格这种观点虽有偏颇之处，但也给人以不少启发。从中国古代思维模式的角度看，"天"和"地"作为中国古代经典中反复出现的"原始意象"，虽然不能归结于荣格所说的人类先天具有的一套心理机制，却是在代际相传中形成和发展起来的，并成为一种特殊的、神秘的、令人敬畏崇拜的对象。"人的心灵与整个自然一致"[2]，也就是说，在天人感应、天人互动的历史进程中，"天"和"地"都被社会化、人化、文化和神化了，所以人们在长期的历史承传中，崇拜和敬畏天就再自然不过了。而难能可贵的是，中国古代的先贤拥有大智慧，他们在敬畏和崇拜天地的同时，并没有消极地屈从于天地，而是在"明于天地"的基础上，以积极的心态去建构天地之间的和谐关系，建构乐（人）与天地之间的和谐关系。王安石《临川先生文集》卷六十六："圣人之遗言曰，大礼与天地同节，大乐与天地同和，盖言性也。大礼性之中，大乐性之和，中和之情，通乎神明。"王安石这段话颇得《乐记》之主旨。

《乐记》对于天地人和谐关系的建构，在理论渊源上亦可看作对《系辞》的承接和开拓。《系辞》非常明确地说："天地变化，圣人效之；天垂象，见吉凶，圣人像之"；"古者包牺氏之王天下也，仰则观象于天，俯则观法于地，观鸟兽之文与地之宜，近取诸身，远取诸物，于是始作八卦，以通神明之德，以类万物之情"。可以说，《系辞》这段表述是中国古代很

---

[1] 《资治通鉴》，中华书局 1976 年版，第 594—595 页。

[2] ［荷兰］斯宾诺莎：《知性改进论》，贺麟译，商务印书馆 1960 年版，第 10 页。

典型的"模仿说"。模仿天地自然，是为了更好地认识自然，与天地之间建构和谐的关系，而且这种和谐关系是动态的，是双方经过相融相谐所达到的新境界，它蕴含了真（"明于天地"），体现了善（"百物不失"，"百物皆化"，"百化兴焉"），追求着美（"大乐"），集三者于和谐统一之中。在《乐记·乐礼》看来，"地气上齐，天气下降，阴阳相摩，天地相荡，鼓之以雷霆，奋之以风雨，动之以四时，暖之以日月，而百化兴焉，如此则乐者天地之和也"。这也说明，乐为"天地之和"，并非没有矛盾、没有斗争，而是要经过"地气上齐"与"天气下降"的相互渗透，要经过"阴阳相摩""天地相荡"的运动，要经过"雷霆"和"风雨"的交融，还要历经春夏秋冬的变化和日月的照耀。如此灵动的感悟，为我们描绘了一幅生生不息、万物萌动、化育成长的生命图画，这才是真正的乐，是真正的天地之和。不唯宁是，在今天，《乐记》所蕴含的和合美学思想恰恰为现代农业和现代畜牧业所证明，同时也为当下视域中的生态美学和生态农业提供了启迪。

事实上，《乐记》所蕴含的大和合观，与古希腊毕达哥拉斯的音乐理论有某些相通之处。毕达哥拉斯学派认为，天上的星体在按照一定轨道运动时，能够演奏出和谐的音乐，"音乐和节奏体系既按数字排列，就必然体现天地和谐并与宇宙相应"①，而整个宇宙就是一首和谐的乐章，创造出一部天体的音乐，此"天体音乐"是行星运转而产生的音乐，人类虽不能直接听到，却能够心领神会。这与《乐记》所说的"大乐与天地同和"在精神上是相通的。换一个角度来说，从音乐发生学的视角看，音乐最早的发生虽然具有多元化的特点，但最基本的仍是模仿自然，这也是世界音乐史上的共识。中国的先人在长期的农业文明中生存和发展，人们接触最多最广的就是大自然。他们处于天地之间，深刻感受和体验到人类的生存和生命的意义，与大自然浑然一体，力求并且也必然能够感受到宇宙天地、自然万物运动的节奏和秩序。在古人的视界中，宇宙天地、自然万物在运

---

① ［美］唐纳德·格劳特、克劳德·帕利斯卡：《西方音乐史》，汪启璋译，人民音乐出版社1996年版，第6页。

动中的节奏和秩序是有所节制的，这不仅符合真的规律，客观上有利于宇宙万物欣欣向荣、繁盛成长，而且也符合善的需求，蕴含了和合之美。宇宙天地、自然万物的和合运动所体现出来的节奏和秩序，如天与地、阴与阳、刚与柔、动与静的对立与统一，还有诸如四时的变化等，这本身就具有高与低、动与静、张与弛的音乐节奏感；许多最具有原始意味的节奏和音响，如四季交替、风雨雷电等，不仅客观存在着，而且已经成为激发人们音乐灵感的永不枯竭的动力和源泉。刘敞《公是先生七经小传》："古者制乐，皆有所法也，或法于鸟，或法于兽。其声清扬而短闻者，皆法于鸟也。其声宏浊而远闻者，皆法于兽也。"陈幼慈《琴论》："夫音韵者，声之波澜也。盖声乃天地自然之气，鼓荡而出，必绸直而无韵，迨触物则节生，犹之乎水之行于地，遇狂风则怒而涌；遇微风则迁而有文，波澜生焉。声音之道亦然。"声音之道与天地化生万物之声可以相通，乃至相同，这正是人文化成与自然神韵渗透融合，由此，也就不难理解陶渊明何以能够在没有琴弦的琴上弹奏，而悠悠然自我陶醉了。

三　乐法天地：中国古代的大乐观

"乐法天地"，这在中国传统哲学和美学中是一个非常需要关注的话题。所谓乐法天地，就是乐应该效法天地，以天地自然为师。在人类与自然互动互存的关系中，乐作为中国古代最重要的社会与审美实践活动，以天地造化为师，究其实质，这既是一个艺术的"模仿说"问题，又是一个实践的方法论问题，因此，前者可以归结为文艺学和美学；后者可以归结为实践哲学和社会学。但是从隶属关系来看，乐法天地的根基或者说是社会动因，恰恰就是以天地造化为师所蕴含的实践方法论；而乐法天地所揭示的这一艺术创造原理，却正是人类实践活动以天地造化为师的美学显现。唯有把二者完美地结合起来，才能够更好地阐释乐法天地的美学价值和实践价值。

乐法天地，在中国传统文化中同样有着丰富的理论资源。《象传·乾》："天行健，君子以自强不息。"《象传·坤》："地势坤，君子以厚德载物。""自强不息""厚德载物"能够成为中华民族重要的民族精神，尤其构成中国知识分子生命历程的重要精神支柱，其深层的原因正在于古代君子效法天地，追求天地之序，注重万物的和合与生机。在中国古代知识分子看来，天地运行不但遵循着真的规律，而且也呈现着生机勃勃的善和美，由此出发，君子效法天地显然是合情合理并且符合审美的直觉和体验。《系辞》说："仰则观象于天，俯则观法于地，观鸟兽之文与地之宜……以通神明之德，以类万物之情。"这段话的主旨就是"天地变化，圣人效之"，即以天地造化为师。与此相联系，桓谭《新论》曰："神农氏继宓羲而王天下，上观法于天，下取法于地；近取诸身，远取诸物。于是始削桐为琴，绳丝为弦，以通神明之德，合天地之和焉。"《乐记》说："明于天地，然后能兴礼乐。"实质上也是强调只有认识和遵循自然规律，才能使礼乐兴盛，"礼乐偩天地之情"。在中国，重视乐法天地，把人与自然的关系审美化，完全符合古代素朴的美学思想，体现了浓郁的人文情怀，正如袁济喜先生所言："中国传统美学精神的生生不息，是因为其中有着深厚的人文底蕴，它以人为中心，将人与自然、人与审美有机地融合在一起。"① 从而共同构成了天地人三才合一的宇宙人文系统。

问题在于，在实践层面上，古人何以要乐法天地呢？如果我们拨开当下视域的遮蔽，就不难发现，从更广泛的意义上说，效法天地、以天地造化为师，这充分体现了人类在天人关系中的能动性。追求天人关系中的相谐相融，已经是中国古代社会所普遍认可的公理，因而也是那时最具普适性的公共视域。在古人的视域中，大自然不仅是他们生存所需要依赖的客观环境，而且在人们的心理和情感上，他们也可以与大自然息息相通，甚或将大自然看作学习和模仿的对象。美国哈佛大学杜维明教授认为，人心要和天道相辅相成，"人和人可以通过感性达至共鸣，也可以跟自然、跟生物、跟无生物进行共鸣。即使是无限遥远的星球，对我们也可以进行有感情的联系"② 杜维明先生所说的共鸣和联系，实际上是指人与自然在沟通中通过移情进而达到感情的共鸣。对于古人来说，人类最早的审美对象

---

① 袁济喜：《中国传统美学的人文底蕴》，《光明日报》2003 年 7 月 29 日第 4 版。

② 陶继新：《对儒家人文精神的多元观照——美国哈佛大学著名学者杜维明教授访谈》，《中国教育报》2004 年 11 月 11 日第 5 版。

就是天地宇宙、自然事物，就是他们赖以生存的自然环境，"天地之和既是生存的理想状况，也是朦胧的美的理想"①。

还应指出的是，东方的"乐法天地"体现出来的天人相谐，与西方古希腊的"模仿说"，与现代的仿生学有着相通和相同之处，是一种实践的方法论，具有现代实践哲学和社会学的意味。首先，乐法天地作为一种艺术起源的"模仿说"，与古希腊的"模仿说"有着惊人的相似、相通和相同之处。在中国诸多的音乐起源学说中，乐法天地是一种很有代表性的观点，而在古希腊的艺术起源学说中，"模仿说"最早肇始于赫拉克利特，经苏格拉底、柏拉图和德谟克利特的不自觉润色，集大成于亚里士多德。在中国古代美学中，"模仿说"在理论上最早可以追溯到《系辞》"仰则观象于天，俯则观法于地"，君子以天地自然造化为师，正因为如此，所以在《乐记》看来，乐是按照天的道理来创作的，乐如果不合天的道理，就必然导致音调偏激或不和谐。另外，从实践哲学和社会学的角度来看，人类模仿自然不需要交任何"学费"，可谓事半功倍，这一点德谟克利特也说："在许多重要的事情上，我们是模仿禽兽，做禽兽的小学生的。从蜘蛛我们学会了织布和缝补；从燕子学会了造房子；从天鹅和黄莺等歌唱的鸟学会了唱歌。"②而亚里士多德则认为，人先天就具有音调和节奏感，所以人先天就具有模仿的本能。虽然亚里士多德的表述与赫氏不同，但有一点是相同的，即都看到了模仿的重要性和必然性。其次，从实践哲学和社会学的角度来看，无论是一般社会实践还是艺术实践，"模仿"无疑是人类一种重要的行为方式，也是人类社会实践的重要确证。众所周知，艺术领域有天鹅舞、孔雀舞，体育领域有蛙泳、蝶泳、猴拳、螳螂拳，科技领域鲁班发明了锯，达·芬奇根据鸟的飞行设计出飞机模型。考古人员通过研究还认为，人类酿酒和饮酒也是从鸟类那里学来的。从社会学的角度来看，模仿也具有广泛的社会价值。任何个体都要以天地自然为师，以社会和他人为师，融通与和合几乎无处不在、无处不有，它广泛地贯穿于宇

① 袁济喜：《和：审美理想之维》，百花洲文艺出版社 2001 年版，第 148 页。
② 伍蠡甫：《西方文论选》（上卷），上海译文出版社 1979 年版，第 5 页。

宙天地与社会人生的诸多方面，这都需要学会模仿。而就艺术与大自然的关系，或许更可以说，"艺术家的内心生活和大自然的生活之间有一种亲缘关系。因此，大自然不仅是艺术家的避难所，也是力量、灵感和觉醒的源泉"①。这姑且可以看作是艺术的仿生学。

在《乐记·乐礼》看来，天地之和也就是天地相和，所以，才能百物不失、百物皆化，正所谓"流而不息，合同而化，而乐兴焉"。乐之所以兴，原因不是别的，正是天地之和所构成的万物育焉、百化兴焉的和谐律动。因此，我们不妨说《乐记》所说的"大乐"，是人们以艺术的方式自觉模仿天地宇宙万物的杰作，是人们永恒的追求。

第二节　乐者敦和：天人合一的多重阐释

在《乐记·乐礼》中，作者提出了"圣人作乐以应天""乐者敦和"的观点，所谓"乐者敦和"，就是指乐能促进事物的和谐。对此，学术界尚有待于更深入研究。如果把"乐者敦和"纳入《乐记》全篇来看，再结合《乐记》所蕴含的天人合一思想，就可以发现，其实这是作者天人合一思想在《乐记》中的重要显现，其理论渊源在于《易传》。

一　乐者敦和的理论渊源是天人合一

天人合一是指天道与人道、自然之间相通、相类及统一，也是中国古代宇宙观和人生观有机统一的重要体现。中国传统文化自《周易》开始，就自觉探讨天人关系，经常把天与人联系起来思考，尝试建构天人之间的和谐关系。《乐记》虽然没有直接谈天人合一，但闪烁着天人合一的精神。《乐记》不仅非常重视"大乐与天地同和"与"乐者，天地之和"，《乐记·乐施》把乐纳入"天地之道"中加以审视，《乐记·乐礼》还肯定了"作

---

① ［美］唐纳德·格劳特、克劳德·帕利斯卡：《西方音乐史》，汪启璋译，人民音乐出版社1996年版，第600页。

乐以应天"，"乐者敦和，率神而从天"。可以说，在《乐记》中，作者自觉不自觉地把天地自然与乐紧密地联系在一起，认为乐能够和合阴阳，化生万物，所以才要求"作乐以应天"。

从发生学的角度来看，在长期的先见或前理解中，古人很早以前就开始敬畏、恐惧和崇拜天的神秘力量，从历时性的观点来看，这亦在情理之中。对此，《周易》中有不少卦爻都有记载，其中震卦揭示了万物对雷震的惊恐和畏惧，以及雷震对人们心理和行为的影响。回眸世界文明史，不仅在漫漫的历史长夜，人们对宇宙自然的诸多事物的某些所谓神秘现象感到迷惑不解，进而感到恐惧，即使在 21 世纪文明高度发达的今天，也存在对某些所谓神秘力量认识上的迷茫抑或错误。据《山东电视报》2004 年第 42 期"社会方圆"栏目介绍：哈尔滨电话特号估出天价，"88888888"身价 70 万元。另据新浪网 2004 年 11 月 5 日转载《燕赵都市报》报道："13333333333 尊贵吉祥号大礼包全国竞买会"落下帷幕，作为目前最长的手机连号 13333333333，在激烈角逐后，最终以 182 万元的天价被一北京男子买走，其他 9 个吉祥号也以高价成交。近年来很多人之所以对某些数字崇拜或避讳、恐惧，就在于许多人认为这些数字能够给主人带来好运或厄运。21 世纪的人们尚且如此，更何况古人？

以历史的视域来看，"时代越向后推，人类的力量（即社会性动力）越小，自然环境对人类历史的影响就越大"[1]。古代最初讲天人合一，实际上主要表示人们对天地宇宙自然的敬畏和顺从，而只有随着人类认识能力和改造世界能力的提高，人类才能由顺从天的意志发展到与天相和合，逐渐形成天人合一的思想，并体现出人类较大程度的自由和自觉，这在理论渊源上主要肇始于《易传》。《易·干卦·文言》："夫大人者与天地合其德，与日月合其明，与四时合其序，与鬼神合其吉凶，先天而天弗违，后天而奉天时。"文中所说的"大人"是指圣人或君子，他们能够与天地、日月、四时、鬼神和谐统一，从而形成天人合一的境界。这种天人合一的境界不是静态的，而是在宇宙天地自然的运动中呈现出的一种全新的、动

---

① 萧兵：《中庸的文化省察》，湖北人民出版社 1997 年版，第 157 页。

态的、和谐的宇宙图式，是在天地相交、万物相通而化兴的基础上形成的，因而依赖于天地相交、万物相通而化兴的和谐运动。《象传·泰》曰："天地交而万物通也，上下交而志同也。"《象传·否》曰："天地不交而万物不通也，上下不交而天下无邦也。"《象传·归妹》说"万物不通"就是由于"天地不交，而万物不兴"。受《易传》的影响，天地相交、相通的思想在《乐记·乐礼》中得到彰显："地气上齐，天气下降，阴阳相摩，天地相荡，鼓之以雷霆，奋之以风雨，动之以四时，暖之以日月，而百化兴焉，如此则乐者天地之和也。"《乐记》这段话又和《象传》密切相关。《象传·谦》："天道下济而光明，地道卑而上行。"《象传·咸》："柔上而刚下，二气感应以相与……天地感而万物化生，圣人感人心而天下和平。观其所感，而天地万物之情可见矣。"由此不难看出，《乐记》的天人合一思想具有深厚的文化底蕴，它直接肇始于《易传》对《周易》的阐释，又结合乐的特点，作者才得出了乐为天地之和的结论。

二 天人合一的多重意蕴

中国传统文化中的天人合一思想具有丰富深刻的内容，包含多重意蕴，这在《乐记》中也有深藏不露的内涵。从天人合一的一般意义或者表层意义上来看，天人合一通常是指天与人相合、天与地相合、地与人相合、天地与人相合。但从天人合一的深层意蕴上来看，就不能拘泥于上述理解，而是应该从天人合一的真正内涵和价值维度予以阐释。具体来说，《乐记》中天人合一精神的义理就在于合于真，合于善，合于美，体现了真善美三个向度及其统一。阿斯特认为，对文本只讲真、善、美本身，这是对文本精神更高的评价，也是绝对的评价，因为"真本身就是哲学和科学文本的观点，美本身就是艺术作品用以被判断的原则，而善本身就是包含这两者的生命精神"①。就阐释文本而言，如果我们走进《乐记》所敞开的结构，也许能够感悟到文本所蕴含的真善美的冰山一

---

① ［德］弗里德里希·阿斯特：《诠释学》，洪汉鼎译，洪汉鼎主编《理解与解释——诠释学经典文选》，东方出版社 2001 年版，第 20 页。

角，尽管我们总是在以管窥天，难以上升到精神性的完美无缺的解释和评价之苍天的最高点。

天人合一合于真。《乐记》中的天人合一精神的第一个层面是合于真，即对道的不懈追求。《乐记·乐本》曰"人道""天理""王道"；《乐记·乐施》篇曰"天地之道"；《乐记·乐象》曰"万物之理"，"君子乐得其道"，"以道制欲，则乐而不乱；以欲忘道，则惑而不乐"，"独乐其志，不厌其道，备举其道"，"生民之道"；《乐记·乐情》曰"乐之道归焉"；《乐记·乐化》篇曰"礼乐之道"，"先王之道"，"乐必发于声音，形于动静，人之道也……故人不耐无乐，乐不耐无形，形而不为道，不耐无乱"等。上述所说的"道"或"理"，可以概括为三层意思：其一是天地万物之道；其二是人道，包括圣人和君子之道；其三是乐道。

《乐记》全篇始终贯穿了对"道"的追求。《乐记·乐论》曰"明于天地，然后能兴礼乐"，而《乐记·乐施》篇则曰："天地之道：寒暑不时则疾，风雨不节则饥。"可以说，对道的追求构成了《乐记》天人合一最重要的内涵。在《乐记》看来，有天理、天地之道、万物之理，这实际上就是指天地运行与万物生长变化的客观规律；有人道，包括圣人之道与君子之道，这实际上是指作者理想的人生之道；有乐道，即乐的本源和规律。孔颖达《〈礼记〉正义》认为，"乐之道"是说"乐之根本由人心而生，人心调和则乐音纯善，协律吕之体，调阴阳之气，二气既调，故万物得所也"。以愚所见，《乐记》的深刻之处在于，它把上述的三种道纳入了和合视域，用天人合一的思想把三种道和谐统一起来，即三种道彼此之间又有相通或相同之处。这样，天人合一所谓合于道，也就是人在宇宙天地、自然万物的和谐中达到了天人合一的最高境界，蕴含着人对道的认识、理解和追求，体现了天道、地道、人道和乐道的内在统一，道即真，真即道，道即规律。这是天人合一合于真的内涵。

《乐记》天人合一合于真的思想也肇始于《易传》。《象传·恒》："天地之道，恒久而不已也。利有攸往，终则有始也。日月得天而能久照，四时变化而能久成，圣人久于其道而天下化成。观其所恒，而天地万物之情可见矣。"《象传》讲"天地之道"，《乐记》也讲"天地之道"，二者都重视日月、四时的和谐与秩序，以达天下化成之目的。

天人合一合于善，这是《乐记》中天人合一思想的第二个层面。在人类社会发展史上，善是人类自古以来永恒的追求。为了善，人类在各种实践活动中不断地探索人类和自然的各种关系，以达到认识自然、利用自然和改造自然的目的。《象传·乾》，"天行健，君子以自强不息"，"天行健"构成了君子自强不息的前理解；《象传·坤》，"地势坤，君子以厚德载物"，"地势坤"构成了君子厚德载物的前理解。很显然，自强不息、厚德载物则是君子所追求的善德之一，这既体现了《易传》的天人合一思想，蕴含了《易传》对善的探赜，也在很大程度上深刻影响了《乐记》中的天人合一思想。"大乐与天地同和"，"和，故百物不失"，"百物皆化"，这实际上注重的是天人合一中的善，就像《乐记·师乙》所说："夫歌者，直己而陈德也，动己而天地应焉，四时和焉，星辰理焉，万物育焉。"其中也含蕴了天人合一中的善。与《乐记》相似，《荀子·礼论》也注重天地相合所具有的善："天地合而万物生，阴阳接而变化起，性伪合而天下治。"荀子这一思想还在颜元那里得到了体现，颜元《存学篇》卷一载："夫礼乐，君子所以交天地万物者也。"可见，天地相合、天人合一既反映了天地宇宙自然与人的和合关系，合乎道的本质和规律，又体现了对和合所蕴含的善的追求。至于《乐记》强调乐的移风易俗，"乐者敦和"，非常重视乐的教化作用，强调乐的善，就更加凸显了乐通伦理所具有的善的意味。

天人合一思想的第三个层面是合于美。《乐记》作为儒家美学的经典，受到《易传》的影响，既追求宇宙天地自然和合所蕴含的真（道）和善，又倡导理想的大乐之美。尽管《乐记》通篇没有一个美字，但通过天与人的协调，在较大程度上体现了美的内涵。通过对《乐记》所使用文字的考察，行文使用了"大""乐""礼""喜""亲""敬""和""文""安""德""达""仁""义""静""序""化""长""象""厚""福""兴""光""成""生""清""明""平""宁""华""中""饰""立""尊""善""昭""茂""苏""久""顺""盈""广""庄""正""齐""盛""通"等字。根据中国古代文字的引申意义，上述文字在《乐记》中大多可以训为"美"或"好",因为这些词汇在《乐记》的具体语境中都具有褒义,象征或意味着事物的完善和生命力的畅通,彰显天地宇宙自然和人类的和合有序,肯定社会事物和自然事物的正面价值,昭示人生的美好和幸福,故而在真和善的统一中凸显了美的意味。正如笠原仲二所说:"古来中国人美的对象的一种存在形式,是在其实体或姿态性方面具有使人心情振作的要素,或者说是能象征生命力的充实与旺盛的东西。"① 从美学史的角度来看,美的历史生成自古以来就是与善紧密联系在一起的,离开了善,也就无法谈美,因此,天人合一实质上也体现了中国古代的一种生存智慧,蕴含了一种具有中国特色的生命哲学。

值得注意的是,《乐记》蕴含的天人合一思想,业已超越了传统的对具体审美对象的感官的审美愉悦,把真和善有机结合起来,弘扬了乐的理性精神及其审美价值,揭示了儒家美学所重视的"以伦理道德价值本身为美"② 的价值取向。对此,如果从古人前理解的视域来看,就必然看到古代智慧所追求的道中有真、真中有善、善中有美。这三者在层次上有一定的递进关系,即由真到善,由善再到美,从而实现真善美的和合统一。这与《管子·五行》所言也有不谋而合之处,《管子》曰:"人与天调,然后天地之美生。"《管子》这里所说的"人与天调",体现了天人合一的真和善,也弘扬了人与天调所蕴含的美。而《乐记·乐象》说:"是故清明象天,广大象地,终始象四时,周还象风雨。五色成文而不乱,八风从律而不奸,百度得数而有常,小大相成,终始相生,倡和清浊,迭相为经。"这里讲的也是乐与天地、四时、风雨的和合,五音与五行的和合,节奏与度数的和合等,旨在说明乐的清浊有序、互相交错与对立统一。《乐记》对乐的这种概括,实际上也阐释了乐所体现的真善美的和合统一。

对于《乐记》天人合一所蕴含的真善美,今道友信在谈及《乐记》的音乐观时,非常深刻地指出:"用音乐陶养的心就使安定的、永续的快乐成为可能,由此而与永恒的天和合,才能到达与神即造化灵妙的神韵共鸣

---

① 〔日〕笠原仲二:《古代中国人的美意识》,魏常海译,北京大学出版社 1987 年版,第 58 页。
② 同上书,第 35 页。

的生命之自由阔达的境界。"① 在这段话中，"用音乐陶养的心"体现了音乐的善；"与永恒的天和合"反映着天人合一的真；"生命之自由阔达的境界"蕴含了生命自由的美。可以说，《乐记》所蕴含的天人合一思想不是一般的哲学抽象，也不是纯粹形而上的逻辑思辨，而是寓于真善美的和谐统一之中。

---

① ［日］今道友信：《东方的美学》，蒋寅等译，生活·读书·新知三联书店 1991 年版，第16 页。

第四章

《乐记》 对乐的生命本体论阐释

《乐记》在重视礼乐互补、相辅相成的同时，尤其重视乐与心、心与物的关系；"乐由中出"不仅涉及乐的创造，也涉及乐的本质。围绕"乐由中出"这一主旨，《乐记》还通过"乐以治心"揭示了乐对生命个体乃至社会的重要性，并把乐推及生命本体论的高度。

第一节　感物而动：诗歌舞本于心之动

对于研究问题的出发点，奥古斯特·孔德曾经有一个著名的公式："不应当从人出发来给人类下定义，相反的，应当从人类出发来给人下定义。"[①] 孔德这一公式没有陷入阐释学的循环，它启发我们研究艺术创造时应从文艺整体的宏观视界予以鸟瞰。"乐由中出"作为《乐记》的重要美学命题，不仅揭示了乐的基本创作规律，而且也反映了乐的本质；对乐的生命本体论进行研究，就是从人类生命存在的终极意义上探讨乐的意义。本节主要考察"乐由中出"的本体意义，即乐何以为人心所生，何以为人类生命活动的审美化。

---

① ［法］列维－布留尔：《原始思维》，丁由译，商务印书馆 1981 年版，第 7 页。

一 从感于物到心物互动的不可逆过程

文艺学要研究文艺的发生机制，与其注重文艺与现实的关系，倒不如重在探究文艺与创美主体的直接关系，然后通过对创美主体先见或前理解的解剖，进而可以辐射文艺与特定现实的关系。由此推之，《乐记》重在探究文艺与创美主体的关系，提出了诗、歌、舞本于心之动的观点，而没有花笔墨去关注文艺如何反映现实的问题，这恰恰意味着《乐记》抓住了文艺创造的主体性特征。

（一）《乐记》对心物关系进行了深刻阐释

要正确阐释诗、歌、舞本于心之动，就必须重新挖掘《乐记·乐本》的内在意蕴，对《乐记》"乐由中出"这一重要命题进行新的叩问，进一步认识创美主体从感于物到心物互动的不可逆过程。

关于音乐产生于人心，《乐记·乐本》谈道："凡音之起，由人心生也"，"乐者，音之所由生也"，"凡音者，生人心者也"，"凡音者，生于人心者也"。《乐记·乐象》还说诗、歌、舞"三者本于心"；关于音乐的具体生成，《乐记·乐本》说"情动于中，故形于声；声成文，谓之音"；关于由乐以知政、载道，《乐记·乐本》言："审声以知音，审音以知乐，审乐以知政，而治道备矣。"由上文梳理可知，《乐记》论乐，全文有一个内在的非常隐蔽的逻辑结构，表现了层层递进、层层深入的内在走向，这就是：物—心—情—声—文—音—乐—政—道。

这实际上是一个不可逆的运动过程。所谓不可逆，就是指一个物质系统和周围环境一经发生变化之后，不能一起恢复到原来状态的过程，称之为不可逆过程。很显然，从人感于物，物影响到心，心生情，情表现为声，声再到文，文形成音，音构成乐，由乐知政，政以载道，完成了乐的产生和知政、载道的不可逆过程。从生命本体论的角度来看，《乐记》无疑窥见了"乐由中出"作为生命活动的必然性。正如陈旸《乐书》卷八所言：

乐由中出而静。虚一而静者，其人心乎！此凡音之起，所以由人心生也。人心离静而动，岂自尔哉！有物引之而已。今夫去心以感物，虽动犹静，由心以感物，无静而非动，无静而非动，则物足以挠之，其能不形于声乎！形于声故有鼓宫，宫动鼓角应，而以同相应也；弹羽而角应，弹宫而徵应，而以异相应也。以同相应，则一倡一和，而未始不有常；以异相应，则流行散徙不主，故常而生变矣。然心动不生心而生声，声动不生声而生音，语乐则未也。比音而乐之，动以干戚之武舞，饰以羽旄之文舞，然后本末具而乐成焉。是岂不谓发于声音，形于动静，有以尽性术之变欤！……则凡音之起，由人心生者，其本也；形于声而生变者，其象也。变成方者，其饰也；比音而乐之及干戚、羽旄者，其器也。四者备矣，乐之所由成也……乐由中出而和声于外。①

可见，在陈旸看来，"乐者心之动"，乐由中出，这是根本；而"发于声音，形于动静"，则无疑体现了"尽性术之变"。在"物—心—情—声—文—音—乐—政—道"这一逻辑关系中，我们应该注意以下问题：

关于心感于物，《乐记·乐本》言："人心之动，物使之然也。感于物而后动，故形于声"，"人心之感于物也"，"感于物而后动"，"感于物而动，性之欲也"。《乐记》这里明确指出了人心"感于物而后动"这一基本的心物关系，由此把心物关系建立在"物"的基础上，进而把《乐记》的哲学基点指向客观存在的现实性，乐之"产生的根本在于创造主体的心灵之感于物"②，但并非以人的心理本能为基础，而是表现为心物互动。《乐记》在阐释心感于物的同时，特别注意物对人心具有强大的影响。对此，宋代卫湜《礼记集说》卷九十一："张氏曰：'夫乐之起，其事有二：一是人心感乐，乐声从心而生；一是乐感人心，心随声而变也。物有外境，外有善恶来触于心，则应触而动，故云物使之然。'……延平周氏曰：'音之所以起者心，心之所以动者以物，无心则无物。'"《礼记集说》

---

① 陈旸：《乐书》卷八。
② 张晶：《审美之思——理的审美化存在》，北京广播学院出版社 2002 年版，第 34 页。

这里有几点值得注意：关于乐的产生，第一，"人心感乐，乐声从心而生"，这是人主动感乐，使"乐声从心而生"，因此，"无心则无物"。第二，"乐感人心，心随乐声而变"，这是说"物有外境，外有善恶来触于心，则应触而动，故云物使之然"。这是指人受到外境或者乐的触动以后，人心随之而变。第三，卫湜在《礼记集说》中还大量引用了陈暘的《乐书》。因此，《礼记集说》所引论述，可以为《乐记》"乐由中出"作很好的注脚。

由于"物之感人无穷"，所以，《乐记》深刻地揭示出"人之好恶无节，则是物至而人化物也"，即人如果缺乏对自己好恶的节制，就很容易导致被物所化，从而丧失了人的主体性。《乐记》在阐释心物关系时，通过对心物互动的审视，弘扬了人的主体性，并且涉及人的前理解问题，因为"前理解是我们认知主体的历史存在形式，并时刻为理解的发生过程作着起点，它是一切理解的条件"①。在这个问题上，《乐记·乐本》注意到了主体的心灵状态不同，能够影响声的风格："其哀心感者，其声噍以杀；其乐心感者，其声啴以缓；其喜心感者，其声发以散；其怒心感者，其声粗以厉；其敬心感者，其声直以廉；其爱心感者，其声和以柔。六者非性也，感于物而后动。"这段话既阐明了不同的心理状态会直接影响声的风格，又蕴含了具体的心声同构：哀心—噍以杀；乐心—啴以缓；喜心—发以散；怒心—粗以厉；敬心—直以廉；爱心—和以柔。《乐记》认为，这六种声音并非人的本性，而是人的特定心灵受到外界触动才体现为特定的声音。从阐释学的角度来看，这里显然存在人不同的前心灵、前情感的问题，即主体特定的哀心、乐心、喜心、怒心、敬心、爱心能够直接影响声音风格。《乐记》启发我们，主体应该具有健康的情感修养，以保障在受到外物所感时能够促进心物关系积极的互动，而不是主体消极地受外物影响。关于心物关系，《乐记·乐象》："凡奸声感人，而逆气应之；逆气成象，而淫乐兴焉。正声感人，而顺气应之；顺气成象，而和乐兴焉。"这段话旨在表明，奸声与逆气相应而淫乐兴，正声与顺气相应而和乐兴，这

---

① 金元浦：《接受反应文论》，山东教育出版社1998年版，第65页。

实质上也是强调主体要有"顺气",即应有正确的前理解,因为按照阐释学的观点来看,"先见"在一定程度上也有正误之分,有片面和全面之分。大致说来,人在心物互动的过程中,互动的程度和性质绝非偶然,而是与心物关系是否和谐有关,也与人的主体性强弱和前理解的性质密不可分。从心物关系是否和谐来看,如果心物关系和谐,在感物而动以后,人的情感则与心物双方的性质呈同向性外化;反之,就会出现心物不同性质此消彼长或此长彼消的胶着混融状态。这就是说,一个人如果以愉悦的心情去欣赏欢快的曲调,就会产生更加愉悦的情感;以愉悦之心听缓慢、低沉、哀怨的曲调,则会使愉悦和悲哀两种不同性质的情感在矛盾中此消彼长,呈现出胶着混融状态。从人的主体性强弱来看,人的主体性如果较强,人在感物时就可能以应有的主体性,以自由的宽广视野审视眼前的对象,从而体现出感物过程中的主动性;反之,人在感物时则可能由于缺乏主体性而受制于对象,陷入"人化物"的困境。从前理解的性质来看,人如何感物,既要受到对象的制约和影响,也要受到人在感物时前理解的制约和影响,因为人的前理解或先见是否公允,视域是否宽广等,都直接影响着感物的结果。可见,《乐记》对心物关系的考察,深刻揭示了乐的生命本体论意味,从人类生命与客观环境的互动中揭示艺术活动的意义,即乐何以为人心所生,何以是人类生命活动的审美化,何以是人类生命的必然彰显。

(二)《乐记》从发生学的角度揭示了从心到乐的产生过程

在《乐记》看来,在心物互动的过程中,情由心生,表现为声;声按照一定的规律组织成音调,就构成了音乐,即心—情—声—文—音—乐。从音乐发生学的角度来看,音乐创作是一种以音响的方式表达个人内心审美体验的创造性劳动,也是创造者在心物互动的基础上以音乐想象为特征的主观抒情。对于心物互动,约翰·马丁指出:"我们生活在一股永远流淌的感情反应的溪流中,带着不同程度的赞许或厌恶去迎接每个事物、每种情景,通过相同的神经与肌肉的通路,来恢复对过去经验的记忆,并根据所有这些数据的源泉来产生或准备产生动作。"① 所以,胡塞尔说:"认

---

① [美]约翰·马丁:《生命的律动》,欧建平译,文化艺术出版社1994年版,第28页。

识与对象有关，对象的意义随体验的变化，随自我情绪和行动的变化而变化。"① 从音乐发生学的视界来看，创美主体在心物互动过程中产生了相应的情感，然后表现为相应的声，声再到文，文形成音，音构成乐，完成了音乐的创造过程。主体在完成创作以后，又可以根据自己创作的特点、性质等，反过来影响对所感之物的理解和评价。毕达哥拉斯学派认为，音乐的产生不是人创造的，而是人的灵魂自然的表现，这在一定程度上意味着该学派没有注意到创美主体的创造性，也在一定程度上忽视了创造者内心体验和感悟的前储备，因而并没有真正蕴含音乐发生学的学理性。《乐记》则在较大程度上揭示了音乐的发生学原理，如《乐记·乐本》："感于物而后动，故形于声；声相应，故生变，变成方，谓之音；比音而乐之，及干戚、羽旄，谓之乐。"《乐记》认为，人心感于物以后表现为声，但这里所说的"声"，实际上仍然是未经加工过的声音，是人在特定心理状态下不自觉地有感而发，因而还不是音乐。只有在各种声互相应和，发生种种变化，构成有组织、有规律的"音"，然后再组合众音构成曲调，用舞蹈表现出来，这才成为"乐"。由此可以看出，"声相应，故生变，变成方，谓之音"，旨在说明音乐的产生（狭义的音乐）；而"比音而乐之，及干戚、羽旄，谓之乐"，说明了乐作为综合艺术，蕴含了音乐、诗歌和舞蹈三位一体的特征。与毕达哥拉斯学派相比，《乐记》更加注重音乐的后天创造，弘扬了主体的审美创造精神。

（三）《乐记》彰显了由乐知政、载道的过程

文以载道，在中国有着悠久的历史传统，从孔子到《乐记》，可谓一以贯之。故而，《乐记》主张乐与政通，乐通伦理，亦属顺理成章，因为《乐记》形成于传统之中的同时，自身又构成了特定的文艺美学传统。《乐记·乐本》明确指出："声音之道，与政通矣。"在《乐记》看来，治世、乱世和亡国之音各有不同的风格："治世之音安以乐，其政和；乱世之音怨以怒，其政乖；亡国之音哀以思，其民困。"对于《乐记》的这一表述，

---

① ［德］埃德蒙德·胡塞尔：《现象学的观念》，倪梁康译，上海译文出版社 1986 年版，第 67 页。

后人大多认为不够确切。其实，任何时代都有自己的时代主题，文艺都在一定程度上直接或间接地折射出时代的影子。就音乐家而言，"作曲家不会毫无目的地去从事创作，他们创作情绪的由来和灵感的激发都是基于对社会生活的感受。音乐创作无疑是一种表达时代精神和思想的社会实践，它是一项高尚而富有深刻社会意义的劳动"①。因此，音乐在一定程度上成为时代精神的特殊载体，能够直接或间接地孕育出时代的审美风格和价值取向，其内在机制在于：一方面，特定时代的客观因素影响着人的心灵；另一方面，人的心灵不同，就会表现出不同的声音风格，《大戴礼记·文王官人》："心气华诞者，其声流散；心气顺信者，其声顺节；心气鄙戾者，其声嘶丑；心气宽柔者，其声温好。"朱长文《琴史》亦云："夫遇世之治，则安以乐；逢政之苛，则怨以怒；悼时之危，则哀以思，此君子之常情也。"既然如此，那么治世之音、乱世之音和亡国之音肯定会有明显的不同，因为每一个时代都有自己的审美价值取向，都有反映时代心声的审美风格；也唯其如此，文艺才成为反映时代精神的文化载体和审美符号，蕴含了丰富的社会内容，既"与政通"，又"通伦理"，人们才能够"审声以知音，审音以知乐，审乐以知政，而治道备矣"。而治世、乱世和亡国这些特定的社会状况，"必然在音乐中表现出安详、怨恨、悲哀等不同的情感内容，这正是对清明政治、黑暗社会、百姓困苦等社会生活中的美丑现象，所作出的欢乐、愤怒、思虑等不同的美感反映"②，正如桓谭《新论》所言："琴七丝，足以通万物而考治乱也。"琴可以考治乱。方苞《读史》："审乐知兴亡，而兴者亡者不自知也。"从当局者迷的角度来看，"兴者亡者不自知"，恰恰说明了人们没有看到乐所蕴含的文化内涵及其对社会兴衰的某种程度的折射。故而，我们只有对《乐记》中的"乐—政—道"逐层探幽，才能更好地阐释乐以通政、显道的深刻内涵。

二　诗歌舞本于心之动的本体论意味

乐作为诗、歌、舞的综合艺术，其创造的心理机制反映了艺术创造的

---

① 王次炤：《音乐美学新论》，中央音乐学院出版社 2003 年版，第 113 页。
② 曹利华：《中华传统美学体系探源》，首都师范大学出版社 1994 年版，第 137 页。

一般规律，是音乐史学、音乐民族学、音乐美学必须关注的问题，也彰显了全人类文化行为（整合行为）的审美方式。诗、歌、舞本于心之动，就是通过特定艺术时空展示的、伴随诸种人类文化行为的立美实践活动，也是人类生命活动审美化的感性形式；而"乐由中出"则蕴含着主体审美生命活动的外化或者审美化，表现为特定主体各要素之间相互渗透和相互作用的运动过程。

在艺术灵感问题上，柏拉图曾经把诗的灵感归结于神赐，从而把艺术创作引向神秘的归宿。而《乐记·乐象》却非常鲜明地把诗、歌、舞看作人心所动的显现，凸显了乐的生命本体论意味。《乐记》认为："乐者，心之动也"，"诗言其志也，歌咏其声也，舞动其容也，三者本于心，然后乐器从之"。王灼《碧鸡漫志》对此评论说："故有心则有诗，有诗则有歌，有歌则有声律，有声律则有乐歌。"此论可谓一语中的。至于《乐记》上述所言，业已肯定了诗、歌、舞本之于心，然后以乐器相伴，从而构成了古代的综合艺术——乐，这就意味着把艺术创作的动因建立在生命本体论的基础上。所以《乐记·乐象》说："乐者，心之动也；声者，乐之象也；文采节奏，声之饰也。君子动其本，乐其象，然后治其饰。""君子动其本"，就是乐的创造以心为本源。对此，人们常常以唯心主义来评价《乐记》，认为《乐记》的音乐观是唯心主义的。其实，《乐记》一方面看到了乐本于心，一方面又看到了"感于物而后动"，这实际上意味着乐是在心物互动中交互作用的结果。所谓"心之动"，是指创美主体心理结构中前理解的外在显现，如董仲舒《春秋繁露·楚庄王》所言："乐者，盈于内而动发于外者也。"但"心之动"并非纯粹的个人心灵活动，而是"感于物而后动"。换言之，在乐的发生学意义上，既需要有创美主体心灵的前理解，又要有外在环境的触动，只有在心物互动中实现主体与客体的融合，才能达到本象结合，并通过特定的音乐形象凸显出来。正如《文言传》所言："正位居体，美在其中，而畅于四支。发于事业，美之至也！""感于物而后动"还表明，"感于物"是乐得以发生的外在动因；而"心之动"则是创美主体特定的有感而发。主体"先见"中已有美德在心，在此基础上，所谓"心之动"，既不是主观的，也不是客观的，而是主观与客观的统一，故而我们不能简单地把《乐记》的音乐发生论理解为唯心主义。

托马斯·阿奎那认为，艺术作品起源于艺术家的心灵，艺术家凭心中的观念，可以从无中创造出有来，因为艺术家的观念是艺术家可以任意构想的。事实上，现实生活一旦进入作者的心灵，就已经转化为作者的记忆表象；而作者对现实生活的认识、理解和评价就会转化为带有情感的特定意识；作者通过调动联想和一般想象，进而激发创造性想象，就会凭借灵感创造出新的意象，并通过特定的物质媒介外化为具体的艺术作品。由此看来，《乐记》把乐的产生看作是"感于物而后动"基础上的"心之动"，很显然，这种"心之动"无疑凝聚着创美主体在视域融合中对作为历史流传物的乐文化的理解和阐释，也是创美主体在前理解基础上的一种新的艺术创造，因为艺术作品表现的不是纯粹客观的社会生活，而是艺术家心灵化了的生活，也是艺术家对生命的体验和感悟，因而也是艺术家心灵的感性载体，所以，"心之动"作为创美主体所创之乐的显现，显然已经构成了特定的艺术文化，而"人类智力的符号性产物就是文化"①。对于"乐由中出"，卫湜《礼记集说》卷九十六引延平黄氏曰："乐由中出，不可以伪，为乐得其道而正，乐兴焉。乐之由中出者也，乐得其欲；而淫乐与焉，乐之由伪作者也。"也就是说，乐是从内心世界萌发出来，显现了艺术创造贵在真诚的奥秘，深刻揭示了艺术创造应该"得其道而正，乐兴焉"的艺术规律，而唯"乐由中出"，乐才不可以伪，才能"乐得其欲"。《乐记》认为诗、歌、舞本于心之动，这恰恰揭示了诗、歌、舞作为艺术文化是艺术家心灵的外化，是艺术家心灵的符号性产物，是艺术家审美本质的外化，也是艺术家自由创造的一种审美文化。

伽达默尔曾经把审美经验和艺术活动视为一种独特的认识方式，认为作为存在真理之显现，艺术作品昭示了存在中的真理。由此可见，我们还可以把《乐记》视为中国古代审美经验和艺术活动的一种美学总结；而《乐记》认为诗、歌、舞本于心之动，既是从艺术发生学的角度对艺术本

---

① ［美］罗伯特·F. 墨菲：《文化与社会人类学引论》，王卓君译，商务印书馆1991年版，第33页。

源的探幽，也是古人对乐的生命本体论的一种独特认识。《乐记》虽然不是严格意义上的艺术作品，但也因其具有意象化的语言和敞开的结构，在澄明中依然蕴含着特有的艺术性。

第二节　乐以治心——乐反人道之正

从文艺心理学的角度来看，《乐记》对乐和心理之间的互动关系作了深入的阐释。在《乐记》看来，乐以治心，能够对人的心灵产生重要的影响，具有移风易俗的教化作用。因此，《乐记》的逻辑首先是"乐由中出"，这是由心到乐；其次是"乐以治心"，这是由乐到心。其整体的逻辑是：心—乐—心。即由创美主体的心灵感物而生情，"乐由中出"，再达"乐以治心"之目的。

一　乐为生民之道

在《乐记》看来，唯有"乐由中出"，才能"乐以治心"。"乐以治心"不仅仅是为了治个人之心，而是为了治民之心。因此，《乐记》非常看重乐的社会作用，进而把乐视为移风易俗最重要的"生民之道"。

《乐记·乐象》认为："生民之道，乐为大焉。"《乐记·乐本》则认为乐能"教民平好恶，而反人道之正也"，即乐能使人回归正道。《乐记》这里所说的"生民"是指教化人，即乐教是教化人民最重要的方法，能够使人回归本性。对此，王安石进而把礼乐并举，《临川先生文集》卷六十六认为"礼乐者，先王所以养人之神，正人气而归正性也……衣食养人之形气，礼乐所以养人之性也"。可见，乐和礼一样具有"归正性"的作用。真德秀《真西山文集》深受《乐记》的影响，认为"乐音之和，与天地之和相应，可以养人心，成风俗也。……庄敬者，礼之本也；和乐者，乐之本也。学者诚能以庄敬治其身，和乐养其心，则于礼乐之本得之矣！是亦足以立身而成德也"。真德秀重视乐的养心作用，看到和乐乃乐之本，这是对《乐记》主旨的正确把握。

那么，《乐记》为什么说"生民之道，乐为大焉"呢？这是因为不仅"乐由中出"，而且"乐以治心"，能够感动人之善心，是人情所不能免。所谓"乐以治心"，能够"感动人之善心"，就是强调乐对人的心灵所具有的感染力，特别是"治心"中的"治"，意味着乐对人所具有的"养"或"伪"的作用。根据东汉王充《论衡·本性》："周人世硕，以为人性有善有恶，举人之善性，养而致之则善长，恶性，养而致之则恶长。如此，则性各有阴阳善恶，在所养焉。"与世硕相似，荀子《正名》篇也强调心可以改变本性："性之好恶喜怒哀乐，谓之情。情然而心为之择，谓之虑；心虑而能为之动，谓之伪。"在荀子看来，本性所表现的喜怒哀乐之情由心所控制，心的思虑活动称"伪"，所以人性的改变决定于心的"动"；而"化性起伪"，乃心"感物而有知"的自然作用的结果。荀子谈"伪"，世硕论"养"，都要求通过"伪"或"养"，以达修身养性之目的。根据马承源等先生的考证，《战国楚竹书》中的《论情性》早就提倡乐教，主张乐声感人，认为乐有鲜明的道德内涵。[①] 对此，湛若水《格物通》卷五十八作了如下推论："乐由中出，故推乐于民以治心；礼自外作，故推礼于民以治躬。乐推则民化之易，直慈良之心生矣。生则乐，乐则安，安则久，久则天，天则神，不言而信，不怒而威矣。"李之藻也看到了"乐以治心"的作用，《頖宫礼乐疏》卷六认为："乐由中出，而太和由是乎洋溢矣。"基于此，在《乐记》看来，乐无疑是"治心"最重要的方式，"生民之道，乐为大焉"，这是《乐记》得出的必然结论。

《乐记》不仅看到"乐以治心"的重要作用，重视乐对人的心灵所具有的重要感染作用，而且所谓"乐者，乐也，人情之所不能免也"，也看到了乐所产生的快乐，是人情所必须具备的主观要素。从阐释学的视界来看，乐之所以是人情所不能免，就在于人的前理解中已经具备了既定的审美需要，而每个人既定的审美需要又都蕴含对乐的先见，因而，每个人对乐的需要实质上也就是每个人发自内心对生命快乐的需求，因而"乐由中出"就具有本体论的意蕴。《乐记·乐化》："致乐以治心，则易、直、

---

① 马承源主编:《战国楚竹书》（一），上海古籍出版社 2001 年版，第 218 页。

子、凉之心油然生矣。易、直、子、凉之心生则乐，乐则安，安则久，久则天，天则神。"正因为乐如此重要，所以《乐记·乐化》才引用君子之语，说"礼乐不可斯须去身"。这意味着礼主外，乐主内，二者都应该伴随人的一生，成为人生本体论意义上不可或缺的重要因素。这样，《乐记》把乐和人的快乐、人的心情紧密联系起来，从而深刻揭示了乐所具有的生命本体论意味。《孔子诗论》载孔子曰："《诗》亡隐志，乐亡隐情，文亡隐言。"可见，孔子对乐表现情感的重视，与《乐记》上述观点颇为相似。班固深受《乐记》影响，其《白虎通德论·礼乐》也认为"乐者天地之命，中和之纪，人情之所不能免"，"夫歌者口言之也，中心喜乐，口欲歌之，手欲舞之，足以蹈之"。刘昼对此又进一步作了阐释，刘昼《刘子·辩乐》："乐者，天地之声，中和之纪，人情之所不能免也。人心喜则笑，笑则乐，乐则口欲歌之，手欲鼓之，足欲舞之。歌之舞之，容发于音声，形发于动静，而入于至道。音声动静，性术之变尽于此矣。故人不能无乐，乐则不能无形，形则不能无道，而不为道则不能无乱。"班固和刘昼所言，在一定程度上都与《乐记》有异曲同工之妙，抑或说都是《乐记》的特殊流传物。

不唯宁是，所谓"乐者，乐也，人情之所不能免也"，其深刻内蕴在西方美学史上也可以得到佐证。柏拉图把唱歌、跳舞看作是一种"游戏取乐"[①]，能够使人产生快乐；亚里士多德则把音乐视为"世间最大的怡悦"[②]；康德甚至还看到了笑、诙谐和游戏、艺术的相似、相通之处，因为它们都体现了活动的自由和生命力的畅通，都能使人产生快乐，促成了生命的健康与进展。柏拉图、亚里士多德和康德以上所言，既与《乐记》的精神相符合，也在更广泛的视域中展现了人类的共识。《乐记》的作者和西方美学家都看到了艺术能够使人产生快乐这一重要审美现象，进而把乐和人情或人性联系起来，把乐视为人情或人性所不可或缺的重要因素，这无疑是对乐的极大肯定和赞扬，也意味着乐乃人类本质的审美彰显。

---

① ［古希腊］柏拉图：《文艺对话集》，朱光潜译，人民文学出版社 1963 年版，第 306 页。
② ［古希腊］亚里士多德：《政治学》，吴寿彭译，商务印书馆 1965 年版，第 418 页。

二 大乐必易

"大乐必易"是《乐记》中的重要美学思想，也在很大程度上体现了乐的生命本体论思想。在这一命题中，"大"通"泰"，指平安、安定之意；"易"指合悦、安稳之意。在上古时期，"太"和"泰"多写作"大"，如《荀子·富国》"天下大而富"中的"大"，也通"泰"。《乐记·乐论》："大乐必易。"可以理解为安定的音乐必然合悦安稳。

对于《乐记》"大乐必易"的阐释，可以追溯到老子的"大音希声"。明代魏濬《易义古象通》卷四认为："太音希声，天地之元声，肇于斯；太羹无味，天地之至味，起于斯。"魏濬这里说的"太音希声"，实质上是把"太音"和"太羹"联系起来进行阐释，意指音乐的简约恬淡。王夫之对老子的"大音希声"也有很中肯的阐释，《周易外传》："'玄酒味方淡，大音声正希'，贵其少也。"王夫之所说的"贵其少也"，就是指音乐的简易恬淡。也就是说，"大音希声"并非听不见声音，而是指音乐的简易恬淡。钱锺书《管锥编·老子王弼注十四》："寂之于音，或为先声，或为遗响，当声之无，有声之用。是以有绝响或阒响之静。亦有蕴响或酝响之静。静固曰'希声'，虽'希声'而蕴响酝响，是谓'大音'。"由此可见，"大音希声"是指美妙的音乐应该是听似无声，而实际上是简易恬淡、富有韵味。与"大音希声"相似，《乐记》"大乐必易"所追求的也是一种理想的和乐，即通过乐的简易，进而达到乐的合悦安稳。音乐的节奏和谐平缓，能使人产生和顺之心，有利于人际关系的和谐、稳定，所以《乐记·乐本》说"乐以和其声"，而《乐记·乐化》则说"乐极和，礼极顺，内和而外顺，则民瞻其颜色而勿与争也，望其容貌而民不生易慢焉"。确切地说，这种和乐即使在朝廷上下、乡里和家庭之内，也能够使人产生和敬、和顺与和亲之心，这也正是《乐记·乐化》所说的"乐在宗庙之中，君臣上下同听之，则莫不和敬；在族长乡里之中，长幼同听之，则莫不和顺；在闺门之内，父子兄弟同听之，则莫不和亲。故乐者，审一以定和，比物以饰节，节奏合以成文，所以合和父子君臣，附亲万民也：是先王立乐之方也"。我们尤其应该注意，《乐记》强调乐为"天地之命，中和之纪，人情之所不能免也"，实质上是为乐的中和之美作了明确的判断。

对于"大乐必易"的解读，后人的分析很深刻。《淮南子·诠言训》："非易不可以治大，非简不可以合众。大乐必易，大礼为简。易故能天，简故能地。大乐无怨，大礼不责，四海之内，莫不系统，故能帝也。心有忧者，筐床衽席，弗能安也；菰饭犓牛，弗能甘也；琴瑟鸣竽，弗能乐也。患解忧除，然后食甘寝宁，居安游乐。"明代朱载堉《乐律全书》卷六下对"大乐必易"的阐释颇为中肯："《乐记》曰'大乐必易'，又曰'大乐与天地同和'，言其音调出于天生自然，不由人力编排，而累累乎端如贯珠，譬犹太羹玄酒，无味之中真味存焉。故先儒论乐曰：'古者圣王制礼法，修教化，三纲正，九畴叙，百姓大和，万物咸若，乃作乐以宣八风之气，以平天下之情。故乐声淡而不伤，和而不淫。入其耳，感其心，莫不淡且和焉。淡则欲心平，和则躁心释。优柔平中，德之盛也；天下化中，治之至也。是谓道配天地，古之极也。乐者本乎政也，政善民安，则天下之心和。故圣人作乐，以宣畅其和。心达于天地，天地之气感而大和焉。天地和，则万物顺，故神祇格，鸟兽驯。'"由此可见，"大乐必易"看似淡而无味之乐，而实质上却"淡而不伤，和而不淫"，通过"欲心平"，"躁心释"，"宣畅其和"，进而达至"天下化中""天下之心和"的至境。受《乐记》的影响，王安石从中和的角度对"大乐必易"进行了比较深入的阐释，《临川先生文集》卷六十六："先王知其然，是故体天下之性而为之礼，和天下之性而为之乐。礼者，天下之中经；乐者，天下之中和。礼乐者，先王所以养人之神，正人气而归正性也。是故大乐之极，简而无文；大乐之极，易而希声。简易者，先王建礼乐之本意也。"王安石强调"和天下之性而为乐"，乐为"天下之中和"，而大乐之简易，实质上也是在追求乐的合悦。

我们对《乐记》"大乐必易"的阐释，必须把其纳入《乐记》的整个体系中加以理解。"大乐必易"旨在通过乐的中和（即合悦）之美，达到"论伦无患"，以实现"乐之情"，即和谐而不放纵的乐，才是乐的真正情性，强调乐具有使人"欣喜欢爱"的功能，也就是《乐记·乐论》所说的使人"欣喜欢爱，乐之官也"。这样，《乐记》就把"大乐必易"所蕴含的中和之美及其和谐，通过理想的和乐所具有的使人"欣喜欢爱"的功能彰显出来。

从《乐记》全篇来看，作者紧紧抓住"乐由中出"这一重要命题，重视乐与心、心与物的关系，对乐的发生学进行了深入阐释，揭示了乐"反人道之正""乐和民声""乐同民心"的美学规律，把"乐之道"和"人之道"统一起来，把乐视为主体生命的重要内涵，进而把乐推及生命美学的高度，蕴含着《乐记》丰富的美学内涵，这对于我们正确解读文艺作品和创造者的内在关系，以及当下视域的美学建设不无启迪。

第二编
西方文论研究

第一章

古希腊文艺思想萌芽

古希腊文化是西方文化史上的第一座高峰，古希腊的文艺思想也是西方文艺理论史上第一座高峰。古希腊多位文化巨匠的重要的文艺思想，对后世产生了重要而又深远的影响。

第一节　毕达哥拉斯的文艺思想

毕达哥拉斯（约公元前 580—前 500 年）是古希腊著名的数学家、哲学家，也是古希腊第一个美学家，同时，又是宗教神秘主义者，维护奴隶主贵族统治的社会活动家。他的美学思想虽然十分抽象和唯心，但却有重要的美学价值，特别是他的数学方法论更是别具匠心而又有神秘的意义。

一　美是和谐

毕达哥拉斯及其学派认为，"数"贯穿于一切事物，是万物的本体和范型；由数支配的宇宙，是一个和谐的统一体；数先于事物而存在，万物则是模仿数才存在。毕达哥拉斯在探讨万物的本原时，不是从物质世界本身去寻找事物的本原，而是从事物的数量关系上作了严肃认真的思考，从而确立了以"数"为本原的原则，用数学方法论来思考宇宙、自然、人生及艺术的和谐美。

毕达哥拉斯学派从数学哲学出发，提出了美是和谐的主张，并且把数的和谐原则应用于天体运动的研究和音乐理论的研究。他们认为，物体在空间运动时会发出声音，音调的高低与运动速度有关。因而，星体在按照一定轨道运动时，能演奏出和谐的音乐，而整个宇宙就是一首和谐的乐章，创造出一部"天体的音乐"。当然，毕达哥拉斯学派对天体音乐只是一种直观的朴素猜测，没有科学依据。但据 1999 年 12 月 29 日《山东广播电视报》摘自《扬子晚报》的文章说，据美国太阳研究机构的天文学家发现，太阳像一架庞大的乐器，在太空中奏出各种奇妙的音乐。他们认为太阳像一架钟，会当当地响。按照美国天文学家的解释，太阳之所以会发出声响，是由于太阳内层比表面旋转得快。太阳内部对流区位于太阳内很深的区域，大概在从表面到太阳中心距离的三分之一处，能发出 80 多种不同音高的声音。这些声响是由太阳对流区内气流流动产生的，在太阳对流区中的气流像活塞一样活动，因而会产生独特的声音。但由于这些声音通过真空无法传播，所以地球上的人是听不到的。美国这些研究如果能够成立，则更加说明毕达哥拉斯学派的智慧，这也与我国老子所说的"大音希声"颇为相似。

关于宇宙的和谐美，我国学者徐纪敏也曾高度评价了毕达哥拉斯学派的巨大贡献。"在他们看来，宇宙中所发生的一切自然现象都具有美学的性质。这是科学美学最早的表述方式，毕达哥拉斯学派也可以称作最早的一批科学美学家，而数的和谐原则可以认为是人类最早提出的一条科学美学原则。"[1] 由数的和谐推及宇宙万物的和谐，把和谐贯穿于音乐、雕塑、建筑、绘画等艺术之中，同时，又重视人体美的和谐和灵魂美的和谐，这是毕达哥拉斯对西方美学史的重要贡献，与中国的孔子美学和《易传》美学亦有异曲同工之妙。如果说，孔子中和之美与中庸之道主要是指艺术的审美意义和伦理意义的话，那么，《易传》却把中和之美发展为人类社会与自然宇宙即天人之间的和谐美。就美学的和谐来讲，毕达哥拉斯与孔子及《易传》可谓中西合璧、不谋而合。

---

[1]　徐纪敏：《科学美学思想史》，湖南人民出版社 1987 年版，第 48 页。

二　音乐的和谐美及其净化

毕达哥拉斯在思考音乐理论时，从必然性来看，基于他对数学方法论的自觉运用；从偶然性来看，也是由于意外获得创造性的灵感，才发现了数学与音乐的关系及音乐的和谐美。

据新柏拉图派的杨布利柯记载，有一次毕达哥拉斯经过铁匠打铁的地方，听到铁锤敲在铁上时发出和谐的声音并从中受到了启发，他发现了不同重量的铁锤与发出的声音之间的比例关系，并进一步思考了音调的数学关系。后来，又经过在琴弦上的实验，他发现琴弦长，振动慢，声音低；琴弦短，振动快，声音高。在研究实验的基础上，他认为"数的关系是唯一规定音乐的方式"①，也就是说，各种长短、高低、轻重不同的音调，按照一定数量的比例组合，才构成了音乐节奏的和谐。在古希腊的宗教仪式中，人们已自觉不自觉地利用音乐来影响人们的情绪。从历史的观点来看，毕达哥拉斯关于音乐净化灵魂的理论，最早肇始于俄耳甫斯教。这种宗教认为，人的灵魂由于罪孽而被肉体束缚，当灵魂被净化后将得到解放。这种净化与解放主要是通过俄耳甫斯教的神秘仪式，即通过音乐、舞蹈来达到。受俄耳甫斯教的影响，毕达哥拉斯把净化与解放视为人生最重要的目的。为什么说音乐能够净化灵魂呢？在他看来，音乐是人的灵魂、情绪、性格和精神的表现，能够完善或腐蚀人的灵魂；通过音乐，灵魂能够从肉体的束缚中得到净化与解放。

毕达哥拉斯关于音乐净化灵魂的观点，虽然受到当时科学水平的限制，但是，他能从数学方法论出发，从理论上认识到不同的音乐对灵魂的不同作用，这种见解却是非常深刻的。他开创了数学方法，强调万物皆数，重视音乐的净化作用，这对于柏拉图、新柏拉图主义和文艺复兴文艺美学等都产生过重要影响。特别是毕达哥拉斯及其学派从数学方法论的角度出发，由研究几何图形的美，进而确立了对称、均衡、比例、秩序、和

---

① ［德］黑格尔：《哲学史讲演录》第一卷，贺麟、王太庆译，商务印书馆 1959 年版，第238 页。

谐等具有普遍意蕴的美学概念，反映了人类审美的共同性，在一定程度上把握了形式美的一般规律，更具有永恒的美学意义。

第二节 赫拉克利特的新和谐论与艺术模仿论

赫拉克利特（约公元前 540—前 470 年）古希腊唯物主义哲学家，杰出的辩证法大师，出生于小亚细亚艾菲斯城的贵族家庭，少年时代勤奋好学，敏捷聪慧，记忆力很强，有王位继承权，但却无心从政，把王位让给兄弟，自己以追求知识为荣，游历了埃及、波斯和希腊各地，潜心思考人生与自然的哲理。赫拉克利特的新和谐理论蕴含着深刻的哲学思想。

一 新和谐理论

和谐是重要的哲学命题和美学命题。古希腊人在长期的文化创造及社会实践中，已经自觉不自觉地注意到了自然万物的和谐、和谐与美的关系问题。赫拉克利特在吸收毕达哥拉斯美学思想的基础上，发展和深化了美的和谐理论，以全新的美学面貌呈现于文化史的美学高峰之上。他认为万物的本原是火，宇宙过去、现在和将来永远是一团活火；宇宙生成的过程是火生气，气生水，水生土，而土又还原成火；火按一定规律燃烧和熄灭；火可以化生一切，一切又复归于火。他"以大量生动的事例，描绘了一幅世界的运动、变化的总图画"①，提出了"一切皆流、一切皆变"的著名论断。

在哲学史上，赫拉克利特第一次提出了"逻各斯"这一哲学范畴，以此说明事物发展变化的规律和尺度，说明一切事物的和谐与美的根源。他认为，互相排斥的东西结合在一起，不同的音调造成最美的和谐；一切都是斗争所产生的……自然是由联合对立物造成最初的和谐，而不是由联合同类的东西造成。艺术也是这样造成和谐的，显然是由于模仿自然。绘画

---

① 朱德生、李真：《简明欧洲哲学史》，人民出版社 1979 年版，第 13 页。

在画面上混合着白色和黑色、黄色和红色的部分，从而造成与原物相似的形象，音乐混合不同音调的高音和低音、长音和短音，从而造成一个和谐的曲调。书法混合元音和辅音，从而构成整个这种艺术。① 通过这段论述可以发现，赫拉克利特不仅说明美是和谐，而且强调了和谐产生于事物的差异与对立，"是斗争中的和谐，一分为二中的统一，变化中的固定，差别中的同一，暂时中的永恒，形成中的生成"②。即自然界由事物的差异与对立，构成了最初的和谐；艺术模仿自然，也是由于艺术诸要素的差异与对立，才构成了艺术的和谐美。因此，音乐的美离不开高音与低音、长音与短音的差异所形成的和谐；绘画的美离不开各种颜色的差异与对立所形成的和谐；书法的美是元音与辅音混合所形成的和谐。他还以弓与琴为例，说明事物的相反相成。弓与琴的差异与对立，蕴含了两者的相互作用，又通过相互作用，才能演奏出和谐的乐曲。

很显然，赫拉克利特通过对客观自然的研究，洞察了事物发展的相反相成，由对立造成和谐这一客观规律，并自觉把这一客观规律推及美学领域。这无疑是辩证思维的发展与深化，与老子的"有无相生、难易相成"有着惊人的相似之处。二者在辩证思维方面都达到了当时的顶点。因为当时希腊人"在事物的多样性后面看不到统一，在运动的后面看不到静止，在斗争的后面看不到和谐，反过来，也不能在统一层面看到多样性，在静止后面看到运动，在和谐后面看到斗争"③，所以，赫拉克利特能超越庸常，敢于突破旧的束缚，推崇"看不见的和谐"，这与老子所说的"大音希声，大象无形"所蕴含的哲理非常相似，也是对辩证思维的深化和发展。

二　艺术模仿自然论

在艺术发展史上，赫拉克利特最早提出了艺术模仿自然的著名论断，开创了西方美学史上影响深远的"模仿说"的先河，这是赫拉克

---

① 北京大学哲学系美学教研室编：《西方美学家论美和美感》，商务印书馆1980年版，第15页。

② ［苏］米·亚·敦尼克等编：《古代辩证法史》，齐云山等译，人民出版社1986年版，第88页。

③ 同上书，第82页。

利特的逻各斯理论在文艺美学中的自觉运用，有着深刻丰厚的文化内涵。

第一，他认为万物的本原是火，这体现了他朴素的唯物主义思想，即从物质世界寻找事物的本原。从这一朴素的唯物主义观点出发，分析艺术的起源，他必然从自然这一物质世界去寻找艺术的本原，即自然是第一性的，艺术是第二性的，艺术是对自然的模仿。第二，和谐是美的基础和灵魂，是由差异与对立造成的，而自然也是由于差异与对立，才构成了和谐。第三，艺术模仿自然，也必然像自然那样，蕴含着差异与对立，这才体现艺术的和谐美。第四，在感性与理性的关系上，他轻感性，重理性。"一切皆流、一切皆变"正是从感性认识的角度，对万事万物运动变化的动态描述。因为感性认识不可靠，所以，他特别推崇理性，非常重视逻各斯，并自觉运用逻各斯，把它推及自然，再由自然推及艺术创造。艺术创造的和谐也是逻各斯在艺术中的自觉运用。第五，对女神创造文艺的否定和反驳。缪斯是希腊神话中文艺女神的统称。她们起初司歌唱，后来又掌管文艺和科学各个领域。在赫西俄德那里，神话与理性体现为两者巧妙的结合，因为"他认为美和善是源于神的东西"，"艺术创作也是神的旨意"①，而赫西俄德的观点在当时是很有代表性的。甚至行吟诗人在歌颂史诗时，一般都"从神说起"，"由此逐渐产生了一种作为独特艺术形式出现的序曲"②。赫拉克利特的可贵之处就在于，他能在那充满神话的文化氛围中，能在人们普遍认为万物皆有神的前提下，勇于否定女神掌管文艺这一传说，提出艺术模仿自然的观点，这是非常有革命性的。

赫拉克利特强调艺术模仿自然，但并非简单仿效。他认为，单纯仿效至多只能描绘一些感性事物，表现了表面的一种和谐；真正的艺术则应该在模仿自然的对立统一中，显示出生命力的和谐。而实际上，对立统一是深层的看不见的和谐，当然要高于或优于表层的看得见的和谐。

---

① ［苏］奥夫相尼科夫：《美学思想史》，吴安迪译，陕西人民出版社1986年版，第5页。

② ［英］吉尔伯特·默雷：《古希腊文学史》，孙席珍等译，上海译文出版社2007年版，第50页。

赫拉克利特主张艺术模仿自然，这是他的辩证思维在艺术领域的具体体现，也是对当时艺术创造经验、规律的理论概括——艺术美的和谐来自于对立面的差异与对立，体现了艺术家与艺术家之间、艺术家与自我之间的差异与对立。赫拉克利特主张艺术模仿自然，强调差异与对立产生和谐美，把握了艺术创造中的逻各斯。

此外，赫拉克利特还从价值的相对性推及美的相对性。他认为，驴子爱稻草，不爱黄金；猪爱在脏水里洗澡；海水对鱼是舒服的，对人则是不舒服的；"最美丽的猴子与人类比起来，也是丑陋的……最智慧的人和神比起来，无论在智慧、美丽和其他方面，都像一只猴子"①。这就是说，价值标准和美的标准都不是绝对的，而是具有相对性的。猴子、人与神体现了三种不同层次的美，虽然人的美高于猴子的美，但人与猴子在一定的审美关系中既是美的，又都是丑的，即美丽的猴子美于一般的猴子；人美于美丽的猴子；神又美于最有智慧的人。

尽管赫拉克利特对万物本原的解释有明显的历史局限性，但他却从朴素的唯物主义和朴素的辩证法出发，提出了艺术模仿自然的重要论断和新的和谐理论，肯定了自然与艺术由于差异与对立，才造成了它们的和谐，揭示了美的相对性，这对后世的文艺美学产生了积极的影响，得到马克思主义创始人和黑格尔、尼采的高度评价。

第三节　苏格拉底的艺术美论

苏格拉底（公元前469—前399年）出生于雅典一个普通公民的家庭，他的父亲是个雕刻匠，母亲是个助产士。在欧洲文化史上，他一直被看作是为追求真理而献身的圣人。他是哲学家、道德家，也是伟大的人才学家和美学家。他的艺术美论至今仍有重要的价值。

---

① 北京大学哲学系美学教研室编：《西方美学家论美和美感》，商务印书馆1980年版，第16页。

一 人格美是艺术美的灵魂

(一) 强烈关注着人生与社会，真诚维护国家利益

苏格拉底具有强烈的社会责任感，他为人坦率、正直、勇敢、忠厚，生活俭朴，不讲衣食，安贫乐道，将大部分时间用于免费收徒讲学。讲学中他使用"精神助产术"，即注重讨论启发，喜欢采用对话或提问来揭示对方在认识中的矛盾，从而把每个人心灵中的真理引导出来。

在苏格拉底以前，古希腊的哲学家研究对象大多是宇宙自然，而苏格拉底却把主要时间和精力用于对人和社会的研究上。这是西方哲学史上的重要转折。苏格拉底认为，雅典社会正面临着一场政治灾难，只有选拔有知识有才能的人来治理国家，才能解救雅典。因此，他反对用抽签的方式选举公务人员，认为只有教育才能培养合格的领导者和管理者。为了社会利益和人生幸福，他特别推崇知识，反对愚昧无知。他认为，知识使人变得正义、节制、勇敢和有智慧，能使人成为社会有用之人，也能使人关心社会福利事业；愚昧无知则造成了雅典社会的腐败和罪过。

(二) 勇于探索真理，追求理性美

苏格拉底一生都在为探索真理而奔走。他敢于承认自己的无知，敢于向名人请教并挑战，为追求知识、探求真理终生不渝。他探讨了灵魂不灭说，思考了事物的普遍定义，发现并实践了思想助产术和揭露矛盾的辩证法。为了探索真理，他放弃了感性生命的享乐，以追求理性美为快乐，无所畏惧地思考一切，探索一切，把雄心壮志当作建功立业最大的刺激剂，表现了一种超人的崇高品格。

(三) 自制、坚韧与勇敢的个性美

苏格拉底的人格美还表现在他超常的自制、坚韧与勇敢方面。他认为，任何人要取得高尚成就，自制都是必要的，"唯有自制才能给人带来最大的快乐"[①]。实际上，苏格拉底追求真理、诲人不倦的忘我精神所表现

---

① ［古希腊］色诺芬：《回忆苏格拉底》，吴永泉译，商务印书馆1976年版，第172页。

出来的巨大自控能力，在当时就受到人们的赞誉，使人惊叹不已。正如罗素所说："他的不顾寒暑、不顾饥渴使得人人都惊讶。"① 同时，苏格拉底的坚韧和勇敢也是有口皆碑。作为战士，他能从敌人的包围中，冒着生命危险救出受伤的战友；作为陪审官，他力排众议，敢于坚持原则；作为一名被判死刑者，他能视死如归，放弃逃亡的机会，面对死亡，谈笑风生……这是何等的坚韧与勇敢！他的肉体生命消失了，但他的精神生命所蕴含的崇高的人格美，却永远闪烁着灿烂的光辉。

二 艺术美探幽

（一）生命力的艺术表现——"模仿说"的深化

苏格拉底人格的崇高美鼓舞了他对真理和智慧的追求，也深刻地影响了他的艺术美论。在古希腊，自从赫拉克利特开创了"模仿说"以后，到苏格拉底和德谟克利特时期，"模仿说"已基本上成为美学家的共识，但在模仿什么这个问题上，人们的看法仍有分歧。苏格拉底以绘画和雕塑为例，指出了它们不仅具有再现的性质，而且还应该再现人物的内在品质，即艺术不但要模仿美的形象，而且还要模仿美的性格，反映人的心理情绪和精神特质。正如鲍桑葵所说，"他十分强调生命力的艺术表现"②，要以艺术的方式表现生命力，"艺术不仅再现躯体，而且同样也再现灵"③。因为人的高尚与宽宏、卑鄙与褊狭、节制与清醒、傲慢与无知这些内在要素，都会通过神态举止，通过躯体动作表现出来，所以，模仿再现人物躯体的同时，就应该反映出人物内在的心灵或灵魂。"而只有那些具备优美、高尚的性格特征，崇高品德的人才值得刻画。"④ 从发展的观点来看，苏格拉底的这些观点发展了当时流行的模仿说，强调了以形传神，已经超越了毕达哥拉斯学派的形式主义美学，直接或间接地影响了柏拉图和亚里士多德的模仿说。

---

① ［英］罗素：《西方哲学史》上卷，何兆武、李约瑟译，商务印书馆 1988 年版，第 127 页。
② ［英］鲍桑葵：《美学史》，张今译，商务印书馆 1987 年版，第 60 页。
③ ［波］塔塔科维兹：《古代美学》，杨力等译，中国社会科学出版社 1990 年版，第 135 页。
④ ［苏］奥夫相尼科夫：《美学思想史》，吴安迪译，陕西人民出版社 1986 年版，第 18 页。

(二) 理想化的艺术——典型化的萌芽

在艺术与现实的审美关系上，苏格拉底以前的艺术家在模仿自然的基础上，虽然也允许想象和虚构，但在人物塑造及其理想化的问题上，却尚未上升为理论的自觉。苏格拉底在发展深化"模仿说"的基础上，又从艺术创造的实践中自觉把人提高到艺术的主要对象，注意到了艺术的理想化，并已初步蕴含了艺术典型化的理论萌芽。苏格拉底在与画家帕哈秀斯谈论绘画时指出："你希望十分完美地再现一个人物形象，而由于很难找到完美无缺的人，你就找来很多模特，从中选取每个人身上所具有的最美的部分，以这种方法来获取一个理想的整体形象。"① 很显然，苏格拉底肯定了帕哈秀斯的做法，艺术家为创造理想的艺术形象，可以打破生活原型的局限，从众多的原型中选择和集中美的特点，然后加以创造。可以说，这是对艺术创造实践经验的美学总结，因为宙克西斯画海伦即是如此。当然，按照这种创作模式，塑造出的艺术形象必然是类型化的，但我们不能苛求古人，因为类型化恰恰是典型化发展过程中不可逾越的最初阶段，是理想化的"童年"。苏格拉底在当时能自觉倡导艺术的理想化，从理论上讲也许还不够成熟，但却体现了他对艺术创造规律的深刻见解。

(三) 美与善的统一

从西方美学的发展走向来看，从原始时期美与善的混沌发展到苏格拉底的时代，美与善的统一已达到了二者分化前的最后阶段。可以说，苏格拉底的"美善统一说"既完成了美善统一的终结，也加速了美与善的分化。苏格拉底认为，美的东西也就是善的东西，美与善是一致的。为了达到美与善的统一，他把人的美与善或德行联系起来，认为德行就是灵魂的善，即使个人的性格美，也必须体现优良的品质。在他看来，人的美不在于外表，而在于发挥人所应有的效能，在于人的行动。这在一定程度上深刻揭示了美的社会内涵。从苏格拉底自己的人生历程及其思想来看，他并非抽象地论述美与善的统一，而是把美与善的统一纳入人生需要和社会实

①　[波]塔塔科维兹：《古代美学》，杨力等译，中国社会科学出版社 1990 年版，第 135 页。

践的角度加以分析。一方面，他把美与善的统一与人的需要结合起来，认为"美只是对人而言"①，"从艺术对社会生活的作用角度来看待艺术"②，弘扬了美的主体性；另一方面，他又把美与善的统一和劳动实践结合起来，蕴含了"劳动创造了美"的思想萌芽，在一定程度上窥见了美与人类社会实践的密切关系。苏格拉底的"美善统一说"的深刻性和创造性也正体现在这里。如果把苏格拉底纳入西方文化视野中加以思考，可以说他是一个继往开来、承前启后的重要人物。他不仅把文化研究的视野转向人生与社会，而且以其超常卓越的个性和丰富深刻的思想，尤其是在哲学、人才学、教育学等方面，极大地影响了柏拉图，成为一代文化大师。

第四节　德谟克利特对心理美学的探赜

德谟克利特（约公元前460—前370年）是古希腊著名的唯物主义哲学家。为了追求知识和智慧，他到处游历，到过埃及、巴比伦、印度等地，研究过哲学、美学、逻辑学、物理学、天文学、数学、心理学、生物学、伦理学等，在继承留基伯原子论的基础上，又发展了原子唯物论思想。他一生写了很多著作，成为西方文化史上第一个百科全书式的文化巨匠。

一　"影像说"与心理美学

心理美学作为一门学科，它主要发展于18世纪以后，20世纪开始逐步走向成熟。但它的理论萌芽，最早可追溯到德谟克利特的"影像说"，因此也可以说，德谟克利特是不自觉地探赜心理美学的第一位学者。

德谟克利特认为，宇宙中的一切事物都是由在虚空中运动的原子所构成。人能感觉和认识事物，就在于客观事物流射出由原子组成的精细的波流，作用于人的感官和心灵。这些原子波流携带着事物本身的"影像"，

---

① ［波］塔塔科维兹：《古代美学》，杨力等译，中国社会科学出版社1990年版，第145页。
② ［苏］奥夫相尼科夫：《美学思想史》，吴安迪译，陕西人民出版社1986年版，第19页。

在运行中通过空气作用于人的感官和心灵，这才引起人对事物的感觉和认识。他把人由感觉得到对事物的印象，叫作"影像"，认为"影像"是一切认识的来源。人对事物产生的美感或丑感及其认识，也是人接受事物"影像"的结果。

审美心理的产生不仅依赖于客体对象所产生的原子波流，而且也离不开审美主体的人所具有的主体性特点。对此，德谟克利特自觉运用原子理论，把它推及人的内在结构，认为"人是一个小宇宙"，"脑为思维的器官"①。既然客体宇宙是由原子组成的，那么，人作为小宇宙，人作为生命，也是由组成生命的原子组成的。德谟克利特提出"小宇宙"理论，通过原子把客体宇宙与人的小宇宙联系、统一起来，反映了人与自然和谐统一的思想。

德谟克利特虽然没有直接提出主体与客体相似的动力结构，但他把客体宇宙和人的生命都看作是原子组成的，这"不仅是一种富于辩证法的哲学观，而且也是一种富有生命力的美学艺术观"②。同时他还从认识论角度论及了两个方面：一方面，客体对象在作用于主体时，是以原子波流的方式作用于接受者；另一方面，人在接受对象发射出的原子波流时，能产生对事物的影像，而影像的实质也是由原子构成的，人的感觉也是客体对象对接受者作用的结果。也就是说，在主体与客体的内在构成及二者的相互作用中，原子既是构成主体与客体的基本因素，又是影响主体与客体相互作用的重要动力与原因。

二　美感与灵感

对美感与灵感的研究，这是德谟克利特对心理美学研究的重要贡献。关于美感，德谟克利特有一句名言："大的快乐来自对美的作品的瞻仰。"③他认为，美感作为精神上的一种快感，与感官上单纯的快感不同。美感是

---

① ［美］洛伊斯·N. 玛格纳：《生命科学史》，李难、崔极谦等译，华中工学院出版社 1985 年版，第 34 页。

② 阎国忠主编：《西方著名美学家评传》（上册），安徽教育出版社 1991 年版，第 64 页。

③ 伍蠡甫主编：《西方文论选》上卷，上海译文出版社 1979 年版，第 5 页。

高尚的、持久的；快感是平庸的、短暂的。因此，他倡导人们"不应该追求一切种类的快乐，应该只追求高尚的快乐"①，"追求美而不亵渎美"，"永远发明某种美的东西，是一个神圣的心灵的标志"。② 他把创造美看作是一个人具有神圣心灵的标志，把对艺术美的欣赏所产生的美感，看作是最大的快乐，认为人们不应追求一般的快感，而应追求善和美。

从德谟克利特对内在美的肯定和对善、恶的分析来看，他是充分肯定美和善的价值的，强调外在美与内在美的统一，美与善的统一。他指出，"身体的美，若不与聪明才智相结合，是某种动物的东西"，"应该做好人或仿效好人"，"只有天赋很好的人能够认识并热心追求美的事物"，"赞美好事是好的，但对坏事加以赞美则是一个骗子和奸诈的人的行为"。③ 显而易见，在德谟克利特那里，美蕴含着善；人应该追求外在美和内在美的统一，而尤其应注重内在美，追求智慧、高尚的品德；美感则是对美的事物特别是艺术美的观照。

对于艺术创作中的灵感，德谟克利特一方面从艺术的创造性和艺术主观起源的角度出发，非常重视艺术创造中的激情与灵感；另一方面，他又反对灵感的神赐，"是第一位否定诗人需要神赐灵感的人"④。据西塞罗的记载，德谟克利特说过，"不为激情所燃烧，不为一种疯狂一样的东西赋予灵感的人，就不可能成为一个优秀诗人"⑤，因此，写诗必须有灵感，而不是靠技艺。他认为，"一位诗人以热情并在神圣的灵感之下所作的一切诗句，当然是美的"⑥。这就是说，诗人要创造出美的艺术作品，关键不在创造技巧，而在于获得灵感，只有在灵感降临时，诗人才能进入创作状态，写出美的作品。德谟克利特主要强调诗人创作要有激情和灵感，而不是靠理智和技艺，但他并不反对后天的勤奋和苦练。

---

① 北京大学哲学系美学教研室编：《西方美学家论美和美感》，商务印书馆 1980 年版，第 18 页。

② 伍蠡甫主编：《西方文论选》上卷，上海译文出版社 1979 年版，第 4 页。

③ 同上。

④ ［波］塔塔科维兹：《古代美学》，杨力等译，中国社会科学出版社 1990 年版，第 119 页。

⑤ 同上书，第 123 页。

⑥ 伍蠡甫主编：《西方文论选》上卷，上海译文出版社 1979 年版，第 4 页。

三　艺术模仿自然

自赫拉克利特开创了艺术起源的"模仿说"的先河以后，德谟克利特又发展了艺术起源的模仿理论。他说："在许多重要的事情上，我们是模仿禽兽，做禽兽的小学生的。从蜘蛛我们学会了织布和缝补；从燕子学会了造房子；从天鹅和黄莺等歌唱的鸟学会了唱歌。"① 过去，人们由于对人类与自然关系理解的偏差，往往曲解"模仿说"和德谟克利特这段话。人们不禁要问：人怎么会做禽兽的小学生呢？这岂不是贬低了人的能动性？

其实，从创造学和现代仿生学的角度来看，人类的创造活动经常要师法自然，从大自然的鬼斧神工中获得创造的灵感。如科学的发明创造，艺术界的天鹅舞、孔雀舞，体育界的蛙泳、蝶泳、螳螂拳、猴拳等都是从自然事物中获得灵感，在模仿自然的基础上加以创造的结果。从历史的观点来看，今天人类尚且需要向自然学习，那么，在两千多年前的古希腊，艺术创造模仿自然，就更在情理之中。当然，人类历史上未必真正向蜘蛛学织布和缝补，也未必向燕子学建房，或向天鹅和黄莺等歌唱的鸟学唱歌，但人类的实践活动包括艺术创造很可能师法自然，这一点不但是可能的，而且也早已被历史所证实。毫无疑问，古代人类的实践活动，由于受科学水平的限制，必然会更多地师法自然。因此，德谟克利特强调艺术模仿自然，反映了古代人类与自然的朴素关系，也是他唯物主义观点在艺术起源学说的具体体现，而审美主体的审美感受则来源于现实美，由此才能够进行审美创造。

此外，德谟克利特还从中庸思想出发，强调"恰当的比例"，认为任何人不能跨越尺寸，从而揭示了美的适度问题。关于音乐的创造，他的观念也颇有新意。他认为音乐的产生不是出于必需，而是出于奢侈。朱光潜先生认为德谟克利特"开始从社会发展看艺术的起源"，"这个看法多少含有近代席勒和斯宾塞的'余力说'的萌芽"②。

---

① 伍蠡甫主编：《西方文论选》上卷，上海译文出版社 1979 年版，第 4—5 页。
② 朱光潜：《西方美学史》上卷，人民文学出版社 1964 年版，第 36 页。

第二章

柏拉图的文艺思想

柏拉图作为西方美学史上第一位真正的美学家，他的美学思想博大精深，具有巨大的包容性和普遍性。其独特而又深刻的艺术美论，不仅能够体现古希腊美学思想的最高成就，而且也蕴含了艺术创造的一般原理，对后世产生了重要的影响，即便是对当今我国的文艺创作，仍然具有积极的现实意义。

第一节　柏拉图的创造主体论

一　艺术家要洞察真理

柏拉图作为一个哲学家、美学家和艺术家，深知艺术家应具备多种内在修养，其中，最重要的是艺术家应有哲学修养，具备思辨能力，应该认识真理。柏拉图非常关注认识真理对于创作的重要性。他在《斐德若》篇中指出，"文章要做得好，主要的条件是作者对于所谈问题的真理要知道清楚"，要求"作者对所说的每个题目须先认明它的真正本质"。他还引用了斯巴达人的话，"在言辞方面，脱离了真理，就没有，也永不能有真正的艺术"，强调了认识真理对于艺术的重要性。此外，他还要求艺术家应该掌握两个法则："头一个法则是统观全体，把和题目有关的纷纭散乱的事项统摄在一个普遍概念下面，得到一个精确的定义，使我们所要讨论的东西可以一目了然。……第二个法则是顺自然的关节，把全体剖析成各个部分，却不要像笨拙的宰割夫一样，把任何部分弄破。"

柏拉图这段话所蕴含的艺术哲学相当精辟而深刻。艺术家在创作前如果尚不知道"所谈问题的真理"，只是随意盲目创作，那么很可能下笔千言，离题万里。因为文艺创作绝不单纯是感性的生命冲动，而是以感性冲动的形式积淀出深厚的理性意蕴，所以，艺术创作这种质的规定性，必然要求艺术家在创作前认清"所谈问题的真理"，这是艺术创作的一般规律。柏拉图关于两个法则的说法颇值得我们注意。第一个法则实质上是要求艺术家从具体上升到抽象，从个别上升到一般，从感性上升到理性，把各种纷繁复杂的事物，按照创作需要，把其统摄在一定主题（真理或普遍概念）之下，部分组合为整体；第二个法则与第一个法则相反，实质上是要求艺术家把抽象化为具体，把一般化为个别，把理性化为感性、整体化为部分。柏拉图强调艺术家掌握的两个法则，其实质就是要求艺术家掌握艺术创作的规律，要求艺术家把个别与一般、具体与抽象、感性与理性很好地统一起来，组成一个有机的整体，而作品的整体美必须蕴含于各部分的有机统一之中。

二　艺术家应该具有心灵美和人格美

受苏格拉底的影响，柏拉图在西方美学史上，不仅最早探讨了心灵美，而且把心灵美和人格美推及艺术家的修养及艺术表现上，把艺术作品的美与艺术家心灵的尽善尽美融合起来。在柏拉图看来，一个人只有具备好的性情和心灵的聪慧与善良，才能表现出外在的美与和谐。柏拉图在《理想国》中指出："语文的美，乐调的美，以及节奏的美，都表现好性情。"所谓的"好性情"就是指"心灵真正尽善尽美"；"不美，节奏坏，不和谐，都由于语文坏和性情坏；美，节奏好，和谐，都由于心灵的聪慧和善良"，强调音乐应该"拿美来浸润心灵"。在柏拉图看来，艺术家要创造艺术美，就必须先使自己的心灵真正尽善尽美，只有这样，艺术家才能"拿美来滋润心灵"。因此，他非常看重艺术家的心灵美和人格美，认为一个人不应该受名誉、金钱和地位的诱惑，甚至也不能受诗的诱惑，去忽视正义和其他德行。他的目的在于创造艺术美，让艺术美更好地影响欣赏者的心灵，以便更好地为理想国服务。在西方美学史上，柏拉图在吸收毕达哥拉斯学派音乐理论的基础上，最早论述了艺术美与艺术家心灵美和人格美的辩证关系。他"指出艺术美的创造不能离开作家的灵魂、思想修养，相当深刻地抓住了艺术的本质特征"①。尽管心灵美和人格美的具体内容也许打上时代甚至阶级的烙印，但不管怎样，柏拉图强调艺术家应有心灵美和人格美，强调艺术作品是心灵美和人格美的表现，这个思路和基本内涵无疑是正确的。

三　创造艺术美需要三个条件

柏拉图认为，艺术家作为创作主体，为了在修辞方面达到完美，不仅要认识真理，要有心灵美和人格美，而且还要具备三个条件，即天才、知识和练习。此外，还要注意自然科学的学习。柏拉图在《斐德若》篇谈修辞时指出："在修辞方面若想能做到完美，也就像在其他方面要做到完美一样，或许——毋宁说，必然——要有三个条件：第一是天生就有语文的天才；其次是知识；第三是练习。你才可以成为出色的修辞家。"柏拉图这里虽然谈的是修辞家应具备的修养，其实也蕴含了艺术家应具备的条件。艺术家同样需要有艺术天才，需要有后天学习取得的知识，需要勤学苦练。当然，柏拉图把一个人的知识归结为"回忆"，这显然不符合科学，应另当别论。受毕达哥拉斯学派的影响，柏拉图还看到了自然科学对于艺术的重要作用。在《斐德若》篇中，柏拉图在谈到艺术家的修养时，还注意到了文艺与自然科学的联系。他说："凡是高一等的艺术，除掉本行所必有的训练以外，还需要对于自然科学能讨论，能思辨；我想凡是思想既高超而表现又能完美的人们都像是从自然科学学得门径。"柏拉图这段话的深刻之处在于，一方面它是古希腊文化巨匠对创造规律的总结，因为古希腊文化巨匠大多是复合型人才，通晓自然科学和社会科学，实现了

---

① 胡经之：《西方文艺理论名著教程》（上册），北京大学出版社1988年版，第46页。

知识结构、能力结构的优化组合；另一方面又蕴含了文化创造的一般规律，即文化或科学创造需要文理互相渗透与有机整合。"从自然科学学得门径"，恰恰说明了自然科学是社会科学的基础；社会科学需要从自然科学那里入门。

四 把真善美的东西写到读者心灵里去

柏拉图一生忧国忧民，具有很强的社会责任感，倡导要"把真善美的东西写到读者心灵里去"，认为这样的文章才"达到清晰完美，也才值得写，值得读"①。很显然，只有艺术家具有心灵美和人格美，才有可能把真善美的东西写到读者心灵里去。从美学发展史的角度来看，柏拉图阐述了作者尊重作品接受者的重要性，可以算得上是现代接受美学的开山鼻祖。在《理想国》中，柏拉图主张艺术家应描绘自然美，目的是让青年从小就培养起对美的爱好，培养起融美于心灵的习惯。他认为音乐教育也应该"拿美来滋润心灵，使它也就因此而美化"②；相反，如果教育不合适，心灵也就因此而丑化。因此，柏拉图强调"教育就是要约束和引导青年人走向正确的道理"③。他之所以反对模仿的诗，原因是多方面的，但是其中最重要的一点，就是他认为模仿的诗对青少年成长不利。事实上，他反对模仿的诗，主观愿望是善意的，其目的是让艺术给人以教益，但在客观上有一定的偏颇。柏拉图强调艺术家要尊重接受者，根据接受者不同的审美需要，试图对接受者进行分类，要求艺术家根据作品接受者的分类及其需要来创作。在《斐德若》篇中，他指出，"须把文章的类别和心灵的类别以及它们的个别的情况都条分缕析出来，然后列举它们之中的因果关系，定出某类与某类相应，因此显出某类文章适宜于某类心灵，某种原因会使某种文章对于某种心灵必能说服，对于另一种心灵必引起疑心。"柏拉图的意思是说，不同的文章适宜于不同的心灵；不同的心灵需要不同的文章；文章不适宜于心灵，其作用无法实现。柏拉图关于文章类别与心灵

---

① ［古希腊］柏拉图：《文艺对话集》，朱光潜译，人民文学出版社 1963 年版，第 174 页。
② 同上书，第 62 页。
③ 同上书，第 309 页。

类别相应的思想，实质上已经蕴含了格式塔心理学"同形同构说"的理论萌芽，也与我国《乐记》"万物之理，各以类相动"的说法有不谋而合之处。柏拉图尊重作品接受者，反对迎合接受者的低级趣味，反对悲剧作品引起观众的"感伤癖"和"哀怜癖"，更反对喜剧引起观众的"诙谐欲念"，认为剧作家不关心观众的理性而关注于挑拨情欲、撩起激情，当然柏拉图所反对的趣味未必都是低级趣味，但他反对艺术家媚俗这一点却是正确的。他反对喜剧的低级趣味则得到了贺拉斯的认同。贺拉斯在《诗艺》中认为喜剧发展得过于猖狂，需要用法律加以制裁，也是得柏拉图之真传。柏拉图尊重作品接受者，又不拘泥于作品接受者，比较辩证地解决了艺术家与作品接受者的关系。在艺术裁判这个问题上，柏拉图虽然表现出一定的贵族观点，但他在尊重作品接受者的同时，又不把作品接受者的审美趣味当作艺术判断的唯一标准，这不仅涉及了艺术创作与欣赏的辩证关系，而且对确定艺术标准也有所启迪。

第二节　柏拉图的文学创作论

柏拉图作为一个美学家，不仅重视艺术家各方面的修养，而且对艺术美的创造作了多方面的探索。他从艺术模仿对象、题材的内涵、艺术结构，到美的创造诸多方面，都进行了深入思考，至今仍发人深省。

一　灵感与迷狂

（一）"灵感说"

灵感是创造学和创作心理学需要研究的重点与难点。早在两千多年前，柏拉图就大胆地研究灵感，这无疑显示了他作为理论家的勇气。柏拉图"灵感说"的基本含义是，诗人在神授灵感的推动下，才能从事创作，就连诵诗人也需要灵感，才能很好地解说诗。《伊安》篇通过苏格拉底与诵诗人伊安的对话，集中表现了柏拉图的"灵感说"。在与伊安的对话中，他多次通过苏格拉底之口说，伊安长于解说荷马，并非凭技艺，而是凭一种灵感或神灵凭附：柏拉图认为伊安在解说和判断诗中特定题材时，比不上真实生活中熟悉该题材的人物；凡是技艺规矩都具有相同性，诗也有共同性。在他看来，如果伊安是凭技艺解说荷马，那么，因为技艺规矩具有相同性，诗也有共同性，伊安也应该能解说其他诗人，而实际上伊安却不会解说其他诗人，只会解说荷马。因此，他认为伊安解说荷马绝不是凭技艺，而是凭灵感，这是他对伊安只会解说荷马所作的思考和结论。从"灵感说"出发，柏拉图揭示了文艺创作的一条重要规律：文学创作需要灵感，没有灵感就无法创作。有了灵感，"最平庸的诗人也有时唱出最美妙的诗歌"[①]。从文学创作实践和文学发展史来看，一流的作家如果没有灵感而勉强创作，也会写出二流、三流甚至失败的作品；相反，普通的作家也可能写出一流的作品。由此可见，柏拉图强调"最平庸的诗人也有时会唱出最美妙的诗歌"并非夸张，而是深刻地揭示了作家与作品之间存在着一定的不平衡。

（二）迷狂

在柏拉图看来，当灵感来临时，诗人就陷入迷狂的状态。迷狂有两种：一种是由于人的疾病；一种是由于神灵的凭附。灵感来临时的迷狂属于后一种。也就是说，灵感是产生迷狂的内在基础，迷狂是灵感的外在表现。柏拉图从自己的创作体验中，无疑会体验到灵感的这些特点，但他不理解灵感产生的实质。所以，他的"灵感说"总是自觉不自觉地同"神启说"结合在一起。当然，柏拉图把灵感归结于神赐，这是错误的。但他用磁石吸铁作比，以此来揭示灵感对诗人创作的重要性，揭示诗人把神赐灵感通过作品传递给诵诗人，再由诵诗人传递给听众，这种思路还是非常深刻的。柏拉图试图通过磁石吸铁来说明，作家、作品、作品接受者通过文艺欣赏，以灵感传递为红线，构成了三位一体的完整的文艺实践活动。

---

① ［古希腊］柏拉图：《文艺对话集》，朱光潜译，人民文学出版社1963年版，第9页。

二　对"形象大于思想"的朦胧猜测

柏拉图在《申辩》篇《伊安》篇和《法律》篇等著作中，认为诗人并不理解自己的创作。在《申辩》篇中，苏格拉底以幽默而又严肃的口吻告诉人们，所查明的诗人究竟有多少智慧以及诗人对自己作品的理解情况，他发现诗人对自己作品的解释还不如诵诗人解说得好，诗人的创作不是通过智慧，而是由于得到灵感，像宣示神谕的预言家一样，对于自己讲的东西一点也不懂。柏拉图在《法律》篇中强调，诗人"诚然是些天才，却没有鉴别力"①。在《伊安》篇中，柏拉图重点考察了诗人的灵感问题，他发现诗人写诗不是靠技艺，而是凭神力，是由神力凭附着来向人说话，因此，诗人只是神的代言人。通过上述分析可以断定，柏拉图认为诗人不理解自己的创作，其原因或依据主要有两点：第一，诵诗人或听众对作品的理解比诗人对自己作品的理解更好；第二，诗人写诗不是凭技艺，而是凭神赐灵感，代神说话，是神的代言人。第一点原因与第二点原因也有一定的因果关系，即第一点原因是第二点原因的原因；第二点原因又是第一点原因的原因。二者互为因果，共同构成了"诗人不理解自己的创作"的原因。在上述第一种原因中，柏拉图通过对诵诗人或听众对作品理解情况的考察，实质上已经朦胧地猜测到了"形象大于思想"这一重要美学命题，并且试图寻找"形象大于思想"的原因。但是，由于时代的局限，他不可能对此作出科学的说明，而最后只能归结于神赐灵感。

三　提出"诗的模仿对象是在行动中的人"

自从苏格拉底开始把美学视野转向人生与社会之后，柏拉图则明确把艺术视野转移到"行动中的人"，这是柏拉图对苏格拉底美学思想的发展，也在很大程度上影响了亚里士多德的模仿说。

柏拉图在《理想国》中指出："诗的模仿对象是在行动中的人，这行动或是由于强迫，或是由于自愿，人看到这些行动的结果是好还是坏，因

---

① ［古希腊］柏拉图：《文艺对话集》，朱光潜译，人民文学出版社1963年版，第311页。

而感到欢喜或悲哀。"这就是说,艺术应突破模仿自然的局限,模仿行动中的人。柏拉图这一思想是非常深刻的,它不仅意味着艺术对象的转移,也表明柏拉图对艺术本质的深刻洞察,而这恰恰是模仿说的深化,又体现了现实主义的深度。

柏拉图虽然提出"模仿对象是在行动中的人"这一重要的美学主张,但是,许多学者却张冠李戴,把这一美学思想的发明权授予了亚里士多德,这是很不公正的。比如,《西方文艺理论名著教程》就认为亚里士多德"模仿说"的第一个深刻性表现就是突破了"艺术模仿自然"的朴素唯物主义观点,提出艺术模仿的是"行动中的人",实际上是以现实的人生为艺术模仿的对象,把传统的模仿说提到了现实主义的高度。[①] 亚里士多德虽然在《诗学》第二章中也曾谈及"模仿的对象既然是行动中的人",但这是引用了柏拉图的观点。亚里士多德侧重于模仿人的行动,因而他特别强调重视人物做什么,重视情节的安排。

四 倡导真善美的题材

确定了艺术的模仿对象是在行动中的人,还应该深入探究"行动中的人"所具有的内涵,以从质的规定性上把握题材的本质。

在《斐德若》篇中,柏拉图认为,文章要给人以教益,作者应该把真善美的东西写到读者心灵里去,要求艺术反映真善美。在《理想国》中,他又主张监督诗人,强迫诗人描写善的东西和美的东西的影像。为了不使青年人学坏,他甚至主张诗人应该只写神的善,而不应该写神的恶,以防止青年学神的坏样子而变坏。他认为,"诗人们和做故事的人们关于人这个题材在最重要的关头都犯了错误",这个错误就是诗人们写"许多坏人幸福,许多好人遭殃;不公正倒很有益,只要不让人看破,公正只对旁人有好处,对自己却是损失"。柏拉图的意思是说,诗人们没有写出善有善报,恶有恶报,反而写了好人并没有得到好报,坏人反倒得志。对此,柏拉图选择了主观理想,抛弃了客观现实的不利因素,坚决主张艺术题材的

---

① 胡经之:《西方文艺理论名著教程》(上册),北京大学出版社 1988 年版,第 62 页。

真善美。为了题材的真善美，柏拉图在《理想国》中还强调诗"须只模仿好人的言语"，在节奏、形象、曲调各方面，都用美丽高尚的文字，坚决反对诗人创造出一些淫靡的作品和歌词，也不允许艺术家在生物、图画、建筑物以及任何制作品中，模仿罪恶、卑鄙、放荡和淫秽，要使接受者的心灵美化，而不是丑化。在这一点上，就连亚里士多德在《诗学》第二十六章中也承认，卡利庇得斯因为模仿下贱人物的动作，演员因模仿下贱女人而受到指责。关于音乐题材的美，柏拉图认为应当有"两种乐调，一种是勇猛的，一种是温和的；一种是逆境的声音，一种是顺境的声音；一种表现勇猛，一种表现智慧"①。柏拉图的这种分析虽有些绝对，但在一定程度上揭示了时代与音乐的关系：逆境中需要奋发，因此应以勇猛的乐调表现勇敢和壮美，以使人超越逆境；顺境中需要温和（心平气和），以表现聪慧和优美。为了音乐题材的美，柏拉图还主张节奏和乐调应符合歌词，不应该使歌词迁就节奏和乐调。也就是说，歌词内容是第一位的，而节奏和乐调这些音乐形式则是第二位的；节奏和乐调为歌词服务，而不是歌词为节奏和乐调服务。从哲学角度来看，柏拉图初步洞察了内容决定形式、形式为内容服务的辩证关系，并自觉不自觉地用于音乐美学的研究。

五 有机整一的艺术结构

受赫拉克利特辩证法思想的影响，柏拉图强调艺术要靠对立因素的调和、有机整一，从而达到和谐，这在一定程度上也体现了朴素的辩证法。在《斐德若》篇中，柏拉图在论述文章结构时，体现了有机整一的思想。他说："每篇文章的结构应该像一个有生命的东西，有它所特有的那种身体，有头尾，有中段，有四肢，部分和部分，部分和全体，都要各得其所，完全调和。"柏拉图在《巴门尼德》篇中则又作了探索，把文章结构的增减与文章整体联系起来。他说："文章不但要有首，有中，有尾，而且更重要的是结成一个有机的整体，务使各部分都不能增减，增减则有害于整体。"

---

① ［古希腊］柏拉图：《文艺对话集》，朱光潜译，人民文学出版社 1963 年版，第 58 页。

对于文章的秘诀，柏拉图在《斐德若》篇中引用了普若第库斯的话："合乎艺术的文章既不能太长，也不能太短，要长短适中。"在《巴门尼德》篇中，柏拉图把文章结构的增减与文章整体联系起来，认为"文章不但要有首，有中，有尾，而且更重要的是结成一个有机的整体，务使各部分都不能增减，增减则有害于整体"。在此基础上，柏拉图还把有机整一的思想推及一切事物之中。他关于有机整一的思想，影响了他的文艺美学，也影响了亚里士多德的《诗学》及后世的文艺思想。

六 艺术的理想化：以美的方式创造出整体美

在柏拉图看来，艺术家在具备人格美和心灵美的同时，不仅要选择题材的真善美，而且应该以美的方式创造，使艺术理想化，因此，他在《理想国》中要求"能创造出整体美来"。在《会饮》篇中，柏拉图借泡赛尼阿斯之口谈道："一切行动，专就它本身来看，并没有美丑的分别。比如我们此刻所做的一些事，饮酒，唱歌，或谈话，这一切本身都不能说是美，也不能说是丑。美和丑是起于这些事或行动怎样做出来的那个方式。做的方式美，所做的行动也就美；做的方式丑，所做的行动也就丑。"柏拉图这段话意味着：作品中的人物做什么并不重要，关键看怎么做，人物在怎么做中表现出性格来；人物做的方式的美丑直接影响了人物自身的美丑；艺术家描写什么并不重要，关键看其怎样描写，描写的方式的美丑也直接影响了作品的美丑。很显然，柏拉图既然强调要把真善美写到读者心灵里去，要"创造出整体美来"，必然会要求作品中的人物做的方式美，要求艺术家描写的方式美。关于以美的方式创造出理想化的艺术形象，柏拉图在《理想国》中还有一段含义深刻的话："假如一个画家画出了一个理想的美的人物形象，即使他没有能表现出一个像真人那样美的人物，你能认为他不行吗？"实际上，理想的美的人物形象属于艺术真实，真人尽管也许很美，但毕竟是生活的真实，不能要求用生活的真实去判断和衡量艺术的真实。由上述分析可见，柏拉图在西方美学史上最早倡导艺术家的心灵美和人格美，提出了"诗的模仿对象是在行动中的人"这一重要美学观点，强调了艺术创作的真善美和艺术的理想化。这些思想在当时就具有高屋建瓴之势，在大的层面上抓住了艺术和艺术创造的本质，显示了理论的深刻性、普遍性和永恒性。因此，即使在今天，其艺术美论对于艺术家的修养及其创作仍然具有重要的参考价值。

第三节　柏拉图的艺术管理思想

一　柏拉图审查文艺的出发点

柏拉图的艺术管理思想主要体现在《理想国》和《法律》篇中。他超越了阶级的局限，以理想国的需要为最高的价值取向，把文艺纳入理想国这个大系统中加以考察，在理想国中为艺术定位。柏拉图重视艺术创造的真善美，主张艺术判断应该由德才兼备的人做裁判，体现了柏拉图对艺术的尊重，也意味着他对艺术本质及艺术创造规律的深刻洞察。但他理性至上，忽视题材和艺术风格的多样化，又显示了其理论的偏颇。对柏拉图的艺术管理思想，奥夫相尼科夫指出："从国家利益角度来看，对艺术问题进行讨论本身，是非常值得注意的。"[1] 李思孝先生也认为"柏拉图是西方第一个把文艺同政治明确地联系起来的思想家。艺术服从于政治这一命题的发明权是属于他的"[2]。实际上，柏拉图强调文艺为政治服务，并非为当时现实的政治服务，也并非为奴隶主的反动政治服务，而是为理想国的政治服务，这一点尤其应该引起我们的注意。从思想史或社会学的角度来看，柏拉图的理想国本身并不是历史上已经腐朽的奴隶主国家，而是柏拉图理想化的城邦国家。在柏拉图那里，理想国是理想的存在，而不是现实的存在；文艺也是理想化的，是应该为美好的社会理想服务的。

从系统论的观点来看，社会要求内部子系统从属于社会大系统，并且因此也规定着子系统的存在和发展。由此可见，一方面，社会的发展

---

① ［苏］奥夫相尼科夫：《美学思想史》，吴安迪译，陕西人民出版社 1986 年版，第 26 页。
② 李思孝：《西方古典美学史论》，南开大学出版社 1992 年版，第 59 页。

总是试图把文艺纳入与社会发展的同向轨道上来，以推动社会的和谐进步；另一方面，文学创作作为自律与他律的统一，既有高度自由的品格，又要自觉不自觉受到社会诸因素的决定和制约。正是在这个意义上，柏拉图深刻洞见了文艺与社会的辩证关系：一方面，他要用理想国来规范文艺；另一方面，又要用文艺为理想国服务，促进理想国的和谐与稳定。对柏拉图文艺法规的评价，问题不在于是否应该制定文艺法规，而在于制定的文艺法规是否正确科学，是否符合文艺创造规律，这才是问题的关键。

二 正确评价柏拉图制定的文艺法规

（一）柏拉图制定文艺法规的合理之处

1. 理想国的文艺必须对国家和人生有用

在柏拉图看来，为了有利于青少年的成长，引导青年人走向正确的道路，必须审查文艺的内容，就连保姆和母亲给儿童讲的故事也要审查。"做故事的人们，做的好，我们就选择；做的坏，我们就抛弃。我们要劝保姆和母亲们拿入选的故事给儿童讲。"[1] 柏拉图认为，荷马和赫西俄德等诗人没有正确地描写神和英雄的性格，诗人有些故事不适宜讲给青年听，比如乌剌诺斯与儿子克洛诺斯的故事就不适宜。柏拉图认为，荒诞不经的神话故事最好是不讲；假如要讲，就应在一个严肃的宗教仪式中讲，以预防青年听了这样的故事，也去用残酷的手段报复做坏事的父亲，而且还认为是按照最早的、最高的尊神的榜样去做。

为了避免青少年受到文学的消极影响，柏拉图还主张严格禁止诗人描写神和神的尔虞我诈及其战争，也不写神对人类作威作福，神还贪酒色、吵架、嫉妒等。他认为，儿童没有辨别寓言和非寓言的能力，容易学着神的样子做坏事。所以，他要求作家应该按神的本来面目来描写神，要描写神的善，而不能诽谤神灵，有伤风化。在柏拉图看来，诗人描写人物也应该塑造英雄人物坚忍不屈的性格，而不能把英雄人物写得软弱渺小，文艺

---

① ［古希腊］柏拉图：《文艺对话集》，朱光潜译，人民文学出版社 1963 年版，第 22 页。

必须"对于国家和人生都有效用"①。很显然，柏拉图审查文艺的动机是高尚的，也超越了统治阶级狭隘的私利。

2. 重视艺术美、形式美和绝对美

在《理想国》中，柏拉图非常重视艺术美育，强调诗人应只描写善的和美的东西，尤其是要描绘出自然的优美，让青年耳濡目染于优美的作品，以培养青年融美于心灵的习惯。在《斐利布斯》篇中，柏拉图还主张艺术要反映形式美，认为用直线和圆以及用尺、规和矩所形成的平面形和立体形所具有的美不是相对的，它们的本质永远是绝对美的。

柏拉图重视艺术美育，尤其重视对自然美的艺术反映，重视形式美及音乐美所蕴含的绝对美，这反映了他对人类审美共同性的一种天才猜测。审美实践已经表明，这些美在时间上具有永恒性和稳定性，在空间上具有一定的普遍性，能引起不同阶级、不同民族、不同的欣赏者大致相同的审美愉悦。

3. 城邦保卫者所需要的艺术

柏拉图认为，城邦保卫者需要反映勇敢精神的艺术，因此，诗人不能让保卫者相信阴间及其可怕的情形，也不要用一些令人毛骨悚然的字眼，像"呜咽河""恨河""泉下鬼""枯魂"之类。听到这些字眼的声音，叫人打寒战，使保卫者意志消沉，所以，适宜的故事是让保卫者听了尽量不怕死，具有勇敢的百折不挠的精神。为此，柏拉图主张要培养青年人胜不骄、败不馁的精神品格，主张音乐应模仿两种：一是和平时期顺境中温和的风格，以表现聪慧；二是模仿逆境中勇猛的风格，以表现勇敢。

4. 理想国需要真善美的艺术

柏拉图虽然要把诗人逐出理想国，但并非把全部诗人逐出去，而是有所选择。他高度重视艺术的真善美，主张诗人应把真善美的东西写到读者心灵里去，拿美来浸润青年的心灵。在《法律》篇中，他又认为理想国的悲剧"顶优美，顶高尚"，它"模仿了最优美最高尚的生活。这就是我们

① ［古希腊］柏拉图：《文艺对话集》，朱光潜译，人民文学出版社 1963 年版，第 88 页。

所理解的真正的悲剧"①。可见，柏拉图欢迎真善美的艺术，以及赞颂神的和歌颂好人的艺术进入理想国，并非一概驱逐诗人；相反，他坚决反对那些淫靡的作品进入理想国。在这一点上，就连亚里士多德和贺拉斯也是反对黄色文艺的。

5. 选择德才兼备的艺术裁判人

判断艺术，需要德才兼备的艺术裁判人，这是柏拉图艺术管理思想的重要内容。在《法律》篇中，柏拉图指出，判断艺术需要以快感来衡量，但并不是以一般人的快感为标准，"只有为最好的和受到最好教育的人所喜爱的音乐，特别是为在德行和教育方面都首屈一指的人所喜爱的音乐，才是最优美的音乐。所以，裁判人必须是有品德的人，这种人才要求智勇兼备"②。为此，他反对以全体观众举手表决的方式判断诗人的输赢，认为这种方式已导致了诗人的毁灭，因为诗人养成了习惯，迎合裁判人和观众的低级趣味。

柏拉图强调艺术裁判人的德才兼备，反对迎合观众低级趣味，这实质上是注重追求高雅的艺术品位，反对艺术的媚俗。他反对用举手表决的方式判断诗人的输赢，这意味着他尊重艺术规律和艺术的质的规定性。

（二）柏拉图制定文艺法规的偏颇之处

1. 理性至上忽视了文艺对人类精神生活的感性补偿功能

作为一个哲学家，柏拉图重理性，轻感性；重理智，轻情感。因此，他试图用理性来取舍和规范当时的文艺，认为艺术远离真理，而模仿艺术只不过是玩意。在柏拉图看来，模仿诗人不关心人性中的理性，而逢迎人性中的低劣部分，这显然是偏颇的。他把理性看成高于和优于感性，实际上割裂了感性和理性的内在联系，也扭曲了艺术的价值，忽视了艺术对人类精神生活的感性补偿功能。

2. 忽视了题材和风格的多样化

柏拉图判断艺术的出发点是好的，但是他忽视了文艺题材和风格的多

① ［古希腊］柏拉图：《文艺对话集》，朱光潜译，人民文学出版社1963年版，第313页。
② 同上书，第308页。

样化。在他看来，诗人只能描写或反映真善美，而不能反映假恶丑，这无疑缩小了艺术的取材范围。诗人不在于是否写神或英雄人物的缺点，而关键在于以什么态度去写，以什么方式去写。再如，音乐只能模仿和平时期的温和及战争时期的勇敢，这固然揭示了和平时期和战争时期音乐两种不同的风格特点，但是客观上也束缚了音乐风格的丰富性和多样性。从柏拉图艺术管理的动机来看，他是以理想国和人生的需要为最高的价值取向；从柏拉图艺术管理思想的内涵来看，他也在较大程度上尊重了作品的质的规定性和艺术创造规律。他的艺术管理思想虽说有一定的局限性，但也体现了客观必然性，具有了一定的历史进步性。

第三章

亚里士多德的文艺思想

亚里士多德是一个百科全书式的文化巨匠，在哲学、美学、政治学、修辞学和诗学等方面，都有重要的研究成果，其《诗学》对后世的文艺理论产生了重要影响。

第一节　亚里士多德关于艺术创造的辩证法

亚里士多德的《诗学》在美学史上具有重要地位，其深刻之处主要有两点：一是"模仿说"，解决了艺术对现实的审美关系；二是关于艺术创造的辩证法。

一　艺术的超越性

（一）诗比历史更富有哲学意味

诗与历史的美学比较是西方美学史上的重要内容，它肇始于亚里士多德，中经狄德罗，再到黑格尔之集大成，构成了西方美学发展史的一条重要线索。

亚里士多德认为，写诗比历史更富有哲学意味，揭示了艺术对于历史的超越性。亚里士多德在《诗学》第九章中指出："诗人的职责不在于描述已发生的事，而在于描述可能发生的事，即按照可然律或必然律可能发生的事。历史家与诗人的差别不在于一用散文，一用'韵文'；希罗多德的著作可以改写为'韵文'，但仍是一种历史，有没有韵律都是一样；两者的差别在于一叙述已发生的事，一描述可能发生的事。因此，写诗这种活动比写历史更富于哲学意味，更被严肃地对待；因为诗所描述的事带有普遍性，历史则叙述个别的事。"亚里士多德这种比较并非贬低历史著作，而是比较真实地反映了他所处的时代历史著作的实际情况。因为当时的历史著作只停留在编年史的层次上，而尚未上升到历史科学。亚里士多德对诗与历史的比较直接影响了狄德罗。狄德罗也认为，戏剧的真实是一种艺术真实，不同于历史的真实，诗人重要的一点是做到奇异而不失为逼真。

（二）艺术真实对生活真实的超越

1. 从对诗人的辩护看对艺术真实的肯定

在现实美与艺术美的关系上，柏拉图把现实美看得高于艺术美，而亚里士多德却认为艺术美高于现实美，充分肯定了艺术真实对生活真实的超越。针对古希腊关于哲学与诗的冲突，亚里士多德不同意柏拉图关于诗远离真理的观点，而是为诗人进行了辩护。他认为，艺术批评标准可以归结为三种：是否合情理法则，是否合道德法则，是否合艺术法则。亚里士多德认为，这三种标准并非绝对相等，其中，逻辑标准是相对的，艺术标准才是绝对的。他认为，艺术本身的错误在于诗人缺乏表现力。不管你所说的故事是否真实，只要人们相信你所描写的故事是真实的，把它当成真的，这就足够了，而不应该追求实际上是否真实。这意味着艺术真实高于生活真实，或者说是对生活真实的超越。亚里士多德在《诗学》第二十五章中还指出："衡量诗和衡量政治正确与否，标准不一样；衡量诗和衡量其他艺术正确与否，标准也不一样。"亚里士多德这种分析是比较辩证的，不像柏拉图那样，从政治角度出发，以政治标准去简单、片面地取舍艺术，而是强调不同的艺术有不同的艺术标准，不能一概而论，这也在一定程度上突出了诗的独特性与自主性。

2. 艺术创造的理想化

艺术创造的理想化在古希腊艺术创作尤其是绘画创作中，已有了充足的体现，苏格拉底和柏拉图也都肯定过艺术的理想化。亚里士多德在借鉴前人的基础上，进一步论述了艺术的理想化，并且具有了典型化的萌芽。在《政治学》中，亚里士多德认为，画家笔下的作品胜过真实的对象，其原因就在于画家把许多零散的优点集中概括到一个范例上，才能使作品比现实更美。在《诗学》第十五章中，亚里士多德号召诗人，"应该向优秀的肖像画家学习；他们画出一个人的特殊面貌，求其相似而又比原来的人更美"。在《诗学》第二十五章中，亚里士多德曾高度评价画家宙克西斯，认为"宙克西斯所画的人物或许是不可能有的，但是它比原人更美，因为理想的典型应该超过现实"①。在为诗人辩护时，亚里士多德在第二十五章中还指出："如果有人指责诗人所描写的事物不符合实际，也许他可以这样反驳：'这些事物是按照它们应当有的样子描写的。'"亚里士多德还多次高度评价荷马，在《诗学》第四章中，认为荷马是个真正的诗人，"因为唯有他的模仿既尽善尽美，又有戏剧性"，充分肯定了荷马创作中的理想化。对于亚里士多德主张艺术理想化的问题，鲍桑葵曾评价说："看来完全可以把他对于美的艺术和自然的关系的看法归纳如下：美的艺术在模仿给定的实在事物时要把它理想化。"②亚里士多德注重模仿的理想化，但并非全部理想化，而是较多的理想化。也就是说，理想化是亚里士多德的一个重要原则，是对存在的一种超越，但不是唯一的创作原则。

二 可然律与必然律、可能性与可信性的互渗整合

(一) 可然律与必然律的互渗整合

可然律与必然律是亚里士多德《诗学》中两个重要的概念。在《诗学》中，亚里士多德八次谈到可然律，七次谈到必然律，另外还有一次谈到可能律，两次谈到可然的或必然的联系。其中，把可然律和必然律一起并列使用的就有六次。亚里士多德强调可然律和必然律有两种含义：第一，情节的发展要符合可然律或必然律，因而要求艺术家按照可然律或必

---

① ［波］塔塔科维兹：《古代美学》，杨力等译，中国社会科学出版社1990年版，第208页。
② ［英］鲍桑葵：《美学史》，张今译，商务印书馆1987年版，第83页。

然律来安排故事情节。在《诗学》第七章中，亚里士多德在谈及悲剧模仿行动的完整性时，认为故事的"尾"应按照必然律或常规自然与前边的故事衔接起来；同时，亚里士多德还主张逆境转入顺境或顺境转入逆境，都应按可然律或必然律去安排故事。在《诗学》第九章中，亚里士多德在进行诗与历史的比较时指出，诗人按照可然律或必然律描述可能发生的事，即使描述已发生的事，也是合乎可然律的，是可能发生的事；在谈及喜剧创作时，他又认为，喜剧诗人按照可然律组织情节。在《诗学》第十一章中，亚里士多德谈到情节的突转时，认为突转也应"按照可然律或必然律而发生"。以上所述，亚里士多德主要是从情节及其安排的角度出发，强调了可然律与必然律的互渗整合。第二，性格刻画也应合乎必然律或可然律。在《诗学》第十五章中，亚里士多德明确指出："刻画'性格'，应如安排情节那样，求其合乎必然律或可然律：某种'性格'的人物说某一句话，作某一桩事，须合乎必然律或可然律；一桩事件随另一桩而发，须合乎必然律或可然律。"也就是说，人物说什么，做什么，或者事件的发展变化及其前因后果，都应符合必然律或可然律。但是，由于情节与性格的内在统一性，必然要求可然律与必然律是互渗整合的，是统一于具体的艺术作品之中的。亚里士多德强调诗的哲学意味，强调诗要揭示普遍性，因此，可然律或多或少总是会体现出一定的必然律；反之，必然律又总是蕴含于多种具体的可然律之中。亚里士多德文艺美学的内在逻辑之一，就是要求可然律与必然律的互渗整合。

（二）可能性与可信性的互渗整合

为了创造艺术真实，亚里士多德既强调情节发展的可能性，又注重情节发展的可信性，更注重可能性与可信性的互渗整合。

首先，在亚里士多德看来，已发生的、可能发生的和虚构的事都具有可信性。《诗学》第九章认为"可能的事是可信的；未曾发生的事，我们还难以相信是可能的，但已发生的事，我们却相信显然是可能的；因为不可能的事不会发生"。亚里士多德在肯定诗人理由的同时，认为不仅已发生的事具有可能性和可信性，而且即使虚构的人物和事件，仍然具有可信性。《诗学》第九章还指出，"但也有些悲剧只有一两个是熟悉的人物，其余都是虚构的；有些悲剧甚至没有一个熟悉的人物，例如阿伽同的《安透斯》，其中的事件与人物都是虚构的，可是仍然使人喜爱"，因此，他认为诗人没有必要拘泥于传统的野史，连荷马"把谎话说得圆"仍有可信性。

其次，在可能性与可信性的关系上，亚里士多德通过分析发现，可信性比可能性更为重要。在《诗学》第二十四章中，亚里士多德指出："一桩不可能发生而可能成为可信的事，比一桩可能发生而不可能成为可信的事更为可取。"也就是说，不可能发生的事仍有可信性，但可能发生的事并不一定具有可信性。为了艺术创造，在布局谋篇时宁可选取虽不可能但是可信的事，也不选取虽可能发生但不使人可信的事。再次，在亚里士多德看来，在可能性与可信性之间，可能性应服从可信性，艺术创造的关键不在于作品是否真实，而在于让人们感到真实。实际上，早在亚里士多德以前，古希腊抒情诗人品达就开始注意到这个问题，他在《尼美颂》中评价荷马时写道："诗人的艺术迷惑了我们，使我们把虚假的事当真了。"其实，艺术创造不仅可以反映真，而且还能够以"假"乱真，以"假"胜真。

从以上分析可以看到，亚里士多德注重可能性与可信性，更注重可能性与可信性在统一中实现互渗整合，即可能性体现着可信性，可信性蕴含着可能性。

三　情节与性格的和谐统一

亚里士多德在《诗学》第六章中确定了悲剧艺术的六个要素：情节、性格、言词、思想、形象和歌曲。在这六个要素中，亚里士多德认为最重要的是情节，其次是性格。

（一）情节是行动的模仿

亚里士多德认为，情节在悲剧中占有最重要的地位，安排好情节是悲剧艺术第一件最重要的事。从他对悲剧的定义来看，他在《诗学》第七章中认为："悲剧是对于一个完整而具有一定长度的行动的模仿。"在第八章中他又指出："情节既然是行动的模仿,它所模仿的就只限于一个完整的行动。"在第六章中谈及悲剧的目的时,他还指出："悲剧的目的不在于模仿人的品质,而在于模仿某个行动……因此悲剧艺术的目的在于组织情节(亦即布局),在一切事物中,目的是最关重要的。"亚里士多德认为悲剧最重要的是情节,情节乃悲剧的基础,有似悲剧的灵魂。从观众对戏剧艺术的审美需要来看,观众对情节的兴趣要大于对性格的兴趣。亚里士多德重视悲剧情节,重视悲剧的审美作用,应该说与他了解观众的审美心理是有一定关系的,正如他在《诗学》第十四章所说,"应通过情节来产生这种效果",即悲剧特有的快感。

高度重视情节,也就必然重视情节的设置。对此,亚里士多德主要从五个方面论述了情节的设置:第一,情节要有条不紊;第二,应该按可然律和必然律安排情节,情节应合情合理;第三,要写好突转与发现,按可然律或必然律写人物由逆境转入顺境,或由顺境转入逆境,使情节惊心动魄;第四,安排情节时把剧中情景摆在眼前,仿佛置身于发生事件的现场中,如同身临其境;第五,安排情节可以采用现成的事件,也可编造故事,但都应先勾勒一个简要的大纲。

(二) 性格的类型化

类型化就是指按类性来描写人物,也就是说用类型化的手法塑造人物性格。在《诗学》和《修辞学》中,亚里士多德都非常重视人物性格。

1. 再现相应的性格

亚里士多德在《修辞学》中认为,演说家用语言表现了情绪和性格,应根据人物的性格特点加以表现。他注意到"不同阶级的人,不同气质的人,都会有他们自己的不同的表达方式。我所说的'阶级',包括年龄的差别,如小孩、成人或老人;包括性别的差别,如男人或女人;包括民族的差别,如斯巴达人或特沙利人。我所说的'气质',则是指那些决定一个人的性格的气质,因为并不是每一种气质都能决定一个人的性格。这样，如果一个演说家使用了和某种特殊气质相适应的语言，他就会再现这一相应的性格。乡下人和有知识的人，既不会谈同样的话，也不会以同样的方式来谈"①。亚里士多德的意思是说，演说家通过创造艺术真实，表现了演说家的个人性格，也应该表现人物类的特性，从而表现出特定人物相应的性格。亚里士多德虽然谈的是演讲术中的人物性格，但也可以由此推及悲剧理论中对人物的描写。

2. 悲剧人物性格描写的四点要求

亚里士多德在《诗学》第十五章中明确指出，悲剧描写性格必须注意四点：第一，人物性格必须善良，这是最重要的一点；第二，性格必须适合人物身份；第三，性格必须与一般人的性格相似；第四，人物性格必须前后一致。

关于性格必须善良，亚里士多德认为，悲剧主人公最好是名门望族，主人公在道德品质上并非好到极点，而是与我们相类似，不应该遭殃，遭殃才能引起观众的哀怜；产生悲剧的原因不完全是由主人公造成的，但有些原因却是主人公造成的，这些原因并不是主人公的罪恶，而是主人公的某种过失或弱点，或者是道德抉择的错误，或者说是判断不明的错误。

关于人物性格的前后一致，亚里士多德要求"寓一致于不一致"之中，要求人物既要有基本固定的性格，又要有"不一致"的表现。比如一个性格忧郁的人随着情节的发展变化，可能有时高兴，有时发怒，但高兴之后或发怒之后，应恢复到原来的忧郁状态之中，即把忧郁（一致性）寓于高兴或发怒等多种表现（不一致）之中。从亚里士多德对情节与性格的分析来看，他重视人物做什么（构成情节），但不太重视人物怎样做（表现性格），人物性格缺少变化，仍停留在类型化的层面上。

（三）情节与性格的和谐统一

首先，情节与性格的和谐统一，表现为在情节中展示人物性格。亚里士多德在《诗学》第六章中指出："悲剧的目的不在于模仿人的品质，而在于模仿某个行动；剧中人物的品质是由他们的'性格'决定的，而他们

———————————

① 伍蠡甫主编：《西方文论选》上卷，上海译文出版社 1979 年版，第 93 页。

的幸福与不幸，则取决于他们的行动。他们不是为了表现'性格'而行动，而是在行动的时候附带表现'性格'。"这一段话为我们提出了四个问题：第一，悲剧的目的在于模仿行动；第二，人物性格决定人物品质；第三，人物行动决定人物是否幸福；第四，在人物行动中表现性格。从这些方面来看，亚里士多德很重视人物行动，认为行动能表现性格，也能决定人物是否幸福。

其次，情节与性格的和谐统一还表现为人物性格对情节的决定作用。在《诗学》第六章中，亚里士多德不仅强调在行动中表现性格，而且也看到了人物性格和思想决定着人物的行动。在《诗学》第十五章中，亚里士多德还指出，刻画性格应像安排情节那样，要求合乎必然律或可然律。人物说什么，做什么，以及事件的发展变化，都要符合必然律或可然律。

再次，情节与性格通过可然律和必然律，实现了二者的和谐统一。亚里士多德在《伦理学》中指出，性格是过去行为的产物，所以行为决定性格；反之，性格作为潜能，只有通过行为才能表现出来。诚如缪朗山先生对亚里士多德所分析的那样："过去的行为决定人的性格。性格又决定人选择未来的行为，但是性格总得通过行为表现出来。"① 实际上，亚里士多德已经注意到了情节与性格的互相作用，一方面，在情节中表现性格；另一方面，性格又影响着情节的发展，从而揭示了情节与性格的互动关系和共生效应，情节与性格通过可然律或必然律实现了二者的和谐统一。

四　生活丑向艺术美的生成

文艺可以歌颂真善美，也可以批判假恶丑。然而，在西方美学史上，在文艺要不要描写生活丑的问题上，却存在着不同的看法。柏拉图主张文艺题材应是真善美，反对把丑的东西写到作品里去；与柏拉图相反，亚里士多德却认为文艺可以把生活丑写进作品，经过艺术描绘，生活丑可以转化为艺术美。

亚里士多德在《诗学》第四章指出："经验证明了这样一点：事物

---

① 缪朗山：《西方文艺理论史纲》，中国人民大学出版社 1985 年版，第 84 页。

本身看上去尽管引起痛感，但惟妙惟肖的图像看上去却能引起我们的快感，例如尸首或可鄙的动物形象。"这就是说，在生活中是不美的，是令人厌恶的丑的东西，虽能引起我们的痛感，但经过艺术模拟，画出了惟妙惟肖的图像，却能使我们产生快感。这意味着亚里士多德已经具有生活丑向艺术美生成的思想萌芽。也就是说，生活丑向艺术美生成的原因在于艺术家创造了惟妙惟肖的艺术美；没有艺术美，生活丑则无法给人以快感，相反只能是痛感。

从美学发展史的角度来看，亚里士多德注意到生活丑向艺术美生成的思想具有重要的意义。它不仅扩大了文艺反映生活的领域，而且也丰富了艺术美的画廊，"既是对古希腊文艺实践的总结，又奠定了西方文学艺术以丑为美，或者说化丑为美的理论基础"①，深刻地影响到布瓦洛、狄德罗、黑格尔等人，成为现代文艺美学一个重要的美学命题。

五　有机整一的完美结构

受柏拉图关于作品结构有机整一思想的影响，亚里士多德又对结构的有机整一作了具体而深入的阐释。与柏拉图相同，亚里士多德也从生物学的角度，把作品结构比喻为一个生物体。

在《诗学》第七章中，亚里士多德指出，悲剧应模仿一个完整的行动，故事应"有头，有身，有尾"。在《诗学》第二十三章，他又指出："史诗的情节也应像悲剧的情节那样，按照戏剧的原则安排，环绕着一个整一的行动，有头，有身，有尾，这样它才能像一个完整的活东西，给我们一种它特别能给的快感。"在亚里士多德看来，悲剧和史诗都需要有机整一的结构，像生物体一样，是一个完整的活东西，特别能给人以快感。

在《诗学》第八章中，亚里士多德不仅强调了模仿完整的行动，而且还要求事件要有紧密的组织，"任何一部分一经挪动或删削，就会使整体松动脱节。要是某一部分可有可无，并不引起显著的差异，那就不是整体中的有机部分"。这就是说，任何部分都是整体中有机的组成成

---

① 曹顺庆：《中外比较文论史》，山东教育出版社1998年版，第657—658页。

分，都应服从整体。整体一旦确定以后，应达到任何一部分不能挪动或删削的程度。

在借鉴柏拉图有机整一思想的基础上，亚里士多德还进一步论及完美的结构。在《诗学》第十三章中，亚里士多德认为，完美的悲剧结构不应是简单的，而应是复杂的。他要求诗人在安排情节结构时，应考虑追求什么、注意什么，应考虑悲剧的效果。为此，他又提出完美的布局应有单一的结构，认为《伊利亚特》的结构十分完美，并且要求悲剧应写出主人公由顺境向逆境的转化；相反，悲剧不应安排善有善报、恶有恶报的双重结局。由此可见，亚里士多德在《诗学》中实现了结构单一性与情节复杂性的协调，注重结构的有机整一性与结构完美性的统一，深刻反映了艺术创造规律。

综上所述，亚里士多德关于艺术创造的辩证法具有深刻丰富的美学内容，它深刻地揭示了艺术创造的本质及其规律，把艺术创造上升到艺术哲学的高度，蕴含了艺术创造的一般原理，通过艺术创造的和谐美，显示了理论的深刻性、丰富性、永恒性与普遍性，至今仍有重要的美学价值。

第二节　亚里士多德的"模仿说"及其嬗变

"模仿说"作为亚里士多德文艺美学的核心，在亚里士多德文艺美学中占有举足轻重的地位，但在为什么模仿及模仿的重要性上，学术界仍有不少认识的差异。对此，我们应从社会学、哲学和美学的角度切入，正确把握形成"模仿说"的原因、其基本含义及其来龙去脉。

一　模仿是人类社会实践及其本质的重要确证

（一）模仿是人类社会实践的重要确证

要正确认识亚里士多德的"模仿说"，必须把"模仿"纳入人类社会实践的大范畴中加以考察。从实践的观点来看，模仿是人类社会实践的重要方式，也是人类社会实践的重要确证。

从社会学的角度来看，模仿也是人类最基本的社会行为，其"实质上是一种文化样式的传播、流行的过程"①。在日常社会生活的衣食住行中，某种风尚的流行与扩大，常常与人们自觉不自觉地模仿相关联。赶时髦就与模仿有密切的联系，甚至连人们的思维方式也存在着人与人之间的相互模仿。

从现代仿生学的角度来看，现代仿生学注重科学对自然事物及其规律性的创造性模仿。许多科学家从对于自然事物及其现象的感悟中获得了创造性的灵感，达·芬奇根据鸟在天空中飞行的动作，设计过飞机的模型。体育项目的蛙泳、蝶泳、猴拳、螳螂拳等，也都源于人类对自然事物的模仿。

从艺术实践的角度来看，模仿不但体现了人类与自然的审美关系，而且也体现了人们对艺术活动本质的深入思考。亚里士多德在批判吸收前人成果的基础上，发展和深化了模仿理论，建构了影响深远的"模仿说"。

从"模仿"一词的含义演变来看，它也体现了人类对自然审美关系的发展和深化。希腊语中的"模仿"一词出现于荷马时代以后，其最初的含义是指巫师所表演的祭祀舞蹈、音乐和唱诗具有模仿的特点，尚未包括雕塑、戏剧等视觉艺术。公元前 6 世纪至公元前 5 世纪，模仿的含义开始从祭典术语转化为哲学和美学术语，表示人类对外在世界的再创造。"模仿说"则把艺术对世界的模仿提高到艺术哲学的高度，完成了理论上广度与深度的飞跃。因此，无论是从一般的社会实践，还是从艺术实践来看，模仿无疑是人类一种重要的行为方式，也是人类社会实践的重要确证。从艺术实践的角度来看，正如狄德罗所说："一切学艺术的人都要从艺术开始的地方开始。"②

---

① 刘豪兴主编：《社会学概论》，高等教育出版社 1992 年版，第 375 页。
② ［法］狄德罗：《狄德罗文集》，王雨、陈基发编译，中国社会出版社 1997 年版，第 365 页。

（二）模仿是人类本质的外化

模仿是人类重要的行为方式和社会实践的重要确证，也是人类本质的外化。人的社会实践离不开模仿，人的本质也决定和制约着模仿。

1. 从亚里士多德的深刻性来看，他把诗的起源与人的天性联系起来

在《诗学》第四章中，亚里士多德把诗的起源归结为两种天性：一是人的模仿本能；二是人先天的音调和节奏感。从第一种天性来看，亚里士多德认为人从孩提时候起就有模仿的本能，人和禽兽的分别之一，就在于人最善于模仿，并且人对于模仿的作品总是感到快感。他把模仿看作是人的本能，并把模仿看作是人与禽兽的分别之一，这无疑是相当深刻的。从第二种天性来看，亚里士多德认为音调和节奏感也是出于人们的天性，有这种天性的人，还能在后天中一步步发展，创造出了诗歌，这在一定程度上体现了实践的观点。

从亚里士多德对艺术起源于人的两种天性的论述来看，他所谈及人的模仿本能、音调感和节奏感与现代美学中的审美生理机制和审美心理结构有密切的联系。亚里士多德虽然没有论述审美生理机制和审美心理结构，但把艺术起源与人的天性联系起来，并强调了天性的后天发展，却不无深刻性。

2. 从亚里士多德的片面性来看，他忽视了模仿的社会本质

诚然，人类自孩提时就最善于模仿，这种模仿也确实具有一定的先天因素，就像遗传的文化基因一样，模仿已积淀为人类先天的一种行为方式，似乎已成为一种集体无意识。但是，亚里士多德过分重视艺术模仿起源于人的天性，并且把模仿仅仅归结为人类的本能，却忽视了模仿的社会本质，表现出形而上学的片面性。人的模仿能力并非先天所具有，而是在社会实践中逐渐形成和发展起来的人的模仿意识或模仿需求只有在社会实践中，才能得到外化或实现。

即使从艺术模仿来看，艺术家模仿什么，如何模仿，是模仿现象，还是模仿本质，这些也要受到人类对现实审美关系的决定和制约，受到艺术家本人审美视野和实践的制约。因此，艺术家的模仿在很大程度上已经突

破了本能的局限，而走向自觉性审美创造，体现出模仿的社会性。

二 从艺术模仿对象看审美视野的广阔性

亚里士多德扩大和丰富了艺术模仿审美对象，显示了审美视野的广阔性。他认为，模仿体现了艺术对现实的审美关系，《诗学》第一章指出："史诗和悲剧、喜剧和酒神颂以及大部分双管箫乐和竖琴乐——这一切实际上是模仿，只有三点差别，即模仿所用的媒介不同，所取的对象不同，所采的方式不同。"亚里士多德肯定了大部分艺术的模仿性质，只不过是不同的艺术，模仿的媒介不同，模仿对象不同，模仿的方式也不同。亚里士多德在确定艺术模仿对象时，蕴含了两种看不见的线索，即横向共时性与纵向历时性。

从横向的角度来看，亚里士多德对艺术模仿对象作了共时性考察。在《诗学》第二章中，他认为，艺术模仿三种人：在道德品质方面的好人、一般人和坏人。他还举例说，画家波吕格诺托斯所画的人物比一般人好，泡宋所画的人物比一般坏，狄俄尼西俄斯所画的人物则恰如一般的人；在戏剧和史诗方面，荷马写的人物比一般人好，克勒俄丰写的人物恰如一般人，赫革蒙和尼科卡瑞斯写的人物比一般人坏。在亚里士多德看来，从横向共时性的角度出发，可以把人作为艺术的主要模仿对象。

在确定了人为艺术模仿对象之后，我们还应看到，亚里士多德在肯定柏拉图"诗的模仿对象是在行动中的人"这一观点的基础上，更注重或者侧重于对行动的模仿。他在《诗学》第六章中认为："悲剧是行动的模仿，主要是为了模仿行动，才去模仿在行动中的人。"亚里士多德之所以重视情节甚于性格，就是因为情节是对一个完整的行动的模仿。

从纵向的角度来看，亚里士多德对艺术模仿对象作了历时性考察。他在《诗学》第二十五章中指出："诗人既然和画家与其他造型艺术家一样，是一个模仿者，那么他必须模仿下列三种对象之一：过去有的或现在有的事、传说中的或人们相信的事、应当有的事。"在这三种对象中，第一种对象中"过去有的"事是指历史上已发生的事；"现在有的事"是指现实中已发生或正在发生的事，属于现实存在。第二种对象中"传说中的"事虽不是历史的客观存在，但却是历史的观念性存在；"人们相信的事"显然不是指客观存在的事实，而是人们主观上信以为真，而实际上并非真事的虚构，其本质上仍是一种虚构的存在。第三种对象"应当有的事"在理解上有一定的争议。朱光潜先生认为："这句话可能有两种解释。一种是唯心主义的解释，那就是艺术家凭主观而对事物加以'理想化'，这个看法在西方文艺理论界有悠久的历史，持这个看法的人大半都引亚里士多德为护身符。另一种是唯物主义的解释，那就是承认这是理想化，而这个理想却不单纯是诗人的主观产物而是按照事物的本质和规律来形成的。"① 朱先生所列举的两种解释虽然有对立，但也有统一性，即二者都看到了艺术的理想化。因此，曹顺庆先生认为，"应当有的事"实际上"涉及到按艺术家的理想来创造的问题，这是一个更高的层次，是艺术创造的理想境界"②。

笔者认为，亚里士多德所谈的"应当有"既有主观理想的要素，又有按生活逻辑、可然律和必然律来创造的要素。因为艺术家在实际的创作中，"应该"与"是"往往是互渗整合的，很难绝对分清哪个是主观理想，哪个是符合事物本质规律的理想，所以，艺术家总是自觉不自觉地按照自己的思考和理解，去对模仿对象进行理想化。

三　从"四因说"看模仿的创造性

"模仿"作为亚里士多德文艺美学的一个重要概念，亚里士多德在《诗学》中并没有说明它的具体含义，但从亚里士多德全部的文艺美学思想来看，他的模仿概念绝不是指机械的单纯模拟，而是允许想象、虚构和创造。

从亚里士多德的"四因说"来看，他把一切事物的成因归结为四种原因，认为只要了解这四种原因，就了解了事物的发展变化。

---

① 朱光潜：《西方美学史》上卷，人民文学出版社 1964 年版，第 75 页。
② 曹顺庆：《中外比较文论史》，山东教育出版社 1998 年版，第 626 页。

第一种原因：质料因（有的译为材料因或物质因），即一切事物构成和存在所必需的条件，如铜是塑造铜像的质料因。

第二种原因：形式因，即决定一切事物之所以是该事物的原因，或指事物的本质。

第三种原因：创造因（或译为动力因），即一切运动和变化的来源，如父母是儿女的创造因，创造者是产品的创造因。

第四种原因：目的因（或译为最后因），即运动所趋向的目的，如为了健康而散步。

亚里士多德认为，了解了这四种原因，就能了解事物产生及其发展变化。他以建造房子为例，说明必须先有质料因即砖、瓦、土、木等；其次，还要有房子的形式因，即房子的图形模样；再次，要使建筑材料具有形式，就必须有建筑师的创造活动，即创造因；最后，建筑材料在建筑的过程中，逐步获得了房子的形式，趋向于建成房子这个目的。

从亚里士多德对上述"四因"的分析来看，当他用"四因"去解释社会事物或人工产品时，毫无疑问，人是创造因，其思想是唯物的；然而，如果用"四因"去分析整个物质世界时，很显然，人无法创造物质世界，那么，在宇宙本体论上，创造物质世界的创造因只能归结为神，其思想则又显示了唯心的一面。

用"四因说"来分析艺术创造，艺术产品是人工产品，其创造因只能属于艺术家。因此，亚里士多德的模仿并非忠实地抄录现实，而是向现实的自由迈进。"虽然亚里士多德称诗人为模仿者，他还是把他视为创造者"①，把艺术家的模仿看作是"艺术家的一种创造、一种发明"②。这就是说，在亚里士多德看来，艺术家在模仿中，模仿什么，如何模仿，可以用自己的方式表现现实，创造出一个艺术世界。

---

① ［波］塔塔科维兹：《古代美学》，杨力等译，中国社会科学出版社 1990 年版，第 187 页。
② 同上书，第 188 页。

四　"模仿说"的嬗变轨迹

自从亚里士多德发展深化了"模仿说"以后，"模仿说"对西方逐渐产生了深远的影响，成为西方文艺美学重要的理论学说。

"模仿说"在古罗马时代影响了贺拉斯、斐罗斯屈拉特和普洛提诺。贺拉斯认为，艺术家要到生活风俗中去寻找模型，在模仿中可以创造。斐罗斯屈拉特则把模仿分为两种：一是用心和手来模仿事物；二是只用心去创造形象，即凭想象创造。新柏拉图学派代表普洛提诺认为，艺术既模仿自然，又模仿理念，因而艺术高于自然，能弥补现实事物的缺陷，艺术所创造的比一般自然显现的东西要多得多。

在中世纪，受柏拉图影响，人们认为自然美高于艺术美，自然成了神的象征，艺术模仿不能偏离自然。托马斯·阿奎那认为，艺术活动的原则是认识，艺术模仿具有理性原则的自然事物。由于受宗教神学的影响，经院美学家还非常重视在模仿中表现艺术家的内在观念，而不再重视艺术与外在现实的相似。波那文杜拉还区分了模仿的作品和想象的作品，认为"再现性的艺术功能与其说是再现外部对象，不如说是再现艺术家心中的非物质的、内在的观念。"① 这是"模仿说"由模仿外在对象，转向模仿艺术家内在观念的第一次嬗变。

文艺复兴时期，"模仿说"成为诗学研究的最基本内容，并且有了新的变化：第一，"自然"的含义进一步扩大，已经从狭义的自然逐步演进到包括社会生活、社会事物在内的广义自然；第二，突出了模仿中的虚构与创造，强调创造"第二自然"。达·芬奇提倡艺术像镜子一样真实反映生活，艺术做自然的儿子，既来源于自然，又高于自然。在这一时期，随着艺术对现实审美关系的深化，"艺术模仿自然"这一命题，已基本接近我们现代所说的"艺术反映生活"这一命题。

到了古典主义和启蒙运动时期，布瓦洛、狄德罗都对"艺术模仿自

---

① ［波］塔塔科维兹：《中世纪美学》，杨力等译，中国社会科学出版社1990年版，第286—287页。

然"作了变形。布瓦洛主张艺术所模仿的自然，是经过理性筛选后的自然，要求艺术家认识都市和宫廷，把帝王将相当作悲剧歌颂的英雄，把新兴资产阶级当作喜剧讽刺嘲笑的对象。与布瓦洛相反，狄德罗则主张把封建帝王将相等赶出舞台，而让新兴资产阶级登上艺术舞台。二者相比，布瓦洛带有明显的保守性；狄德罗则反映了进步的时代精神。

德国古典美学时期，亚里士多德的"模仿说"影响日益淡化，德国古典美学家与艺术家从不同角度出发，修正了传统的模仿理论，试图沟通人与自然的分裂与对立。康德提出自然向人生成的命题，揭示了人与自然相互融合的发展趋势。歌德在坚持艺术模仿自然的同时，认为艺术是"自然的奴隶"，又是"自然的主宰"，艺术家对自然有双重关系。席勒在揭示素朴的诗与感伤的诗的差异时，认为素朴诗人应模仿真正的自然，模仿自然中美好的人或事物。美学大师黑格尔为德国古典美学作了终结，也给"模仿说"下了定论。他对模仿理论作了全面的考察分析，坚决反对单纯的模仿，认为愈酷肖自然的蓝本，乐趣和惊赏也就愈稀薄、愈冷淡，甚至于变成腻味和嫌厌。因此，他认为"不能把逼肖自然作为艺术的标准，也不能把对外在现象的单纯模仿作为艺术的目的"[1]。可以说，黑格尔在《美学》中，典型化理论已完全取代了模仿理论，尽管其典型化理论尚未成熟。

历史进入 19 世纪，随着浪漫主义和批判现实主义的崛起，随着人类与现实审美关系的发展变化及其复杂性，传统的模仿理论已无法阐释日趋复杂的各种文艺现象，也难以对人类与现实形成的新的审美关系作出理论概括和说明。因此，"模仿说"伴随着自己的衰亡和其他理论学说的兴起，逐渐演变和融会到理论发展的三种走向之中：

第一，是现实主义。根据塔达基维奇的考证，早在 1821 年，就有一篇题为《十九世纪的墨丘利》的文章中说："荣誉的不断增长，表现在文学的原则上便是忠实地模仿现实所提供的原型。"这篇佚名文章的作者还说，这一原则"可以称作是现实主义"[2]。实际上，现实主义在发展过程中，最

① [德] 黑格尔：《美学》第一卷，朱光潜译，商务印书馆 1979 年版，第 57 页。
② [波] 塔达基维奇：《西方美学概念史》，褚朔维译，学苑出版社 1990 年版，第 383 页。

先吸收的就是模仿理论。

第二，是自然主义。自然主义是对浪漫主义的反拨，又是模仿理论的发展或变形，但自然主义注重忠实抄录现实，则是模仿理论的倒退。

第三，是谷鲁司的"内模仿说"。他在 1892 年出版的《美学导论》中，认为在审美活动中，审美主体只在内心模仿外界事物的精神或性质特性，模仿时内心感到有一种运动过程，但并不外现，只是一种内模仿。同时，他把模仿看作是人类和动物最普遍的冲动，内模仿是一切审美欣赏的核心。

从"模仿说"的嬗变轨迹来看，从赫拉克利特、德谟克利特到苏格拉底、柏拉图，这是"模仿说"产生和发展的最初阶段；亚里士多德是"模仿说"的集大成者，发展深化了模仿理论，把"模仿说"推到该理论的高峰。此后，"模仿说"对西方后世产生了不同但却是巨大的影响。由于"模仿说"在一定程度上反映了人类与现实的审美关系，但不是全部审美关系，因此，随着人类对现实审美关系的发展变化及其复杂化，人们曾努力去挖掘和丰富模仿理论的合理内核，并赋予想象、虚构和创造等意义，这也是"模仿说"能够影响持久的原因之一。"模仿说"虽然"老"了，但它已完成了自身的历史使命，并已经把自己的合理内核渗透到新的文艺美学理论之中。

第四章

贺拉斯与郎吉弩斯的文艺思想

贺拉斯和郎吉弩斯是古罗马时期最重要的文艺批评家，贺拉斯的代表作《论诗艺》和郎吉弩斯的《论崇高》都对后世产生了重要影响。

第一节　贺拉斯的文艺思想

贺拉斯（公元前65—公元前8年）是古罗马诗人和批评家，其文艺思想集中体现在两卷本的《书信集》中。其中，最重要的是第二卷中的第三封给皮索父子的信，这封信后来被修辞学家昆提利弩斯（公元35—95年）称为《论诗艺》。贺拉斯上承希腊化时代的新诗学，适应罗马时代的社会需要，总结了当时的文艺实践及个人创作经验，所著《诗艺》言简意丰，含义深邃，颇有哲理，因此被中世纪奉为诗学经典。

一　诗人修养论

（一）诗人应懂得自己的职责与功能

从社会学的角度来看，每一个社会成员都应确立自己的社会角色，按照角色职责发挥自己的功能，因此诗人也需要懂得自己的职责和功能。对此，贺拉斯在《诗艺》中以文学批评家的身份，向诗人提出了忠告，认为诗人应该懂得"职责和功能何在，从何处可汲取丰富的材料，诗人是怎样形成的，什么适合于他，什么不适合于他，正途会引导他到什么去处，歧途又会引导他到什么去处"①。贺拉斯这几句话精辟深刻。诗人只有懂得自己的职责，明确自己的功能，才能更好地以艺术的形式寓教于乐；只有懂得如何汲取材料以及从何处吸收养料，诗人才能更好地审美地选择生活对象，获得艺术创造的动力；只有正确认识诗人的形成过程，才能有助于激励诗人的成长与完善；只有通晓什么适合或不适合自己，也才能在选材上力能胜任，有所取舍；只有懂得什么是正途和歧途，诗人才能在人生之路上不迷失自我。

（二）诗人要有判断力

"判断力"在贺拉斯的《诗艺》中，是指诗人在创作前应具有知道写什么和怎样写的能力。他明确指出："要写作成功，判断力是开端和源泉。"② 这就是说，诗人要写作成功，首先应该具备判断力，这是写作的开端和源泉。在贺拉斯看来，诗人在创作前必须先具有判断力，懂得一个人对于国家和朋友的责任，懂得元老和法官的职务是什么，派往战场的将领的作用是什么，知道从苏格拉底的文章中获取材料等，这样才能懂得把这些人物写得合情合理。实际上，无论任何时代任何作家的创作，都需要作家具有判断力，知道自己应该写什么和怎样写，这样可以帮助作家更好地认识、感受和体验生活。

（三）诗人要有完美的表达能力

贺拉斯认为，诗人不仅要有判断力，而且还要有"完美的表达能力"。他在《诗艺》中赞美希腊人，说诗神把天才和完美的表达能力，赐给了希腊人。从他对创作的若干具体要求来看，贺拉斯非常重视人物刻画要恰当，要有魅力，有力量，有技巧；强调诗人要反复修改；天才与苦练相结合等，这一切实质上也都是为了提高完美的表达能力。此外，在安排字句的时候，贺拉斯也要求安排得巧妙，使家喻户晓的字取得新意，表达才能

---

① ［古希腊］亚里士多德、［古罗马］贺拉斯：《诗学·诗艺》，罗念生、杨周翰译，人民文学出版社1962年版，第153页。
② 同上书，第154页。

尽善尽美。

（四）天才与苦练相结合

天才与技术的关系，这是希腊化时代新诗学讨论的内容之一，也是在西方美学史上引起不少理论家关注的话题，贺拉斯、狄德罗、康德和黑格尔都有所涉及。贺拉斯在吸收希腊化时代新诗学的基础上，也强调了天才与苦练的相互结合。他指出："苦学而没有丰富的天才，有天才而没有训练，都归无用；两者应该相互为用，相互结合。"[①] 他还举例说，在竞技场上想夺得锦标的人，在幼年时一定吃过很多苦，经过长期练习，出过汗，受过冻，并且戒酒戒色。但就天才与训练的关系来看，贺拉斯更重视后天的训练。他在《诗艺》中不同意德谟克利特关于只要天才就能成为诗人，不必勤学苦练的观点，一方面肯定了诗人们"对于各种类型都曾尝试过"；一方面坚信只要每一位诗人都肯花工夫、花劳力去琢磨作品，罗马的文学成就绝不会落在光辉的军威和武功之后。因而，他还提示皮索父子，只要见到那些"不是下过许多天苦功写的，没有经过多次的涂改"的诗歌，"你们就要批评它"。

二　创作原则论

贺拉斯在《诗艺》中还提出了一些重要的创作原则，主要是和谐统一的原则、借鉴的原则和模仿的原则。

（一）和谐统一的原则

从柏拉图到亚里士多德，他们都非常重视作品的有机整一问题。贺拉斯在继承古希腊美学思想和希腊化时代新诗学的基础上，在《诗艺》中特别重视作品整体的和谐统一。

贺拉斯举例说，"如果画家画这么一幅画：一个美女的头长在马脖子上，由各种动物的肢体拼凑起来的四肢，四肢上覆盖着各色羽毛，下面长着一条又黑又丑的鱼尾巴，人们看见这幅图画，肯定会捧腹大笑。同

---

① ［古希腊］亚里士多德、［古罗马］贺拉斯：《诗学·诗艺》，罗念生、杨周翰译，人民文学出版社1962年版，第158页。

样，如果诗人在描写的时候，开始很庄严地描写了狄安娜（罗马神话中的狩猎女神）的林泉、神坛，或写溪流在美好的田野蜿蜒回漾，或写莱茵河，或写彩虹，但随之出现一两句绚烂的词藻，与左右相比太显五彩缤纷了"。贺拉斯认为绚烂的词藻很好，但摆在这里则不得其所，即整体不和谐。他认为，那些劣等工匠也会把人像上的指甲、卷发雕得纤微毕肖，"但是作品的总效果却很不成功，因为他不懂得怎样表现整体"①。由此可见，贺拉斯的意思是强调诗人要注意作品的总效果，要懂得怎样表现整体，至少要统一、一致。

在注重作品整体和谐统一的原则下，贺拉斯具体还论及了情节的统一、人物语言的统一及人物性格的统一。在情节的统一方面，贺拉斯赞美荷马，说荷马的虚构非常巧妙，虚实参差毫无破绽，开端、中间与结尾丝毫不相矛盾。在人物语言的和谐统一方面，贺拉斯注意了两个方面：第一，言为心声，语言要恰当地表现情感。他认为，语言是表达心灵活动的媒介，因此，"忧愁的面容要用悲哀的词句配合，盛怒要配威吓的词句，戏谑配嬉笑，庄严的词句配严肃的表情"②。第二，贺拉斯认为，人物的语言还要符合人物的年龄、身份、遭遇、地域和民族特点。在人物性格的和谐统一方面，贺拉斯强调，人物性格要与人物的年龄相符。把"不同年龄的习性，给不同的性格和年龄以恰如其分的修饰……我们不要把青年人写成个老人的性格，也不要把儿童写成个成年人的性格，我们必须永远坚定不移地把年龄和特点恰当配合起来"③。很显然，贺拉斯的性格理论是类型化的，但它毕竟也体现了人物性格与年龄的和谐一致，这也基本符合人物性格塑造的艺术要求。

（二）借鉴的原则

贺拉斯在《诗艺》中高度推崇古希腊的典范作品。他认为，古希腊的艺术是高贵、优雅的，要求诗人效法古希腊文艺高贵、优雅的原则。

---

① ［古希腊］亚里士多德、［古罗马］贺拉斯：《诗学·诗艺》，罗念生、杨周翰译，人民文学出版社1962年版，第138页。
② 同上书，第142页。
③ 同上书，第146页。

在贺拉斯看来，古希腊时代的观众人数少，是屈指可数的，都是些清醒、纯洁、有廉耻的人。后来随着罗马疆土扩大，观众人数大量增加，"观众中夹杂着一些没有教养的人，一些刚刚劳动完毕的肮脏的庄稼汉，和城里人和贵族们夹杂在一起——他们又懂得什么呢?"① 贺拉斯认为，一些悲剧诗人为了迎合"没有教养的人"和"庄稼汉"，就在严肃的情节以外，加上一些庸俗的笑料，这显然不符合高贵、优雅的原则。贺拉斯主张效法古典的高贵优雅，固然反映了当时统治阶级的审美理想，也在一定程度上有鄙视劳动人民的不良倾向，但我们还必须看到，由于阶级的压迫，劳动阶级的审美能力必然要受到制约，得不到正常的发展，因此他们的审美需要及审美趣味可能更多的是"下里巴人"，而不可能是"阳春白雪"。

(三) 模仿的原则

受古希腊"模仿说"的影响，贺拉斯提出了"作家到生活中到风俗习惯中去寻找模型"的观点。贺拉斯认为，作家在懂得写什么以后，应该再到生活中去观察，从生活中去寻找模型，从生活中汲取活生生的语言，这可看作美学史上最早向作家发出深入生活的号召，明确了生活是文艺的源泉。

关于从生活中汲取活生生的语言，他发现："我们的语言不论多么光辉优美，更难以长存千古了。许多词汇已经衰亡了，但是将来又会复兴；现在人人崇尚的词汇，将来又会衰亡；这都看'习惯'喜欢怎样，'习惯'是语言的裁判，它给语言制定法律和标准。"② 贺拉斯在《诗艺》中虽然没有论述语言习惯与生活的关系，但是，实际上，语言习惯只能来自于生活中活生生的语言。结合他对语言表现人物内心活动的观点，显然，他倡导作家到生活风俗中寻找模型，从中汲取活生生的语言，这符合艺术形象的创造规律，从根本上把握了文艺与生活的辩证关系。

---

① 〔古希腊〕亚里士多德、〔古罗马〕贺拉斯:《诗学·诗艺》，罗念生、杨周翰译，人民文学出版社 1962 年版，第 148 页。

② 同上书，第 140—141 页。

三　创作过程论

贺拉斯在《诗艺》中，还对具体的创作过程作了精辟的分析。他的观点虽然是针对戏剧创作而言，但蕴含了艺术创造的一般哲理。

（一）选材务必力能胜任

选择适当的材料，这是作家创作成功的前提。贺拉斯认为，作家创作时，选材时务必选力能胜任的题材，多斟酌哪些是捐得起来的，哪些是捐不起来的，要在力所能及的范围内选择材料，这样才能使文辞流畅、条理分明；作家应该选择力能胜任的题材，要"有所取舍"。贺拉斯强调作家选材力能胜任，这对于作家创作很有启发：作家必须写自己熟悉的题材，必须选择自己力能胜任的材料，以避免小马拉大车式的力不从心。

（二）艺术创作以情感人

艺术创作以情感人，这是艺术创作基本规律之一。对此，贺拉斯指出，"你自己先要笑，才能引起别人脸上的笑，同样，你自己得哭，才能在别人脸上引起哭的反应。你要我哭，首先你自己得感觉悲痛"[1]，"如果你说的话不称，你只能使我瞌睡，使我发笑"[2]。其实，就艺术创作以情感人来说，对于戏剧艺术的创作及舞台演出来看，剧作家的创作及演员舞台演出固然都需要以情感人，都需要真情实感，但演员在舞台上演出不必刻意追求真情实感，而重在逼真地表现情感，让观众感觉到真实就行，而不一定达到作家创作时真情实感的浓度。

（三）敢于创造新的人物

在继承与创造的关系上，贺拉斯在主张效法古希腊文艺的前提下，反对作茧自缚，不敢越雷池一步。他指出，"或则遵循传统，或者独创；但

---

[1]　［古希腊］亚里士多德、［古罗马］贺拉斯：《诗学·诗艺》，罗念生、杨周翰译，人民文学出版社1962年版，第142页。

[2]　同上。

所创造的东西要自相一致"，"要敢于创造新的人物"①。这就是说，"遵循传统"和"独创"并不矛盾，只要创造出新的人物达到头尾一致，不可自相矛盾，这就意味着符合艺术创新。因此，贺拉斯还肯定了罗马诗人的探索精神，"我们的诗人对于各种类型都曾尝试过，他们敢于不落希腊人的窠臼，并且（在作品中）歌颂本国的事迹，以本国的题材写成悲剧或喜剧，赢得了很大的荣誉"②。他肯定诗人们的"尝试"，赞扬诗人们"敢于不落希腊人窠臼"的创新精神，肯定诗人有大胆创造的权利，要求诗人创造出新的人物，比较辩证地解决了文艺创造继承与革新的关系。

（四）使平常的事物升到辉煌的峰顶

文学创作贵在从平凡的故事中挖掘出不同寻常的意义。贺拉斯指出："要能把人所尽知的事物写成新颖的诗歌……使平常的事物能升到辉煌的峰顶。"③ 艺术家选择新鲜的材料固然有利于创作，但关键是对大家所熟悉的材料能有新的发现，有独到的认识，"使平常的事物能升到辉煌的峰顶"，也就是要求作家挖掘出平凡中的伟大，并由此写成新颖的诗歌，为此，贺拉斯坚决反对创作中的平庸。他告诫说："世界上只有某些事物犯了平庸的毛病还可以勉强容忍……唯独诗人若只能达到平庸，无论天、人或柱石都不能容忍。"④ 为了创新，他要求诗人安排字句要考究，要小心，要让家喻户晓的字取得新意，创作要臻于上乘。贺拉斯反对平庸，直接影响了布瓦洛。布瓦洛把平庸看作是恶劣，把平庸的作者看作是可憎的作者，这都明显受到贺拉斯的影响。

（五）文学创作要反复修改

文学创作的最后一道程序是修改定稿。对此，贺拉斯主张写完稿子压上九个年头，因为一言既出，驷马难追，所以在作品没有发表之前，要反复修改，不能包庇自己的错误，不愿修改，也不能钟情于自己的文章，

①　［古希腊］亚里士多德、［古罗马］贺拉斯：《诗学·诗艺》，罗念生、杨周翰译，人民文学出版社1962年版，第143页。

②　同上书，第152页。

③　同上书，第150页。

④　同上书，第156页。

"自封为天下第一"。贺拉斯这种严肃认真的创作态度符合创作规律，对年轻作家的成长很有好处，对后世也产生了积极的影响。

四 艺术价值论

贺拉斯非常重视艺术作品的价值，在美学史上第一次提出了"寓教于乐"的主张，把艺术的教育作用和审美娱乐作用结合起来，贺拉斯堪为理论上的典范。

（一）艺术的审美娱乐作用

在艺术的审美娱乐作用方面，贺拉斯在《诗艺》中首先从总体上肯定了诗要具有美和魅力。他指出："一首诗仅仅具有美是不够的，还必须有魅力，必须能按作者愿望左右读者的心灵。"[①] 要使人心旷神怡，给人们带来欢乐，就是要打动观众的心弦。贺拉斯注意到，在内容与形式的关系上，艺术的思想内容比艺术表现形式重要。他认为，作品具有"许多光辉的思想，人物刻画又非常恰当，纵使它没有什么魅力，没有力量，没有技巧，但是比起内容贫乏、（在语言上）徒然响亮而毫无意义的诗作，更能使观众喜爱，更能使他们流连忘返"[②]。贺拉斯的意思是说，内容与形式最好是统一起来，如果不能统一，那么，内容是第一位的，作品应该具有许多光辉的思想。

（二）艺术的教育作用

在西方文论史上，柏拉图和亚里士多德都非常重视艺术教育作用。贺拉斯在继承前人的基础上，继续倡导艺术的教育作用。他反对喜剧"过于放肆和猖狂"，以免其"危害观众"；在《诗艺》中，他还通过赞美古代诗人的智慧，认为古代诗人教导人们划分公私，划分敬渎，禁止淫乱，制定夫妇礼法，建立邦国，铭法于木，因此诗人和诗歌都被人看作是神圣的，对于社会和人生具有重要的教化作用。在他看来，荷马和斯巴达诗人

---

① ［古希腊］亚里士多德、［古罗马］贺拉斯：《诗学·诗艺》，罗念生、杨周翰译，人民文学出版社1962年版，第142页。

② 同上书，第154页。

堤尔泰俄斯的诗歌"激发了人们的雄心奔赴战场",赫西俄德的"诗歌也指示生活的道路"①。这也是肯定了文学作品具有激发人心和指导人生的巨大作用。贺拉斯还主张戏剧的歌唱队"必须赞助善良,给以友好的劝告;纠正暴怒,爱护不敢犯罪的人。它应该赞美简朴的饮食,赞美有益的正义和法律"② 等。在他看来,歌唱队体现了一个演员的作用和职责,也需要发挥其积极的教育作用。

(三)寓教于乐

关于艺术价值的论述,贺拉斯在美学史上第一次提出了寓教于乐的文艺观,深刻把握了艺术教育作用与艺术审美娱乐作用的融合。

贺拉斯指出:"诗人的愿望应该是给人益处和乐趣,他写的东西应该给人以快感,同时对生活有帮助。……寓教于乐,既劝谕读者,又使他喜爱,才能符合众望。这样的作品……才能使作者扬名海外,留芳千古。"③贺拉斯这里说的"益处""对生活有帮助""劝谕读者",都是指艺术的教育作用;"乐趣""快感""喜爱"则是指艺术的审美娱乐作用。他通过寓教于乐,把艺术的教育作用蕴含于艺术的审美娱乐作用之中,从根本上说抓住了艺术的审美特征及其教化作用。

五 艺术批评论

(一)主观意图与客观效果的差异

贺拉斯根据自己的创作经验以及批评家的睿智,发现了作者的主观意图与作品的客观效果存在着不一致的现象。他发现多数诗人所理解的"恰到好处"实际上是假象,"我努力想写得简短,写出来却很晦涩。追求平易,但在筋骨、魄力方面又有欠缺。想要写得宏伟,而结果却变成臃肿。……如果你不懂得(写作的)艺术,那么你想避免某种错误,反而犯

---

① 〔古希腊〕亚里士多德、〔古罗马〕贺拉斯:《诗学·诗艺》,罗念生、杨周翰译,人民文学出版社1962年版,第158页。

② 同上书,第147页。

③ 同上书,第155页。

了另一种过失"①，"琴弦上不可能永远弹出得心应手的声调，想要弹个低音，发出来却时常是个高音"②。贺拉斯这些分析无疑是深刻的，在文学史上，古今中外普遍存在着作家的主观意图与客观效果之间的差异或矛盾，文学欣赏的差异性也与此有密切关系。但导致作家动机与客观效果差异的原因是多方面的，客观上，一流作家能写出一流的作品，但也写了些二流乃至三流的作品，这并不能简单地归之于"不懂得艺术"。

（二）对作家不求全责备

贺拉斯在揭示了作家的主观意图与作品客观效果之间的差异的同时，还指出了对待作家的过失或错误，不能求全责备。他认为："错误总有的，我们愿意原谅。"③ "一首诗的光辉的优点如果很多，纵有少数缺点，我也不加苛责，这是不小心的结果，人天生是考虑不周全的。"④ 在贺拉斯看来，荷马打瞌睡，他虽然"不能忍受"，但作品长了，"瞌睡来袭，也是情有可原的"。这意味着贺拉斯能设身处地地理解作家创作的艰辛，体现了一种包容与宽容的态度。

（三）发挥磨刀石的作用

贺拉斯作为诗人兼批评家，深知自己的责任和作用，明确表示自己要发挥"磨刀石的作用，能使钢刀锋利，虽然它自己切不动什么"⑤。他把批评家比喻为"磨刀石"，把作家比喻为"钢刀"，既形象生动，又从其内在关系上很好地把握了批评家与作家的关系，也形象地说明了文学批评的作用。他认为，通过批评家的工作，应该指导作家正确认识诗人的职责和功能，从哪里取材和吸收养料等，以引导作家走上正途。

（四）观照作品的多角度

欣赏和研究作品，应该注重全方位、多角度，才能更好地欣赏作品，

---

① ［古希腊］亚里士多德、［古罗马］贺拉斯：《诗学·诗艺》，罗念生、杨周翰译，人民文学出版社1962年版，第138页。
② 同上书，第155—156页。
③ 同上书，第155页。
④ 同上书，第156页。
⑤ 同上书，第153页。

发现作品的价值。贺拉斯在《诗艺》中认为："诗歌就像图画：有的要近看才看出它的美，有的要远看；有的放在暗处看最好，有的应放在明处看。"贺拉斯要求人们从近、远、暗、明这四个不同的角度，去观照不同的作品，这一主张对于我们从多角度、多侧面把握作品是有启迪的。

（五）注重尽善尽美的总效果

对文学作品的批评，正确的态度应该注重从整体上评价作品。贺拉斯批评了劣等工匠不懂得尽善尽美。他认为，在铜像作坊里的最劣等工匠也会把人像上的指甲等局部细节雕刻得纤毫毕肖，但是作品的总效果却很不成功，因为他不懂得怎样表现整体。这段话虽然是贺拉斯对铜像雕刻匠的批评，但也从侧面反映出他对艺术创造的要求，即要求作品表现整体，追求作品的总效果。在贺拉斯看来，作家要有天才加训练，选择适当的题材，有所取舍，运用语言要考究，要小心，要巧妙安排，使家喻户晓的字取得新意，表达才能尽善尽美。很显然，"尽善尽美"与"寓教于乐"相辅相成，揭示出作品应有的总效果就是"尽善尽美"。

贺拉斯作为一个诗人兼文艺批评家，在篇幅短小的《诗艺》中，结合个人的创作经验与古希腊文艺及当时文艺的现状，认真探讨了诗人的修养、创作原则、创作过程、艺术价值及艺术批评，许多观点已超出了经验的感悟，蕴含艺术创作的一般原理，值得我们学习思考。

第二节　郎吉弩斯的文艺思想

在古罗马美学中，郎吉弩斯（约公元213—公元273年）的《论崇高》是继《诗艺》之后又一部伟大的美学著作，是美学史上的一颗明珠，《论崇高》从修辞角度论述了崇高的风格，论及了崇高的主要来源和崇高作品的创作，从而蕴含了郎吉弩斯的文艺思想。

一 崇高的主要来源

在郎吉弩斯看来，在具备了掌握语言才能的前提下，崇高的主要来源有五个，即庄严伟大的思想、强烈而激动的情感、运用藻饰的技术、高雅的措辞、堂皇卓越的结构。

（一）庄严伟大的思想

在崇高的五个来源中，居于首位而且最重要的是庄严伟大的思想。郎吉弩斯认为，崇高是灵魂伟大的反映，崇高的思想属于崇高的心灵，一个人只有具备了伟大高尚的心灵，才会有庄严伟大的思想，才会自然而然地表现出崇高的风格。从文学创作的角度来看，一个人具有伟大高尚的心灵和庄严伟大的思想，其作品作为艺术家内在生命的外化，作为艺术家审美本质力量的确证，也必然会表现出崇高的风格。郎吉弩斯《论崇高》能对后世产生巨大的影响，关键在于他把握了人类作为万物之灵所应有的伟大高尚的心灵。如果说艺术需要并呼唤着崇高，那么，人类更需要呼唤伟大高尚的心灵。因而，"崇高是伟大心灵的回声"这句名言，体现了修辞学的内在神韵，也体现了审美的高层次追求，它超越了艺术创造，达到了生命美学和人生哲学应有的高度和深度。

（二）强烈激动的情感

崇高的第二个来源是强烈而激动的情感。郎吉弩斯认为，强烈而激动的感情要流露得当，才能导致崇高，但并不是所有强烈而激动的感情都能导致崇高，那些怜悯、烦恼、恐惧等卑微的感情离崇高相去甚远，并非狭隘的个人情感的宣泄。这意味着导致崇高的强烈而激动的感情来源，只能是对于伟大神圣事物的爱，从而产生了豪迈、慷慨、庄严的思想感情。此外，郎吉弩斯还认为，崇高的作品并非都有强烈而激动的感情，如演说家的典礼发言、颂词、荷马的某些诗句，没有强烈而激动的感情，却仍然是崇高的。郎吉弩斯受亚里士多德中庸思想的影响，从适度、恰当的角度出发，主张感情的表达要流露得当，恰到好处，强度恰当，时刻恰当，因此，他反对在无须抒情的场合下作不得当的空泛抒情和乏味的浮夸，也反对抒发远远超过情境所许可的感情。

（三）运用藻饰的技术

崇高的第三个来源是运用藻饰的技术。郎吉弩斯把藻饰分为两种："思想的藻饰"和"语言藻饰"。"思想的藻饰"主要是作家应选择最动人的事物或场面，运用铺张、想象等手法，表现崇高的内容；"语言藻饰"是指作家应根据内容，选择恰当的词格。"藻"，是指文辞要华丽；"饰"，是指装饰或修饰。"藻饰"合起来就是主张用壮丽或华丽的文辞，表现庄严伟大的思想和强烈激动的感情。但是，郎吉弩斯又强调指出，在运用技巧时，要显得自然，要不见痕迹才最动人。

（四）高雅的措辞

崇高的第四个来源是高雅的措辞。郎吉弩斯认为，崇高总是体现于措辞的高妙之中，美妙的措辞就是思想的光辉。在《论崇高》中，他从不同角度论述了修辞方式对于崇高的重要性。如省去连接词，不同修辞方式的综合运用，颠倒次序的修辞方式，事实的排比，情节的列举，对照法和层进法的运用，讲究声律等。在他看来，这些方式都有利于体现崇高。所谓"高雅的措辞"，就是指作家通过富于变化的修辞方式，使文章具有措辞的高雅，以增强作品的感染力，因为美妙的措辞就是思想的光辉。

（五）堂皇卓越的结构

崇高的第五个来源是整个堂皇卓越的结构。郎吉弩斯受柏拉图和亚里士多德有机整一思想的影响，非常重视作品的总效果，强调崇高的大厦应当有一个坚实而一致的结构，具有选择所写事物的特点和把它们联合成一个有生命的整体的能力，应该建立一座雄伟和谐的巨构，成为一个完美的有机体。因此，"整个堂皇卓越的结构"也就是要求作家把崇高的上述四个来源组织起来，构成一个雄伟的有机整体。

在崇高的上述五个来源中，郎吉弩斯认为，庄严伟大的思想和强烈而激动的感情主要依靠天赋；后三个来源可以从技术得到助力。在崇高的五个来源中，郎吉弩斯注重把天赋与后天的技术学习结合起来，希望达到尽善尽美。这种注重崇高的内在本质及其主观因素，把天赋与后天的思想修养融合起来的观点是非常深刻的，体现了辩证思维，在一定程度上超越了柏拉图的灵感神赋论。

二　崇高作品的创作

为了创造出崇高的作品，在努力开掘崇高的五个来源的基础上，郎吉弩斯还对崇高作品的创作，指出了一些具体的要求。

（一）要有伟大的写作目标

在艺术创作过程中，伟大的写作目标能转化为作家创作的内在动力，升华为崇高的风格；如果为个人私利而写作，就不可能写出优秀的作品，也更谈不上崇高。正是在这一点上，郎吉弩斯在最沉寂的时代，唱出了一曲高亢嘹亮的崇高之歌："过去超凡伟大的作家，总以最伟大的写作目标作为自己的目标，认为每一细节上的精确不值得他们的追求；他们心目中的真理是什么呢？在不少真理之中，有这么一条真理：作庸俗卑陋的生物并不是大自然为我们人类所订定的计划；它生了我们，把我们生在这宇宙间，犹如将我们放在某种伟大的竞赛场中，要我们既做它的丰功伟绩的观众，又做它的雄心勃勃、力争上游的竞赛者；它一开始就在我们的灵魂中植有一种所向无敌的，对于一切伟大事物、一切比我们自己更神圣的事物的热爱。因此，即使整个世界，作为人类思想的飞翔领域，还是不够宽广，人的心灵还常常超越整个空间的边缘。当我们观察整个生命的领域，看到它处处富于精妙、堂皇、美丽的事物时，我们就立刻体会到人生的真正目标究竟是什么了。"①

郎吉弩斯的这一曲崇高之歌可谓《论崇高》中最精彩、最动人、最富哲理的部分。这段话主要表述了五层意思：第一层，主要讲了作家要有伟大的写作目标；第二层，主要讲了人类属于大自然，应向大自然学习，做它的丰功伟绩的观众，并且要与大自然竞赛；第三层，人天赋中就具有对伟大事物和比我们自己更神圣事物的爱，这揭示了崇高的主观根源，把崇高归结于天赋的本质；第四层，揭示了人类思维对存在的超越，即"人的

---

① 伍蠡甫主编：《西方文论选》上卷，上海译文出版社 1979 年版，第 129 页。

心灵还常常超越整个空间的边缘"；第五层，人生哲学的升华，"知道人生的真正目标究竟是什么"，揭示了人生对存在的超越，要求人们热爱人生，热爱美丽崇高的事物，具有伟大的人生目标。

在上述五个层次中，第一个层次是针对作者而言；第二层和第三层是从内在本质、天赋的角度，揭示了要有伟大写作目标的原因；第四层和第五层是对前者的哲学概括和总结，弘扬了人类的主体性，对人生颇有启迪。可以说，郎吉弩斯这曲崇高之歌感人肺腑，情中有理，理中有情。它倡导要有伟大的写作目标，要与大自然竞赛，要热爱伟大的事物，这对于指导作家的创作乃至人生目标的选择，都产生了积极的影响。

（二）做过去伟人和作家的竞赛者

在继承和创新的关系上，继承是前提，创新是目的。郎吉弩斯作为一个修辞学家和美学家，深刻洞察了继承与创新的关系，要求作家模仿过去伟大的诗人和作家，并且同他们竞赛。模仿就是学习、继承和借鉴前人的优秀成果；竞赛就是与过去的伟人较量高低。很显然，郎吉弩斯的意思是要求作家在向古代伟大作家学习、继承和借鉴的基础上，通过竞赛超越古人，即先模仿，然后在竞赛中胜过古人。

在郎吉弩斯看来，向过去伟大的人物学习过程中，古人伟大的气质中有一种涓涓细流，像是从神圣岩洞中流出，灌注到人们的心苗中去。在这方面，郎吉弩斯高度评价了柏拉图，认为柏拉图把伟大的荷马作为源泉，将其无数的支流汇归于他自己，找到了诗的主题和表达形式的统一。因此，他鼓励平凡的人们应该向柏拉图学习，敢于像柏拉图那样竭尽全力与荷马较量高低。即使在竞赛中为前人所挫败，也没有什么不光彩，毕竟能从比赛中得到不少益处。他还叮嘱特伦天，把模仿过去伟大的诗人和作家并且同他们竞赛，作为坚定不移的奋斗目标。从理论发展的角度来看，郎吉弩斯重视模仿与竞赛的观点，无疑是古希腊"模仿说"的一种特殊嬗变，也体现了他今胜于昔的文艺观。

（三）崇高需要恰当地运用形象

郎吉弩斯《论崇高》认为，"风格的庄严、恢宏和遒劲大多依靠恰当地运用形象"。郎吉弩斯认为，诗人和演说家都用形象，都试图影响人们的情感，但有不同的目的。诗的形象以使人惊心动魄为目的；演说的形象却是为了意思的明晰。这就是说，从文学创作的角度来看，为了追求风格的庄严、恢宏和遒劲，作家必须恰当地运用形象，才能使人惊心动魄；从崇高的五个来源来看，郎吉弩斯所说的崇高既是内容又是形式，更是内容和形式的和谐统一；从形象的内在构成来看，形象本身同样既是内容又是形式，也是内容和形式的和谐统一；从崇高和形象的关系来看，郎吉弩斯很显然是为了崇高才主张恰当地运用形象，崇高是目的，形象是手段。

（四）文学创作换位思考与瞻前顾后

换位思考是近年新兴的一种思维方法，其实质是要求人们换一个角度思考问题，走出"当局者迷"的误区。这种思维方法对于克服个人认识问题的局限性是有积极意义的，对于作家创作时摆脱个人局限也有启迪作用。早在1700多年前，郎吉弩斯能从换位思考的角度出发，提醒作家要瞻前顾后，这是十分可贵的。

所谓瞻前，郎吉弩斯认为，作家创作前要想象柏拉图等过去伟人在写作时是如何表现崇高的，这些伟人的榜样就会像灯塔那样照耀着我们，把我们的灵魂提高到我们所希望的高度。同时还要设想荷马等伟人会怎样评价我们的作品，会有什么感受。所谓顾后，就是设想无穷无尽的后代对我们的作品会有什么态度，这会更加激发创造者的灵感。郎吉弩斯倡导作家瞻前顾后的同时，还要求作家创作前在自我反思中自我认识与自我观照，要求作家把自己的艺术构思提升到自己的"心灵面前"，在自我反思中达到主体自我内部的和谐。

通过上述分析可以看到，郎吉弩斯重视创作前的换位思考，这对艺术创作提供了多元的思维角度。他所倡导的瞻前顾后及同代人的评判，实际上已经蕴含了接受美学代表人物尧斯提出的"垂直接受"和"水平接受"的理论萌芽，是历时性预测和共时性预测的最初表述，具有重要的理论价值。

（五）创作要追求普遍永恒的价值

郎吉弩斯认为，崇高是作品的灵魂，也是最好的作品风格，因此要求作家创作出具有普遍永恒价值的崇高作品。

郎吉弩斯指出:"一般讲来,凡是大家所永远喜爱的东西,就是崇高的真正好榜样。当所有不同职业、习惯、理想、时代、语言的人们,对于某一作品,大家看法完全相同的时候,这种不谋而合、异口同声的判断,使我们赞扬这一作品的信心更加坚定而不可动摇。"① 在《论崇高》第九章中,郎吉弩斯还谈了"人类永久尊敬的作品";在《论崇高》第十四章中,他希望创作"能够博得后世赞扬"。郎吉弩斯所说的"永远喜爱""永久尊敬""博得后世赞扬"以及得到不同时代的人的赞赏,都是从"未来时"垂直接受的角度出发,希望作家创造出永远使人喜爱的崇高的作品。郎吉弩斯还从共时性水平接受的角度出发,希望作家创作出不同职业、习惯、理想、语言的人们所能共赏的作品。

从美学的角度来看,郎吉弩斯倡导作家要创作出普遍永恒价值的作品,这在一定程度上反映了他的审美理想,也反映了人类审美的某些共同性,但由于作家自身的局限及审美的主观差异性,即使最优秀的作品,其受赞赏的内容及程度往往因人而异,不可能绝对地普遍、永远使人喜爱。

三 崇高作品的艺术魅力

郎吉弩斯非常推崇崇高的作品,认为崇高的作品具有高度的、惊人的、不朽的艺术魅力。

在《论崇高》中,郎吉弩斯在不同的语言环境中,对崇高作品的艺术魅力作了不同的表述。崇高的作品"使理智惊诧",使"合情合理的东西黯然失色","起着专横的、不可抗拒的作用","它会操纵一切读者,不论其愿从与否","具有闪电般的光彩","在刹那间显出雄辩家的全部威力",使人"产生一种激昂慷慨的喜悦,充满了快乐与自豪","顽强持久地占住我们的记忆","听来犹如神的声音","使人叹服","使人惊心动魄","对于读者有惊人的威力、迷人的魅力","光彩照人",具有"雄伟、美丽、圆润、庄严、遒劲、威武和种种其他的妙处"。在崇高的作品

---

① 伍蠡甫主编:《西方文论选》上卷,上海译文出版社1979年版,第124页。

面前，读者不由自主地被崇高的美所操纵，所感染和折服，情不自禁地产生一种激昂慷慨的热情，充满了快乐与自豪。

放眼历史长河，《论崇高》以其丰富深刻的内涵，经受住了时间的考验。对此，苏联美学家 И. 纳霍夫称赞说："这本真正'像黄金那样宝贵的书'的许多论点在我们的时代也依然保持着生命力，并且将继续成为未来世世代代人们的财产。"① 毫无疑问，《论崇高》曾影响了布瓦洛、弥尔顿、蒲柏、温克尔曼、柏克、康德、席勒、车尔尼雪夫斯基等许多作家和美学家。因为崇高的艺术美具有高度的、惊人的、不朽的艺术魅力，所以艺术呼唤崇高，历史需要崇高，人类对存在的超越也永远需要崇高的支撑。

---

① 陈燊、郭家申：《西欧美学史论集》，中国社会科学出版社 1989 年版，第 195 页。

第五章

狄德罗的文艺思想

狄德罗作为一个哲学家、美学家、文学家和批评家，对创造主体有着深刻的理解。他从历史哲学的高度为艺术家定位，注重创造主体各种心理因素的优化配置，把艺术天才与非常的事变联系起来，使其艺术家论有了丰厚的文化内涵。

第一节　艺术家论

一　从历史哲学的高度为艺术家定位

（一）艺术家的宗旨和神圣职责

狄德罗以其美学家和文学家的敏锐，以其哲学家的深邃，从历史哲学的高度出发，从社会发展进步的制高点上为艺术家定位，确立了艺术家的宗旨和神圣职责。在《画论》中，狄德罗明确指出了艺术家应有的宗旨和责任。他说："使德行显得可爱，恶行显得可憎，荒唐事显得触目，这就是一切手持笔杆、画笔或雕刻刀的正派人的宗旨。"[1] 这就是说，艺术家应抑恶扬善、爱憎分明，遵守正派人的宗旨，让坏人看到严厉的画面时感到

---

① ［法］狄德罗：《狄德罗文集》，王雨、陈基发译，中国社会出版社1997年版，第359页。

非常害怕。他认为，"画家也有责任颂扬伟大美好的行为，而使它永垂不朽，表彰遇难受冤的有德行者，而遣责侥幸而得逞反倒受人称颂的罪恶行径，威慑残民以逞的暴君"①。他要求艺术家应该成为"人类的教导者、人生痛苦的慰藉者、罪恶的惩罚者、德行的酬谢者"②。这"四者"高度概括了艺术家的本质特征，深刻揭示了艺术的多种价值。

狄德罗认为，艺术应该发挥启蒙作用，培养高尚的趣味和习俗，反对淫秽的图画。"假如我能够促使绘画和雕塑变得更加端正和更合乎道德，想到同其他弟子一起使人们敦品励行和移风易俗的日子早日来到的话，我愿意牺牲看见裸体美人的乐趣。"③在狄德罗看来，裸体美人容易迷惑人，使人丧魂失魄，妨碍心灵的激情，为了使人们敦品励行和移风易俗，他反对淫秽图画，愿意带头自觉约束看裸体美人的快感，以培养高尚的趣味和习俗。狄德罗对艺术家提出要求，强调和倡导了艺术家进步的宗旨和社会责任感，是出于对青少年成长的关心和爱护，也是为了艺术家以艺术的形式在移风易俗中除旧迎新，在思想启蒙中推动社会的文明进步。

（二）乐器先调好音才能发出正确的声音

要实现艺术家的宗旨，完成艺术家的职责，狄德罗认为，艺术家必须有良好的修养，要学习为人之道，乐器先调好音，才能发出正确的和声。调好音是乐器演奏的前提，艺术家要创作出优秀的作品，也必须先具有创造主体必备的修养，必须先练好内功，要有正直的精神和一颗同情的心，要对事物具有正确的概念，更要有忘我境地的崇高美。

狄德罗强调艺术家修养的重要性，把作品看作是艺术家的自我写照。"画家在作品中的自我写照比文学家在他作品中的自我写照可说是有过之而无不及。"④狄德罗作为一个启蒙艺术家，非常重视艺术要追求真理和美德，以为艺术家首先要做一个有德行的人，唯一最应该知晓的事情即真善

---

①　[法]狄德罗：《狄德罗文集》，王雨、陈基发译，中国社会出版社1997年版，第359页。
②　同上书，第360页。
③　[法]狄德罗：《狄德罗画评选》，陈占元译，人民美术出版社1987年版，第200页。
④　[法]狄德罗：《狄德罗文集》，王雨、陈基发译，中国社会出版社1997年版，第322页。

美。亚里士多德说，吾爱吾师，吾更爱真理；狄德罗则说："我爱米歇尔，但我更爱真理。"① 狄德罗认为艺术家想着金钱的时候，就失去了美感，一个人如果心术不正，就不能有完美的鉴赏力。

二 艺术家各种心理因素的平衡

狄德罗作为一个哲学家和文学家，以其深刻的睿智和创作经验的升华，对艺术家的创作心理进行了深入的分析研究，认为艺术创作需要各种心理因素的平衡。

（一）理性

从狄德罗的全部思想来看，他特别重视理性在艺术创作中的指导作用。首先，他主张用理性去追求真理。在《哲学思想录》中，狄德罗特别强调了理性思考对认识事物的重要性，他指出："仅仅一个理论上的证明，也比 50 件事实更能打动我。"② 其次，狄德罗非常重视理性思考对于艺术创造的指导作用。他在《画论》中指出，经验加研究，这是创作者和评论者必须具备的两项先决条件。他在《演员奇谈》中还谈到艺术家在表演前，一切都事先在头脑里衡量过，配合过，学习过，安排过。这样，表演时才不单调，才能协调，才能体现演出热潮中的发展、飞跃、停顿、开始、中途和顶点。在艺术创造诸因素的平衡中，狄德罗不仅分析了想象、激情、如醉如狂对于创作的必要性，而且也阐明了判断、智慧和沉着、冷静的重要性，强调了定好主题思想对作品的统领作用。

（二）想象

狄德罗不仅重视想象在艺术创造中的重要性，而且还把想象看作是人的本质特征之一，是人区别于动物的标志。在他看来，诗人善于想象，哲学家长于推理。狄德罗认为，想象是一种特质，没有它，人既不能成为诗人，也不能成为哲学家、有思想的人、一个有理性的生物、一个真正的人。在《画论》中，他认为画家丰富的想象力是人物形象表情的无穷宝

---

① ［法］狄德罗：《狄德罗画评选》，陈占元译，人民美术出版社 1987 年版，第 48 页。
② ［法］狄德罗：《狄德罗文集》，王雨、陈基发译，中国社会出版社 1997 年版，第 25 页。

库，如果艺术家缺乏想象，缺少创作热情，就表达不出任何伟大有力的思想。狄德罗还把想象视为艺术家必不可少的心理素质，也是一个真正的人应具备的思维能力，更是构成天才的必不可少的主观条件。狄德罗在《百科全书》"天才"篇中把"广博的才智、丰富的想象力、活跃的心灵"看作是天才的三要素。

（三）情感

狄德罗作为文学家，特别强调情感对于人及其创作的重要性。狄德罗澄清了这样一个问题，即情感本身无可厚非，无所谓好坏，不能单从坏的方面来考虑。也就是说，对情感的分析判断要对具体的情感作具体的分析。首先，他认为，只有大的情感，才能使灵魂达到伟大的成就；其次，他看到了情感冲动对人生或艺术创造具有危害性，主张用理性节制情感；再次，情感易于冲动固然不好，但情感淡泊也容易使人平庸；最后，情感衰退使杰出的人失色。从艺术家的创造来看，艺术家更需要强烈而丰富的情感，而决不能情感衰退。可以设想，如果艺术家的情感衰退了，就不可能有对真善美的爱，也不可能有对假恶丑的恨，而艺术家的宗旨和责任也就无法实现。

（四）敏感

在狄德罗看来，作家和评论家不仅需要经验加研究，而且还需要敏感，但不能过于敏感。他发现，有的人有鉴赏力，而不够敏感；有的人虽然敏感，但又缺乏鉴赏力。"敏感到了极点就会使人失却明辨之智，任何事物都毫无区别地使他感动。"① 这就是说，艺术家要敏感，但不能过于敏感，敏感也要适度。

关于艺术创造心理诸因素的平衡，狄德罗在《画论》中谈画家的心理因素时还有一段很精彩的论述："要求画家有丰富的想象、炽烈的激情，以及召唤幽灵，使它活跃起来、长大起来的本领；布局则无论在诗歌中或在绘画里，都有赖于判断和激情、热情和智慧、如醉如狂和沉着冷静等等的

---

① ［法］狄德罗：《狄德罗文集》，王雨、陈基发译，中国社会出版社1997年版，第378页。

恰到好处的配合。"① 由此可见，艺术创造心理既是感性的，又是理性的，是感性与理性的统一，要有想象、激情、判断、智慧，要有促使灵感萌动的本领，既需要如醉如狂，又需要沉着冷静，是多种心理因素恰到好处的配合，是一种严格的平衡。

三 天才与非常的事变

（一）天才的定义

在西方，从柏拉图、贺拉斯、郎吉弩斯、狄德罗，到康德、黑格尔，他们都曾经从不同角度论及天才。在狄德罗以前，西方思想家的天才论大多与一定的神启联系在一起，而狄德罗和康德则明显把天才归结为先天的心理能力，可谓异曲同工。

关于天才的定义，狄德罗在《百科全书》的"天才"篇中，曾有较详尽的分析。他认为，广博的才智、丰富的想象力、活跃的心灵，这就是天才。在《关于"天才"》一文中，他还把天才界定为"都有一种我无以名之的特殊的、隐秘的、难以下定义的心灵的品质；缺乏这种品质，就创作不出极其伟大、极其美丽的东西来"。这就是说，天才不是指某一方面的能力，而是指多种心理能力的和谐、平衡，主要表现为广博的才智、丰富的想象力和活跃的心灵。

（二）天才的特点

狄德罗认为，天才人物主要有如下几个特点：第一，天才人物的心灵更为浩瀚，对万物的感受更为敏感和深刻，兴致勃勃，感情易于激动和冲动；第二，天才人物不受规则束缚；第三，力量、丰富、无以名之的粗糙、不规则、崇高、激动，这些是天才在艺术里的特征。由于天才的上述特点，狄德罗认为，天才往往深知某个时期应该怎样治理国家，但天才本身是否宜于治理，他对此表示颇为怀疑，因为他发现，即使在最伟大的人物身上，也暴露出一些缺陷或局限性。

---

① ［法］狄德罗：《狄德罗文集》，王雨、陈基发译，中国社会出版社1997年版，第361页。

1. 形成天才的第一个要素

在《关于"天才"》一文中，狄德罗提出了天才的心灵品质是人的头脑和脏腑的某种构造以及内分泌的某种结构，这是形成天才的第一要素。狄德罗这一思想从根本上颠覆了天才神启的传统观点，人脑、脏腑和内分泌确实是构成人体生命的关键要素，也是天才赖以产生、存在和发展的生理条件。

2. 形成天才的第二个要素

形成天才的第二个要素是后天培养的"观察力"。狄德罗所说的"观察力"，不是一般意义上的观察力，而是一种特殊的观察力，是指一种超凡的敏锐、快速的分析和判断能力，是一种顿悟，也是一种豁然开朗的灵感思维或直觉思维，或者说是迅速认识问题、分析问题和解决问题的能力。

3. 形成天才的第三个要素

形成天才的第三个要素是非常的事变。狄德罗以唯物主义哲学家的远见卓识，作了天才的猜测。他在《论戏剧艺术》中认为，在经历了大灾难和大忧患以后，当困乏的人民开始喘息的时候，作家的想象力被伤心惨目的景象所激动，就会描绘出那些后世未曾亲身经历的人所不认识的事物。因此，他认为，天才虽然每个时代都有，但除非发生非常的事变，引起群众的激动，促使天才人物的出现。在这种情况下，情感在胸中酝酿聚积，凡是具有喉舌的人都感到说话的需要，欲吐之而后快。从文学与生活的关系上来看，这也正体现了文学来源于生活，是对特定现实的有感而发，有感到说话的需要，是不平则鸣。

第二节　艺术创作论

狄德罗的艺术创作论丰富而又深刻，主要体现在《论戏剧艺术》《画论》《演员奇谈》《关于〈私生子〉的谈话》等著作中。这些著作主要是论述戏剧创作和绘画创作的，但其中也蕴含了一般的艺术创造原理。

一 创作原理论

（一）真实与自然的审美原则

1. 观察自然是创作的前提

狄德罗的戏剧艺术论和绘画艺术论都非常注重真实与自然的审美原则。黑格尔评价狄德罗时认为，"狄德罗特别提倡这种对自然和现实事物的模仿"①，因此，为了追求真实与自然的审美原则，狄德罗要求艺术家首先要观察自然。

早在《对自然的解释》这部哲学著作中，狄德罗就提出了研究自然的三种主要的方法，即对自然的观察、思考和实验。在《画论》中，狄德罗以强烈的责任感，说自己想几百次劝说学生们去观察生活，要让学生到修道院看教徒们虔敬和忏悔的真实姿态、静思和悔过的真实动作，去看公众聚会的场景，去观察街道、公园、市场和室内。在狄德罗看来，观察社会生活，人们对生活中的真实动作就会有正确的概念，这"不是在学校里可以学到手的"②；观察自然事物，就在于自然事物引人入胜，使人产生无穷的遐想。从美学的角度来看，狄德罗之所以强调艺术家要观察自然，正在于大自然作为客观的审美对象，不仅能为艺术创作提供素材，而且也必然影响着艺术家的审美意识、审美感受和创作欲望。因此，狄德罗在《论戏剧艺术》和《画论》中，都曾强调过"自然为艺术提供范本"这一美学命题。

2. 艺术选择动荡的自然

狄德罗在《论戏剧艺术》中充分表达了艺术选择动荡的自然的思想。"自然在什么时候为艺术提供范本呢？是在这样一些时候：当孩子们痛苦地揪着自己的头发围绕在临死的父亲的床榻；当母亲敞开胸怀，用喂养过他的乳头，向儿子哀告；当一个朋友截下自己的头发，把它抛撒在朋友的尸体上面；当他扶着朋友的尸体的头部，把他扛到柴火上，

---

① ［德］黑格尔：《美学》第二卷，朱光潜译，商务印书馆1979年版，第368页。
② ［法］狄德罗：《狄德罗文集》，王雨、陈基发译，中国社会出版社1997年版，第318页。

然后搜集骨灰装进瓦罐，每逢某些日子用自己的眼泪去浇奠；当披头散发的寡妇，因死神夺去她们的丈夫，用自己的指甲抓破脸皮；当人民的领袖在群众遭遇到灾难时伏地叩首，痛苦地解开衣襟以手捶胸；当父亲抱着他的初生的儿子，高高地举向上天，指着婴孩起誓，向神祇祈祷；当儿子在长时期离开父母以后又重新聚首时，他的第一个动作就是抱住他们的膝盖，匍匐地上等候祝福……"① 狄德罗认为，这些粗犷的、野蛮的东西在现实中不一定是善的，但从审美的角度来看，它却可以启迪艺术家的心灵，激发艺术家的各种情感，使艺术家受到触动后有感而发，进入艺术家的笔下，成为艺术的反映对象，这些动荡的自然才能够为作家提供创作灵感和艺术范本。

3. 情节始终保持在自然程序里

为了追求自然和真实，在人物性格塑造上，狄德罗反对艺术对人物性格的过分美化和丑化，也反对把善与恶刻画得过分，因为任何东西都敌不过真实，因而主张戏剧艺术摒弃奇迹。他在《论戏剧艺术》中还区分了"惊奇"和"奇迹"这两个概念。他指出，稀有的情况是惊奇；天然不可能的情况是奇迹。戏剧可以使用惊奇的情节，以弥补情节的平淡无奇，但不能接连使用惊奇，使用惊奇之后，应该用普通的情节去冲淡、平衡，使情节始终保持在自然程序里。很显然，这两种情节的互补是自然真实的，也体现出审美风格的互补与转换，符合作品接受者多方面审美需要的审美心理结构。

4. 挣脱"锁住"眼睛的铁链

为了艺术的自然和真实，狄德罗不赞同模仿他人的作品。他把被模仿的作品称为"锁住"眼睛的铁链。在他看来，学习绘画的学生长期依样画葫芦地照抄老师的画作，却不观察自然界，习惯于用别人的眼睛去观察一切，而使自己的眼睛丧失了作用，久而久之，就被所模仿的作品中的技巧束缚住了，使自己无法摆脱，不能自拔。狄德罗认为："这是一条锁住他

---

① ［法］狄德罗：《论戏剧艺术》，《文艺理论译丛》1958 年第 2 期。

眼睛的铁链，就像锁住奴隶的脚的铁链一样。"① 从艺术创造的角度来看，初学创作时模仿他人的作品是正常的，但如果长期模仿而忽略了对大自然的观察了解，势必陷入他人作品的思维定式，就会影响到自己的创新。

（二）艺术是自由的创造

1. 深思熟虑，胸有成竹

艺术创作需要深思熟虑。狄德罗在《画论》中明确提出，"艺术家应该对他的题材深思熟虑"，认为画家对于画笔所产生的效果，"越是胸有成竹"，"落笔时越是豪放，越是自由"，作品也就越能持久和谐。因为艺术家只有对题材深思熟虑、烂熟于心，做到胸有成竹，写作时才能信手拈来，达到一种自由的境界。这与王维所说的"意在笔先"和苏轼所说的"画竹必先得成竹于胸"，可谓不谋而合。

2. 有所取舍，有权创造

狄德罗认为，艺术家想象力丰富，善于创新，要知道取舍，"有权创造"，可以"无中生有"。他在《论戏剧艺术》中谈到悲剧和喜剧的区别时，他认为悲剧作家可以凭个人想象在历史事实的基础上添加能提高兴趣的内容；喜剧则可以完全出于喜剧作家的创造。用狄德罗的话来说，作为喜剧作家，"他有权创造。他在他的领域中的地位如同全能的上帝在自然界中的地位一样。是他在创造，他可以无中生有"。狄德罗在肯定艺术家要知道取舍的前提下，进一步强调了"有权创造"和"无中生有"这一重要美学内涵。

3. 艺术家按照自己的方式去思考

艺术贵在独创。狄德罗从美学的高度出发，发现了艺术独创性的奥秘：艺术家按照自己的方式去思考。他在《论戏剧艺术》中指出："如果有人向好几个艺术家提出一个同样的题材去作画；每个艺术家用他自己的方法去思考，去绘制，结果从他们的画室里拿出来的图画是各不相同的。每一幅画里都可以发现一些特殊的美。"② 事实上，在艺术创造中即使相同

① ［法］狄德罗：《狄德罗文集》，王雨、陈基发译，中国社会出版社1997年版，第324页。
② ［法］狄德罗：《论戏剧艺术》，《文艺理论译丛》1958年第2期。

的题材，艺术家是以自己独特的方式进行构思和创造的，其作品体现出艺术家的创作个性，显现出不同的艺术风格，因此，欣赏者才能够从中发现一些特殊的美。

4. 打破清规戒律

狄德罗站在进步的启蒙思想家的立场上，倡导艺术要敢于打破清规戒律。他批评那些设置清规戒律的保守者："你们这些设下清规戒律的人啊！你们太不懂艺术了，你们根据典范作品定出规律，却没有创造这些典范作品的天才，天才者可以随意打破你们的清规戒律。"① 他认为，天才的艺术家可以随意打破旧的清规戒律，以作品特有的粗糙、随便、不规则、艰涩和原始，去突破旧的法则的桎梏。

二　戏剧创作论

狄德罗的戏剧理论除了具有一般的艺术创作原理以外，还在《论戏剧艺术》《演员奇谈》《关于〈私生子〉的谈话》中详尽论述了戏剧创作的具体要求，涉及戏剧改革及其启蒙作用、情节与性格、性格与环境的关系等许多丰富而精深的艺术理论。

（一）戏剧改革的必然性与戏剧的启蒙作用

1. 戏剧改革的必然性

作为一个启蒙思想家，狄德罗充分认识到戏剧对人民进行道德教育的启蒙作用。而法国传统的古典主义戏剧已经完成其历史使命，不适应新兴资产阶级启蒙的需要，因此，戏剧改革的必然性愈加凸显出来。

从传统戏剧与社会生活的关系来看，狄德罗认为传统的戏剧不能真实、自然地反映生活。因为生活中有喜乐，也有哀伤，所以，狄德罗认为，把悲剧与喜剧截然分开，不真实，也不自然，应该建立一种介于悲剧和喜剧之间的新剧种，即严肃喜剧。这是戏剧改革的必然性之一。

戏剧改革的必然性之二，从戏剧的启蒙作用来看，狄德罗认为，戏剧不应该只是叫人在欣赏喜剧中感到诙谐而愉快，也不是在看悲剧时为贵族

---

① ［法］狄德罗：《论戏剧艺术》，《文艺理论译丛》1958 年第 1 期。

英雄流泪。戏剧应该以艺术的方式、艺术的感染力,使人民认识到自己应该承担的责任,因此,戏剧改革势在必行,这也是启蒙运动的需要。

戏剧改革的必然性之三,它还是文艺发展规律的表现。首先,法国古典主义戏剧高峰已过,已处于衰退时期,法国戏剧要发展就必须改革。从戏剧自身发展的角度来说,法国戏剧改革也是法国戏剧自身发展的内在要求。其次,法国戏剧改革还受到英国戏剧的影响。18 世纪初,英国的感伤剧传到法国,法国古典主义讥讽其为"泪剧",而新兴资产阶级却欢迎这种戏剧,并以此为契机,改革法国的戏剧。

2. 戏剧的启蒙作用

对于戏剧的社会作用,狄德罗从社会发展进步的高度出发,极力主张戏剧改革,倡导突破古典主义的清规戒律,反对戏剧内容陈旧和格调轻浮,以实现戏剧的道德教育和思想启蒙作用。当然,这种道德教育和思想启蒙作用绝非抽象的说教,而是"诗人,小说作家,演员,他们以迂回曲折的方式打动人心"①,因为戏剧更真实,更感动人,更美。狄德罗注意到这样一种现象:只有在戏院的池座里,好人和坏人的眼泪才交融在一起。通过看戏,连坏人也受到教育,比较不那么倾向于作恶了。狄德罗认为,这比被一个严厉而生硬的说教者痛斥一顿还要有效。这意味着狄德罗深刻地认识到审美的某种共性,也意味着审美教育在一定程度上优于一般的思想教育。

(二) 情节、性格与情境

1. 情节决定性格

在叙事作品(包括戏剧)中,写好情节与性格的关系,这是作品成功的重要因素。在这方面,狄德罗作了深入的研究。在情节与性格的关系上,他认为,应该把性格的发展与情节紧密联系起来,情节决定性格。

狄德罗在《论戏剧艺术》中谈"分场"时指出:"把你的人物配上一个面相,但千万不要配上演员的面相。应该让演员去适应他所扮演的角色,不是让角色去适应演员。切不可让人家说你不按照情节去决定你的人

---

① [法] 狄德罗:《论戏剧艺术》,《文艺理论译丛》1958 年第 1 期。

物的性格，却按照演员的性格和才能安排情节。"① 这段话蕴含了三层意思：第一，戏剧家创作前应该先赋予特定人物"一个面相"，即特殊性格，而不要表现出演员的特性；第二，演员适应角色，而不是让角色适应演员；第三，情节决定人物性格，而不是人物性格决定情节。这就是说，剧作家在布局、安排好开场后，应根据剧情的中心来刻画人物性格。

2. 性格与语言的统一

关于性格与语言的关系，狄德罗主张性格决定语言，语言适应性格，强调人物性格与语言的内在统一。在语言适应性格的前提下，狄德罗还以"戏剧里的嘲谑和社会里的嘲谑不同"为例，认为社会里的嘲谑搬到戏剧里，就会显得太软弱无力，得不到丝毫效果；相反，在社交中那些可憎的和令人不快的冷嘲热讽，在戏剧里却是一件很好的东西。狄德罗注意了一般生活语言、生活特殊语言与艺术语言的联系和区别，他才认为，戏剧里的嘲谑如果用之于社会，就会得罪人。

3. 反对性格始终如一

戏剧要塑造人物性格，要体现人物性格的个性和发展变化。首先，他虽然不注重戏剧中人物之间的性格对比，但却非常重视人物不同的性格，直接提出了"要求人物的性格有所不同"这一观点。其次，人物性格不是静止的，不是始终如一的，而是应该发展变化的。狄德罗看到了生活中人们离开原有的性格的场合是非常之多的，根据生活中人物性格的富于变化这一特点，反对剧作家所塑造的人物性格始终如一，这是对传统诗学人物类型化的超越，也是向艺术典型化的趋近。

4. 性格与处境的对比

在性格与处境的关系上，狄德罗从唯物主义的观点出发，认为处境决定人物性格，处境与人物性格应该成为对比。处境，实际上就是人物性格赖以存在和发展的环境，或者说是情境，即现在所说的典型环境。狄德罗认为，人物的处境越棘手越不幸，他们的性格就越容易决定。这就要求把人物性格放入一种特殊的处境中加以塑造，把处境与人物性格相对比，把

---

① ［法］狄德罗：《论戏剧艺术》，《文艺理论译丛》1958 年第 2 期。

人物性格纳入一种特殊的处境、人物之间利益、愿望相冲突的氛围之中。他主张情节决定性格、性格适应情节，实质上揭示了处境与人物性格的对立统一。这意味着在一定程度上，狄德罗似乎理解了典型性格与典型环境的辩证关系。

第三节　艺术鉴赏批评论

一　艺术鉴赏论

（一）艺术鉴赏需要鉴赏力

狄德罗认为，一个人只有才能是不够的，还必须兼有鉴赏力。所谓鉴赏力，"就是通过掌握真或善（以及使真或善成为美的情景）的反复实践而取得的，能立即为美的事物所深深感动的那种气质"①。简言之，艺术鉴赏力实质上就是指人的审美能力，也是指鉴赏艺术的能力。

在狄德罗看来，无论是作家，还是批评家，都需要审美的实践经验，需要对艺术的理性鉴赏、分析和批评。他在《论画断想》一文中曾明确指出："画中有诗，诗中有画。作家观看大师的画，艺术家阅览鸿篇巨著，都同样有益。"②狄德罗这里从诗画相互影响的角度，说明作家鉴赏绘画、画家鉴赏文学，这对他们都是有益的，都有利于培养他们的鉴赏力。实际上，他自己就具有非常高的艺术鉴赏力。

要培养艺术鉴赏力，除了经验加研究以外，还需要够敏感。对此，狄德罗注意到有人有鉴赏力，但不够敏感；有人虽然敏感，但却缺乏鉴赏力。他认为这两种人都有不足，应该是既有鉴赏力，又有敏感，但敏感不能过度。

---

① ［法］狄德罗：《狄德罗文集》，王雨、陈基发译，中国社会出版社1997年版，第377页。
② ［法］狄德罗：《狄德罗画评选》，陈占元译，人民美术出版社1987年版，第184页。

（二）艺术鉴赏只可意会而不可言传

艺术鉴赏本质上是一种审美活动。鉴赏者对艺术美的感受、体验、想象、丰富和补充所产生的审美愉悦，往往是心领神会，只可意会，不可言传，带有体验性与朦胧性的特点。狄德罗作为一个鉴赏家，深谙艺术鉴赏中的这一奥妙。他指出："有多少东西我们感觉到了而说不出名称！这些东西，道德里不计其数，诗歌里不计其数，美术里不计其数。我承认我始终无法把我在德朗的喜剧《昂德里安纳》和在梅迪奇的维纳斯像里感觉到的东西说出来。也许就是这个原因，这些作品对我永远是新颖的。"① 从艺术鉴赏的角度来看，令人陶醉的审美愉悦确实难以用语言描述出来。

狄德罗还注意到缺乏艺术鉴赏力所产生的不良后果。他在谈论作品的翻译时认为，一个杰出的作家碰到一个蹩脚的译者，就会倒霉；反之，一个平庸的作者幸而遇到一个好的译者，就便宜了作者。意思是说，鉴赏力低的译者会影响对优秀作品的翻译；鉴赏力高的译者能为平庸作者的作品修饰、润色。另外，从欣赏的角度来看，狄德罗也发现，平庸的读者只从那些最使他感动的片段去欣赏作家的才华，却忽略作者自己拍案叫绝的地方，这显然也不利于对作品的正确理解和鉴赏。

二　艺术批评论

（一）超越"赫拉克勒斯的山冈"

赫拉克勒斯是神话传说中的宙斯之子，力大无穷，劈开了加尔贝和亚皮拉两座山，此后就叫作"赫拉克勒斯的山冈"。狄德罗以此比喻艺术法则。在《论戏剧艺术》中，狄德罗在肯定了艺术法则产生的某种必然性的同时，又对其不满，并提出了批评。

狄德罗指出："传统习惯把我们束缚了。一个带有一点天才的人出现了，发表了一些作品；最初他引起那些思想家的注意，但是思想家们对他的意见是分歧的；渐渐地他统一了他们的意见；不久就有一批人去模仿

---

① ［法］狄德罗：《狄德罗画评选》，陈占元译，人民美术出版社1987年版，第187页。

他；供人模仿的榜样增多起来，人们累积了观察经验，设下诸般法则，艺术由是产生，人们又确定它的范围；人们宣布一切不包括在这个划定的狭小的圈子之内的东西都是古怪而不好的：这是赫拉克勒斯的山冈，人们绝对不能超越过去，否则就要迷路。"① 狄德罗揭示了艺术法则产生及其发展变化的过程，在肯定艺术法则产生的必然性的同时，又运用发展的观点，看到了打破艺术法则的合理性与进步性，认为天才可以随时打破清规戒律，这种观点既体现了文艺的发展观，又是启蒙思想的艺术表现。

（二）"修士"的比喻

狄德罗针对当时文坛上的不良文风，批评了当时的作家和批评家。他在《论戏剧艺术》中指出："作家的任务是一种妄自尊大的任务，他自以为有资格教育群众。而批评家的任务呢，就更狂妄了，他自以为有资格教育那些自信能教育群众的人。""作家说：先生们，你们要听我的话，因为我是你们的老师。批评家说：先生们，你们应该听我的，因为我是你们的老师的老师。"② 在狄德罗看来，作家妄自尊大，批评家则更狂妄。狄德罗认为，如果用"野蛮人"来比喻批评家有些过分的话，那么至少可以把批评家看作是在"山谷里隐居的修士"，认为山谷这个有限的空间限制了修士的视野，狄德罗以此揭示批评家视野的局限性。

（三）审美标准的差异性

1. 审美标准的差异根源于人的差异

狄德罗作为一个美学家和艺术家，他在长期的艺术实践中也注意到，在艺术鉴赏中存在仁者见仁、智者见智的现象。他把艺术鉴赏中的差异性归结于审美标准的差异性，而审美标准的差异性又来源于人的差异性。他在《论戏剧艺术》中认为，在整个人类中或许就找不出具有某些类似点的两个人。不同的生活和相异的经历，必然使人产生不同的判断，因而有多少人就有多少种衡量标准。

---

① ［法］狄德罗：《论戏剧艺术》，《文艺理论译丛》1958 年第 1 期。
② ［法］狄德罗：《论戏剧艺术》，《文艺理论译丛》1958 年第 2 期。

2. 个体审美标准的发展变化

在狄德罗看来，不仅人们之间的审美标准不一样，即使一个人的审美标准也是发展变化的。他认为，一个人的生理和精神两方面都在不断相互交替之中，乐极生悲，悲极生乐。因此，一个人在自己的生命之中有多少不同的时期，就会有多少不同的尺度；也没有人能在整个生命过程中保持始终不变的爱好，也不可能对真善美有统一的判断。

3. 审美标准的客观性

狄德罗在《论戏剧艺术》中谈作家和批评家时，曾多次强调"真、善、美"的问题。他指出，一个人唯一最应该知晓的事情，即真、善、美。从狄德罗的美学思想来看，他非常重视和推崇真、善、美，实质上就是以真、善、美作为最高的艺术标准或审美标准。在狄德罗看来，真，就是要求艺术真实、逼真地模仿自然，反映本质规律；善，即强调艺术的启蒙教育作用；美，就是要求艺术要以艺术美来反映生活，给人以美感。用"真、善、美"作为审美的最高标准来分析作品，狄德罗要求戏剧更真实、动人、更美，认为好诗悦人、教育人，但不要说教，要做得丝毫不牵强；有目的性，但不要让"别人发现他的目的"。

综上可见，狄德罗的文艺思想非常深刻丰富，涉及艺术家、艺术创作、艺术鉴赏和艺术批评多个方面，显示了他深刻丰富的文艺思想，至今仍然具有重要的意义。

第六章

康德关于美的艺术

康德是德国古典哲学的开创者，其《判断力批判》既是一部富有代表性的美学著作，也体现了他深刻的文艺思想。在"关于美的艺术"的分析中，通过分析艺术与游戏、审美观念、想象力、天才、艺术分类等问题，集中表现了康德对艺术活动本质的思考。

第一节　艺术与游戏

在西方美学史上，艺术与游戏是一个古老而又年轻的话题。早在古希腊时期，德谟克利特就发现，音乐的产生不是出于必需，而是出于奢侈，这在一定程度上似乎感悟到音乐的游戏意义。柏拉图主张对儿童进行审美教育，认为那些引人入胜的"歌调就叫作游戏和歌唱，以游戏的方式来演奏"，就连唱歌跳舞，也是一种"游戏取乐"①。但从哲学和美学的角度来看，真正严肃探讨艺术与游戏关系的，当为康德和席勒，而康德对艺术与游戏的论述，又成为西方关于艺术起源的"游戏说"的滥觞。

一　艺术是自由的游戏

---

① ［古希腊］柏拉图：《文艺对话集》，朱光潜译，人民文学出版社 1963 年版，第 306 页。

（一） 自由是艺术与游戏的本质

艺术与游戏在外在显现上不仅有某些相似之处，而且还具有惊人的神似，二者在本质上有相同、相通之处，这就是二者都是主体自由自觉的活动。

游戏作为一种重要的体育手段与文化娱乐方式，是人类一种重要的消遣方式，也是一种自由自觉的活动。它体现了个人的兴趣爱好和特长，含有愉快的情感因素和审美因素，当人们全身心投入游戏中时，游戏通常能激发人们高度的想象力、创造力和发现力，并且伴随着愉悦感，使人沉醉其中，流连忘返，"当我们在实实在在的世界中用实实在在的东西进行玩乐的时候，我们却创造了一个脆弱的、虚幻的世界，这个世界有着它自己的某种现实性。娱乐是一种创造性活动，它创造出了一个幻想的王国，一个想象的但却是可能存在的王国，一个使人们把整个身心都投入其中的王国"①。艺术作为自由的游戏，它与游戏的相同之处在于：二者都是人类自由自觉的活动，都是人类自由的模型和外在显现的重要方式；二者都不是以功利性为目的，也不与生存需要发生直接联系。康德认为，人们把艺术看作仿佛是一种游戏，这本身就是一种愉快的事情，达到了这一点，就算是符合目的。

康德非常重视艺术的游戏特征，试图用"游戏"概念来分析和阐明许多艺术现象。他在《判断力批判》"纯粹审美判断的演绎"部分中，认为音乐是"诸感觉的美的游戏"，"是用诸感觉游戏着"，"诗的艺术随意地用假象游戏着"，"是单纯的游戏"，是"运用想象力提供慰乐的游戏"；颜色艺术也是"感觉游戏的艺术"。康德认为，人们进行审美活动时，想象力与知解力的自由活动是主要的心理内容，自由活动就是"自由游戏"。康德看到了审美与艺术创造的自由本质及其游戏特征，确实有其深刻之处。

---

① ［美］菲力浦·劳顿、玛丽-路易丝·毕肖普：《生存的哲学》，胡建华等译，湖南人民出版社1988年版，第226页。

（二）艺术与游戏作为自由活动能促进人的生命进展

康德认为，艺术与游戏本质上是自由的，能给人以快感，促进生命力的畅通。他从生理学的角度对游戏的功能进行了分析。在《判断力批判》第 54 节注解中他指出，没有游戏节目的晚会几乎令人不能消遣，在游戏中产生的希望、恐怖、喜悦、愤怒、轻蔑等感情"促进了身体内全部的生活机能"，由此产生了"心情的舒畅"，"内脏活动的健康感"，也就是"康健的感觉"。也就是说，游戏构成了娱乐，是"精神协助了肉体，能够成为肉体的医疗者"。在康德看来，当游戏超出悟性对它的期待时，悟性突然停歇了活动，"于是他就在肉体内通过诸脏器的振动感觉到这停歇的效果，从而促进了它们的平衡的恢复而对健康具有一种良好影响"。①

在康德看来，一切感觉变化的自由的游戏（包括艺术）都能使人快乐，都促进着健康的感觉，是满足感的来源，而满足感则仿佛是人的整个生命得到进展的一种感觉。这个问题的重要性在于，康德发现了满足感对于生命进展的重要意义，即人的生命进展需要满足感，而艺术与游戏通过自由使人产生快感，进而使人产生了满足感，并由此促成了生命的健康与进展，因为自由"是一种经久不变的满足感的唯一来源"②。

从哲学的角度来看，个人的生命进展需要"满足感"与"不满足感"的和谐统一。如果说"不满足感"是一个人不安于现状、积极进取的重要内在动力，那么，它同时也是个人产生痛苦的重要心理来源；如果说"满足感"使人满足于特定的现实，容易导致安于现状，那么，它同时也能使个人产生幸福的愉悦体验。因此，人生需要"不满足感"，也需要"满足感"，应该把二者和谐统一起来。

二 无目的的合目的性

关于艺术创造与自然的关系，康德发现，艺术创造体现了无目的的合目的性。这种"无目的"，并非真的无目的，而是乍看上去，作品似乎不

---

① ［德］康德：《判断力批判》上卷，宗白华译，商务印书馆 1964 年版，第 179 页。
② ［德］康德：《康德文集》，刘克苏译，改革出版社 1997 年版，第 266 页。

带任何理性，也仿佛看不出什么目的，而实际上仍然有"合目的性"。

康德认为，美的艺术自身具有合目的性，我们虽然感觉不到目的，但作品仍然陶冶着我们的心灵诸力。究其实质，就在于作品的合目的性是"有意图"与"无意图"的统一，作品是有意图的，却像是无意图的。艺术看起来像是自然，其实并非自然，只不过是艺术家创造得很自然，"不露出一点人工的痕迹来"，"自然显得美，如果它同时像似艺术；而艺术只能被称为美的，如果我们意识到它是艺术而它又对我们表现为自然"①。也就是说，艺术必须显得它是不受一切人为造作的强制束缚，好像只是自然的产物。

康德虽然强调艺术像自然，看到了艺术的自由本质，但也看到了艺术自由仍需要"某些强制性的东西"，如正确而丰富的词汇、形式、韵律等仍是必需的。康德通过分析，发现了艺术自由与"强制性"的矛盾。为了克服二者的矛盾，就必须要求作家把"强制性"表现得很自然，看起来仿佛是无目的，但实际上又合目的性，这种合目的性是作家对理性的自由观照，是一种自由的合目的性。康德这一思想从根本上抓住了艺术创造中把思想寓于形象的根本特征；只有把思想寓于形象，也才能真正体现艺术创造中无目的的合目的性。

第二节　审美观念的深刻性

一　康德对审美观念的界定

审美观念是康德关于艺术美的核心概念。要了解康德的文艺思想，就必须理解审美观念。所谓观念（即德文"Idee"），曾繁仁先生认为是指某种包含丰富内容的不确定的理性概念，接近于当代文艺理论中"典型"的概念。朱光潜先生认为可以理解为"审美意象"；宗白华则翻译为"审美

---

① ［德］康德：《判断力批判》上卷，宗白华译，商务印书馆1964年版，第152页。

观念"或"审美理想"。

对于审美观念，康德分别从鉴赏和创作两个角度进行了分析。从鉴赏的角度来看，康德指出："最高的范本，鉴赏的原型，只是一个观念，这必须每人在自己的内心里产生出来，而一切鉴赏的对象、一切鉴赏判断范例，以及每个人的鉴赏，都是必须依照它来评定的。观念本来意味着一个理性概念，而理想本来意味着一个符合观念的个体的表象。因为那鉴赏的原型（它自然是筑基于理性能在最大限量所具有的不确定的观念，但不能经由概念，只能在个别的表现里被表象着）更适宜于被称为美的理想。"①康德认为，从鉴赏的角度来看审美理想，要求鉴赏者在鉴赏前必须先有一个审美理想，这个审美理想不是抽象的观念，而是符合观念的个体的表象，因为人才有美的理想和完满性的理想，这种美的理想一方面通过个体体现出来；另一方面，又必须成为审美判定的普遍标准。他认为，只有人的形体表现了道德，即心灵的温良，或纯洁或坚强或静穆等在身体里的表现，才能是美的理想。这种美的理想使人感到愉快和有巨大的兴趣，却不是由于对象给予的官能刺激，因为"美是道德的象征"②，所以，按美的理想给对象进行的评判绝不能是纯粹审美的，也不单单是鉴赏的判断。

从创作的角度来看，康德在第49节谈"关于构成天才的心意诸能力"时，曾经对审美观念作了深入的分析。他说："我所了解的审美观念就是想象力里的那一表象，它生起许多思想而没有任何一特定的思想，即一个概念能和它相切合，因此没有言语能够完全企及它，把它表达出来。人们容易看到，它是理性的观念的一个对立物（pendan），理性的观念是与它相反，是一概念，没有任何一个直观（即想象力的表象）能和它相切合。"③

康德这段话非常重要，它深刻揭示了审美观念的本质特征，并且把审美观念与一般的理性观念区别开来。康德注意到审美意象是内在的诸直

---

① ［德］康德：《判断力批判》上卷，宗白华译，商务印书馆1964年版，第70—71页。
② 同上书，第201页。
③ 同上书，第160页。

观，包括丰富的思想内容，所以，他认为既没有一个概念能同等于它，也没有恰当的语言准确地把它表达出来。这似乎意味着康德猜测到艺术表现中的变形规律，即由意象转化为作品中的形象的过程中，要经过自觉不自觉地变形。

康德这一思想直接得到了黑格尔的肯定："艺术作品中的感性事物本身就同时是一种观念性的东西，但是它又不像思想的那种观念性，因为它还作为外在事物而呈现出来。"① 黑格尔这里与康德的不同在于：康德谈的是艺术构思后的审美意象，而黑格尔指的是作品中的形象。很显然，黑格尔这一思想是康德思想的特殊表述。

二　审美观念的形成及其特点

(一) 审美观念的形成

康德认为，审美观念的形成来自两个方面：一是心意诸力合目的的自由活动；二是创造性的想象力。这两个方面是形成审美观念最直接的主要因素。

心意诸力合目的的自由活动是指素材把作家的心意诸力合目的地推入跃动之中，促进心意诸力与自由活动的和谐。在康德看来，心意诸力的自由活动才能创造出审美观念，艺术创造需要作家多种心理因素的自由与协调，体现为一种审美的心理机制。

审美观念也离不开创造性的想象力。创造性的想象力不同于复现的想象力。复现的想象力是对经历过的人和事的记忆，出现在脑海的是记忆表象；创造性的想象力则是在记忆表象的基础上，展开联想和想象的翅膀，对已有的表象进行加工改造，通过"精骛八极，心游万仞"，创造出新的形象。因此，康德把审美观念看作是"想象力里的那一表象"。同时，康德还看到想象力的三个特点：第一，想象力是心意诸力合目的自由协调与综合，但想象力、知性力、理性力的自由协调必须以审美的情感判断（鉴赏力）为中介。第二，想象力很快流逝，要求人们把握想象力的活动。第

---

① ［德］黑格尔：《美学》第一卷，朱光潜译，商务印书馆 1979 年版，第 48 页。

三，想象力在自由活动里适合着悟性的规律性，这种"适合"必须好像是无意的，是自由自在相会合的。这一点说明康德看到了艺术想象要受到生活逻辑的制约，或者说形象思维要受到逻辑思维的制约这一特点。

(二) 审美观念的特点

1. 审美观念是含有理性的内在诸直观

康德所说的审美观念相对于理性观念来说，它是个别的、具体的，但它又能体现一定的理性观念，因为想象力在自由活动里适合着悟性的规律，所以审美观念具有普遍性和概括性，在可能的范围内最完满地表现出理性观念。换言之，审美观念含有理性，又不同于一般的理性观念，而是理性与诸直观的统一，也就是一般与个别的统一、抽象与具体的统一。因此，朱光潜先生认为，康德把审美观念界定为"一种理性观念的最完满的感性形象显现"，这已经包含了黑格尔"美是理念的感性显现"这一命题的萌芽。黑格尔这一美学命题与康德论造型艺术时所说的"造型的诸艺术或诸观念在感性直观里的表现"，亦有相同或相通之处。

2. 审美观念是艺术家创造出的"另一自然"

康德认为，艺术家在想象力的推动下，根据自然所提供的素材，"创造另一自然来"，"大自然对我提供素材，但这素材却被我们改造成为完全不同的东西，即优越于自然的东西"①。康德这里的意思是说，艺术创造虽然来源于生活素材，但在想象力的推动下，艺术家可以创造出另一自然，这另一自然是与作为素材的自然"完全不同的东西"，是"优越于自然的东西"，揭示了审美观念对自然与素材的超越以及审美观念是第二自然的本质特征，也是生活真实向艺术真实的转化与升华。

3. 审美的扩张——形象大于思想

"形象大于思想"是文艺理论中一个非常重要的命题，其理论源头可以追溯到柏拉图和康德。康德认为，审美观念"单独自身就生起来了那样的思想，这些思想是永不能被全面地把握在一个特定的概念里的——因而把这个概念自身审美地扩张到无限的境地；在这场合，想象力是创造性

---

① [德]康德：《判断力批判》上卷，宗白华译，商务印书馆1964年版，第160页。

的，并且把知性诸观念（理性）的机能带进了运动，以致在一个表象里的思想（这本是属于一对象的概念里的），大大地多过于在这表象里所能把握和明白理解的"①。康德这段话有三个要点：第一，审美观念自身就包含丰富的想象；第二，审美观念自身审美地扩张到无限的境地；第三，在一个表象（即审美观念）里的思想大大多过于在这表象里所能把握和明白理解的，即形象大于思想。这也说明，艺术创造是把思想寓于形象创造之中，因而形象（审美观念）本身也就蕴含丰富的思想，同时审美观念作为艺术家头脑中的审美意象，具有活跃的生命力，能够"审美地扩展到无限"，从而既表现了审美观念的多种审美价值，又蕴含了审美观念的丰富性、复杂性与多义性。

第三节　关于天才论

一　"天才"的定义

在西方美学史上，在康德以前，"天才论"始终笼罩着神秘主义的迷雾，总是与神启、神赐联系在一起。康德在西方美学史上第一次大胆超越了传统的天才论，把天才归于自然，认为天才是人的天生的心理能力，是天赋的才能，或者说天才是天生的心灵禀赋，通过天才，自然给艺术制定法规。

二　天才的特点

（一）天才的独创性

康德认为，天才是一种天赋的才能，它不是一种能够按照任何法规来学习的才能，对于它产生出的作品也不提供任何特定的法则。换言之，天才不依靠任何公式和规则，也没有任何公式和规则可依靠，天才是与模仿的精神

---

① ［德］康德：《判断力批判》上卷，宗白华译，商务印书馆1964年版，第161页。

完全对立的。康德强调天才的独创性，反对套用公式、规则去模仿他人的作品。他认为，天才是无法模仿的，只有天才才能够学习天才。因此，他把美的艺术看作是天才的艺术，把独创性看作是天才的第一特征。

（二）天才作品的典范性

天才的作品具有独创性，也具有合目的的典范性。当然这种典范性不是以公式、概念和规则作为标准，不是科学的典范性，而是艺术的典范性，只有艺术形象才能为人们提供一种用概念或规则无法说明的规则。也就是说，自然通过天才的作品为艺术立法。因此，别人从事创作不是去模仿既定的艺术规则，而是学习天才的作品，从天才的作品中去窥见天才作品的法则。这样，天才的作品既然成为范本，就必然为后人引路，同时又需要后者具有天才。

（三）天才是形成和传达审美观念的才能

康德发现，艺术构思及艺术传达具有只可意会、不可言传的特点。他认为，天才是怎样创造出天才作品的，天才自身却不能描述出来或科学地加以说明，"作者自己并不知晓诸观念是怎样在他内心里成立的，也不受他自己的控制，以便可以由他随意或按照规划想出来，并且在规范形式里传达给别人，使他们能够创造出同样的作品来"[1]。这段话意味着康德似乎注意到艺术家对于灵感与创造性的想象力所产生的审美意象，艺术家自己也是不由自主、说不清道不明的，也无法以规范的公式、概念或法则等方式将其传达给别人，揭示了灵感、创造性的想象以及审美观念的模糊性与神秘性。所以，康德认为，就连大诗人荷马也无法说明"他们的幻想丰满而同时思想富饶的观念是怎样从他们的头脑里生出来并且集合到一起的，因为他们自己也不知道，因而也不能教给别人"[2]。实际上，正是灵感及创造性想象来无影去无踪，"踏破铁鞋无觅处，得来全不费工夫"，所以艺术家对自己大脑中形成的审美观念，就难免产生认知的模糊性。也可以说，事实上，即使在今天，艺术家本人也难以说清审美观念是怎样形成的。

---

① ［德］康德：《判断力批判》上卷，宗白华译，商务印书馆1964年版，第153—154页。
② 同上书，第155页。

（四）大自然通过天才为艺术立法

在康德看来，艺术创造的审美心理机制是心意诸力合目的的自由活动，而这种自由活动是无法说明，也无法转化为公式或规则的。因此，他认为，天才只涉及艺术，而不涉及科学，大自然通过天才为艺术立法。他强调指出，天才是艺术的才能，不是科学的才能，因为科学可以转化为公式、概念或规则，可以让人通过模仿学习加以掌握，因而，牛顿可以把自己的科学发明传授给别人，而荷马则无法教会别人写出他那样伟大的诗篇。康德认为，在科学里面最伟大的发明家和最辛勤的追随者和学徒也只是程度上的差别。对此，我们认为，康德看到了科学与艺术的区别，这是有独特见解的，但他未能发现，艺术创造固然需要天才，而科学创造同样需要天才。学习了科学中的公式、概念和规则，未必具有科学创造的能力；同样，学习了文学理论，也未必就能写出伟大的艺术作品。

三 天才与审美趣味

康德认为，艺术美的创造需要天才，也需要审美趣味，即鉴赏力。当二者发生矛盾时，天才应该服从审美趣味，因为他认为审美趣味比天才还重要。康德这里犯了一个理解上的错误，即对天才和审美趣味理解的偏差。他把天才看成主要是具有想象力，认为天才只为美的艺术作品提供丰富的材料；审美趣味则使美的艺术作品具有形式。同时，他又认为，艺术形式比内容重要，既然天才只提供思想内容，审美趣味提供艺术形式，那么，审美趣味显然比天才重要。实际上，康德没有看到，天才作为创造性的想象力不只是提供材料内容，而且也提供或构思着艺术的形式，一方面，艺术创造中的想象力是以形象的方式进行思考，是对内容和形式的综合把握；另一方面，创造性的想象力在对形象进行构思和综合把握时，必然要以作家的审美趣味为基础，要受到审美趣味的制约和影响，也就是说，创造性的想象力不可能脱离审美趣味，成为孤立的自由想象，而是与审美趣味融合于艺术的构思之中的。这正如艺术构思中形象思维要以逻辑思维为基础，二者互渗，融会化一，而并不矛盾一样。

第四节　关于艺术分类

对康德来说，美是审美观念的表现，因而，要对美的艺术进行分类，他认为应该把艺术类比为人类在语言里所使用的那种表现方式，以便人们尽可能圆满地相互传达诸感觉和概念。

一　语言的艺术

康德把语言的艺术分为雄辩术和诗的艺术。他认为："雄辩术是悟性的事作为想象力的自由活动来进行；诗的艺术是想象力的自由活动作为悟性的事来执行。"① 雄辩术从事理性工作，好像是观念的游戏或者说是想象力的自由发挥，使听者乐而不倦；相反，诗人用观念的游戏来使人消遣，是想象力的自由发挥，就像做理性的工作一样。

二　造型的艺术

造型的艺术是观念在感性直观里的表现。康德把它分为形体艺术和绘画艺术两种。感性的真实艺术是造型艺术（雕塑和建筑）；感性的假象的艺术是绘画。康德认为，无论是雕塑还是绘画，它们都是人们为了表达自己的思想在空间中创造的形象。雕塑创造的形象是为了视觉和触觉，而绘画则只为视觉。雕塑与建筑虽同属造型艺术，但二者又有内在差别。康德注意到，雕塑是像在自然里存在的那样，有形地表现了事物的概念，既有形体的真实性，又有审美的合目的性，主要目的在于表达审美理念；建筑也是表现事物概念的艺术，但却只有借助艺术才能实现。

绘画是第二种造型艺术。康德把绘画又分为两种：第一，自然的优美造型艺术；第二，自然产物的优美结合的艺术。第一类实际上是本来意义上的绘画；第二类是 18 世纪人们所醉心的艺术，也就是园林艺术，如艺术

---

① ［德］康德：《判断力批判》上卷，宗白华译，商务印书馆 1964 年版，第 167—168 页。

地修饰树木、草地等。他认为："艺术家的精神通过形象把他所想的和怎样想的给予了表达，而使事实自己来说话和表情；这是我们的幻想的一种通常的活动，即对无生命的什物按照着它们的形式赋予一个精神，而这精神又从它们诉说出来。"① 也就是说，艺术家的精神是通过形象表达出来，只有形象、事实才能把艺术家的思想及思想过程传达出来，为此，艺术家必须赋予无生命的事物以生命和精神。

三　感觉的美的自由活动的艺术

这类艺术也就是美的自由活动的艺术，包括音乐与色彩艺术。它不是从一定的概念出发，而是靠感官从外界感受到的多种感觉的比例而产生愉快的艺术。这种愉快是一定比例的感觉在艺术家头脑里激起的想象力的自由游戏的结果，是合目的的具有普遍可传达性的审美愉快。康德认为，音乐与色彩艺术不是给予我们单纯的感官的印象，而是多数感觉自由活动（游戏）里的形式和对于这形式的评赏所产生的作用。音乐是以不同比例的音响和节奏体现出感觉的美的游戏；色彩艺术则是以不同的色阶及其比例，来激发我们的想象力的自由游戏。

康德还对各门艺术进行了审美价值的比较。他认为诗的艺术是具有最高审美价值的艺术，在一切艺术里占着最高的等级，这与他的天才论不无关系。康德把天才看作主要是具有想象力，而诗的艺术能扩张人的心情，使想象力自由活动，而且还具有思想丰富性。在诗的艺术之后，康德认为音乐可以排在第二位。关于音乐的特点，康德认为，音乐"不像诗留给我们某些从事思想的东西"（即不善说理），而是"作为情感的语言"，"按照联想的诸规律"，借助一定比例的音调，传达审美观念。关于音乐的优点，康德发现，音乐"却更丰富多样地激动我们的心情，虽只是一过即逝的，却更深入内心"②，这意味着康德很好地把握了音乐重在抒情、以情感人和音乐富有流动性的特点。关于音乐的弱点，康德认为，如果从道德和

---

① ［德］康德：《判断力批判》上卷，宗白华译，商务印书馆 1964 年版，第 171 页。
② 同上书，第 175 页。

认识的标准来看，音乐比其他诸艺术有较少的价值，甚至处于最低的位置，而且音乐像是强迫人接受，损害着音乐会以外的人的自由。

总之，康德的文艺思想是非常深刻和丰富的，颇能发人深省。朱光潜在《西方美学史》一书中指出，在西方美学经典著作中"没有哪一部比它更富于启发性"[1]。在哲学上，他强调天才、自由、主观创造，倡导人类超越自身，弘扬崇高精神与人类的主体性，歌颂人性尊严，推崇道德完善，这符合当时资产阶级的个性发展和时代要求。在美学上，"他的美学思想具有承先启后的巨大历史作用"[2]，他从不同角度对美进行了分析，阐述了艺术是自由的游戏，分析了审美观念及艺术创造寓思想于形象及形象大于思想的根本特征等，都对后世产生了重要影响。

---

① 朱光潜：《西方美学史》下卷，人民文学出版社 1979 年版，第 406 页。
② 李思孝：《西方古典美学史论》，南开大学出版社 1992 年版，第 400 页。

第七章

黑格尔的文艺思想

黑格尔是德国古典美学的集大成者，他继承借鉴了康德的美学思想，其代表性的美学著作《美学》博大精深，蕴含丰富的文学理论思想，深刻影响了恩格斯，也对后世文学研究和美学思想产生了重要影响。

第一节　艺术家论

一　创造主体的基本修养

（一）伟大的人格与进步的思想

黑格尔非常重视创造主体的基本修养，尤其重视伟大的人格与进步的思想。他认为，人格的伟大和刚强只有借矛盾对立的伟大和刚强才能衡量出来，因为环境的互相冲突愈多，愈艰巨，矛盾的破坏力愈大，而心灵能坚持自己的性格，愈能显出主体性格的深厚和坚强。对于艺术家来讲，在对事物和情感的描写中，"应该摆脱私人的切身愿望和欲念，以认识性的自由态度把自己提高到能克服私人利害计较的高度，只满足于纯粹的想象所给与他的乐趣"①。这意味着黑格尔要求艺术家把内心生活提高到高瞻远

---

① ［德］黑格尔：《美学》第三卷（下册），朱光潜译，商务印书馆 1981 年版，第 225 页。

瞩的精神境界，深广化到包罗万象的思想。他认为激发席勒心胸的是伟大的理性的东西，席勒是从心灵出发，心灵的最高旨趣才是他的人生理想、美的理想，才是人类的不朽的公理和思想；他认为歌德在丰富多彩的生活中始终保持住诗人的身份，由此可见出歌德的高尚人格。黑格尔对席勒和歌德的赞扬，这都在不同程度上呼唤着艺术家伟大的人格。

黑格尔站在社会发展进步的历史制高点上，反对专制，追求自由与民主，表现了一个哲学家和美学家进步的社会思想。他认为，人必须有较高尚的希求，凭自己的活动去满足自己的愿望，心灵要追求真理。对于艺术家来说，艺术的真正职责就在于帮助认识到心灵的最高旨趣。黑格尔高度评价了荷兰画、席勒、歌德与德国诗人克洛普斯托克。他认为，荷兰画表现了高尚的民族感，表现了自由欢乐的气氛和崇高的精神；在评价席勒和歌德时，黑格尔指出："席勒和歌德都不仅是他们时代的歌手，而是范围更广泛、意义更深刻的诗人，特别是歌德，他的歌体诗是我们近代德国所产生的最优秀，最深刻，影响最大的作品。"① 在评价诗人克洛普斯托克时，黑格尔认为他的作品中最突出的是各种形式的爱国情绪，认为诗人对祖国需要的关心和努力是值得我们尊敬的。

通过以上分析可见，黑格尔的人生观是积极的，其对荷兰画、席勒、歌德及克洛普斯托克的评价也都表现出黑格尔对艺术家进步思想的肯定。

（二）把丰富多彩的现实世界印入心灵

黑格尔把美看作是理念的感性显现，把意蕴看作是艺术内容，要求诗人要有丰富的生活积累，要把丰富多彩的现实世界印入心灵。

从生活到艺术理想的演变来看，黑格尔对艺术家的要求已初步具有了现实主义的美学思想。他认为，主体与外在世界所形成的关系中构成的具体的现实是艺术理想的内容，艺术理想就是对这种具体现实生活的描绘和表现；艺术创作所依靠的是生活的富裕，是现实的外在形象，因而，艺术家应与现实建立亲切的关系，应多看、多听、多记，牢牢记住所观察的事物。黑格尔明确提出了诗应深入生活中的主张；诗人要了解外在世界和内

---

① ［德］黑格尔：《美学》第三卷（下册），朱光潜译，商务印书馆1981年版，第240页。

心世界，熟悉心灵内在生活通过什么方式才可以表现于实在界，才可以通过实在界的外在形状显现出来；要求"诗人必须从内心和外表两方面去认识人类生活，把广阔的世界及其纷纭万象吸收到他的自我里去，对它们起同情共鸣，深入体验，使它们深刻化和明朗化"①，应该要求诗人对他所表现的题材也有最深刻、最丰富的内心体验。

（三）把众多重大的东西摆在胸中玩味

黑格尔以思想家的责任感，要求艺术家关心众多重大的东西。"艺术家不仅要在世界里看得很多，熟悉外在的和内在的现象，而且还要把众多的重大的东西摆在胸中玩味，深刻地被它们掌握和感动；他必须发出过很多的行动，得到过很多的经历，有丰富的生活，然后才有能力用具体形象把生活中真正深刻的东西表现出来。"② 黑格尔以席勒和歌德为例，认为天才尽管在青年时代已崭露头角，但只有到了中年和老年，才能达到作品的真正成熟。

为了更好地观照和体验生活，黑格尔还要求艺术家摆脱题材的实践方面或其他方面的约束，以巡视内心世界和外在世界的自由眼光，"去临高俯视"，非常重视艺术家的主体性和艺术创造的自主性。实践证明，艺术家只有高瞻远瞩，才能超越"小我"的局限，才能容纳百川，也才能"把众多的重大的东西摆在胸中玩味"，从而避免艺术创造中的无病呻吟或流于琐屑。

（四）历史知识与专门知识的修养

黑格尔在《美学》中谈及美和艺术的科学研究方式时，曾经指出，如果要把艺术经验作为研究的出发点，作为艺术学者除了对广博的古今艺术作品要有足够的认识以外，就不仅需要有"渊博的历史知识，而且是很专门的知识"③。黑格尔这里所说的"历史知识"，是指有关社会发展规律的最一般知识；"专门知识"是指与作品所写的内容有关的具体知识。在他看来，艺术作品都属于它的时代和民族，各有特殊环境，依存于特殊的历

---

① ［德］黑格尔：《美学》第三卷（下册），朱光潜译，商务印书馆1981年版，第54页。
② ［德］黑格尔：《美学》第二卷，朱光潜译，商务印书馆1979年版，第340页。
③ ［德］黑格尔：《美学》第一卷，朱光潜译，商务印书馆1979年版，第19页。

史和其他的观念和目的，所以，艺术家应有渊博的历史知识；因为艺术作品的个性是与特殊情境相联系的，所以又必须具有专门知识。

二 创造主体的艺术修养

（一）才能与天才

创造主体除了具备基本素养以外，还需要具有艺术素养。在《美学》中不少章节都涉及才能与天才问题，其中，在论述艺术家时，还专门探讨了才能和天才的问题。

关于天才，黑格尔指出，天才是真正创造艺术作品的那种一般的本领以及在培养和运用这种本领中所表现的活力。具体来说，这种本领和活力是属于特定艺术家主体的，是指艺术家主体方面的天生气质和天生冲动的能力，也就是艺术创造的想象能力及捕捉灵感的能力。天才作为天生禀赋，在创造性的想象中，是以无意识的方式起作用的。受康德的天才论影响，黑格尔也认为，天才是艺术家的天生资禀，而不是科学的才能；科学只需要普遍的思考能力，天生资禀意义的科学才能并不存在。

关于才能，黑格尔指出："就艺术一般需经过个性化，使它的产品外射为现实现象来说，它需要一种不同的特殊的本领去达到这种实现的特殊的方式。这种特殊的本领就可以叫作'才能'，例如，某人有演奏小提琴的才能，另一个人有歌唱的才能，如此等等。"[1] 也就是说，艺术才能是指在某一艺术方面达到熟练。在关于天才与才能的关系上，黑格尔既看到了二者的区别，又注意到了二者的联系与统一。他认为："才能是某个方面的能力，天才是普遍的能力。"[2] 在艺术创造中，艺术家的才能与天才是统一的，艺术天才只有通过艺术创造中具体的艺术才能，才能凸显出来。

（二）艺术想象

黑格尔在《美学》中非常重视艺术想象。他认为，在艺术创造的一般本领中，艺术家最杰出的本领就是想象。

---

① ［德］黑格尔：《美学》第一卷，朱光潜译，商务印书馆1979年版，第360页。
② 同上书，第34页。

首先，黑格尔把艺术天才看作主要是具有艺术想象的能力。他认为，想象是创造性的，想象有一种本能式的创造力，诗人对于自己吸收进来的现实材料，要运用想象力的权利和自由，凭想象力去塑造形象。就连古人创造神话，也是凭想象创造形象的方式，而诗人的想象成为经常丰产的源泉，也是神身上的故事、性格特征和行动的来源。

其次，艺术家的创造的想象是艺术家伟大心灵和伟大胸襟的想象。黑格尔认为，艺术家的创造的想象"是一个伟大心灵和伟大胸襟的想象，它用图画般的明确的感性表象去了解和创造观念和形象，显示出人类的最深刻最普遍的旨趣"①。在他看来，真正的艺术创造却是艺术想象的活动，而且是"伟大心灵和伟大胸襟的想象"，从而以艺术的形式"显示出人类的最深刻最普遍的旨趣"。

再次，艺术想象需要艺术家的深思熟虑。他认为，艺术家在艺术想象中要反映出本质的真实的东西，就必须深思熟虑，要对其中材料在各方面长久深刻地衡量过和熟思过，需要凝神专注，而轻浮的想象决不能产生有价值的作品，因为没有思考和分辨，艺术家就无法驾驭他所要表现的内容。

此外，黑格尔还阐明了艺术想象的两个特点。第一，诗的想象"应该介乎思维的抽象普遍性和感觉的具体物质性这二者之间"②。在谈诗的观念方式时，黑格尔又说明了"诗的观念方式介在日常直觉和思维之间"③。黑格尔虽然认为诗的想象介于感觉与思维、感性与理性之间，但还是侧重于想象的任意性、无规律性和无意识特征。这在一定程度上把握了艺术创造中具有非理性的一个重要特征。第二，诗的想象在内容上必须有独立自觉的目的，是一种独立的完整的世界，因而要求内容与适合内容的表现形式显出紧密的联系和配合，从而形成一个有机的整体。

（三）灵感不可强求和不招自来

1. 通过想象从现实中抓住适合用艺术方式去表现的内容

天才需要艺术想象能力，也需要召唤灵感的本领。黑格尔认为：第

---

① ［德］黑格尔：《美学》第一卷，朱光潜译，商务印书馆1979年版，第50—51页。
② ［德］黑格尔：《美学》第三卷（下册），朱光潜译，商务印书馆1981年版，第11页。
③ 同上书，第57页。

一，单靠心血来潮并不济事，香槟酒产生不出诗来，一个人如果缺乏丰富的生活体验及现实的触动，仅靠感官的刺激，是无法激发灵感的。第二，单靠要存心创作的意愿也召唤不出灵感来。"谁要是胸中本来还没有什么内容在活跃鼓动，还要东张西望地搜求材料，只是下定决心要得到灵感，好写一首诗，画一幅画或是发明一个乐曲，那么，不管他有多大才能，他也决不能单凭这种意愿就可以抓住一个美好的意思或是产生一部有价值的作品。"① 艺术创造必须是艺术家对现实有感而发，首先必须"有一种明确的内容，即想象所抓住的并且要用艺术方式去表现的内容"②。不是艺术家用抽象思维抓住的内容，而是用艺术想象所抓住的，适合于艺术表现的特定内容。

2. "从内心迸发出来的东西"可以激发灵感

黑格尔认为，引起灵感的材料要进入艺术家的头脑，作为艺术家来说，就必须以审美的艺术创造所获得的快乐作为创作的动力，使作品的题材和内容从艺术家"内心迸发出来"。他注意到，灵感产生的动力不是外在的，而是艺术家内在精神生命的自然流露，是从"内心迸发出来"的，也是客观现实经过艺术家心灵的加工改造，并成为艺术家所要表现的内在意蕴，在创作动力推动下的外化。

3. 外在机缘也可以激发灵感

黑格尔还注意到，艺术史上不少最伟大的艺术作品往往是应外在机缘而创造出来的，如品达的颂诗许多是应命制作的，建筑家和画家也往往须就指定的目的和对象进行创造，艺术家却仍然可以得到灵感。

关于外在机缘激发灵感，黑格尔有一段精彩的分析："艺术家的地位是这样：作为一个天生地具有才能的人，他与一种碰到的现存的材料发生了关系，通过一种外缘，一个事件，或是象莎士比亚那样，通过古老的民歌、故事和史传，通过这一类事物的推动，他自觉有一种要求，要把这种材料表现出来，并且因此也表现他自己，所以创作的推动力可以完全是外

---

① ［德］黑格尔：《美学》第一卷，朱光潜译，商务印书馆1979年版，第364页。
② 同上。

来的，唯一重要的要求是：艺术家应该从外来材料中抓到真正有艺术意义的东西，并且使对象在他心里变成有生命的东西。在这种情形之下，天才的灵感就会不招自来了。一个真正的有生命的艺术家就会从这种生命里找到无数的激发活动和灵感的机缘。"① 黑格尔的意思是说，外在机缘激发灵感的关键在于"在他心里变成有生命的东西"，而只有天才的艺术家才能把握住这些外在机缘。

通过上述分析，黑格尔的结论是灵感既不可强求，又能够不招自来，关键是艺术家要发现并把握生活的艺术要素，使其成为内心有生命的东西，从内心迸发出来的东西，才能激发创作的灵感。

第二节　艺术创作论

一　诗——语言艺术的特征

黑格尔作为美学大师，非常深刻地把握了诗作为语言艺术的特征。他认为，诗是语言的艺术，也是一种特殊的精神生产。他把诗分为史诗、抒情诗和戏剧三种，认为诗是最丰富和最无拘碍的艺术。

（一）诗是语言的艺术

1. 诗用语言塑造形象

黑格尔认为，诗是语言的艺术，既能描绘客观世界的具体事物，又能像音乐那样表现主体的内心生活，所以把诗看作是艺术发展的最高峰，认为诗人通过艺术想象驾驭自己的审美观念，并且"用语言，用文字及其在语言中的美妙的组合，来把这观念传达出去"，"成其为诗"②，因为"语言才是唯一的适宜于展示精神的媒介"③，"诗实际是一种语言"④，"诗人

---

① ［德］黑格尔：《美学》第一卷，朱光潜译，商务印书馆 1979 年版，第 365 页。
② ［德］黑格尔：《美学》第三卷（下册），朱光潜译，商务印书馆 1981 年版，第 11 页。
③ 同上书，第 241 页。
④ 同上书，第 63 页。

的想象和一切其他艺术家的创作方式的区别既然在于诗人必须把他意象（腹稿）体现于文字而且用语言传达出去"①。也就是说，诗用语言传达意象，诗才真正成其为诗。他还注意到，语言最适合表现精神，诗是绝对真实的精神的艺术，是把精神作为精神来表现的艺术，"因为凡是意识所能想到的和在内心里构成形状的东西，只有语言才可以接受过来，表现出去，使它成为观念或想象的对象"②。黑格尔既看到了诗的形象在直观性方面的不足，又注意到诗是语言的艺术，最适合表现精神，其外在描绘的不足可以由想象予以弥补，看到了诗作为语言的艺术，其形象具有间接性的特点。

2. 诗语言的特点

关于诗语言的特点，黑格尔认为，诗人的内在心灵通过外在的语言表现反映出来，并且决定着语言表现的性质。具体说来，诗语言主要具有如下几个特点。

具体、生动、精练，富有形象性。在诗语言的运用上，为了体现诗的美，黑格尔要求诗的语言"经过艺术加工，显得既精练而又生动"。为此，他反对运用辞藻时破坏语言的具体生动性，也反对用刻板的表现方式代替情感的自然流露，而是要"富于意象"。在泛论诗的语言时，黑格尔又强调了诗的语言一方面要防止表现方式降落到平凡猥琐的散文领域；一方面又要避免宗教信仰和科学思考的语调，尤其要避免"下判断作结论之类哲学形式"，以预防破坏形象的鲜明性。因此，要求诗要跳出散文观念的抽象性，转到具体事物的生动性，在诉诸感性观照中，也要进行生动鲜明的描绘。

富有情感性。在艺术内容中，黑格尔非常重视情致；在艺术形式中，他也非常注意语言的情感性。他认为，诗人应根据内在心灵表达的需要，使用表达不同情感的语言，语言要自然流露情感，不露雕琢痕迹。在描述各种情境和表现各种情感和情欲时，诗人可以根据表达情感的需要，"或简或繁的

---

① ［德］黑格尔:《美学》第三卷（下册），朱光潜译，商务印书馆1981年版，第63页。
② 同上书，第19页。

衔接，动荡地回旋曲折，或是静静地流动，忽而一泻直下，波澜壮阔"①。

富有音乐性。黑格尔在《美学》中还专门探讨了诗的音律。他认为，诗绝对要有音节或韵，音节和韵甚至比所谓富于意象的富丽辞藻还要重要。他指出，第一，真正有才能的诗人对于诗的感性媒介（音律）都能运用自如；第二，在自由诗里，强制性的音律要求还能激发诗人"因文生情"，获得新的意思和新的独创；第三，感性的客观因素（这在诗里就是语言）本来就是艺术的重要因素，而语音在诗里不仅是一种外在手段，而且"应当看作本身就是目的"。在富有音乐性这一点上，黑格尔发现了诗与音乐的相同性：音乐中的节奏和旋律必须取决于内容的性质，要与内容相符合；诗的音律也是一种音乐，只不过是诗用不太显著的方式，使思想在声音中获得反映，因此，诗的音节需表现出全诗的一般调质和精神性的芬芳气息。

诗的语言除了具备上述三个特点以外，黑格尔还把诗的语言纳入继承与创新，以及符合民族特点的角度加以考察。他认为，诗可以用古字，也可以造新词，显出大胆的创造性，只要不违反民族语言的特性，因为"诗始终要受民族特性的约制"②。这体现了黑格尔的辩证思想，也蕴含了浓郁的民族精神。

（二）诗是最丰富、最无拘碍的艺术

黑格尔把诗看作是最丰富、最无拘碍的艺术，也是最高的艺术。从艺术反映的对象来看，诗所特有的对象是精神的无限领域；从塑造形象的方式来看，诗用语言塑造形象，具有最广泛的可能去尽量运用多种艺术的表现方式，最不受其他各门艺术所必受的特殊材料所带来的局限和约束，不带其他艺术的片面性；从反映生活和表现形式的广度上来看，"语言的艺术在内容上和在表现形式上比起其他艺术都远较广阔，每一种内容，一切精神事物和自然事物，事件，行动，情节，内在的和外在的情况都可以纳

---

① ［德］黑格尔：《美学》第三卷（下册），朱光潜译，商务印书馆1981年版，第65页。
② 同上书，第26页。

入诗，由诗加以形象化"①；从艺术的普遍原则来看，诗比任何其他艺术的创作方式都要更涉及艺术的普遍原则，即更带有普遍性；从塑造形象的完满性来看，诗用精神的（观念性的）方式把美的事物的整体再现得很完满。

（三）诗创作是一种特殊的精神生产

我国 20 世纪 90 年代初还曾探讨过文艺的意识形态性质，其实，这个问题早在黑格尔那里就已得出了明确的结论。黑格尔在谈史诗的发展时，认为"诗创作是一种精神生产，而精神只有作为个别人的实在的意识和自意识才能存在"②。他认为，最初的诗人仿佛是第一个人在教全民族把口张开来说话，使思想转化为语言，使语言又还原到思想。诗作为艺术作品，都是精神的产品，是在心灵的清醒中塑造成形，作品中的感性事物不是一般的感性事物，作品中的观念也并非一般的观念，而都是经过诗人审美的加工改造的产物。所以，黑格尔这样来限定艺术的地位："艺术作品所处的地位是介乎直接的感性事物与观念性的思想之间的。它还不是纯粹的思想，但是尽管它还是感性的，它却不复是单纯的物质存在，象石头、植物和有机生命那样。艺术作品中的感性事物本身就同时是一种观念性的东西，但是它又不象思想的那种观念性，因为它还作为外在事物而呈现出来。"③ 黑格尔这段话阐明了诗的精神生产特性，揭示了诗创作的审美性质。

二　艺术创造与典型化

（一）艺术创造的动因

1. 艺术出于一种较高尚的推动力

在黑格尔看来，从认识的角度来看，人要把内在世界和外在世界作为对象，提升到心灵的意识面前，以便从这些对象中认识他自己，并把这些对象化成观照和认识的对象，他就在这种自我复现中满足了心灵自由的需

---

① ［德］黑格尔:《美学》第三卷（下册），朱光潜译，商务印书馆 1981 年版，第 10—11 页。
② 同上书，第 114 页。
③ ［德］黑格尔:《美学》第一卷，朱光潜译，商务印书馆 1979 年版，第 48 页。

要。艺术好像出于一种较高尚的推动力，所要满足的是一种较高的需要，有时甚至是最高的、绝对的需要，即理性的需要。"这就是人的自由理性，它就是艺术以及一切行为和知识的根本和必然的起源。"① 这就是说，艺术创造是为了满足心灵的旨趣而产生的，"艺术作品都出自同一来源，即精神，而精神要包括一切自觉生活的领域"②。对于黑格尔的上述看法，国内大多数学者采取否定的态度，认为黑格尔把精神看作是艺术的源泉，这是唯心的。其实，黑格尔的深刻之处恰恰在于他认识到了人的自由理性对于艺术以及一切行为和知识的重要性。

2. 天然的推动力

黑格尔注意到，艺术创作需要生活作为对象，需要艺术家具有丰富的社会生活。但是，他也看到社会生活本身并不能直接产生艺术创作的动力，因此要求艺术家应该先有一种明确的内容，即想象所抓住的，并且要用艺术方式去表现的内容。在这种情况下，"真正的艺术家都有一种天生自然的推动力，一种直接的需要，非把自己的情感思想马上表现为艺术形象不可。这种形象表现的方式正是他的感受和知觉的方式，他毫不费力地在自己身上找到这种方式，好像它就是特别适合他的一种器官一样"③。实际上，艺术家天生自然的推动力正是艺术家在对现实有感而发的前提下，自然而然地具有了"非把自己的情感思想马上表现为艺术形象不可"的创作冲动，并把自己的艺术创作视为一种审美的快乐。

3. 外在机缘也可以推动创作

黑格尔在分析灵感时曾经谈到创作的推动力可以完全是外来的，最伟大的艺术作品也往往是应外在的机缘而创造出来的。当然，外在机缘转化为创作的推动力，黑格尔认为，关键在于艺术家要把外来材料转化为内在的自觉要求，从外来材料中抓到真正有艺术意义的东西，并且使对象在心里变成有生命的东西。

---

① ［德］黑格尔：《美学》第一卷，朱光潜译，商务印书馆 1979 年版，第 40 页。
② ［德］黑格尔：《美学》第三卷（下册），朱光潜译，商务印书馆 1981 年版，第 53 页。
③ ［德］黑格尔：《美学》第一卷，朱光潜译，商务印书馆 1979 年版，第 362 页。

(二) 艺术创造的自由性

1. 艺术作品是凭自由造形来使事物的本质达到正确的表现

黑格尔非常重视自由,把自由看作是心灵的最高定性。他认为,自由的本质就在于由自己决定自己是什么,艺术家是自由的创造者,要有伟大的自由的心灵和精神的自由发展,要随心所欲地指使和调度任何形式和材料,从而把感发自己的意蕴、感觉和情感熔于一炉,塑造出艺术形象。在黑格尔看来,艺术作品的源泉是想象的自由活动,艺术家可以用创造的想象创造出无穷无尽的形象。因而,艺术美既是自由的,又是无限的,但自由创造不是主观的任意拼凑,"而是凭它自己自由造形,来使事物的本质达到正确的表现,使外在事物和它的最内在本质经过和解而达到协调"①。黑格尔这里所说的"自由造形",就是指艺术家自由地塑造形象,是正确地表现事物的本质,达到感性与理性的和谐。受康德影响,黑格尔在肯定艺术创造是自由造形的同时,又多次反复强调了要"不露出经营的痕迹"这一思想。

2. 艺术家徘徊于虚构与真实之间

艺术创造固然是自由的,又是无限的,应该把虚构与真实结合起来。黑格尔认为:"我们固然应该要求大体上的正确,但是不应剥夺艺术家徘徊于虚构与真实之间的权利。"② 实际上,艺术"徘徊于虚构与真实之间",比较准确地把握了艺术创造中客观再现与主观表现的辩证关系。苏联美学家曾经把艺术创造的类型分为"客观再现型"和"主观表现型"。从艺术对现实的审美关系来看,古今中外一切艺术创造都是介于"虚构与真实之间",无非有的作品真实性多些,有的作品则虚构性多些罢了。我国国画大师齐白石则亦有类似黑格尔的妙语:作画妙在似与不似之间。太似为媚俗,不似为欺世。"虚构与真实之间"和"似与不似之间"都较好地解决了艺术创造中主观与客观、创造与反映、表现与再现之间的辩证关系。

3. 反对艺术创作中的模仿

德国古典美学时期,康德与黑格尔则开始抨击艺术模仿规则和单纯模

---

① [德] 黑格尔:《美学》第三卷(下册),朱光潜译,商务印书馆 1981 年版,第 51 页。
② [德] 黑格尔:《美学》第一卷,朱光潜译,商务印书馆 1979 年版,第 353—354 页。

仿自然，而更加强调艺术创造的自由。黑格尔反对艺术创作的模仿，首先表现在他对于艺术模仿规则的批评上。他指出，一般人只要知道了艺术创作的规则，都可以随意依样画葫芦，制造出艺术作品来，这只能是拘泥于形式的、机械的。其次，艺术创作不应为妙肖自然而妙肖自然，真实自然如果走到依样画葫芦的极端，很容易流于枯燥的散文气息，所以，他反对对纯然外在现象的个别定性作详尽而精确的模仿。再次，人们对于艺术中过去被人喜爱的"妙肖自然"也感到腻味了，仿本愈酷肖自然，这种乐趣和惊赏就愈稀薄，愈冷淡，甚至变成腻味和嫌厌。黑格尔的结论是：靠单纯的模仿，艺术总不能和自然竞争，它和自然竞争，就像一只小虫爬着去追大象，就好比是把豆粒掷过小孔的那种把戏。

4. 感性心灵化与心灵感性化

黑格尔用感性心灵化与心灵感性化，来辩证地说明艺术创作的心理过程。他在论述艺术美的概念时指出："在艺术里，感性的东西是经过心灵化了，而心灵的东西也借感性化而显现出来了。"① 这段话非常深刻地揭示了艺术构思过程中审美意象的形成过程：感性心灵化是指艺术家对外在的感性事物进行主观的审美加工改造；心灵感性化是指艺术家把自己的思想、情感等主观心灵的内容渗透、蕴含于审美意象之中，并借助于意象而得以表现。

（三）艺术创造的典型化

典型化是艺术创造个性化与概括化的有机统一，这也是黑格尔在《美学》中研究的重要内容。关于典型化，黑格尔有两段特别有意味的论述。其一，"诗人在创作过程中纵情幽默……无拘无碍地，自由自在地不着痕迹地信步漫游，于无足轻重的东西之中见出最高度的深刻意义；就连信手拈来，没有秩序的零零散散的东西也毕竟具有深刻的内在联系，放出精神的火花"②。其二，"美作为精神的产品……把繁芜的，驳杂的，混乱的，过分的，臃肿的因素一齐去掉，还要使这种胜利不露一丝辛苦经营的痕

---

① ［德］黑格尔：《美学》第一卷，朱光潜译，商务印书馆1979年版，第49页。
② ［德］黑格尔：《美学》第二卷，朱光潜译，商务印书馆1979年版，第374页。

迹，然后美才自由自在地，不受阻挠地，仿佛天衣无缝似地涌现出来"①。由此可见，黑格尔既注重个性化和概括化，又强调了个性化与概括化的统一，显示出深刻丰富的美学内涵。

1. 艺术创造的个性化

（1）艺术内容的个性化

艺术创造的个性化首先表现为艺术内容的个性化。黑格尔认为："艺术所应该做的事不是把它的内容刨平磨光，成为这种平滑的概括化的东西，而是把它的内容加以具体化，成为有生命有个性的东西。"② 在艺术内容的个性化中，黑格尔尤其强调艺术家要把普遍性、本质力量等化为具体事物，通过个性化显现出来。他认为，普遍的东西应作为个体所特有的最本质的东西而在个体中实现，"艺术作品所提供观照的内容，不应该只以它的普遍性出现，这普遍性须经过明晰的个性化，化成个别的感性的东西"③，形成一种自由的和谐的整体。

（2）人物性格的个性化

黑格尔把艺术内容看作是理念，把艺术形式看作是形象，特别重视艺术形象的塑造，非常重视人物性格的个性化问题，把性格看作是理想艺术表现的真正中心。他认为，作为艺术家，在塑造艺术形象时，就是要把影响人物的那些普遍的本质力量，通过个性化的方式显示出来。具体来说，黑格尔在人物个性化问题上，从不同角度分别肯定了人物性格的特殊性、丰富性、生动性、完满性和主体性，强调要塑造人的完整的个性。

2. 艺术创造的概括化

艺术创造既要个性化，又要概括化，只有如此，艺术才能更好地反映出普遍性。黑格尔认为，艺术创造要使本身无意义的东西显得有意义，于无足轻重的东西之中见出最高度的深刻意义；就连信手拈来、没有秩序的零散东西也具有深刻的内在联系，放出精神的火花，要"达到艺术所必有

---

① ［德］黑格尔：《美学》第三卷（上册），朱光潜译，商务印书馆 1979 年版，第 5—6 页。
② ［德］黑格尔：《美学》第一卷，朱光潜译，商务印书馆 1979 年版，第 339 页。
③ 同上书，第 63 页。

的对材料的概括化"①。他要求诗所应提炼出来的永远是有力量的、本质的、显出特征的东西，要表现精神，要表现出普遍意义，"诗总是要抓住带有普遍性的东西"②。在《美学》中，黑格尔经常用"理念""普遍性""意义""本质"来要求艺术美的创造，要求艺术家通过塑造个性化的艺术形象，反映出特定的理念、普遍性、意义或本质。

3. 个性化与概括化的统一

黑格尔非常重视艺术创作个性化与概括化的统一性，明确提出"只有在个性与普遍性的统一和交融中才有真正的独立自主性，因为正如普遍性只有通过个别事物才能获得具体的实在，个别的特殊事物也只有在普遍性里才能找到它的现实存在的坚固基础和真正内容（意蕴）"③。黑格尔这段话可分为三层意思：第一，揭示了个性与普遍性（即共性）的统一；第二，普遍性蕴含于个性事物之中，并通过个别事物表现出来；第三，个别事物也需要普遍性的支撑。在黑格尔看来，艺术不能直接把抽象观念或普遍概念直接带进作品，而"是把本质（概念）及其客观存在（现象），即类性及其具体个性，这两方面的统一体揭示给我们看"④，要把"最本质的核心和意义"，"通过外在事物的面貌的改造而获得适合的客观存在"，即把理性概念与感性事物融合统一起来。

（四）处理题材的方法论

在论述艺术创作与典型化的过程中，黑格尔还对处理题材的方法论进行了探讨，在批评了两种片面观点的基础上，提出了处理题材的正确方法。

1. 对两种片面观点的批评

对于艺术家处理题材，黑格尔既反对客观地按照它的内容和时代处理题材，也反对按照主观的方法处理题材。他认为主观的方法实质上是让艺术家自己时代的文化发挥效力；客观的方法旨在"维持历史的忠实"，要尽可能地把过去时代的人物和事件等外在情况的个别特征复现出来。他以

---

① ［德］黑格尔：《美学》第一卷，朱光潜译，商务印书馆 1979 年版，第 336 页。
② ［德］黑格尔：《美学》第三卷（下册），朱光潜译，商务印书馆 1981 年版，第 40 页。
③ ［德］黑格尔：《美学》第一卷，朱光潜译，商务印书馆 1979 年版，第 230—231 页。
④ ［德］黑格尔：《美学》第三卷（下册），朱光潜译，商务印书馆 1981 年版，第 58 页。

法国和德国作家为例，说法国人"不过把古人的作品加以法国化罢了"；说德国人"对于一切异代异方的特征都是最细心的记录者"，"要求在不重要的外在事物上也要做到极端精确"。通过分析，黑格尔旨在强调处理题材时，既要考虑题材内容的本质意义，又要考虑题材内容对于当代的意义，避免纯主观或纯客观的方法。

2. 处理题材的正确方法——推陈出新

黑格尔认为，处理题材正确的方法应该是在表现和移植另一时代和另一民族的题材中，见出真正的客观性，也就是要把题材的真实与当代意义结合起来。要求艺术家能对历史题材推陈出新，认为应该允许诗人"取材于现成的历史、传说、神话、编年纪事乃至于早已被艺术家运用过的旧材料和情境，但是他应该经常推陈出新"①。"推陈出新"是一个有重要理论价值和实践价值的命题，为诗艺处理历史材料提供了正确的方法论。

（五）历史和美学的观点

黑格尔不仅是知识渊博的辩证法大师，而且对历史唯物主义也作了超时代的天才猜测，并且把历史唯物主义思想用于指导美学研究上，自觉提出了艺术批评中"历史和美学的观点"②。"历史和美学的观点"标志着艺术批评的重大进步，也是世界美学史上的重大创见，是黑格尔历史唯物主义思想在美学上的运用，也是他对法国作家创作的反思。所谓"历史的观点"，是指处理历史题材应看出"艺术作品的真正的客观性"，要求诗艺抓住历史最本质的核心和意义；所谓"美学的观点"，是要求以感性的艺术形象，即以美的方式显现理念，或者说以美的方式显现如上所说的历史内容。由此可见，黑格尔提出"历史和美学的观点"蕴含丰富的内容，其实质是要求艺术家在典型化中揭示出古与今的统一、反映与创造的统一、真实与虚构的统一、历史真实与审美理想的统一、客观与主观的统一，也是理念与感性显现的统一。黑格尔"历史和美学的观点"直接影响了恩格斯。恩格斯在1859年5月18日给斐·拉萨尔的信中，用"美学观点和历

---

① ［德］黑格尔：《美学》第一卷，朱光潜译，商务印书馆1979年版，第274页。
② ［德］黑格尔：《美学》第二卷，朱光潜译，商务印书馆1979年版，第381页。

史观点"对拉萨尔的作品进行了分析，并认为这是"非常高的，即最高的标准"。恩格斯提出的"美学观点和历史观点"即来源于黑格尔。

第三节　艺术作品论

一　诗的种类与特点

黑格尔把诗分为史诗、抒情诗和戏剧体诗三类。

（一）史诗

黑格尔认为，史诗是诗的第一种形式。史诗的任务是"按照诗的方式，采取一种广泛的自生自展的形式，去描述一个本身完整的动作以及发出动作的人物。人物之所以发出动作，时而是根据某种实体性动机，时而是由于碰到外在的偶然事变。这样，史诗就是按照本来的客观形状去描述客观事物"①。他要求史诗"须客观地实事求是地描述一个有内在理由的，按照本身的必然规律来实现的世界"②，即必须保持客观事物的形式，让独立的现实世界的动态自生自发下去，而诗人把自己淹没在客观世界里，诗人作为主体，必须从所写的对象退到后台，不出现在对象里。

（二）抒情诗

黑格尔认为，抒情诗是与史诗相对立的一种形式，虽不能像史诗那样包罗万象地反映时代精神和民族精神，却在民族发展的任何阶段中都可以出现。从创作的源泉和动力来看，抒情诗人自己就是一个主体的完满自足的世界，不需从外在事件出发，也不需要用外在的真实环境和机缘来激发自己的情感，创作时也无须去真实描绘具体的外在情境，而是把主体的内心生活看作是抒情诗的真正源泉，"抒情诗人凭他的内心世界本身就成了

---

① ［德］黑格尔：《美学》第三卷（下册），朱光潜译，商务印书馆1981年版，第99页。
② 同上书，第111页。

艺术作品"①。黑格尔一方面强调抒情诗的源泉和动力都来自主体的内心世界，因为真正的抒情因素不在于诗人描绘实际客观事物的面貌，而是客观事物在诗人心中所引起的回声和造成的心境；另一方面也非常重视抒情诗与客观现实的有机联系。

（三）戏剧体诗

关于戏剧体诗，黑格尔的定义是"用语言来表现一个本身完整的动作（情节），这个动作既要用客观的方式表现出来，又要显示出这种客观现实的内在方面，所以可以和音乐、姿势、模拟和舞蹈相结合。这就是戏剧艺术"②。黑格尔这个定义把握了戏剧体诗的四个特征：第一，用语言表现动作，揭示了语言在戏剧体诗中的重要地位。第二，戏剧动作的冲突性。第三，戏剧体诗是史诗的客观原则和抒情诗的主体性原则的统一，也是史诗因素与主体的内心生活的统一，并通过动作情节在舞台上的表演。第四，戏剧体诗的综合性。黑格尔认为，戏剧体诗可以与音乐、姿势、模拟和舞蹈相结合，看到了戏剧体诗具有对其他艺术兼收并蓄的综合性。由于戏剧体诗注重于客观再现与主观表现的统一，黑格尔把它放入诗乃至艺术的最高层。

二 艺术是思想的外化

黑格尔由"美就是理念的感性显现"，必然推导出"艺术是思想的外化"这一命题。他认为，艺术作品不单纯是一种感性的存在，而是精神在感性事物里的显现，是把心灵的东西呈现于感性形象以供观照，"艺术用感性的具体的形象，去表现在本质上就是无限的具体的普遍性，即心灵"③，也是概念到感性事物的外化，用黑格尔的话来说，"艺术作品是由思想外化来的"。因为心灵的本质和概念就在于能思考，所以当心灵用思考深入钻研了自己活动的一切产品，并把思考通过感性的艺术形式显现出

① ［德］黑格尔：《美学》第三卷（下册），朱光潜译，商务印书馆1981年版，第197页。
② ［德］黑格尔：《美学》第三卷（上册），朱光潜译，商务印书馆1979年版，第21页。
③ ［德］黑格尔：《美学》第一卷，朱光潜译，商务印书馆1979年版，第99页。

来，心灵就获得了感性存在的形式，就得到了外化。实际上，"艺术是思想的外化"既是"美就是理念的感性显现"这一美学思想的具体表述，又是黑格尔关于人的本质力量对象化这一思想的具体展开，这对于我们理解艺术的本质，是颇有意义的。

三　艺术内容与艺术形式的统一

（一）艺术内容与艺术形式的基本界定

黑格尔在《美学》中，还具体论述了内容与形式及其相互关系，从美是理念的感性显现出发，把艺术看作是理念的感性表现。他认为："艺术的内容就是理念，艺术的形式就是诉诸感官的形象。艺术要把这两方面调合成为一种自由的统一的整体。"① 具体来说，黑格尔在《美学》中通常把意蕴叫作内容，实际上也就是指理念。艺术作品应该具有意蕴，也就是要显现出一种内在的生气、情感、灵魂、风骨和精神。在艺术内容中，黑格尔把"情致"看作是艺术的真正中心，也是效果的主要来源，能感动人，引起人们感情上的共鸣。

黑格尔把艺术形式看作是诉诸感官的形象，强调了理念的感性显现与理念化的形象的统一。形式作为理念的显现过程，其显现也就是表现，这主要表现为整齐一律、平衡对称、符合规则与整体的和谐，抑或不整齐中的整齐和不符合规则中的规则。黑格尔认为和谐一方面见出本质上的差异面的整体，一方面也消除了这些差异面的纯然对立，使其在互相依存和内在联系中显现为有机统一，即差异面的整体在协调一致时才能形成和谐。

（二）艺术内容决定艺术形式

黑格尔从辩证思维的角度，深刻注意到了艺术内容与艺术形式的辩证关系。他指出："内容本身产生了和它相应的表现形式。因为在艺术里象在一切人类工作里一样，起决定作用的总是内容意义。按照它的概念（本质），艺术没有别的使命，它的使命只在于把内容充实的东西恰如其分地

---

① ［德］黑格尔：《美学》第一卷，朱光潜译，商务印书馆1979年版，第87页。

表现为如在目前的感性形象。因此，艺术哲学的主要任务就在于凭思考去理解这种充实的内容和它的美的表现方式究竟是什么。"① 这段话不但说明了为什么内容决定形式，要求把充实的内容表现为感性形象，而且阐明了艺术哲学要解决写什么和怎样写的问题，即根据内容的需要，确立其美的表现方式。

（三）艺术形式为艺术内容服务

黑格尔认为，艺术形式必须为艺术内容服务，必须符合艺术内容的内在要求。"内在的显现于外在的；就借这外在的，人才可以认识到内在的，因为外在的从它本身指引到内在的。"② 内在的意蕴决定外在的表现形式，通过外在表现形式体现出来，人们只有通过外在的感性显现，才能把握作品的内在意蕴。

在肯定艺术形式为艺术内容服务的同时，黑格尔还注意到每一类型艺术所特有的表现方式，只对某一门艺术才适合，而完美的艺术形式则有利于表现内容，这实际上意味着他看到艺术形式对内容的反作用。"艺术作品的表现愈优美，它的内容和思想也就具有愈深刻的内在真实。"③ 因而，只有在最高的艺术里，理念和表现才是真正互相结合的；只有形象本身绝对真实，也才能使表现的理念内容本身显出绝对真实。

（四）艺术内容与艺术形式的统一

艺术内容决定艺术形式，艺术形式为艺术内容服务，二者共处于作品的有机统一体中。对此，黑格尔明确指出，"内容和完全适合内容的形式达到独立完整的统一，因而形成一种自由的整体，这就是艺术的中心"④，"艺术的任务在于用感性形象来表现理念，以供直接观照，而不是用思想和纯粹心灵性的形式来表现，因为艺术表现的价值和意义在于理念和形象两方面的协调和统一，所以艺术在符合艺术概念的实际作品中所达到的高

---

① ［德］黑格尔：《美学》第二卷，朱光潜译，商务印书馆 1979 年版，第 385 页。
② ［德］黑格尔：《美学》第一卷，朱光潜译，商务印书馆 1979 年版，第 25 页。
③ 同上书，第 93 页。
④ ［德］黑格尔：《美学》第二卷，朱光潜译，商务印书馆 1979 年版，第 157 页。

度和优点，就要取决于理念与形象能互相融合而成为统一体的程度"①。这就是说，艺术美是理念和形象互相融合才达到有机统一："概念与个别现象的统一才是美的本质和通过艺术所进行的美的创造的本质。"②

此外，黑格尔还在《小逻辑》中详尽论述了内容与形式的关系，看到了内容与形式的相互转化，认为内容与形式同等重要，因为没有无形式的内容，正如没有无形式的质料一样。他指出："内容非他，即形式之转化为内容；形式非他，即内容之转化为形式。"③黑格尔看到了内容与形式的相互转化，并且认为只有内容与形式都表明为彻底统一的，才是真正的艺术品。这在很大程度上深刻把握了二者的辩证关系及作品的有机统一。

第四节　艺术功能与艺术接受

一　艺术的功能

黑格尔从不同的角度出发，认为艺术具有认识、教育、娱乐、消遣、慰藉、审美等各种功能，但唯有审美功能才是自由的艺术最重要的特征，而其他功能则是外在的，不是决定艺术的根本所在。

（一）艺术的认识功能

黑格尔认为，美的艺术要成为真正的艺术，必须成为认识和表现神圣性、人类最深刻的旨趣以及心灵的最深广的真理的一种方式和手段时，艺术才算尽了它的最高职责。他发现，各民族在史诗中留下了他们最丰富的见解和思想，因此，艺术不仅是了解哲理和宗教的一个钥匙，而且对于许多民族而言还是唯一的钥匙。所以，黑格尔断言，"艺术是各民族的最早

---

① ［德］黑格尔：《美学》第一卷，朱光潜译，商务印书馆1979年版，第90页。
② 同上书，第130页。
③ ［德］黑格尔：《小逻辑》，贺麟译，商务印书馆1987年版，第278页。

的教师"①，"诗过去是，现在仍是，人类的最普遍最博大的教师"②，"如果把各民族史诗都结集在一起。那就成了一部世界史，而且是一部把生命力、成就和勋绩都表现得最优美、自由和明确的世界史"。事实上，艺术之所以具有认识功能，在黑格尔看来，一方面在于艺术的使命是用感性形象去显现真实，显现绝对真理，通过自由造形正确表现事物的本质。

（二）艺术的教育功能

作为一个进步的哲学家和美学家，黑格尔主张艺术应有教育功能，对艺术家主体的修养有很高的要求，对艺术作品有着明确的规定。他认为，艺术要有鼓动人的种种力量，一定要对于人类具有普遍意义的旨趣，要从内心的真正深处，揭示出人道的有力量的东西，因此，"只有改善人类才是艺术的用处，才是艺术的最高的目的"③，而不应以追求不道德和提倡不道德为目的。他在分析德国作家雅柯比的小说《浮尔德玛》时，还批评了小说所写的"幽美的灵魂"，认为主角自以为有道德而沾沾自喜，但对现实世界真正有意义的事，不但不肯去做，而且不能忍受，对于人生真正有价值的道德方面的旨趣漠不关心。"一个真正的人物性格必具有勇气和力量，去对现实起意志，去掌握现实。"④ 黑格尔主张作品中的人物应"具有勇气和力量"，"去掌握现实"，从而表现了人物性格的主体性，也蕴含了作品应有的积极教育作用。黑格尔对艺术教育功能的认识是辩证的，认为艺术固然有说教劝世、宣扬道德、政治宣传的作用，但这不是艺术的本质所在，而只是艺术的外在目的，是诗以外的东西；相反，决定诗的艺术的只能在本质上是诗的东西。所以，他认为，艺术教训的目的不能作为抽象的议论、干燥的感想和普泛的教条直接说出来，而是间接地暗寓于具体的艺术形象之中。

---

① ［德］黑格尔：《美学》第一卷，朱光潜译，商务印书馆 1979 年版，第 63 页。
② ［德］黑格尔：《美学》第三卷（下册），朱光潜译，商务印书馆 1981 年版，第 20 页。
③ ［德］黑格尔：《美学》第一卷，朱光潜译，商务印书馆 1979 年版，第 64 页。
④ 同上书，第 309 页。

（三）艺术的解放功能

黑格尔曾经指出："审美带有令人解放的性质。"① 审美实践表明，这种解放既是身心的解放，又是情感的解放，对于创作和欣赏，都是非常重要的。

在黑格尔看来，如果用寻常语言把寻常的哀乐情绪描绘和表现出来，就可以使人的心情舒畅起来，那么，用诗的语言让情感迸发于诗歌，更可以使心情舒畅。因此，他认为，"诗的表现还有一个更高的任务：那就是诗不仅使心灵从情感中解放出来，而且就在情感本身里获得解放"②。其意思是说，在创作前诗人的情感盲目驱遣，心灵不能自拔，无法达到对事物的观照和表达，诗可以把诗人的心灵从这种幽禁中解放出来，使之成为自己的观照对象，强调了艺术的自主性，即自由性与无限性。黑格尔认为，特别是抒情诗人，一般都在倾泻自己的衷曲，借创作来倾泻自己的情感，把原来闷在心里的东西解放出来，成为外在的对象。他认为，艺术的解放功能不仅对于艺术家有意义，而且对于欣赏者也同样重要。他甚至还注意到，即使在艺术范围之外，声音作为感叹，痛苦的呼号，叹息和欢笑，就已经是心灵和情感最生动直接的表现，所以，心情和情感通过这种心声的迸发，就能得到宣泄或解放。

（四）艺术的审美功能

黑格尔论述了艺术的认识功能、教育功能、解放功能，但认为这些功能不是艺术的基本功能，也不是主要的功能，只有审美功能才是基本的和主要的。因为"诗的艺术作品却只有一个目的：创造美和欣赏美；在诗里，目的和目的的实现都直接在于独立自足的完成的作品本身，艺术的活动不是为着达到艺术范围以外的某种结果的手段，而是一种随作品完成而马上就达到实现的目的"③。黑格尔这里直接指出了诗只有一个目的即"创造美和欣赏美"，这从根本上抓住了艺术的审美本质，也突出了艺术的审

---

① ［德］黑格尔：《美学》第一卷，朱光潜译，商务印书馆 1979 年版，第 147 页。
② ［德］黑格尔：《美学》第三卷（下册），朱光潜译，商务印书馆 1981 年版，第 188 页。
③ 同上书，第 46 页。

美功能。

在艺术的四种功能中，艺术的认识功能涉及求真，即认识理念的问题；艺术的教育功能属于求善，即改善人类；艺术的解放功能实质上是审美功能的特殊表述，可以与审美功能归到一起理解，即审美。作为一个进步的哲学家和美学家，黑格尔不能回避艺术的认识功能和教育功能，不能不考虑艺术的求真向善问题；同时，黑格尔以其渊博的美学素养，又必须强调艺术的自主性，充分肯定艺术"创造美和欣赏美"这一本质特征。

二 艺术的接受

在西方美学史上，在接受美学形成以前，黑格尔对艺术接受的研究也颇让世人瞩目。他对艺术与时代、民族关系的论述，以及对作品接受者的尊重，可谓前无古人，后启来者。

（一）艺术与时代和民族的关系

黑格尔不仅用"历史和美学的观点"对法国人进行了批评，而且还用"历史和美学的观点"研究了艺术与时代和民族的辩证关系。

1. 每种艺术作品都属于它的时代和民族

黑格尔在论述"美和艺术的科学研究方式"时，运用历史的观点，自觉把艺术纳入产生它的时代和民族加以考察，认为"每种艺术作品都属于它的时代和它的民族，各有特殊环境，依存于特殊的历史的和其他的观念和目的"①，这体现了历史的观点，也表现了现实主义的美学思想。黑格尔把时代精神和民族精神看作是史诗的根源，一方面要求诗人必须知道一个时代和一个民族实体性的核心或心理方面的基本特点，为自己的民族和时代而创造；另一方面，又要求人们按照时代和民族特点，理解和观照艺术形象。

2. 艺术的繁荣与衰落

黑格尔把政治、科学、宗教和艺术都看作是时代的儿子。他认为艺术家属于他自己的时代，诗也随着时代的不同而出现复杂的差别，"不管是

---

① ［德］黑格尔：《美学》第一卷，朱光潜译，商务印书馆 1979 年版，第 19 页。

荷马和梭福克勒斯之类诗人，都已不可能出现在我们的时代里了，从前唱得那么美妙的和说得那么自由自在的东西都已唱过说过了。这些材料以及观照和理解这些材料的方式都已过时了。只有现在才是新鲜的，其余的都已陈腐，并且日趋陈腐"①。黑格尔在论述各门艺术共同的发展过程时指出："每一门艺术都有它在艺术上达到了完满发展的繁荣期，前此有一个准备期，后此有一个衰落期。因为艺术作品全部都是精神产品，象自然界产品那样，不可能一步就达到完美，而是要经过开始、进展、完成和终结，要经过抽苗、开花和枯谢。"② 这段话描述了艺术繁荣与衰落的发展轨迹，揭示了任何艺术都有时间性的可朽的一方面，阐明了艺术发展的共同规律，也蕴含了事物的一般发展规律，乃至社会兴衰的一般规律。

3. 替民族精神找到适合的艺术表现

黑格尔发现，各门艺术都或多或少是民族性的，与某一民族的天生自然的资禀密切相关。如希腊人擅长史诗和雕刻，意大利人天生擅长歌唱，能够临时编唱，而民间诗歌则只能产生在精神文化比较不发达的时代。因此，他认为，"诗出自民族，民族的内容和表现方式也就是诗的内容和表现方式"，"所以诗始终要受民族特性的约制"③，"艺术的使命就在于替一个民族的精神找到适合的艺术表现"④。当然，艺术表现民族精神，并非拘泥于本民族现实的题材，而是可以从一切民族和时代吸取艺术的题材，黑格尔认为关键是抓住不同题材中的异中有同，即共同的人性（普遍旨趣）和艺术性，强调了艺术家应扎根于时代和民族，吸取时代精神和民族精神，又阐明了必须按民族和时代特点来理解和欣赏艺术。

（二）艺术与艺术接受者

黑格尔在研究艺术家和艺术作品的同时，还深入研究了艺术与时代和民族的关系，要求诗人首先为自己的民族和时代而创造，从宏观上沟通了艺术与艺术接受者的关系，这不仅开拓了美学的研究领域，而且有利于把

---

① ［德］黑格尔：《美学》第二卷，朱光潜译，商务印书馆1979年版，第381页。
② ［德］黑格尔：《美学》第三卷（上册），朱光潜译，商务印书馆1979年版，第5页。
③ ［德］黑格尔：《美学》第三卷（下册），朱光潜译，商务印书馆1981年版，第26页。
④ ［德］黑格尔：《美学》第二卷，朱光潜译，商务印书馆1979年版，第375页。

握艺术创造的本质，也在一定程度上影响了接受美学的形成。

黑格尔是社会责任感很强的美学家，也是一个富有博大胸怀和远见卓识的思想家。他一方面强调诗人首先为自己的民族和时代而创造；另一方面又超越了民族和时代的局限，要求创造出真正不朽的艺术作品，把艺术的多种功能紧紧与作品接受者联系起来，并在西方美学史上第一次明确提出了艺术"为全国的人民大众"① 的重要论断，认为艺术"属于我们的，属于我们的时代和我们的人民的"②，"是为一般听众"，"也就是为群众的艺术作品"③，"是为我们而存在，为观照和欣赏它的听众而存在"④，不是"为它自己"而存在，（即不是为艺术而艺术）也不是为一小撮有文化修养的关在一个小圈子里的学者。黑格尔如此重视作品接受者，提出艺术"为全国的人民大众"的主张，这是颇有革命性和进步性的一个命题，它从根本上解决了艺术为什么人的问题，对于艺术家确立正确的艺术观及创作动机亦有重要指导意义。

尊重作品接受者，并不意味着投合观众。关于迎合观众趣味的不良倾向，在西方美学史上，柏拉图、亚里士多德、贺拉斯、布瓦洛、狄德罗等人都在不同程度上给予了批评。黑格尔深受传统美学思想影响，也反对过分面向观众，认为"最坏的情况是诗人有意要讨好听众"⑤，因为这种投合观众的倾向会使艺术形象中夹杂一些偶然性的东西，因而使作品本身成为一种偶然性的东西。这就是说，投合观众不符合艺术创造的质的规定性。

综上所述，黑格尔在西方美学史上第一次建立了一个完整而又严密的美学思想体系。他的艺术美论、艺术家论、艺术创作论、艺术功能与艺术接受论，全方位地论述了艺术与时代和民族的关系，阐释了艺术美的特点及其本质，对于我国当代的文艺创作、文艺鉴赏和文艺批评，都具有重要的启发意义。

---

① ［德］黑格尔：《美学》第一卷，朱光潜译，商务印书馆1979年版，第347页。
② 同上。
③ 同上书，第314页。
④ 同上书，第335页。
⑤ ［德］黑格尔：《美学》第三卷（下册），朱光潜译，商务印书馆1981年版，第268页。

第三编
美学研究

第一章

审美价值与主体性

审美价值是美学研究的重点和难点。笔者在本章试图通过对审美价值与主体性的思考，通过研究审美主体的特点，深入研究审美主体与审美客体之间形成特定的审美关系，探索审美客体的审美价值，尝试揭示审美价值的内涵及其本质。

第一节　审美价值的本质

一　价值论哲学视野中的价值

从价值论哲学的角度来看，价值不是一个实体范畴，而是一个反映主体与客体之间的关系的范畴。它是由主体的某种需要与客体的某些属性二者之间的关系所构成的。

从价值论哲学的角度来看，人既是认识主体、实践主体，又是价值主体。因而，能满足主体某种需要的客体，主体就认为它有某种价值；不能满足主体的某种需要或不与主体的需要发生联系，客体就无所谓价值。李德顺认为："'价值'这个概念所肯定的内容，是指客体的存在、作用以及它们的变化对于一定主体需要及其发展的某种适合、接近或一致。"[①] 任何

---

① 李德顺：《价值论》，中国人民大学出版社 1987 年版，第 13 页。

事物要实现自身的价值，既离不开客体能够满足主体需要的某些属性，也都离不开主体对客体的需要，因此，所谓价值，实际上就是主体需要与客体满足主体需要的属性的统一。

为了更好地认识和理解价值论哲学中的价值，我们首先要正确认识价值的主体，即什么人才是价值的主体。这里所说的价值主体是指具有一定的感知能力、体验能力和认识能力的人，即具有正常感性和理性相统一的主体。人类作为价值主体，应该具有求真、向善和审美的能力，具有能够为了满足人类自身的发展进步不懈奋斗的价值欲求。人作为价值主体，不是抽象的，而是蕴含于具体的价值关系之中，也就是说，任何事物的价值都只是相对于特定的主体而言，离开了特定主体，该事物的价值就会发生变化。比如一个不会游泳的人不小心落水，他身上携带的十斤黄金只能加快他沉入水底的速度，而不是救命的财富，所以，黄金的价值虽然具有客观性，但要实现黄金的价值，还需要使用黄金的主体，即主体需要黄金，黄金就具有价值；主体不需要黄金，黄金暂时就没有价值。价值的这种相对性，客观上恰恰反映了价值的主体性特征，反映了主体与客体形成价值关系的具体情境。

其次，我们还应该正确认识价值主体的需要，分析人的需要是否正当，是否科学；要考察人的需要是否是扭曲、畸形甚至异化后的需要，因为这些需要已经超越了人的正当需要，如吸毒、沉溺于网络游戏等不健康的需要。人的正当、科学的需要能够成为特定主体的实践动力，并且能够通过其创造性的、进步性的社会实践活动，以满足自身的需要；相反，人的需要一旦遭到扭曲，变为畸形甚至是异化后，即使有满足这些需要的实践动力，但这些动力往往不是正能量，而大多是负能量，客观上就会使人走入歧途，甚至走向犯罪。因此，我们要正确认识人的需要是真实客观、正当、科学，还是扭曲、畸形甚至是异化的，这对于我们理性科学地认识人的需要，正确认识需要本身的价值，是非常必要和重要的。

对于事物价值的客观性，我们同样需要深入解剖事物所谓客观属性的真实性、模糊性与可变性。所谓真实性，是指事物的属性是客观存在的，并且这种客观存在的属性已经被主体所认知，得到了主体的确认，比如通过科学检测，我们可以了解各种蔬菜、水果和粮食的营养成分，并且根据自己身体的需要，确定个人的饮食和生活习惯。所谓模糊性，是指某些事物的客观属性暂时还没有被人们所充分认识和理解，比如百慕大三角、地震、海啸、灵感等，人类远还没有达到完全认知。所谓可变性，是指某些客观事物的属性不够稳定，具有易变性，甚至易逝性。比如新鲜的水果、蔬菜容易变质，春夏秋冬四季的变化，一天四时的朝夕变化等。另外，某些事物容易发生物理变化甚至是化学变化。由此可见，我们把握事物的客观属性，应该从发展变化的观点出发，以辩证思维理解事物的客观属性，及时把握事物的客观属性的最佳状态，以充分挖掘和利用事物的价值，把事物的价值最大化。

当然，事物的价值一方面需要事物自身具有某些属性，并且这些属性能够在较大程度上满足特定主体的具体需要，这才能够实现事物的价值。从价值论哲学和实践的观点来看，事物要实现自身的价值取决于三个要素：第一，特定主体的需要；第二，事物具有能够满足主体需要的具体属性；第三，特定主体与特定事物形成认识或实践关系。对此，我们需要区分两种情况：第一种情况是，特定主体在一定时空范围内必须能够接触到这个事物，比如我们能够看到眼前的鲜花，但如果这些鲜花与我们相隔十万八千里，那么这些鲜花就不是我们的认识对象和审美对象了；第二种情况是，特定客体与特定主体只能是相对而言，雪中送炭与锦上添花都是有价值的，但对于一个饥肠辘辘的穷人而言，他更需要一碗热饭或者雪中送炭，而给他雪中送花就不一定有价值。

此外，我们在把握价值论哲学中的价值时，还必须具有社会发展进步的宏大视野，把价值视为一种更高层次的善，是对于人类具有积极意义的正能量，是能够满足人类不断发展的各种正当需要的实践活动及其劳动成果，而绝非只满足个人的一己之私和蝇头小利。

二 从价值论哲学看审美价值

(一) 审美关系

一般价值是在一般事物的属性满足一般主体需要的前提下产生或者实

现的。同样，审美价值是在审美关系中产生或者实现的，没有主体的审美需要，没有客体的审美属性，没有审美主体与审美客体形成特定的审美关系，审美客体就不是该主体的审美客体，相对于该审美主体而言，也就无法实现其审美价值。

审美关系对于审美价值的实现具有非常重要的意义，主体只有在对客体进行审美观照时，主体才能与客体形成审美关系，从而实现审美客体的审美价值。从审美实践来看，一个事物要实现其审美价值，首先，特定主体具有审美需要，成为审美主体，而不是认识主体或实践主体；其次，事物要具有特定的审美属性，如蓝天白云、鸟语花香、朝霞夕阳、月明星稀、高山流水、山清水秀、林海雪原、塞北沙漠等，这些自然事物的色彩、比例、造型之美，都体现出特定的审美属性，客观上能够适应或满足主体的审美感官，当人作为主体对这些自然事物进行观照时，就会情不自禁、不由自主地产生情感愉悦。人作为主体观照这些自然事物的过程，就是人作为主体与客体形成审美关系的过程。因此，审美关系既具有主体性、主观性，又具有客体性和客观性，体现了主体性与客体性、主观性与客观性的有机统一。在审美领域，我们不能把审美价值只看作审美客体的属性，不能把它看成是独立存在的东西。判断一个客体是否具有审美价值，就应该看其是否能满足主体的审美需要。凡是能满足主体审美需要的客体，主体就认为该客体具有审美价值。

审美关系是形成审美价值的重要中介，因为审美价值蕴含于审美主体与审美客体的和谐一致的审美关系之中。达·芬奇在《笔记》中指出："爱好者受到所爱好的形象的吸引，两者结合，就变成了一体。这种结合的头一胎婴儿便是作品，如果所爱好的形象是卑鄙的，它的爱好者也就变成卑鄙的。如果结合的双方和谐一致，结果就是喜悦、愉快和心满意足。当爱好者和所爱好的对象结合为一体时，他就在那对象上得到安息；好比在哪里放下重担，就在哪里得到安息。"① 达·芬奇这段话具有丰富的内涵，对于我们正确认识理解审美关系非常具有启发意义。审美实践表明，

---

① 伍蠡甫、胡经之主编：《西方文艺理论名著选编》上卷，北京大学出版社 1985 年版，第 159 页。

审美价值来源于美的事物,审美主体受到所爱好的对象(即审美客体)的吸引,不知不觉受到审美客体的影响,人们经常接触哪类事物,就必然受到哪类事物潜移默化的影响,因为人们所爱好的事物作为一种存在,作为影响人们的一种环境,其对人的影响是客观存在的。从审美的角度来看,审美客体的性质也会影响审美主体的美感性质,甚至影响审美主体内在的精神风貌。因此,主体只有在具体的审美实践所形成的审美关系中,才能够体验和发现客体的审美价值,而审美价值蕴含于审美主体与审美客体的和谐一致的审美关系之中。

审美实践表明:客体的某些属性只有在具体的审美关系中才能作为审美属性显现出来,而审美属性正是构成审美价值的客观因素。文学作品之所以对读者有审美价值,从作品的角度来讲,作品的人物形象、情感、意境等作为客体的审美属性只有在阅读欣赏中才能产生艺术魅力,从而也表现出文学审美价值的客观性。

(二)审美价值

从价值论哲学的视野看审美价值,审美价值不是一个实体范畴,而是反映审美主体与审美客体之间审美关系的范畴。只有在两者所形成的具体审美关系中,我们才能把握审美客体的审美价值。

所谓审美价值,就是客体的审美属性与主体的审美需要在具体审美关系中的有机统一。审美价值总是蕴含于审美主体与审美客体所形成的具体审美关系之中。离开具体的审美关系,也就不存在审美。马克思认为,忧心忡忡的穷人甚至对最美丽的景色都没有什么感觉;贩卖矿物的商人只看到矿物的商业价值,而看不到矿物的美和特性,也没有矿物学的感觉。所以,客体是否具有审美价值,一方面取决于事物自身具有的审美属性,一方面取决于主体的审美需要,取决于主体能否与该事物形成具体的审美关系。

对于审美价值的看法,一般大致有三种观点:客观论、主观论和主客观统一论。我们在确认审美价值具有客观性的同时,还应该特别重视审美主体与审美客体的统一,因为审美客体一旦脱离了审美主体,也就意味着与主体没有形成具体的审美关系，其审美价值也就不可能实现。

审美价值既然是在具体的审美关系中产生的，那么，它也必然随着审美关系的改变而改变。从接受美学的角度来看，没有与读者发生关系的作品还只能是"第一文本"，是一种"自在"的存在。作品只有与读者发生关系，才能成为"第二文本"，成为一种"自为"的存在。同一个"第一文本"，读者不同，形成的审美关系就会不同，就会有不同的"第二文本"。即使同一个读者，在主体条件发生变化的情况下，对于同一作品先后阅读也会产生不同的"第二文本"。自然界的花草是客观的，但同样的花草却因为审美主体的不同而获得不同的审美价值。周敦颐《爱莲说》中言，"水陆草木之花，可爱者甚蕃。晋陶渊明独爱菊；自李唐以来，世人甚爱牡丹"，而自己却"独爱莲之出淤泥而不染"，郑板桥却又非常爱竹。实际上，菊花、牡丹、莲花、竹子，都因其审美主体不同，形成的具体审美关系不同，各自获得的审美价值也必然不同。正如杜书瀛先生所言："人化的对象就是审美客体，对象化的人就是审美主体，审美客体对于审美主体所具有的人的（人文的社会—文化的）意义，就是人们通常说的广义的美——审美现象，这种美（审美现象）当然是一种价值现象，即审美价值形态。"[1] 由此可见，审美价值对于审美客体审美价值的重要影响。

从审美客体来讲，自然界的花草树木、名山大川往往随季节而变化；太阳从朝阳、烈日到夕阳，圆月如银盘，或者残月如银钩，客观上都具有其稳定性和可变性。社会美在特定的社会阶段既具有相对的稳定性，又随着时代的变化而变化，从而表现出其可变性。问题在于，无论是审美的共同性，抑或审美的差异性，客观上都与特定主体具有非常重要的关系。审美差异性表明，同一审美客体在不同的审美关系中具有不同的审美价值。而审美的共同性则表明，同一审美客体在大致相同或相似的审美关系中，可以具有大致相同或相似的审美价值。

为了更好地把握事物的审美价值，我们应该把审美价值纳入形成审美关系的动态过程及其发展变化中加以审视。事实上，无论是审美主体还是

---

① 杜书瀛：《价值美学》，中国社会科学出版社 2008 年版，第 66 页。

审美客体，都是不断发展变化的，而且在双方的发展变化中都表现出一定程度的稳定性和可变性。我们只有从具体复杂多变的审美关系中，才能具体把握事物的审美价值，这种对审美价值的把握，既可以从宏观的审美视野和审美实践加以考察，又可以从微观具体的审美实践中进行体验、感悟和审美判断。

第二节　审美价值的主体性

从审美价值的形成过程来看，审美价值的形成客观上虽然离不开事物的审美属性，但审美主体在形成事物的审美价值过程中却具有非常重要的作用。

一　审美感官的主体性

从审美主体的角度来看，审美价值的形成首先需要特定主体具有相应的审美感官。主体的审美感官不是主体的纯粹生理学的感官，而是自觉不自觉地融入和蕴含了特定主体的文化艺术素养、美学素养，客观上不知不觉地把纯粹的生理感官转化升级为审美感官了。

人作为主体的审美感官，主要是眼睛和耳朵。达·芬奇把眼睛视为最重要的审美感官，是心灵的窗户，它是知解力用来最完满、最大量欣赏自然的无限作品的主要工具；他把耳朵视为居于第二位的审美感官。从艺术的可视性来看，达·芬奇认为绘画是视觉艺术，直接作用人最主要的审美感官——眼睛，画家是通过眼睛来服务于知解力；诗则是听觉艺术，诗人是通过耳朵来服务于知解力。前者可以通过人物形象的表情和动作来揭示人物内心世界；后者擅长表现人的心理活动。如果把画叫"哑巴诗"，那么，画家也可以把诗叫作"瞎子画"。他认为，哑巴优于瞎子，绘画优于诗歌。达·芬奇如此重视绘画，这与他高度重视眼睛这一审美感官有很大的关系。当然，达·芬奇所说的诗，是泛指文学，是以讲故事的方式为主要特征的，而我们现在通常所说的文学主要是通过读者的阅读来感知和想象文学作品中的人物形象和意境等内在意蕴。

在审美活动中，耳朵不仅对于我们欣赏各种音乐是必不可少的重要审美感官，即使对于我们欣赏诗朗诵、配乐散文、各种评书、歌唱、相声以及各种曲艺节目，各种戏剧、影视节目等，也都是非常重要的审美感官。所以，毫无疑问，审美主体的耳朵具有正常的听觉能力，这是审美主体进行审美活动必不可少的审美感官。

在审美活动中，审美主体通过自己的感官观照审美客体，而人的感官具有相同性或相似性，这是构成相同或相似的审美关系的重要生物基础。《孟子·告子》说："耳之于声也，有同听焉；目之于色也，有同美焉。"从人的生理感觉来看，人们有视、听、触、味、嗅觉。审美知觉主要以视觉和听觉为基础。正常的视觉能够使人们观照八种状态：颜色、大小、形体、形式、距离、方向、静止和运动。有正常视觉的人看到一个物体，马上就能感觉到事物的外在形态。正常人的听觉能力能够使人确定音色、高度、力量、容量。有正常听觉的人马上就能判断出外界的多种音响。

眼睛与耳朵虽然是审美主体最重要的审美感官，从而决定了审美主体的视觉与听觉能力的强弱，也决定了审美主体视觉与听觉的主要审美对象，但人的嗅觉与味觉在一定程度上也能够影响主体的审美。比如我们在欣赏鲜花时，如果调动我们的嗅觉能够闻到鲜花的芳香，就有利于增加鲜花的审美价值；相反，我们的嗅觉如果闻到的不是鲜花的芳香，而是鲜花的异味，就会降低鲜花的审美价值。味觉对审美的影响，其原理亦大致如此。

从人类的生理感官向审美感官的转化生成来看，审美感官是人类的生理感官在长期的社会实践中进化形成的，因而人的审美感官也具有社会性。"拿人的视觉来说，各种社会的人都大同小异，它是一种生物特性，但文化模式却能决定，哪些事物能使我们的视觉更加敏锐。因纽特人很善于辨别各种不同的雪，而别的人种却认为，反正雪是白的，看不出其差别。有经验的捕鲸者可以在地平线上看到鲸鱼的踪迹，而一个生手除看到蓝色的大海之外，什么也看不见。"① 因此，人的生理感觉在社会化的过程中，也在改变着自己同现实的审美关系，从而既不断形成审美差异，又形成了审美的共同性。

主体把生理感官转化升级为审美感官的前提就是主体长期自觉不自觉地进行的丰富多彩的审美活动，在审美活动的过程中，主体自觉不自觉地与客体形成了审美关系，使自己的生理感官转化升级为了审美感官。因此，诚然，每个人都具有眼睛与耳朵这些生理感官，但这并不意味着每个人都具有审美感官，因为人的生理感官是先天的，而审美感官则是主体后天通过大量的审美活动对生理感官的进化与提升，体现了生理感官的审美化、社会化与文化化。

二 审美需要的主体性

（一）审美主体的主观因素

人类作为求真、向善与审美的三大主体，在认识世界的过程中，人是认识主体；在改造世界的过程中，人是实践主体；在审美活动中，人是审美主体。因此，人只有产生了审美需要并且进行审美活动，人才真正是审美主体。审美是人类特有的主体性活动，有什么样的审美主体，就有什么样的审美需要。审美主体的主观因素直接决定和影响了审美活动、审美关系和事物的审美价值。

从审美主体来看，在微观上，任何审美主体的主观因素都是在不断发展变化的，审美理想、审美意识、审美标准、审美趣味、审美需要、审美心理、审美角度和审美心境等都是变数，而不是常数，一切都在发展变化之中。正是因为审美主体这些具体主观因素的变化，与特定审美客体所形成的关系也会不断发生变化，此时此情与特定事物可能是审美关系，而彼时彼情就可能形不成审美关系。宏观上，不同的审美主体之间没有绝对相同的审美理想、审美意识、审美标准、审美趣味、审美需要、审美心理、审美角度和审美心境，因此不同的审美主体与同一个审美客体必然形成不

---

① ［美］W. 古德：《家庭》，魏章玲译，社会科学文献出版社1986年版，第28页。

同的审美关系，从而使同一个审美客体在不同的审美主体的审美视野中获得不同的审美价值。

在审美关系的发展变化中，虽然审美客体与审美主体都具有稳定性和可变动，可相对来讲，审美主体比审美客体具有较大的可变性。主体的审美理想、审美意识、审美标准、审美趣味、审美需要、审美心理、审美角度和审美心境都是稳中有变，不经意间就会与特定审美客体形成的审美关系发生变化。以审美角度而论，审美主体从不同的审美角度观照审美客体，就会形成许多不同的审美关系。郭熙在其《山川训》中说，从不同的时空观照高山，必然是每看必异："山近看如此，远数里看又如此，远十数里看又如此，每远必异，所谓山形步步移也。山正面如此，侧面又如此，背面又如此，每看每异，所谓山形面面看也。"当然，每看必异所感受到的不同意态虽然与高山的自然形态有着必然的联系，但更取决于主体的审美角度。审美角度变了，审美关系就要变，审美价值也要随之变化。苏轼《题西林壁》："横看成岭侧成峰，远近高低各不同。不识庐山真面目，只缘身在此山中。"客观上也揭示了观照庐山需要不同的角度，而不同的角度也会给主体带来不同的审美效果。总之，审美客体与审美主体在具有相对稳定性的同时，二者都具有可变性，因而由双方构成的审美关系也是复杂多变的，审美客体的审美价值也是随之不断发展变化的。古今中外大量的审美差异现象足以证明：审美主体决定和影响着审美关系，而审美客体的审美价值总是随着审美关系的发展变化而不断发展变化。

从审美意识的角度来看，主体的审美意识对于审美关系有着相当重要的影响。从具体的审美主体来看，任何个人的审美意识都不是先天具有的，而是在后天的社会实践中，不断受到家庭、民族、社会、时代的审美意识影响下发展起来的，而家庭、民族、社会、时代的审美意识有一定的稳定性和共同性。这种稳定性和共同性又必然渗透、积淀在个体的审美意识之中，并通过个体的审美意识体现出来。个人的审美意识除了凸显出个体独特的审美个性以外，必然要表现出特定家庭、民族、社会、时代的审美意识，这是形成审美共同性的重要主体条件。这样，当审美意识大致相同的审美主体在观照同一个审美客体时，有可能形成相同或相似的审美关系，因而有可能从同一个审美客体中获得相同或相似的审美价值，从而产生审美的共同性，即产生共同的美。樱花对于不同的日本人，君子兰和牡丹对于不同的中国人，都可能获得大致相同或相似的审美价值。以时装来讲，从"文革"后期流行的喇叭裤发展为筒裤、健美裤，从绿色军装发展为中山装、西服，直到现在各种款式新颖、活泼大方的时装，既反映了审美的变化，又反映了民族、社会、时代审美的某些共同性。在宗教发达的国家和地区，同一宗教内的教徒在审美习俗上有着惊人的一致性或相似性。基督教人文主义认为，基督教徒要重新做人，就不能把个人放在与神同等的地位，不能再狂妄自大，面对神这个无限，应该意识到自身的有限，使自己谦卑下来，所以，基督教徒通常以虔诚、谦卑为美。而我国道家则以超脱、旷达为美，儒家则以谦谦君子、文质彬彬为美。在文学史上，每当国难当头的时候，反映爱国主义精神的艺术作品则受到极大推崇，其原因就在于人们出于爱国主义精神的需要，对这类作品能够形成相同或相似的审美关系，使这类作品获得了当时很高的审美价值。

从比较文学的角度来看，反映爱情、友谊、善恶、复仇、母爱等内容的艺术作品之所以长久不衰，很大程度上在于这些"母题"能够与不同时期的审美主体形成较广泛而持久的审美关系，而且这些审美关系具有某种程度的普遍意义，任何社会、任何时代和任何民族都要有爱情、友谊等。也可以说，这类"母题"反映着人性的一些普遍性，所以，这些作品往往能显示出广泛而又持久的艺术魅力，也显示了主体审美意识、审美需要等主体因素的共同性和普遍性。

此外，主体的审美标准、审美趣味、审美理想、审美个性等许多主观因素，都体现了特定主体的世界观、人生观、价值观、审美观等许多文化艺术素养，只有当主体具备了较高的文化艺术素养，树立了正确的世界观、人生观、价值观、审美观，能够与更多事物形成积极的审美关系，才能够有利于主体发现美、欣赏美和创造美。

（二）审美关系的主体性

审美关系的主体性是指，审美主体在形成审美关系中具有主体的选择性，在审美关系中处于主导地位，弘扬着主体的能动性。在审美活动中，审美关系的形成不是偶然的，不是"过去时"，也不是"未来时"，而是体现了主体对审美的"现在时"或"进行时"。也就是说，主体能否与特定事物形成审美关系，直接体现了人的主体性，是主体在审美，主体欣赏什么，不欣赏什么，什么时间欣赏等，都取决于主体。

审美关系是对认识关系的超越。在认识关系中，主体应尽可能摆脱乃至超越主观对自我的局限与束缚，尽可能地使主观向客体实际趋近，对认识对象诉之于理智，以求得对客体事物较客观的认识。科学认识中所探求的"真"，是主体在既定条件下对客体的认识，当然不能绝对地穷尽事物的真谛，所以，"真理"作为认识关系的结果，也不可避免地带有认识主体的主观色彩和时代色彩。从自然科学的"地球中心说"到"太阳中心说"，再发展为现代的"宇宙意识"，正说明了科学的发展总是要推翻或者修正已有的科学结论，而这又恰恰意味着认识主体的主体性不能不屈从于认识客体的客观性，从而表现出认识主体一定程度的受动性。而在审美领域，虽然人的审美具有一定的认识因素，但绝不是为了求"真"而去审美，人不仅作为认识主体，更重要的是作为审美主体而出现的。审美不但不否定和不摆脱主体，而且还积极地肯定主体；审美的目的并非得到事物的"真"，而是感受到事物的美，获得情感的愉悦。

由此可见，审美关系不同于认识关系。认识关系决定主观要服从客观，决定了主观向客观的趋近，求"真"的目的性制约着主体的认识活动。审美关系不仅有客观性的品格，而且具有主体性的品格。审美关系的客观性是说，首先，在审美客体和审美主体双向交流形成的审美关系中，离不开客体的某些审美属性；其次，什么样的审美主体，就会与什么样的审美客体形成特定的审美关系，受一定历史条件，一定生产力发展水平，一定的时代、民族、阶级等各方面既定条件的制约，具有客观必然性。但审美的主体性不是完全受制于审美客体的客观属性，在较大程度上体现出了主体的因素。如果说认识主体为了求"真"的需要而自觉地选择特定的认识对象和认识角度，从而充分发挥认识主体的能动性和创造性，那么，审美主体则是自觉或不自觉地根据自己的审美趣味、审美理想去选择自己喜爱的审美客体，在对客体的审美观照中确证着自己的审美意识和审美趣味，从审美主体所喜爱的审美客体中却完全可以反馈出审美主体的审美意识和审美趣味，而我们却很难从科学家的研究对象中看出其精神个性。与什么样的审美客体构成什么样的审美关系，主要取决于主体的审美意识、审美趣味等主观因素，而非客体的属性。

审美关系的客观性和主体性决定着审美价值的客观性和主体性，而审美价值的主体性来源于审美关系的主体性。审美主体总是根据自己的审美需要、审美意识和审美个性与特定的审美客体建立一定的审美关系，弘扬着主体性，总是以自己的审美尺度观照审美客体。如果说真理是主客观的统一，且统一于客观的质的规定性，那么，审美价值则是由审美客体统一于审美主体的审美尺度。凡是符合主体审美尺度的客体，主体就认为它有审美价值；反之，主体则认为它没有审美价值，而客体的审美价值总是相对于具体的、特定的审美主体而言。

综上所述，审美价值在具体的审美关系中产生，随审美关系的变化而变化，审美价值不仅具有客观性，而且具有主体性。把审美价值纳入价值论来考察，强调审美价值的主体性，就是要求我们要不断根据人们的审美需要，创造出更丰富多样的现实美和艺术美，不断提高和丰富人类的审美意识，同时也提醒我们，在对美的事物的评价中，要克服那种"见物不见人"的机械唯物论倾向，较客观地认识和判断事物的审美价值。

第三节　审美价值的客体性

《周易·系辞上》："仁者见之谓之仁，智者见之谓之智"，揭示了人们认识事物的局限性，也反映了人们看待事物角度的重要性。我们承认仁者见仁，智者见智，但事物究竟是仁，还是智，"仁者见之谓之仁，智者见之谓之智"，客观上并没有说清楚。我们把见仁见智的说法和道理用于审美领域时，也会出现审美过程中见仁见智的现象。因此，无论是从认识论上的见仁见智，抑或审美领域中的见仁见智，都说明了主体把握事物的主体性特征，但这种主体性中却具有明显的主观性乃至局限性，因为其本质上忽略了事物本身的客观规定性。

一 审美价值的客观性

所谓审美价值的客观性，是指审美客体在一定时空内具有特定的审美属性，这些审美属性不是以审美主体的主观意愿而转移的，而往往具有较大程度的稳定性。

（一）审美价值离不开事物的客观属性

从审美的角度来看，审美客体有的侧重于客体的内在美，有的侧重于外在美，有的则体现了内在美与外在美的和谐统一，即内容与形式的和谐统一。

在艺术美中，内在美主要指作品的思想情感、意境、人物形象能够较大程度表现出真善美的统一，即内容积极、健康、进步，对于读者或关注者能够产生较大的激励作用，传播的是正能量；外在美则主要指作品的形式结构等，在文学中主要是语言精练准确、结构完整和谐、艺术技巧富有魅力、韵律有利于表情达意等。一般来说，优秀的文艺作品能够达到真善美的和谐统一，也是内在美与外在美的和谐统一。我们之所以欣赏优秀的文艺作品，就在于这些优秀的文艺作品具有自身的审美属性，而这些审美属性则体现了这些文艺作品的客观规定性，也是这些文艺作品具有审美价值的客观依据。

在自然美中，大自然的外在特征往往也具有自身的审美属性，正是这些客观的审美属性才能够引起我们的欣赏，才能使我们产生美感，我们才能确证大自然的审美价值。特别需要指出的是，大自然所蕴含的审美属性虽然是客观的，具有客观性，但并非绝对客观的，相反，自然事物的审美属性也只能与审美主体的审美感官相适应，或者说相对而言。比如我们之所以欣赏朝阳、夕阳之美，而不能欣赏中午的太阳之美，客观上就在于朝阳与夕阳的色彩适合我们的眼睛观看，而中午的太阳则直接刺疼我们的眼睛。同样，我们欣赏海洋中的生物之美，也只局限于我们的眼睛能够看到的海洋生物，从人工建造的水族馆、海洋极地世界等处欣赏许多海洋中的鱼类之美。

另外，从一般的形式美来看，许多客观事物的形式具有一定的形式美，是一种具有相对独立性的审美对象。我们所欣赏事物的形式美，审美客体通常在外形上具有一定的特征，比如均衡、对称、比例、节奏、韵律、变化、一致等。形式美的审美属性一般包括两部分：一是构成形式美的感性质料，一是构成形式美的感性质料之间的特殊组合及其规律，如黄金分割率等。一般来说，构成形式美的感性质料主要是色彩、形状、线条和声音等。色彩的审美属性主要是各种物体根据吸收和反射光的电磁波程度不同，而呈现出赤、橙、黄、绿、青、蓝、紫等十分复杂的色彩现象，既有色相、明度、纯度属性，又有色性差异。色彩是客观事物成为审美客体的重要因素，能够对人的生理和心理产生特定的刺激信息，使审美主体产生这样或那样的审美愉悦感。人类在长期的社会实践与审美实践过程中，自觉不自觉地赋予各种色彩以特殊的意义和情感。比如红色通常表示热烈奔放、热情活泼、开朗兴奋，蓝色表示宁谧、冷静、稳重、舒缓，白色显得纯净、洁白、素雅、哀怨等。在事物的形状和线条中，直线、曲线、折线、正方形、圆形、三角形等都具有特定的意义。在声音之美中，大自然的天籁之音既神秘又动听，我国传统的《百鸟朝凤》既是古典名曲，又是对大自然的模仿，既是艺术创造，又反映了大自然百鸟的鸣叫之美。我国著名表演艺术家梅兰芳的唱腔字正腔圆，非常具有艺术表现力，我们即使听不懂他唱的内容，也会为他的唱腔所感染而陶醉。意大利著名男高音歌唱家帕瓦罗蒂的嗓音丰满，音色宽厚、充沛，具有十分漂亮的音色，圆润而富于穿透力，在两个八度以上的整个音域里，所有音均能进射出明亮、晶莹的光辉，被誉为"高音之王"，是世界三大男高音歌唱家之一。我们即使听不懂他歌词的内容，也会能欣赏他的唱腔，并为其美妙的歌声所陶醉。

当然，审美客体的形式美具有独立的审美价值，但它绝非纯粹自然的客观事物。一个事物之所以成为审美客体，不仅在于它具有一定的审美属性，而且还在于它在一定程度上蕴含或反映了人的审美情感，经过了漫长的历史积淀，是一种植根于人类社会实践的"有意味的形式"，也是人化的自然。

（二）审美价值具有民族性、社会性和时代性

审美价值虽然是关系属性，而不是实体属性，一方面审美价值是随着审美主体的发展变化而不断发展变化的，另一方面，审美主体又是属于特定民族、社会和时代的，审美主体这一客观规定性就必然决定和影响了审美价值具有民族性、社会性和时代性。

审美价值具有民族性。任何审美主体都是属于特定民族的，作为民族的一员，具有该民族普遍的审美意识、审美标准和审美趣味等。比如，一般而言，不同的民族具有不同的风情习俗，在语言特点、衣着打扮等方面，往往具有鲜明的民族特色，有的民族以肥胖为美，有的民族以长脖颈为美等。审美价值的民族性本身既不是褒义的也不是贬义的，而是一个中性概念，因为在审美价值的民族性的内涵中，有些审美的民族性是文明先进的，具有正确的审美标准，而有些审美的民族性则是落后愚昧的，甚至是对身体健康有损害的，是畸形的审美趣味，比如以肥胖为美和以长脖颈为美，都在不同程度上对身体健康构成了损害。因此，在全球化的历史进程中，我们如何正确对待特定的民族文化，包括审美文化，正确认识和保护本民族优良的传统文化和文明的审美文化，剔除其落后、愚昧、畸形的文化形态，这是摆在学者面前的一个重要任务，也是各个民族能否在文化发展的历史进程中敢于和善于自我扬弃，敢于推陈出新、批判继承和海纳百川、拥有世界视野的大问题。

审美价值具有社会性。按照马克思的观点，人的本质在其现实性上，是一切社会关系的总和。任何审美主体都不是孤立的个体存在，而是社会性存在，一方面，社会关系是人的本质的外化，另一方面人的本质也只有在社会关系中才能够表现出来。因此，审美价值虽然只是相对于特定的审美主体而言，但特定的审美主体也属于特定社会，必然要受到特定社会经济基础和上层建筑等诸多主客观条件的影响和制约。如果说"各美其美"凸显了审美价值的主体性，那么"美美与共"则较大程度上体现了审美价

值的共同性，即社会性。作为社会成员的一分子，当你作为审美主体出现的时候，你的审美标准、审美意识、审美趣味、审美个性等主观因素虽然具有个人的差异，具有独特的审美个性，但你的审美个性一般应该与你所在的团队集体的审美标准、审美意识、审美趣味大致相吻合，相适应，或者说是团队能够基本认同甚至能够悦纳你的审美个性，否则，作为个体的审美主体，就很难与团队融合在一起。从哲学上来讲，个人的审美个性一方面是个体社会成员审美本质的显现；另一方面，个体的审美个性也应该表现出社会的审美共性，即审美的共同性，而社会的审美共同性就必然制约和影响着审美价值的社会性，从而使审美价值具有了深刻丰厚的社会内涵。

审美价值具有时代性。从社会发展进步的漫长历史进程来看，总体而言，每个时代都有每个时代的主题，每个时代都有自己的审美理想、审美意识、审美标准、审美趣味、审美需要和审美心理。对于同一时代不同的审美主体而言，彼此之间的审美理想、审美意识、审美标准、审美趣味、审美需要和审美心理等是同中有异，异中有同，这里的"同"就是审美的时代性，也是该时代审美的社会性。从美学发展史来看，原始社会的审美意识处于萌芽阶段，具有非常朴素、简单的审美意识。即使到了文明社会，由于生产力的低下，人们最初也往往把善与美混同起来，把善的视为美的，《国语》中的伍举论美："夫美也者，上下、内外、大小、远近皆无害焉，故曰美。"古希腊希庇阿斯也把善与美混同起来，把善的视为美的，在苏格拉底的启发下才对这一观点产生怀疑。在中国战国时代，有"楚王好细腰，宫中多饿死"之说。汉代则以雄健刚毅为美，具有一种"大美"的气象，根据汉画像石和画像砖的记载，汉代男性舞者的"舞姿也多呈劲健威猛、刚伟有力之形象"①。唐代则以丰满为美，唐玄宗以杨玉环为美，甚至就连他的书法也比较肥硕丰厚。在中国封建社会，女人追求三寸金莲，体现了封建社会对女性的摧残，也是一种畸形的审美观。中国历史上这些审美趣味都体现了历史性的审美特征。在服装方面，封建社会穿长袍

---

① 仅平策：《中国审美文化史·秦汉魏晋南北朝卷》，山东画报出版社2000年版，第23页。

马褂；"文化大革命"时期，流行绿军装；到了 20 世纪 80 年代，流行过喇叭裤和鸡腿裤，后来筒裤逐渐取代了喇叭裤和鸡腿裤；到了 20 世纪 80 年代中期以后，随着改革开放的深入发展，西装革履逐渐为人们所喜爱；21 世纪以来，一些追求时尚的男性也开始穿色彩鲜艳的衣服，一些中老年人甚至穿年轻人的衣服。此外，牛仔裤和各种休闲服因为穿着方便，已经成为比较流行的着装。

如果从历时性和共时性的角度来看，如果说审美的时代性是历时性，那么，审美的社会性则是共时性。从这一角度来看，审美价值的民族性客观上自觉不自觉地通过审美价值的社会性与时代性结合起来，即融通贯穿、渗透于审美的历时性与共时性的交叉之中。我们只有在审美的立体思维中才能更好地把握审美价值的客观性。

二　审美需要的客观性

从审美的角度来看，主体只有具备了审美需要的时候，才能进入审美主体的角色，而审美主体具有什么样的需要，则直接决定了进入审美主体视野的审美客体。问题在于，主体的审美需要虽然是主观的，但并非随心所欲的，而是自觉不自觉地体现了主体审美需要的客观性。

主体审美需要的客观性，是指主体的审美需要不仅要受到一定的时间和空间的制约，而且还要受到自身诸多主观因素的制约和影响。比如在时间方面，主体一般只有在闲暇时才能够有比较宽松的审美心境进行审美活动，而一个人驾车匆匆忙忙急于上班，则没有时间和心思欣赏路边的鲜花等美景；在空间方面，主体只有在自己所在的空间内欣赏美的事物，而没有条件随心所欲地去欣赏世界各地的美景；在其他主观因素方面，主体的文化艺术素养、美学素养的高低，直接决定和影响了他对欣赏对象的选择，是欣赏阳春白雪，还是欣赏下里巴人，都不是以个人意志为转移的，而是要受到自身素养的局限。乍看起来，审美需要是个人很主观的东西，但实际上它也具有一定的客观规定性。

另外，还需要特别注意的是，一方面有些审美需要是主体认识到的，客观上具有一定程度的客观性，即"爱美之心，人皆有之"的普遍的审美需要具有较大程度的客观性；另一方面主体客观上虽然需要高层次的审美，但主体自身受到文化程度、审美实践等多方面的局限，或者受到工作和生活的双重压力，而尚未顾及或者尚未认识到自己的审美需要。为此，我们不仅需要认识和尊重所有主体现实的审美需要，而且还需要挖掘和激发所有主体潜在的审美需要，在满足现实需要的基础上，不断满足和促进其审美需要向更高层次发展和提升。

三 审美标准的客观性

在审美标准的问题上，尽管存在着仁者见仁、智者见智的现象，但审美标准的客观性也是普遍存在的，也就是说，是审美活动中不同的审美主体存在着异中有同、同中有异的复杂现象。其中，审美的异中有同就表明了审美标准的客观性。

所谓审美标准的客观性，是指审美主体在审美过程中不仅存在审美差异，而且还存在审美的共同性，即不同的审美主体可能会对同一个审美客体产生大致相同或相似的美感，进而形成共同的美，其根源就来源于审美标准的客观性，即不同的审美主体会有某些相似或相同的审美标准。

审美标准的客观性来源于审美主体与审美客体两个方面。从审美主体的角度来看，不同的审美主体虽然具有不同的审美理想、审美意识、审美标准、审美趣味、审美需要和审美心理等因素，但这些主观因素彼此之间并非绝对不同和对立，而是异中有同，比如对很多自然美的喜爱，蓝天白云、青山绿水、鸟语花香、潺潺小溪、名山大川、庐山瀑布等自然美，是不同的审美主体共同欣赏的。

在对社会美的欣赏中，不同的审美主体存在审美的共同性。不同民族、不同国家、不同时代的人们，一般也都认同和肯定尊老爱幼，都会喜欢讲文明、讲礼貌、讲卫生、讲秩序、讲道德，也都会喜欢心灵美、语言美、行为美和环境美。在对这些社会美的认同方面，不同的审美主体具有大致相同的审美标准。当然，具体对于道德、心灵美、行为美等内涵的理解，客观上也会存在不同的理解，但这不影响不同的审美主体存在共同的审美标准。

在对艺术美的欣赏中，不同的审美主体也存在审美标准的共同性。不同的审美主体因为具有某些相同的审美理想、审美意识、审美标准、审美趣味、审美需要和审美心理等因素，这些相同的心理因素就会自觉不自觉地渗透和融入欣赏艺术美的过程中，从而表现出欣赏艺术美的共同性。我国 20 世纪 80 年代的电影《喜盈门》不仅在国内获得很好的声誉，而且在美国引起很大的轰动，受到美国很多观众的喜爱。我国的电视连续剧《渴望》播出时，大街上竟然出现了"空巷"现象。美国大片《阿凡达》因为反映了人类重大的带有普遍价值的主题：维护生态环境和保护大自然。因而它不仅获得了巨大的票房，而且弘扬了人类共同的价值观。

从审美主体的角度来看，不同的审美主体除了具有某些相同的审美理想、审美意识、审美标准、审美趣味、审美需要和审美心理等因素以外，人类还具有大致相同的审美感官。不同的审美主体的审美感官大致相同，这就为不同的审美主体进行审美活动，为产生共同的美感提供了重要的前提条件。

审美标准的客观性除了来源于审美主体以外，也与审美客体是密不可分的。从审美客体的角度来看，主要是审美客体客观上具有的进步内容和人类普遍欣赏的外在美，即形式美所蕴含的审美属性。这些属性是客观的，当这些审美对象的属性转化为审美属性的时候，尽管打上了审美主体的主观烙印，但这些属性毕竟具有一定的客观性，那些优秀的文艺作品所蕴含的真善美是客观存在的，那些丰富多彩、各具特色、异彩纷呈的自然美也是客观存在的，尽管不同的审美主体对自然事物的美的欣赏因人而异，但许多自然美能够超越阶级、民族，甚至时代的局限性，而能够被不同时期、不同民族、不同社会的人所共同欣赏，这也是不争的审美事实。

由此可见，人作为主体，只有在对美的事物进行审美观照的时候，主体才能是审美主体，而不是认识主体和实践主体；任何事物或者对象要成为审美客体，也只有当主体对其进行审美观照的时候，对象才能成为特定主体的审美对象或审美客体；而审美主体只有通过对审美客体的审美观照，与审美客体形成审美关系，审美客体才能实现自身的审美价值。审美实践表明，不同的审美主体欣赏不同的审美客体，才能与不同的审美客体形成不同的审美关系，而特定的审美客体只有在具体的审美关系中才能实现审美价值。因此，审美主体与审美客体在具体的审美关系中实现了审美客体的审美价值，即审美主体、审美客体、审美关系与审美价值在具体的审美活动中实现了三位一体的和谐统一。

第二章

人才美学的建构

在丰富多彩的审美活动中，我们不仅要欣赏各种琳琅满目的自然美和艺术美，更需要欣赏社会美，尤其是各类人的美。人才美是最重要的社会美，蕴含的是正能量，具有重要的审美价值。

第一节　人才美学研究的历史缘起

近几年来，以大众文化的繁荣为契机，美学正在逐步渗透到社会生活的各个领域，这意味着神圣的美学正在走向平民化和生活化；同时，随着学术界对审美文化研究的理性化和科学化，审美文化的研究应该进一步超越审美的一般感性经验，而指向审美文化的核心——人才的美，从人才与审美的关系出发，在美学领域的逐渐分化中建立一门新的交叉学科——人才美学。

一　人才美学的界定

人才美学是人才学与美学之间进行交叉研究的新兴学科，属于人文学科的范畴。从学科属性来看，人才学和美学都是二级学科：人才学是属于社会学一级学科下新设的二级学科；美学则是哲学一级学科下设置的二级学科。

人才学思想在中外历史上由来已久，从古希腊赫拉克利特到中国的孔子都有关于人才问题的论述。但作为学科的人才学，则从 1979 年才开始问世，在我国人才学家自己创新的"中国品牌"，具有鲜明的中国特色，目前已经走过了 36 年，在王通讯、叶忠海、裴克人、吴江、桂昭明、沈荣华、郑其绪、赵永乐、罗洪铁、刘翠兰、杨敬东、马抗美、程达刚、钟祖荣、胡跃福等一大批学者的努力下，中国人才学研究结出了累累硕果，从促进人才开发到为我国实施人才战略，都发挥了巨大的理论指导作用，而人才学作为学科而言，则是从无到有，历经种种磨难，才终于获得了学界和政府的认可。人才学作为社会学下的二级学科，不但与社会学具有非常密切的关系，与哲学、管理学、美学、文化学和人力资源管理等，都具有非常密切的关系。

美学的历史则比较悠久。美学一词来源于希腊语 Aesthetica，是德国哲学家鲍姆加通在 1750 年首次提出来的。美学是研究人与世界审美关系的一门学科，即美学研究的对象是审美主体与审美客体通过审美关系而产生的审美活动，而审美活动是审美主体的一种以意象世界为对象的人生体验活动，是人类的一种高级精神文化活动。美学作为哲学的二级学科，既是一门思辨的学科，又是一门感性的学科，与文艺学、心理学、语言学、人类学、神话学等有着紧密联系。西方的柏拉图、亚里士多德、郎吉弩斯、康德、黑格尔、狄德罗、席勒等美学家，中国美学界朱光潜、宗白华、李泽厚、王朝闻、蔡仪、高尔泰、钱中文、杜书瀛、童庆炳、曾繁仁、周来祥、叶朗、蒋孔阳、李翔德、朱立元、金元浦、党圣元、赵宪章、周宪、王杰、陈炎、谭好哲、袁济喜、李春青、周均平、徐岱、王岳川、王一川、曹顺庆、高建平、王德胜等美学家都为美学的发展做出了贡献。

人才美学作为人才学与美学的交叉学科，既具有人才学和美学两个学科的一般属性，又具有人才学和美学两个学科的特殊属性。从人才学的角度解读人才美学，可以发现人才美学对人才成长规律的关注，人才美学对人才美的重视，人才美学要确认人才的美是最高的社会美，这样解读人才美学，就可以发现研究人才美学对于人才开发的美学阐释和理论支持。从美学的角度解读人才美学，可以发现人才美学不但关注人才的美，还可以发现人才美学对于利用审美促进人才开发的重要问题，既要研究人才自身的美，发现人才的美，评价人才的美，判断人才的美，又要引导广大青少年学会利用欣赏各种美的事物，促进身心健康和全方位的人才开发。

我们已经进入了人才开发与审美的新时代。在这个新时代里，人才战略需要人才开发理论的支撑，人生的审美化则需要美学理论的支撑。人才美学的研究就是基于人才开发与人生的审美化的双重思考，尝试建立的一门新的交叉学科。因此，从人才学和美学的双重角度来看，人才美学研究是具有鲜活生命力的，也具有重要的学术研究价值，需要人才学界和美学界的共同参与。

二 人才美学研究的历史缘起

从学科发展史的角度来看，任何一门学科的产生和发展绝非偶然，而是具有深邃的历史感，体现出社会发展史、文化发展史和学术发展史的多重变奏，蕴含深厚的历史积淀。人才美学研究的缘起也受到历史诸多文化元素的影响。

从古代审美教育史和美学史的角度来看，人才与审美的互相影响客观上为研究人才美学提供了丰富的历史资源。在中国古代，儒家非常注重礼乐诗书对人生的教化作用，孔子是教育家、人才学家，也是美学家和美育家，他认为"不学诗无以言"，而历代儒家都重视乐教的作用；在古希腊，柏拉图不仅是美学家和美育家，也是建构审美王国的探路者。柏拉图的理想国是经过他主观润色了的真善美相统一的审美王国。他强调写文章"其实就是把真善美的东西写到读者心灵里去"①。也就是说，文章写作要表现真善美，理想国也需要真善美。在《理想国》中，柏拉图说："应该寻找一些有本领的艺术家，把自然的优美方面描绘出来，使我们的青年们像住在风和日暖的地带一样，四围一切都对健康有益，天天耳濡目染于优美的作品，像从一种清幽境界呼吸一阵清风，来呼吸它们的好影响，使他们不知不觉地从小就培养起对于美的爱好，并且培养起融美于心灵的习惯。"

---

① ［古希腊］柏拉图：《文艺对话集》，朱光潜译，人民文学出版社1963年版，第174页。

他还指出:"拿美来浸润心灵,使它也就因而美化……一看到美的东西,他就会赞赏它们,很快乐地把它们吸收到心灵里,作为滋养,因此自己性格也变成了高尚优美。"同时,柏拉图还把心灵的优美和身体的优美和谐一致,看作是最美的境界,使青年"融美于心灵"。

从人才学发展史的角度来看,孔子、孟子、赫拉克利特、柏拉图和康德等美学家的论述颇给人才美学的研究以启迪。在中国古代,孔子就提出了"文质彬彬"的君子观;孟子则以"富贵不能淫,贫贱不能移,威武不能屈"为"大丈夫"。齐威王视人才为国宝,使魏惠王羞惭而退,终于"门庭若市";马皇后以得贤为宝,佐朱元璋保大明江山。中国古代还称人才为人中骐骥、人中之龙、栋梁之材、经天纬地之才、学富五车、才高八斗、贤者、大儒、君子等,对人才的褒扬具有强烈的审美感情色彩,也具有了浓郁的美学意味。在儒家思想的影响下,中国古代知识分子重视人的伦理道德价值,尊重德才兼备的优秀人才,"修身、齐家、治国平天下"逐渐成为人生最高的价值取向。这不仅体现了中国古代的人才观,而且也蕴含了人生理想的审美标准,是中国古代知识分子所追求的人才美,因为"中国古代人认为有美的价值的对象,是能使人生的内容丰富充实的东西,是能使人感到生存的意义,感到愉悦、快乐和幸福的事物的实体、姿态或动作等"[①]。因此,在世界文明史上,每个国家的人才都能够在较大程度上得到尊重。中国春秋战国时期,是我国人才集中出现的第一座高峰;西方古希腊则是西方文化史上的第一座高峰。

实际上,唯有人才所体现出来的创造性和进步性,才能真正使人感到生存的意义,给人带来愉悦、快乐和幸福,能够促进社会的发展进步。在古希腊,赫拉克利特认为,一个优秀的人可以抵得上一万个人,这是对人才的高度赞美,为研究人才的美提供了有益的启迪;柏拉图以特有的美学深度和广度,使美学超越了狭隘的艺术哲学,而进入人生和社会领域,引导美学研究走向美化人生和美化社会的正确方向。他通过对现实美的研

---

① 〔日〕笠原仲二:《古代中国人的审美意识》,魏常海译,北京大学出版社1987年版,第72页。

究，建构了一个审美阶梯，即人的外在美—心灵美—行为美—习俗美、产品美—制度（法律）美—知识（智慧）美—美的理念（美本身）。在柏拉图的审美视野中，他强调心灵美重于外在美，把心灵美与身体美的谐和一致看作是最美的境界，并且把人的行为美也纳入了审美视野。

康德把美的理想界定为理想的人的美，这是非常重要的真知灼见。他认为，"只有人，他本身就具有他的生存目的，他凭借理性规定着自己的目的……所以只有'人'才独能具有美的理想，像人类在他的人格里面那样；他作为睿智，能在世界一切事物中独具完满性的理想"①。在康德看来，人的理想美要符合人的审美观念，还要符合一定的理性观念，因此对人的理想美的审美观照中，不允许任何官能刺激混合到对于对象所感到的愉快中去，而是应该体现美与善的统一。在分析力量的崇高时，康德还认为，一个人不震惊，不畏惧，不躲避危险，不屈不挠，带着充分的思考来有力地从事工作，和平时期还具有温和、同情心以及具有自己的人格风貌，这不仅成为野蛮人最大的赞赏对象，而且也会受到最文明进步社会的崇敬。美学家上述的这些思想，对于我们理解社会美和人才美具有重要的启发意义，对于我们建立人才美学也不无重要启迪。

从社会美来看，最美的不是那些金玉其外、败絮其中的外在美，而是为社会发展进步做出积极贡献的各类人才，因为社会美是以内容取胜的，因此，只有人才，才能够称得上是最美的人，"真正有价值的献身是为社会而做出的，只有为社会做出的献身，才具有美学的意义，才能具有震撼灵魂的审美感染力"②。魏巍写过一篇文章《谁是最可爱的人》，他说："谁是我们最可爱的人呢？我们的部队、我们的战士，我感觉他们是最可爱的人。"魏巍把志愿军战士看作是最可爱的人，那么，在这个爱美的时代里，谁是最美的人呢？那些帅哥靓妹虽然具有美的风采，但帅哥靓妹主要体现的是人体的形式美。以笔者所见，形式美固然能够给人以美感，但仅有形式美是远远不够的，最主要的是内容与形式和谐统一所显现的美。近年

---

① ［德］康德：《判断力批判》上卷，宗白华译，商务印书馆 1964 年版，第 71 页。
② 张应杭：《人生美学》，浙江大学出版社 2004 年版，第 209 页。

来，我们的社会尤其需要美，呼唤美，歌颂美，这才有了我们身边最美的人："最美女交警""最美女教师""最美司机""最美警卫战士""最美学警""最美警校生""最美党员奶奶""最美农民工""最美孕妇""最美儿媳"……这些最美的人客观上为我们研究人才美学也提供了启迪。

从历史的观点来看，无论是西方还是中国，古代学者虽然没有明确提出人才美学的理论，但理论家和社会对人才的推崇和赞美，足可以看出人们对人才美的认同；美学家和教育家对审美的高度重视，客观上也反映了古人对审美促进人才开发作用的朴素认识。

第二节　美育理论为人才美学建构提供启迪

美育学是介于美学与教育学之间的一门交叉学科，而人才美学则是人才学与美学交叉、渗透、融合的产物，既受到人才学的影响，也要受到美学的影响。从人才美学的形成与发展走向来看，人才美学还直接受到美育学（亦称"审美教育学"）的影响。

三十多年来的人才美学理论大体上可以划分为"前人才美学"与"人才美学"两个阶段。

一　前人才美学时期

前人才美学时期：1979—1999 年。在前人才美学阶段，以审美教育理论为缘起，教育学与美学的交叉渗透为人才美学的生成提供了理论动力。从 1978 年改革开放后的拨乱反正到 1986 年 12 月国家教委艺术教育委员会成立，这一阶段主要是批判"极左"思潮对美育的否定，争取恢复美育在教育方针中应有的地位。周扬、朱光潜和洪毅然等诸多前辈先后发表文章，洪毅然在《论美育》一文中大声疾呼："社会主义现代化时期，也是不应当忽略美育的！"① 随之，在 1980 年第一次全国美学会议上，许多学者

---

① 洪毅然：《论美育》，《美学》1980 年第 3 期。

倡导恢复美育，此后，中华美学会成立了中国高教学会美育研究会。1986 年 12 月，国家教委艺术教育委员会成立，标志着国家对美育的高度重视。1999 年 6 月 13 日，国务院颁布的《关于深化教育改革全面推进素质教育的决定》中明文规定把美育纳入教育方针。这十几年是美育研究茁壮成长的时期，初步形成了美育研究的新浪潮。

其中，朱光潜先生尤其注重人生的审美理想，他认为，人生应该追求心灵的享受，就是真善美三种价值。学问、艺术、道德无一不是心灵的活动，人如果在这三方面达到最高的境界，同时也就达到最幸福的境界。因此，在他看来，一个人的生活是否丰富，就是说有无价值，要看他对于心灵或精神生活的努力和成就的大小。实际上，朱光潜的这些表述，客观上已经具有了人才美学思想的萌芽。

二　审美教育对人才美学研究的启迪

审美教育对研究人才美学的启迪时期：1999—2005 年。这一阶段是美育研究走向深入和拓宽领域的时期，人才美学研究开始萌芽和发展。在美育研究方面，学者从研究学校教学中的美育、学校环境的美育，再到社会美育、自然美育和艺术美育，各类研究不断深入。审美教育的实质是施教主体以美的形式和内容，对受教者进行潜移默化的熏陶和教育，促进受教者的和谐发展，达到以美育人的目的。在这一点上，审美教育与人才美学具有相同和相通的特点。

纵观美育研究和人才美学研究，从 1979 年到现在，学者从不同角度研究了美育丰富的内容，主要内容有下面几点。

（一）关于对美育史的研究

从美学史的角度来看，无论是西方还是中国，都具有悠久的审美教育的历史。学者探讨了西方古希腊时期柏拉图的美育思想、贺拉斯的"寓教于乐"，特别是席勒《审美教育书简》中的美育思想，揭示了西方审美教育的悠久传统。同时，学者还探讨了中国古代的"乐教"传统，分析了孔子"兴于诗，立于礼，成于乐"的美育思想，研究了《乐记》中"移风易俗"和"天下皆宁"的教化思想。特别是到了近现代,清末民初时期在王国维 1906 年写的《论教育之宗旨》一文中,在近代中国教育史上第一次提出"德育、智育、美育(即情育),三育并行逐渐达到真善美的理想,又加体育,便成为完全之人物",初步具有了全面发展的思想。蔡元培在 1912 年任教育总长时,教育部公布的教育宗旨是:"注重道德教育,以实利教育、军国民教育辅之,更以美感教育完成其道德。"蔡元培还提出"以美育代宗教说",认为"美育者,应用美学的理论于教育,以陶冶情感为目的者也"。蔡元培对美育的理解虽然还不够完整,但能够把美育列入教育方针,强调了美育对情感的陶冶作用,这在中国教育史上是一个创举。

学者还对传统美育进行了反思和总结。单世联、徐林祥的《中国美育史导论》① 以翔实的史料表明传统美育精深博大、源远流长,熔铸了恢宏而灿烂的古代文明,同时也指出了传统美育具有不可避免的历史局限性,在很大程度上束缚了人的自由性和创造性。

(二) 对于美育作用的研究

从美学史和教育史来看,许多美学家和教育家普遍重视美育,大力倡导美育,认为没有美育的教育是不完全的教育。但在讨论我国教育方针时,仍然存在着"德、智、体全面发展""德、智、体、美全面发展"和"德、智、体、美、劳全面发展"三种主张,甚至也有人主张把美育并入德育,或将美育渗透到全面发展教育的各个方面。学者从不同角度出发,对美育的多种作用进行了深入探讨,主要有如下几点。

1. 美育具有完善人格的作用

关于美育具有完善人格的作用。学者普遍认为,对健康人格的教育与培养已是当务之急,而审美教育对塑造健康人格方面有着重要意义。学者认为,美育发展人的感性,也有利于人的理性的健康发展,最终使二者统一和协调起来,是塑造健康人格必不可少的手段。除了专门研究美育完善人格的文章以外,很多谈美育促进人的全面发展的文章,也几乎都谈到了美育促进人格完善的问题。

---

① 单世联、徐林祥:《中国美育史导论》,广西教育出版社 1992 年版。

2. 美育具有培养审美感知能力和审美创造能力的作用

关于美育具有培养审美感知能力和审美创造能力的作用。学者认为，审美创造力是一种表现美和创造美及欣赏美的能力，培养和开拓这种能力是审美教育更重要的任务，人们感受和鉴赏美是为了创造美。许多探讨美育与素质教育的关系或者促进人的全面发展的文章，也几乎都涉及培养审美感知能力和审美创造能力的内容。

3. 美育具有开发创造潜能的作用

关于美育具有开发创造潜能的作用。学者普遍认为审美教育是培养创新人才的有效途径，审美教育能激发人们对科学现象和科学理论的探求，有利于培养人的创新性思维。

4. 美育能够促进人的全面发展

关于美育能够促进人的全面发展。学者认为，美育对人的影响是全方位的，也是整体性的，能够促进人的全面发展。学者从不同的角度出发，深入探讨了审美教育对人的全面发展的重要意义。

5. 美育对于科学的促进作用

关于美育对于科学的促进作用。学者认为，从审美的角度来看，艺术教育的功能渗透或融入科学活动，有助于科学认识真理。审美把握事物形式的多样性，可以作为科学认知的起点，从多样化的现象中去寻找事物的因果联系，有助于从直观中认识真理的实在性，认为美育对于求真具有重要性。

6. 美育对于培养跨世纪人才和建构和谐社会的重要作用

关于美育对于培养跨世纪人才和建构和谐社会的重要作用。学者认为，人的素质的完善与审美教育密不可分，美育是人类实现自我发展的重要途径，在建设和谐社会中具有重要的作用。

美育研究侧重于对受教者特别是青少年进行审美教育，主要是侧重于教育，通过审美教育，促进青少年的成长与成才，这对于建立人才美学具有重要的启发意义。但是由于美育学侧重于教育，因此，其研究思路仍然是单向度的，既没有研究人才的审美价值，也不研究人才与审美的互动问题，而"教育"的本质过多地体现在他律，而不是自律，因此在一定程度上压抑和束缚了受教者的主体性和自由性，在实践层面上具有不可忽视的局限性。

第三节　人才美学的萌芽与发展

人才美学的产生一方面要受到人才学和美学的影响，另一方面还直接受到美育学的影响。从人才美学的产生及其发展轨迹来看，人才学和美学是促进人才美学产生的两大学科，而人才美学也是人才学与美学相互交叉、渗透与融合的产物；从审美教育的角度来看，人才美学又得益于美育学的启迪。

一　研究人才美学的动因

笔者在肯定日常生活审美化合理性的前提下，通过对当下审美取向的误区进行反思，从人才学和美学的交叉结合中，从人才与审美的互动关系中对人才美学进行了初步研究，认为人才的美是最高的社会美，人才的美是最重要的审美文化。

笔者研究"人才美学"，首先受到自身美学研究和人才学研究的影响。笔者在读大学的时候，就喜欢美学，喜欢对人才和社会重大问题进行思考。毕业留校以后，一直从事文艺学、美学的教学和研究，20 世纪 80 年代末开始研究人才学，后来又讲授人才开发学、领导科学与艺术、人力资源管理、文化产业人才资源开发等人才学课程，在教学和研究中发现了美学与人才学之间存在的直接和间接关系，很早就开始思考人才美学问题。在先贤时哲的影响下，笔者在 20 世纪 90 年代初撰写专著《新世纪人才学》时，受美学和人才学的双重影响，对人才的美进行了粗浅的思考，有了提出人才美学的初步设想，并且与学界同人进行过交流，但未来得及对人才美学作深入思考。近些年，笔者集中精力研究人才美学，取得了人才美学研究的初步成果，2014 年开始系统为博士生和硕士生讲授人才美学。

其次，笔者研究"人才美学"，受到美育学、生命美学和人生美学的启迪，是对生命美学的借鉴，也是对美国美学家理查德·舒斯特曼关于"身体美学"的回应。理查德·舒斯特曼试图"终结鲍姆嘉通灾难性地带进美学中对身体的否定"，并"提议一个扩大的、身体中心的领域，即身体美学"①，把身体美学定义为："对一个人的身体——作为感觉审美欣赏（aisthesis）及创造性的自我场所——经验和作用的批判的改善的研究。因此，它也致力于构成身体关怀或对身体的改善的知识、谈论、实践以及身体上的训练"②。舒斯特曼认为，"身体不仅是人们展示和培育种种旗帜、种种价值观的根本性物质载体，它也是人们感知和表演技巧的载体。这些技巧经过磨炼，可以提高人们的认识，增强人们的德行和幸福"③。舒斯特曼身体美学中的"身体"不同于一般的"肉体"，而是"包括物质世界中的客体与指向物质世界的有意识的主体性。因此，身体美学不仅仅关注身体的外在形式与表现，它也关注身体活生生的体验"④。"将身体作为感性审美欣赏与创造性自我塑造的核心场所，并研究人的身体体验与身体应用。"⑤

因此，笔者认为，身体美学的主旨是侧重于从身体自身的角度对人的美进行研究，它虽然也关注肉体与精神的统一性，但并不主要研究人的精神性和社会性，客观上也忽略了人作为社会美所具有的审美属性，更不可能从真和善的高度统一中研究人才的美，其局限性是显而易见的。身体美学传入我国以后，对我国美学理论上和审美实践上都产生了比较复杂的影响。

二　人才美学的萌芽

从目前笔者见到的资料来看，"人才美学"一词最早见于霍雨佳的《论毛宗岗的人才美学思想》⑥一文。霍雨佳认为，《三国演义》是一幅人才竞秀图，也是一部形象的人才美学著作。毛宗岗在评点中，从《三国演义》描绘的各种人物的实际出发，以其深邃的思想、渊博的知识、辩证的

---

① ［美］理查德·舒斯特曼：《实用主义美学》，彭锋译，商务印书馆 2002 年版，第 353 页。
② 同上书，第 354 页。
③ ［美］理查德·舒斯特曼：《身体意识和身体美学》，彭锋译，商务印书馆 2011 年版，第 5 页。
④ 同上书，第 34 页。
⑤ 同上书，第 33 页。
⑥ 霍雨佳：《论毛宗岗的人才美学思想》，《海南大学学报》1986 年第 1 期。

观点，提出了不少真知灼见，形成了具有个人特点的人才美学思想。霍雨佳对毛宗岗在《读三国志法》里对三国人才作了总的评述并进行了评价。作者没有对人才美学进行具体的阐释，但却具有人才美学的意义。但比较遗憾的是，笔者在研究人才美学的时候，尚没有读到霍雨佳这篇文章。

　　笔者在 1995 年出版《新世纪人才学》的时候，曾经与学者谈过希望能够研究人才美学的设想，但当时未能得到其他学者的理解。[①] 2000 年，笔者在《西方美学论稿》中谈到"人才美学"的概念，其中在《西方美学论稿》第十章"开创德国古典美学的巨擘——康德"中，提出了"最高的社会美则应是人才的美"[②] 的观点，阐释了康德的"崇高"对生命潜能的开发，分析了康德"美的理想对建构人才美学的启迪"：康德把美的理想界定为理想的人的美，这对于建构人才美学具有重要的启迪。求真、向善、爱美作为人类永恒的三大主题，既揭示了三大领域的相对独立，又蕴含了三大领域的互渗统一。向善以求真为前提，真中有善，善中有真，体现了真与善的统一；爱美以向善为前提，善中有美，美中有善，体现了善与美的统一。这两个统一又归于真、善、美三者的互渗统一。

　　在自然向人的生成过程中，随着自然人化的演进，自然界愈来愈蕴含了真善美的统一；在社会的发展进步过程中，整个世界也正在随着人们认识世界和改造世界的深入发展，愈来愈展示出真善美的统一。世界真善美的统一集中通过人类及其劳动成果显现出来，而这种显现本质上又必须以人类所具有的真善美的统一为核心。这就是说，人类认识世界、改造世界和美化世界总是通过人类自身发展的真善美的统一凸显出来。

　　由此制高点出发，审视康德美的理想，他把美的理想界定为理想的人的美，这是非常重要的真知灼见。实践业已证明，离开人的美，孤立、抽象地研究形而上的美，是没有生命力的，本质上是反实践、反美学的。因此，康德提出美的理想，这对于生命美学的拓展，尤其是对于建构人才美

---

① 薛永武：《人才与审美》，中国科学技术出版社 2008 年版，第 3 页。
② 薛永武：《西方美学论稿》，山东文艺出版社 2000 年版，第 367 页。

学，是颇有启迪的。从美学的角度来看，最高的自然美是人体的美，而最高的社会美则应是人才的美。显然，人体美与人才美的和谐统一，这正体现了美的理想，由此也可看到康德关于美的理想对于今天建构人才美学的启蒙意义。①

此外，李翔德还对刘邵《人物志》的人才美学思想进行了研究。他在《刘邵〈人物志〉的人才美学思想》②一文中认为，刘邵的《人物志》不仅是一部政治学、人才学、心理学著作，还是从生命本原阐发人才性情美、伦理美的美学著作。我们从论著风格上来看，刘邵的《人物志》从不同的角度描述了各类不同人才的美学特征。从人才美学的角度来看，李翔德对刘邵《人物志》人才美学思想的研究，客观上也给研究人才美学提供有益的启迪。

笔者通过长时间对人才美学的思考，在 2005 年 6 月 7 日《光明日报》理论版发表文章《从审美文化看人才美学》，笔者提出"人才的美是最重要的审美文化"，"以人才的美为最高社会美的价值取向"的观点，为研究人才美学作了理论的铺垫。笔者在该文中通过对中国美学史和西方美学史的分析，认为古代美学家的"这些思想，对于我们理解社会美和人才的美具有重要的启发意义，对于我们建立人才美学也不无启迪"。因此，"从学理上探讨人才的美，这在理论上有助于拓宽美学研究视野，在实践上有助于全社会确立正确的审美取向，引导人们追求人才的美。可以说，从审美的角度倡导人才的美，无疑等于找到了美学与人才学嫁接的最佳结合部"。

笔者长期研究美学和人才学，在研究中发现了这两门学科存在直接和间接的关系，在《光明日报》发表的这篇《从审美文化看人才美学》，从理论上对人才美学进行了初步的理论思考，可以看作是人才美学研究的一个重要的逻辑起点。

---

① 薛永武：《西方美学论稿》，山东文艺出版社 2000 年版，第 367 页。
② 李翔德：《中华美学学会第六届全国美学大会暨"全球化与中国美学"学术研讨会论文集》，2004 年。

三　人才美学发展的基本线索

如果把笔者在《光明日报》发表的《从审美文化看人才美学》看作是研究人才美学的肇始，那么笔者 2006 年主持的青岛社会科学规划项目"人才美学：人才开发的新视域"，可以算作笔者系统研究人才美学的开端。

笔者于 2008 年 4 月出版了专著《人才开发学》①，在该书第六章专章研究了"审美愉悦与人才开发"。人才学家叶忠海先生评价拙著"在探讨审美愉悦与人才开发的关系时，该书从生理机制的角度详细论述了审美愉悦激发人类潜能的深层次原因，可以帮助读者更好地理解审美在人才开发中的意义和价值"。叶先生在书评中谈道："在这里，笔者特别要提出的是，薛永武教授作为美学教授，发挥了原有专业的优势……以其为代表开拓了我国人才美学研究的新方向。"②

2008 年 12 月，笔者在中国科学技术出版社出版的《人才与审美》一书则是学界第一部比较系统研究人才美学的专著。笔者根据人才学与美学的交叉融合，切入人才与审美的互动关系，提出"人才美学"的理论构想，对人才美学的内容进行了多角度的研究。其中，笔者探讨了人才美是最高的社会美和最高的文化美，也是最重要的审美文化。笔者以此为理论基石，深入研究了人才美的本质、特征与创造，人才美的价值与确认，判断人才美的标准，人才美的发现与鉴赏，人才开发与自然美，人才开发与艺术美，人才开发与社会美，人才开发与崇高理想，人才开发与审美优化人生等一系列人才美学的命题，阐释了审美是实现人类本质、优化人类生命的重要方式，人才开发需要审美促进身心的平衡与解放，人才开发需要审美促进智能的优化与和谐，人才开发需要审美促进个性的优化与和谐等问题。

随着人才学与美学的融合，在人才学学科建设中，人才美学作为交叉

---

① 薛永武：《人才开发学》，中国社会科学出版社 2008 年版。
② 叶忠海：《人才学研究的新拓展——〈人才开发学〉简评》，《人民日报》2009 年 1 月 14 日第 7 版。

学科，已经收入人才学家王通讯和叶忠海主编的《中国人才学三十年》一书中；薛永武、徐明霞《人才美学研究的缘起与发展走向》一文则收入山东大学文艺美学研究中心主编的《文艺美学研究》第五辑；2012 年 5 月 14 日，笔者的论文《人才学交叉学科的拓展——再论人才美学的建构》在 2012 年全国人才学发展暨创新人才培养学术研讨会中荣获二等奖。而关于人才美学的 43 个词条已经收入叶忠海和郑其绪总主编的《新编人才学大辞典》①。人才美学作为人才学与美学的交叉学科，开始逐步得到人才学界和美学界的认同。

第四节　人才美学研究的基本内容

人才美学作为一门交叉学科，既要吸收人才学的基本原理，又要运用美学的原理对人才进行审美的烛照和探幽，包含丰富的人才学和美学的内容。

一　人才与审美的关系

人才美学一个很重要的内容就是研究人才与审美的关系，包括人才的美以及审美对人才开发的作用。人才不但是真善美的创造者，而且也是丰富多彩的审美对象的欣赏者。每个立志成才者，都可以通过丰富多彩的审美活动，在获得审美享受的同时，激发自己的想象力，提升自己的人生境界，优化自己的内在素质，培养人文精神和创新能力，从而促进个人的人才开发。因此，人才美学研究人才与审美的关系，就是要注重研究人才通过特定的审美活动，探索人生进入审美境界的思路和方法，促进个人生命的全面发展，提高自己的想象力和创新能力的基本规律和特殊规律。

---

① 该辞典由中国人才学专业委员会组织编写，叶忠海和郑其绪任总主编，中央文献出版社 2015 年出版。

二 人才美的本质、特征与人才美的创造

人才美学还要研究人才美的本质、特征与人才美的创造，包括人才美的内在构成和外在显现、人才美的特殊性和本质丰富性、人才美的丰富性和视域差异性、人才美的共同性，包括研究人才的精神美、情感美、个性美、高峰体验，成才的自由性，成才的个体非功利性，成才的愉悦性，人才在社会实践过程中体现出创造性和进步性的美，劳动成果作为人才的本质力量对象化所蕴含真和善相统一的感性美等。这部分研究内容不仅注重对人才美的本质和特征进行深入研究，把握人才美的一般本质和一般特征，而且还应该深入研究人才美的特殊本质和个性表现。与此同时，研究人才美学不仅在于促进人才开发，而且还非常注重对创造人才美的深入和系统的学理研究。

三 人才的美是最高的社会美

研究人才的美是最高的社会美。在社会现实中，尽管有的人大权在握，有的人一掷千金，但从人才美学的角度来看，这些权力和物质财富都不是最高的社会美，因为只有人才美，才是最高的社会美。所以，人才美学不仅要研究人才与审美的关系，而且还应该揭示人才美在社会美中的独特而又崇高的地位。人才美要远比权力和金钱更具有价值，一切名和利都可以成为浮云，唯有人才美才能够真正具有持久性，体现了最高的社会美。

四 人才美是最高的文化美

研究人才美是最高的文化美。文化是人类创造的物质财务与精神财富的总和，是一个非常大的概念，大到几乎无所不包，无所不在。尽管文化内容非常丰富复杂，但无论是从理论还是社会实践的角度来看，我们都应该紧紧把握人这一最重要的文化形态，因为只有人才是我们认识、了解和把握文化的关键。人既是被创造者，是人（父母）的创造物，又是文化的创造者。由此可见，我们应该进一步探索人是最重要的文化符号，蕴含文

化美的独特价值，确认人才美是最高的文化美，人自身的丰富性能够在较大程度上蕴含文化美的独特价值。

五 人才美的价值及其确认

研究人才美的价值及其确认，还应该揭示人才美的判断标准及其确认方式。在认识领域，客观上存在着仁者见仁、智者见智的差异现象，对人才美的认识也存在很大的差异。因此，人才美学应该对人才美的价值进行深入研究，研究人才美具有哪些价值，人才美应该如何判断，判断人才美的标准是什么，在实际的判断中，应该如何确认人才美的价值等。实际上，判断人才美的标准既具有客观性，又具有一定程度的主观差异性，还具有时代差异和民族差异，要受到特定社会、时代、民族心理、价值取向等诸多因素的影响，体现了人才美价值的主观性与客观性的和谐统一。

六 人才美的发现与鉴赏规律

研究人才美学，一个很重要的内容就是研究如何发现人才的美，揭示发现人才美的具体方式和鉴赏人才美的原理。研究人才美的发现，一方面要注意人才美的丰富性和复杂性，不能对人才美简单化，一方面要求发现者应该具有发现人才美的眼睛，不能对美的事物和美的现象视而不见，所以，古罗马美学家普洛丁认为，人的心灵如果不美，就不能发现美。通过研究如何发现人才美，揭示发现人才美需要的主观因素，如对人才美的审美需要、审美意识和审美标准等，以此为基础，进而研究发现人才美和鉴赏人才美的一般规律和特殊规律。

七 人才开发与自然美的辩证关系

在研究人与自然互动关系的基础上，倡导天人合一的自然观和宇宙观，通过深入研究人与自然的关系，借鉴和利用现代仿生学的原理，研究人才开发与自然美的辩证关系，揭示自然美对人才开发所具有的特殊重要性。一方面自然美已经成为人化的自然，体现了人的本质力量，自然美的创造是各种人才社会实践的创造性成果；另一方面，人才美学要借鉴现代仿生学的原理，充分利用和学习大自然鬼斧神工所蕴含和彰显的奇迹，即自然事物所拥有的各种优化的生命结构和外在形式。人才美学通过研究自然美，就是倡导人们学会利用和借鉴自然美的结构、形式和功能，提高创新和创造能力，促进人才开发。

八　人才开发与艺术美的辩证关系

人才美学研究人才开发与艺术美的辩证关系，揭示艺术美对人才开发的审美濡染熏陶作用。一方面，艺术美是各类艺术人才自觉创造的劳动成果，体现了艺术人才创造性本质力量的对象化，展现了艺术人才特有的创造力和美的风采；另一方面，每个立志成才者，面对古往今来琳琅满目的优秀艺术作品，为了促进成才，应该自觉学会欣赏艺术美，通过欣赏艺术美，丰富自己的精神世界，提高自己的人生境界，激活自己的想象力和创造美的能力。因此，人才美学深入研究人才开发与艺术美的互动关系，既是对艺术人才创造规律的研究，也是对艺术功能的研究，具有人才学和美学的双重意义。

九　人才开发与社会美的辩证关系

人才开发不但需要家庭和学校以及个人的努力，还需要社会诸多因素的共同参与。其中，人才开发应该特别注意学习社会美，离不开社会美对人才成长的感染和启迪，因此，立志成才者应该善于从社会美中感悟人生的意义，获得人生前进的动力和理想目标。从人才美学学理的角度来看，人才美学需要研究如何发现社会美，正确辨别社会美，了解社会美有哪些种类等，要掌握学习社会美的方法，为促进人才开发提供人才美学的思路和方法。人才美学通过研究人才开发与社会美的辩证关系，揭示人才开发对于倡导社会美的重要价值，探索社会美对人才开发的支撑作用。

十　人才开发与崇高理想的辩证关系

在市场经济的条件下，道德滑坡与理想破灭是近些年社会出现的现象。这在客观上使人们丢掉了理想，过分看重金钱和权力，而忽略了人生应该具有的崇高理想。人生如果没有了崇高理想，就意味着没有了精神支柱和前进的方向，客观上必然影响人们对理想的追求，这无论对于个人成才还是建立创新型国家，都是非常不利的。因此，人才美学注重从揭示人才开发与崇高理想的辩证关系入手，深入分析崇高理想对于人才开发所产生的巨大精神能量，研究崇高理想所具有的特殊的正能量，揭示崇高理想对于人才开发的引路导航和动力作用。人才美学还特别注重从康德美学的崇高理论入手，全面解读崇高对于人才开发所特有的激励作用。

十一　人才开发与审美优化人生的互动机制

人才开发具有多种可能性，人生在世的复杂性和丰富性客观上决定了人才开发的方式和具体内容是各具特色的，不可能千篇一律，所谓鬼才、怪才、奇才、偏才等称谓，客观上反映了人才知识结构与能力结构的独特性和差异性。但是从人生的完整性、完满性和幸福性的角度来看，一个人仅仅成为上述独特的人才还是不够的，比较理想的是能够把成才与人生的幸福和谐统一起来，为此，人才美学注重研究把人才开发与审美优化人生的融合，通过研究人才开发与审美优化人生的互动机制，揭示人才开发本质上体现了人生的优化，彰显人生优化对人才开发的特殊作用。

此外，人才美学还可以从历时性和共时性的交叉中审视人才的美；从横向上研究不同民族、不同职业、不同群体和不同性别人才的美；从纵向上研究个体美的发展变化和不同年龄层次人才的美；从人才美之间的互相促进和互相影响阐释人才美的共生效应等。

人才美学研究的重点是通过对人才学和美学的交叉融合，通过阐释二者的内在关系，对生存美学和生命美学进行精神价值和社会价值的理性提升，促进人类在审美生存和完善生命中实现生命的价值。

人才美学研究的难点有三个：

第一，对人化自然所蕴含的人才美的探赜。人类如何对自然事物进行审美观照，这不仅涉及自然事物本身的形式和属性等，也涉及人类自身的审美能力和实践能力等，一方面自然美需要各类人才的发现和确证，另一方面自然美对于促进人才开发还有待于作进一步的深入探索。

第二，研究人才美学必须深入研究人才学和美学之间的互动，促进二者在相互融合、相互渗透中的共生效应，这一点因为属于学界新的探索，参考资料甚少，所以难度也很大。

第三，人类在审美生存和生命美化的基础上把握二者相互转换的节点和内在机制，由此进一步探索人才美以及如何促进人才开发，这也是人才美学未来需要研究的难点。

美学的根本问题是研究人的问题。人是唯一的审美主体和最重要的审美对象。人才作为重要的审美对象，是肉体生命、精神生命和社会生命的和谐统一，也体现了外在美与内在善的和谐。对人才的审美观照更多地体现了审美主体与审美客体之间的相互促进、相互影响和相互制约。通过对国内外美学研究现状的分析，在借鉴实践美学、生存美学和生命美学的基础上，在理论上探究人类在生存的美化和生命的美化的基础上，应该进一步探索实现肉体生命、精神生命和社会生命的价值融合与统一的内在机制；而通过探讨人才与审美的互动关系，深入研究人才美学，则力求彰显人才美所蕴含的必然和自由的统一、功利性和超功利性的统一、现实性和超越性的统一。人才美学的研究是对当代美学研究的新探索，也是一种新的跨学科整合研究。

在研究思路和方法方面，笔者在继承前人理论成果的基础上，创立了"山型人才"培养模式。"山型人才"，是指一种全新的复合型人才，即人才的知识与能力结构像一个"山"字形。在"山"字中，中间的"｜"代表人才知识结构与能力结构的主要专长；"山"左右的"｜"代表主要专长的双翼；"山"中的"一"即"山"字的底部，代表人才知识结构与能力结构的基础或基本能力。整个"山"字形意味着人才具有通才的知识结构和能力结构，又有一门主要专长，同时还围绕着主要专长，具有两门次级的专长。该概念最早由笔者在《大学生潜能开发和情商育成》一文中提出①。

笔者在提出新的人才培养模式的基础上，借鉴实践美学、生存美学和

① 刘学文主编：《素质教育——中国教育的希望》第一卷，长城出版社2000年版，第744页。

生命美学，尝试对"人才美学"进行多角度和多侧面的论证，注重从整合的角度出发，在吸取人才学、社会学、文化学、实践美学和生命美学营养的基础上，力求沟通人才学和美学的内在联系，对人才美学进行新的多种学科之间的跨学科整合与诠释。

第五节　人才美学研究的未来趋势

随着美学向各种艺术和日常社会生活的广泛渗透，我们应该特别注意人才与审美的互动关系，而"人才美学"的提出也彰显了美学对人才学的渗透，体现了人才学对美学的促进，跳动着人力资源开发的时代脉搏，符合以人才资源为时代动力的全球化语境下我国人才战略的迫切需要。

一　美学研究和人才学研究的双重需要

研究人才美学是美学研究和人才学研究的双重需要。传统美学由于以艺术作为主要研究对象，缺乏对社会美的关注，不自觉地走进了"形而上"的狭窄空间。人才美学一方面关注人才开发，一方面研究人才的美。前者符合社会发展的需要，后者体现美学学科自身发展内在逻辑的需要。社会的发展进步需要以人才为时代动力，而人才美属于社会美的范畴。因此，研究人才美学，力求把人才学与美学结合起来，无论是在社会实践意义上还是在理论维度上，都是一种新的探索。

从人的本质来看，任何个人总是试图在现实中去创造和展现自己的本质。从现实美的核心来看，无论是自然美，还是社会美，美固然是令人赏心悦目的感性形象，但美的核心却是那些创造美的杰出人才。自然美作为人化的自然，其实质不是一般的人化，而是人类正确认识自然和改造世界的实践活动。从哲学上看现实美的审美价值，一方面，最高的自然美是人体美；另一方面，最高的社会美则是人才的美，即那些为社会发展进步做出较大贡献的各类人才所蕴含的美。

人才美是最高的社会美。把人才美视为最高的审美价值，这不仅符合人类对现实审美关系的本质概括，而且也符合人才学对人才所作的质的规定性。从人类对现实的审美关系来看，美的事物尽管通过必要的感性形式为人们提供直观的审美对象，但这些感性形式必须反映出合规律性与合目的性的内在统一。人的外在美作为感性的形式，虽然能够赏心悦目，但不如真与善相统一的感性形象即人才美，更具有长久的魅力。与人才美相比，人的外在美往往具有易逝性或易变性，如人的青春非常短暂，而年轻人的相貌美很快随着年龄的增长而消失殆尽。只有人才美才具有较大程度的稳定性，甚至是永恒性。一个人可以不再年轻，但可以通过努力和拼搏，通过创造人生的价值，不断为人生增值，展现人才的美，以弥补外在美的老化，甚至可以大器晚成、老年成才。

审美实践表明，不管社会美多么丰富多彩，不管是侧重于内容美还是形式美，就合规律性与合目的性来讲，程度最高的理当是人才的美，即人才的创造性实践活动，体现了合规律性与合目的性的高度统一，既体现了人才认识世界的真，又蕴含了改造世界的善。这种真与善的高度统一，既以一般社会美为基础，又是对一般社会美的超越。因为人才的美居于社会美的顶端，各类不同层次的人才的创造性实践活动构成了琳琅满目、异彩纷呈的社会美。所以，提倡人才的美，在理论上有助于拓宽美学研究视野，在实践上有助于社会建构正确的审美取向，引导人们追求人才的美，而不再过于迷恋金钱、权力或整容等外在美的修饰。

再从人才学对人才本质的规定性来看，人才的本质特征在于创造性与进步性的辩证统一。人才通过创造性的实践活动，推动了社会的发展进步，这一特定的实践过程和实践成果都体现了求真向善的高度统一，也是合规律性与合目的性的高度统一，即使从人才自身来看，其内在的心灵——创造性与进步性，这是人才之所以成为人才的内在依据，无疑是真善美的；其外在显现——物化了的生命活动即创造性成果，也正是人才创造性与进步性内在本质的感性显现，也蕴含了真善美的和谐统一，即劳动成果具有科学性（真）、进步性（善）与审美性（美）的统一。很显然，人才参与创造性社会实践的过程，是人才的内在本质自觉外化和感性显现的过程，也是人才的真善美外化为劳动产品的过程。换言之，从整体上和根本上来看，人才不仅实现了认识论意义上的最高的真，实现了伦理学意义上最高的善，而且也实现了审美意义上最高的（社会）美。

因此，从美学研究的研究角度来看，研究人才美学能够深化和丰富美学理论的研究；从研究人才学的角度来看，研究人才美学有利于深化人才开发的研究，能够为人才塑造内在美和外在美提供理论的借鉴。由此可见，加强人才美学研究，是美学研究和人才学研究的双重需要。

二 研究人才美学的难点及其突破的思路

人才美学研究的重点是通过对人才学和美学的交叉融合，通过阐释二者的内在关系，对生存美学、人生美学和生命美学进行精神价值和社会价值的理性提升，以促进人类在审美生存和完善生命中实现生命的价值，更好地促进每个人的自我开发和社会开发。

（一）人才美学研究的难点

1. 深入研究人才学和美学互动的共生效应

要实现人才学与美学研究之间的互动，促进二者在相互融合、相互渗透中的共生效应，这既是人才研究的难点，也是美学研究的新课题。因为研究人才美学需要研究者具备美学和人才学的双重知识结构和能力结构，而学界的人才学家一般主要是研究人才学，而不研究美学；而研究美学的专家往往主要研究美学问题，而不研究人才学问题。因此，许多学者由于知识结构和能力结构单一性所特有的局限性，往往很难把人才学与美学交叉、渗透、融合，这在客观上必然然影响到对人才美学的研究。

2. 对人化自然所蕴含的人才美的探赜

人类如何对自然事物进行审美观照，这不仅涉及自然事物本身的形式和属性等，也涉及人类自身的审美能力和实践能力等，自然美作为人化的自然，也需要各类人才的发现和确证，需要更好地人化。一方面，自然美需要人们积极地去发现，许多人工园林、城市的绿化和美化等，都需要各类人才具有较高的美学素养；另一方面，作为学校、家庭和一个组织的管理者，如何利用自然美开启人们的智慧，建立人类与自然的和谐关系，促进人才开发，这是研究人才美学的难点之一。

3. 人类在审美生存和生命美化的基础上把握二者相互转换的关节点和内在机制

人类的审美生存和生命美化，本质上都涉及一个很重要的哲学命题或美学命题，即"诗意栖居"问题。"诗意栖居"出自德国诗人荷尔德林的诗歌《人，诗意的栖居》："人辛勤地劳作，却诗意地，栖居在这大地上。""诗意栖居"也就是理想的生活、审美的生活。从人才美学的角度来看，就是要建立一个适合人类生存和发展的审美环境或者审美情境，才能真正促进人们的生命美化。

人才美学未来的研究，必然涉及如何通过提高审美生存的质量，进而提升生命美化的质量，通过审美生存和生命美化的和谐统一，促进人类进入"诗意栖居"的完美境界，进而促进人才的开发。为此，在未来的人才美学研究中，需要揭示人的审美生存与生命美化之间的相互转化和相互促进，把握二者联系的关节点和内在机制。

（二）突破人才美学研究难点的思路

1. 架起人才学家与美学家联系的桥梁

人才美学是介于人才学和美学之间的交叉学科，只有熟悉人才学和美学这两门学科的基本知识和基本原理，才能够更全面、更系统地研究人才美学，才能避免学术视野的封闭性。为此，一方面需要人才学家和美学家加强学术交流与融通；另一方面人才学家需要进一步了解美学的基本知识和基本原理，而美学家需要加强对人才学基本知识和基本理论的了解。人才学家与美学家通过积极互动的交流对话，客观上有利于促进人才学与美学的交流与融通，有利于促进人才美学研究的深入和拓展。

2. 从人化自然的审美本质研究人才美

自然美本质上是人化的自然，蕴含着人类的主体意识，也是人类审美意识的感性显现，体现了人类求真向善与审美的和谐统一。因此，研究人才美学，可以从研究自然美的本质、研究人化自然的角度出发，深入研究自然美背后所蕴含的人才美的创造性社会本质，即自然美本质上也是人类的创造，也是人才的创造性本质的感性显现。在没有人类以前，宇宙是一个纯粹的大自然系统，包含着大自然各种自然事物包括自然生命的存在，但还没有大自然的美；只有人类出现以后，特别是人类具有了审美意识，随着社会的发展进步和科学技术的进步，人类越来越具有了认识自然和改造自然的能力以后，人们对大自然的审美才会逐渐增多，作为人化自然的自然美就会越加成为人们的审美对象。儒勒·凡尔纳是19世纪法国著名小说家、剧作家及诗人，作为"科幻小说之父"，他以《在已知和未知的世界中奇妙的遨游》为总名的代表作三部曲《格兰特船长的儿女》《海底两万里》和《神秘岛》，以及《气球上的五星期》《地心游记》等科幻作品，反映了他对海底、神秘岛以及地心等特殊大自然奥秘的探索，所以，他的科幻小说的艺术美实际上也是他对自然美的艺术创造。中国古代的神魔小说《封神演义》则描绘了人物会飞，有千里眼、顺风耳，能够水遁、土遁。作者这些艺术想象客观上也反映了作者希望人类具有上天入地能力的幻想，反映了对人类视力与听力具备超常功能的美好愿望。我们姑且也可以将其视为小说家对天地自然和人体自然奥秘的双重思考。

3. 怎样把握审美生存与生命美化的相互转换

随着社会的发展进步和闲暇时间的增多，人类学会审美生存，并且通过审美生存，促进生命的美化，进而追求"诗意栖居"，既体现了人类追求审美的社会本质，也进一步彰显了人类爱美的本性。从人才美学的角度来看，审美生存与生命美化体现了人才追求成长环境的理想，也反映了审美情境对每个人成长与发展的重要性，唯其如此，柏拉图才特别主张让青少年从小就耳濡目染于优美的作品，高度重视自然美对青少年的审美教育。

因此，未来的人才美学研究，应该重点关注在人生美学和生命美学的基础上，把审美生存与生命美化统一起来，通过研究二者的统一，把握二者相互转换的关节点和内在机制，在促进人类实现生存与发展和谐统一的重大主题过程中，让审美融入人生的情感和心灵，让美感陶冶人的性情和人格，启迪人生的智慧，放飞每个人的创造性的想象力，进而促进人生的完善与美化，促进人才知、情、意的全面开发。

三 体现人才学与美学的互渗融合

人才美学研究应该进一步体现人才学与美学的互渗融合。随着美学对各种艺术和日常社会生活的广泛渗透，在日常生活审美化和追求"诗意地栖居"过程中，我们应该特别注意人才与审美的互动关系，而"人才美学"的研究彰显了美学对人才学的渗透，是美学研究的越界与扩容，也体现了人才学向美学的渗透和拓展，也是人才学的越界与扩容。从人才学和美学的交叉结合中，把人才的美视为最高的社会美，看作是最重要的审美文化，这从根本上符合美学与人才学研究的学科整合，也符合社会的发展进步。

美学的根本问题是人的问题。人是唯一的审美主体和最重要的审美对象。人才作为重要的审美对象，是肉体生命、精神生命和社会生命的和谐统一，也体现了外在美与内在善的和谐。通过对国内外美学研究现状的分析，在借鉴实践美学、生存美学和生命美学的基础上，在理论上探究人类在生存美化和生命美化的基础上，应该进一步探索实现肉体生命、精神生命和社会生命的价值融合与统一的内在机制；而通过探讨人才与审美的互动关系，深入研究人才美学，则力求彰显人才美所蕴含的必然和自由的统一、功利性和超功利性的统一、现实性和超越性的统一。人才美学的研究是对当代美学研究的新探索，体现了人才开发的新视野，也是一种新的跨学科整合创新研究。

人才自身除了具有一般人的社会本质以外，还特别具有创造性、进步性和审美性。人才的审美性来源于人才的创造性和进步性，又体现了人才的审美本质。从人才美学来看，它侧重于从真善美的和谐统一的维度出发，把握人才的创造性和进步性向审美性的转化与显现，审视人才的审美本质及其特征。但是，人才美的本质与人才的审美本质既有联系，又不同于人才的审美本质。我们之所以肯定人才美，就在于人才美从根本上超越了一般的诗意地生存，真正指向了人类本质力量的对象化。人才美不仅表现为人才自身的美，而且还表现为人才创造性和进步性的实践活动过程的美，表现为人才创造的劳动产品的美。由此可见，人才美学虽然不反对人的外在美，但相比之下，更加推崇人才的美，更加注重人才的创造性社会本质所显现的过程及其劳动成果的美。

因此，确定人才是最高的社会美，探索人才美学的基本原理和方法，深入研究人才与审美的互动关系，这既有利于开拓研究人才问题的新思路，又符合社会美以内容取胜的美学原理，有利于引领人们欣赏人才美的价值。21世纪是人才开发的新纪元，也是美学广泛渗透到社会实践各个领域的扩张期，美学研究只有走出象牙之塔，审美活动只有超越艺术领域，迈入生产领域和创新领域，向社会实践渗透和扩张，广泛弥散到人才创造的各个领域，才能使美学更好地实现其社会价值。

但是，从目前我国大众审美文化的走向来看，审美文化既有健康发展的一面，又有令人担忧的一面。在爱美的问题上，所谓的流行时尚就存在着不少问题，一些青少年片面追求整容、骨感美女以及帅哥靓妹等形式美，而在较大程度上忽视了对内容美的欣赏。针对当前我国大众审美文化的某些误区，认真分析当下一些人过分追求金钱、权力、女色和形体美等时尚，从学理上探讨人才的美，这在理论上有助于拓宽美学研究视野，在实践上有助于全社会确立正确的审美取向，引导人们追求人才的美。可以说，从审美的角度倡导人才的美，为深入研究人才与审美的互动关系提供了新的角度，这无疑等于找到了美学与人才学嫁接的最佳结合处。

从社会可持续发展的视野来看，只有把人才的美视为最高的审美价值取向，大力倡导人成其才和人尽其才，才能有利于构建和谐社会。当美学和大众审美文化从过去形而上的神坛走向形而下的日常生活时，当新的人才战略正在从人力资源管理转向人才资源开发之际，我们应该尝试让人才美学架起沟通人才学和美学之间的桥梁。特别是从人才开发的角度来看，人才开发与审美客观上存在着非常密切的关系：一方面，人才的社会实践本质是求真向善与审美的和谐统一，如果缺乏审美的维度，就必然影响到求真向善的社会实践，也必然影响到人才开发的可持续发展；另一方面，美的创造是各类人才社会实践的创造性成果，如果没有人才的创造性社会实践，也就必然影响到美的存在和发展。因此，从人才开发与审美的互动关系来看，我们应该尝试通过人才开发来促进世界的审美化，也要通过审美促进人才开发。从人才与审美的关系探究人才开发的社会实践，这无疑是人才资源开发的新视域。

第三章

审美与人才开发

促进人才开发的方式有很多种，其中，通过审美的方式促进人才开发则是最具人文性、艺术性和情感性的开发方式，也是寓教于乐的最佳途径和行之有效的重要方法。

第一节　扩大审美视野促进人才开发

随着社会的发展进步，各种美学已经开始广泛渗透到社会生活的各个领域，审美几乎无处不在，就连日常生活也仿佛变成审美化了，生命美学、生活美学、劳动美学、建筑美学、服装美学、技术美学、生态美学等各种门类美学交互辉映，形成了绚丽多彩的美学新潮。在美学日益渗透到社会生活和社会实践的各个领域之际，我们把人才开发与审美实践紧密联系起来，在构建全新的人才美学中，尝试沟通审美实践与人才开发的各种联系，这对于从全方位和整体性的宏大视野研究人才开发，将是非常具有理论价值和实践意义的学理思考。

一　审美主体心灵的丰富性

从审美实践来看，一个人的审美视野是狭窄还是宽广，直接影响着个人的心灵是贫瘠单一还是丰富多彩。审美实践表明，无论是对个人的人文素养，还是对于拓展和丰富心灵，审美都具有特殊而又重要的意义。

从人才开发的角度来看，如前所述，人才开发需要知识结构和能力结构的优化组合，而这也意味着主体心灵的丰富性，因为如果个人没有心灵的丰富性，就不可能敞开心灵，以开放的心态去容纳和接受丰富的知识。但是，由于受到主客观条件的限制，人们的心灵往往要受到这样或那样的遮蔽，不够完善，显得比较贫瘠，甚至有些空虚，这不仅与信仰和价值观念的失衡有关系，而且也与人们的心灵不够丰富有关。丰富主体心灵的途径是多样的，比如多读书，多思考，多交友，多实践等，但自觉运用审美的方式，以审美来丰富人们的心灵，这不仅富有美学意义，而且还具有重要的人才开发意义。因此，从审美的角度阐释人才开发，首先应该看到扩大审美视野具有丰富主体心灵的重要价值。

审美之所以能够丰富审美主体的心灵，首先是因为大千世界存在着丰富多彩的审美客体。这些审美客体总是以特有的审美属性感染和熏陶着我们，让我们在潜移默化、耳濡目染中感受到美的存在，领悟着美的价值，接受着美的启迪。从审美客体的审美属性来看，审美客体的审美属性可谓风格各异、异彩纷呈。在瑰丽神奇的自然美中，有的壮美如泰山，有的优美如黄山，有的秀丽如漓江，有的粗犷如沙漠……在琳琅满目的艺术画廊中，豪放、婉约、典雅、古朴、平淡、清新、自然、沉郁、浪漫……可谓应有尽有；在社会美中，有的人高大伟岸，有的人朴实平凡，有的人惊天动地，有的人刚正不阿，有的人开拓创新，有的人拾金不昧……可以说社会美也是丰富多彩、各有千秋。随着社会的发展进步，随着人才战略的实施，在日常的社会实践中，人们可以直接学习社会上的各种英雄人物；随着闲暇时间的增多，人们有机会更多地在旅游和休闲中欣赏自然美和艺术美。丰富多彩的美直接为审美主体心灵的丰富性提供了观照的对象，从而也为审美主体产生丰富的美感提供了更多的可能性。

其次，我们要拥有审美主体心灵的丰富性，自己还必须进入审美主体的角色，具有审美主体的需要，而不是认识主体或实践主体的需要。不仅如此，由于生活中的每个人都非常需要心灵的丰富性，这种主观的需要是个人从认识主体或实践主体转向审美主体的重要内在动力，如果没有个人的主观需要，再美的事物对于没有审美需要的人来说，也毫无意义。因此，我们要研究审美对于人才开发的重要性，就必须充分认识到个人作为审美主体的审美需要，要探究主体是否具有审美需要，有什么样的审美需要，审美需要是丰富还是单一等。比如对于那些缺乏文学修养的人来说，《红楼梦》等文学巨著再美，似乎也没有什么价值；对于那些需要雪中送炭的人来说，审美需要不可能成为最迫切的第一需要，因而锦上添花似乎也不免有些奢侈。审美实践表明，为了更好地实现审美对人才开发的重要价值，就必须努力拓展审美主体对审美需要的丰富性。认识主体和实践主体转化为审美主体的人越多，美的事物才能更多地进入审美主体的审美视野；审美主体的审美需要愈丰富，就愈能发现审美客体丰富多彩的审美属性；审美客体的审美属性愈丰富，就愈能满足和促进审美主体的多方面需要，并且在较大程度上有利于促进审美主体心灵的丰富性。

审美促进主体心灵的丰富性，还必须构建审美主体与审美客体之间的审美关系。从审美价值的角度来看，审美之所以能够促进主体心灵的丰富性，实质上也就是审美客体审美价值的实现和确证。审美经验表明，要实现审美客体的审美价值，前提是审美主体与审美客体之间要形成审美关系，因为审美价值本身是一个关系属性，只有在审美关系中才能实现，没有审美关系，也就无法实现审美客体的审美价值。所谓审美关系，就是审美主体与审美客体之间构建的互动关系，审美客体的审美价值就是在特定的审美关系中形成的，因此，没有审美关系，就不可能有审美价值。如下图所示。

审美价值

审美主体←—————→审美客体

审美关系

审美关系和审美价值的构建和形成

为了更好地实现审美客体的审美价值，审美主体要有自觉意识，以积极的心态，敞开审美的胸怀，以开放的视野，放飞自己的想象力，尽情地在审美思绪中畅游与翱翔，只有在自由驰骋中，才可能极大地拓展主体的心灵境界，从而丰富主体的心灵。

二　审美丰富主体心灵的途径

人类社会发展史从文明伊始，人类从动物中分化出来的外在标志主要不是劳动，而是人之所以为人的心灵的拓展和丰富，这是人对动物最具超越性的重要主观标志。文明社会以降，人类在认识世界和改造世界的漫长过程中，逐渐丰富和深化着自己的心灵，但这种深化和丰富是蕴含于求真和向善的一般认识活动和一般实践活动之中的，因而体现了一般的认识规律和实践规律；而审美实践则与此不同，审美主体在审美过程中，本身并非一般的认识活动和实践活动，而是一种情感的审美活动，也是一种悦智、悦神、悦情的特殊精神活动。通过审美，审美主体能够产生奥妙无穷的感觉和非常愉悦的审美体验，这在一般的认识活动和一般的实践活动中是无法体验到的。审美能够丰富审美主体心灵的途径虽然不同于一般的认识活动和实践活动，但通常也要遵循一般的审美规律。

首先，应该学会对审美客体进行感性观照，入乎其内，以产生身临其境的美感。在对审美客体进行审美观照时，从审美态度上来看，通常有两种情况：一是主体自觉地进行审美活动；二是非自觉地进行审美活动。在第一种状态下，主体通常在时间上比较充足，如在闲暇娱乐期间，比较有时间欣赏名山大川，参观博物馆，欣赏各种艺术展，阅读文学作品，观看电影电视等。主体往往能以自由轻松的心情，悠然自得，慢慢领略和体验审美客体的美。第二种状态下，通常是主体在认识世界和改造世界的过程中，不自觉地对审美客体进行了审美观照，这一方面是因为事物可能比较美，甚至非常美，这才能有足够的魅力把特定的认识主体或实践主体转化为审美主体，使其把注意力从别的对象和环境中转移到审美境界中来；但另一方面，由于主体处于非自觉审美的状态，注意力不一定会长时间集中，有可能很快又转移到本来进行的认识世界或改造世界的特定活动之中，从而影响了正常的审美效果。比如人们在匆忙赶路时即使看见路边的鲜花很美，由于时间紧迫，也不可能停下来去自由欣赏鲜花的美；人们面对自己刚刚创造出来的劳动成果，注意力更多地集中在劳动成果的善，即产品质量和经济效益，而不是产品的美。因此，在审美过程中，审美本身的特殊性要求对审美客体进行感性观照时，审美主体应该入乎其内，沉浸和融入审美客体的生命之中，才可能与审美客体形成审美的共振，产生身临其境的美感。在这一阶段，要求审美主体要尽量缩小与审美客体的距离。当然，这里所说的距离有两个含义：其一是物理距离，在审美时，审美主体与审美客体的物理距离要适中，不能太远，也不能太近，"距离产生美"，主要是指物理距离，比如欣赏油画，太近了就难以发现它的美；其二是心理距离，在审美过程中，虽然物理距离要适度，但心理距离在审美的第一阶段，却应该力求等于零，真正入乎其内，争取达到审美主体与审美客体进入物我化一的最高化境。这一阶段是审美的感性阶段，审美主体能够获得情感的高度愉悦，在与对象形成共鸣、共振中进入忘我和无我的痴迷境界，从中获得情感的陶醉和心灵的解脱。

其次，应该学会对审美客体进行理性辨析，出乎其外，在居高临下的俯视中鸟瞰审美客体的本质。审美经过感性阶段以后，审美主体不能长时间沉浸在审美境界之中，仍然要回到生活，回到现实，理性地对待审美客体，从而进入审美的理性判断阶段。因此，在审美主体入乎其内的基础上，还要及时出乎其外，对审美客体进行理性辨析，在居高临下的俯视中鸟瞰审美客体的本质。在入乎其内的第一阶段，审美主体感悟和体验到了对象的美，但还不知道对象美在何处，对象为什么美；在审美出乎其外的第二阶段，审美主体在感受美的基础上，还应该从理性上理解对象美在哪里，对象为什么美。通过对审美客体的深入思考，不仅要认识审美客体的审美特点，还要发现审美客体对于社会人生所具有的积极价值。王国维在《人间词话》中写道："诗人对宇宙人生，须入乎其内，又须出乎其外。入乎其内，故能写之。出乎其外，故能观之。入乎其内，故有生气。出乎其外，故有高致。"① 其实，就审美而言，作为审美主体来讲，面对审美客体，同样应该"入乎其内"，"出乎其外"，通过"入境"和"出境"的循环往复，反复体验、玩味、吟咏，在情感和思想、感性和理性的和谐统一

---

① 方麟选编：《王国维文存》，江苏人民出版社 2014 年版，第 175 页。

中，一方面真正体验和欣赏了对象的美，一方面也领略了对象的内在意蕴及其对人生的启迪。作家王蒙认为："文学的方式与科学的方式有很大的不同。文学重直觉，重联想，重想象，重神思，重虚构，重情感，重整体，重根本；而往往忽视了实验、逻辑论证、计算、分科分类、定量定性。但是文学的方法与科学的方法又有很大的一致性：珍惜精神能量，热爱知识，热爱生活，对世界包括人的主观世界的点点滴滴敏锐捕捉，追求创意，不满足于已有的成绩，力图对国家、民族、人类做出新的哪怕是点点滴滴的贡献。"王蒙所说的，也正是看到了对文学的审美观照所产生的心理效应。他还认为："科学也好，诗也好，文学也好，都是对世界、对人生的一点发现，一点关切，一点探求。这种发现我们从不同的角度上可以来进行，可以启发我们的思维，启发我们的认识，也开辟我们的心智，在这一点上，我常常觉得智慧也是一种美。不是说光是形象美，我当然非常喜爱，但是智慧美有时是非常吸引人的。相反的，如果是一个愚昧的人，他的那个美的魅力就会大打折扣。所以，我完全相信，我们在这种关切人生，关切世界，在发现这个世界而且在寻找创意、寻找智慧和光明这一点上，文学家是科学家最好的朋友，科学家是文学家最好的老师。"实际上，文学确实具有启人心智的巨大作用，聪明的读者完全可以从优秀的文学作品中发现审美客体质的规定性，感悟人生的真谛。

再次，通过对审美客体模糊性直观，激发主体的联想和想象。审美客体虽然作为思维的对象，也具有可以认识的一面，但当该事物作为审美客体的时候，却具有了审美客体所特有的审美模糊性。从人才开发的角度来看，正是审美客体所特有的模糊性，才能够激发审美主体的自由联想和尽情的想象，而这恰恰是开发创造性的想象力所不可缺少的。达·芬奇曾经指出："请观察一堵污渍斑斑的墙面或五光十色的石子。倘若你正想构思一幅风景画，你会发现其中似乎真有不少风景：纵横分布着的山岳、河流、岩石、树木、大平原、山谷、丘陵。你还能见到各种战争，见到人物疾速的动作、面部古怪的表情、各种服装，以及无数的都能组成完整形象的事物。墙面与多色的石子的此种情景正如在缭绕的钟声里，你能听到可能想出来的一切姓名与字眼。切莫轻视我的意见，我得提醒你们，时时驻足凝视污墙、火焰余烬、云彩、污泥以及诸如此类的事物，于你并不困难，只要思索得当，你确能收获奇妙的思想。思想一被刺激，能有种种新发明：比如人兽战争的场面，各种风景构图，以及妖魔鬼怪之类的事物。这都因为思想受到朦胧事物的刺激，而能有所发明。"值得注意的是，达·芬奇所说的"污墙、火焰余烬、云彩、污泥以及诸如此类的事物"，实际上正是在审美领域中属于那些具有较多的模糊性的审美对象，唯其如此，他才认为通过联想和想象，人们可以从中"收获奇妙的思想"，并且"因为思想受到朦胧事物的刺激，而能有所发明"。因为在审美活动中，一般来说，凡是审美客体的属性如果比较简单、比较单一，就不太可能激发审美主体的联想和想象；反之，如果审美客体的属性比较复杂，具有较大程度的模糊性，则很容易激发或者说是调动审美主体的联想和想象。文学欣赏作为一种特殊的审美活动，读者一般也是喜欢欣赏那些含蓄蕴藉、能够发人深省的优秀作品，而不太喜欢那些一览无余、没有内涵或者说内涵浅薄的作品。中国古代优秀诗歌和散文非常善于营造情景交融的意境，推崇景外之景、言外之意、境外之境、耐人寻味，含蓄蕴藉，言已尽而意无穷等，这类优秀作品往往受到历代人们的喜爱。审美心理学表明，通过对审美客体模糊性的直观，相对来说，比较容易激发审美主体的联想和想象。

另外，从审美活动的本质上来看，审美本身体现了客观规定性与主观创造性的辩证统一。所谓审美的客观规定性，这里主要是指审美客体自身具有客观的质的规定性。审美客体一方面可以作为人们思维的认识对象加以认识和考察，即审美客体首先具有一定的认识论性质，我们今天仍然可以从《诗经》中认识古代的社会生活和历史状况，可以从古代神话中发现某些认识价值和历史价值；另一方面，审美客体的审美属性具有一定的客观规定性，如泰山的壮美、苏轼词的豪放、李清照词的婉约，这都有审美对象质的规定性。因此，我们在审美过程中既要尊重审美客体的质的规定性，又要以此为出发点，尽量展开联想和想象。

但是，我们必须看到，由于审美活动中离不开审美主体的高度联想和想象，因此，审美本身必然具有主观创造性的品格，既能体现出审美主体的创造能力，又能够激发审美主体的联想、想象和发现能力。审美的本质不是求知，也不是求善，因而不是认识论的，也不是伦理学的，而是求美的美感活动，是属于美学的范畴，也是对个体生命的独特体验和独特发现。审美固然离不开对象的客观属性，但更需要主体与审美对象积极地构建审美关系，在此基础上对对象审美价值进行创造性的发现。这种发现绝不仅仅是对审美客体审美价值的发现，而同时也是审美主体对于自己的心灵和本质的创造性发现，也许审美主体没有注意到这一点，但这也并不影响审美活动对主体联想、想象和发现能力的开掘，因为这是由审美活动的本质所决定的。这样，随着社会的发展进步，随着人们审美能力的提高，随着审美实践的日益丰富，人们通过审美过程中的多次循环往复，审美主体在遵循审美客体质的规定性的同时，也能够自觉不自觉地激发自己的联想和想象，而想象能力则是创造力的核心和关键。长此以往，通过大量的审美实践，审美主体逐渐提高了联想和想象能力，也训练了发现美的眼睛和发现美的心灵——而审美主体的发现能力也就与日俱增了。从"一千个读者就有一千个哈姆雷特"，再到阐释学和接受美学的问世，都揭示了文学阅读的发现性特征。文学阅读作为一种审美活动，读者在审美的阅读中必然会激发自己的想象力和创造力，由此就可以理解一些科学家喜欢文学作品的原因绝不仅仅是为了消遣娱乐，而是还具有激发想象力和创造力的特殊欲求。

第二节　提高审美境界促进主体情感的升华

主体情感的性质是高尚还是卑下，不但直接影响着人们的生命质量，影响着人际关系的建构，而且也将直接影响着人才开发的广度和深度。审美愉悦能够促进人才开发，这不仅需要立志成才者应经常进入审美主体的角色，而且还需要在扩大审美视野的基础上，进一步提高审美境界，用理想的审美境界升华主体的情感。

一　审美境界的多样性与层次性

所谓审美境界，是指审美主体在审美时与审美客体所形成的一种特殊的情境。审美对象的丰富性以及主体审美需要的多样性，决定着审美境界的多样性与层次性。从审美境界的多样性来看，可以切入两个角度加以思考：其一，是审美客体风格的多样性直接影响着审美境界的多样性，如从审美风格上来看，豪放、洒脱、婉约、清新、自然、沉郁、优美、壮美、刚健、含蓄等，可以说，有多少种风格，就会有多少种审美境界，因为这些风格本身并非客观事物所具有的客观属性，而是经过审美主体的审美观照以后才获得的关系属性，要受到主体审美需要和审美个性的影响，也要受到主体与客体所构建的审美关系的影响。其二，是审美主体审美趣味的多样性。审美趣味一方面具有审美主体的共同性，另一方面又有审美主体的差异性。大致说来，同一个民族处于同一个时代，在整体上审美趣味有较多的共同性；不同民族、不同时代的审美趣味则会有较大的差异。但是，即使同一个民族，处于同一个时代，个人之间的审美趣味仍然有着明显的差异，俗话说，穿衣戴帽，各有所好，就是最好的注脚。正是因为每个人的审美趣味同中有异、异中有同，这才构成了审美趣味的共同性和多样性。既然审美趣味具有多样性，那么审美境界具有多样性，就是理所当然的。

我们在肯定审美境界多样性的同时，还应该看到审美境界的层次性。就审美境界而言，在层次性上主要体现为高雅和通俗两个大的层次。在日常审美活动中，大量的审美主要表现为对普通事物所蕴含的美的欣赏，或者说是对一般美的事物的欣赏。但对于人才开发而言，不仅应该从普通事物的美中获得审美愉悦，而且更应该追求那些典型的美、高雅精制的美。如对名山大川的欣赏所获得的美感一般要超过欣赏普通自然美所产生的美感，对优秀文艺作品的欣赏所获得的美感一般也要超过欣赏普通文艺作品所产生的美感，所以，我们应该在具备条件的前提下，争取多欣赏一些比较高层次的美，以便于从中获得更多的启迪。王安石在《游褒禅山记》中说："夫夷以近，则游者众；险以远，则至者少。而世之奇伟、瑰怪、非常之观，常在于险远，而人之所罕至焉。故非有志者，不能至也；有志矣，不随以止也，然力不足者，亦不能至也；有志与力，而又不随以怠，至于幽暗昏惑而无物以相之，亦不能至也。"① 可见，非有志者不能至"世之奇伟、瑰怪、非常之观"，这对于我们追求高层次的美，应该说是非常经典的解说。

审美境界的多样性与层次性还与审美视野有关。就审美视野和审美境界的关系而言，审美视野的扩大能够为审美主体提供审美的广度；而审美境界的提升则为审美主体的情感升华提供了更高品位的审美情境。因此，我们为了提高审美境界，就必须尽量扩大审美视野，以拓展我们审美的广度，同时，在升华我们的情感的基础上提高我们审美的高度，要真正上层次，使我们真正成为会审美的主体，在审美中获得锦上添花。

二　提高审美境界与主体的情感升华

在审美活动中，一般的审美虽然也能够给人以美感愉悦，但主体所获得的美感的程度不会太高。因此，只有提高审美境界，才能促进审美主体的情感升华。

早在古希腊，柏拉图倡导作家要把真善美的东西写到读者心灵里去，实质上是认识到了提高审美境界的重要性。他之所以反对荷马的诗，并不在于他是站在奴隶主的立场看待荷马，而恰恰在于他认为荷马的诗写了神的很多缺点，境界不高，可能会对年轻人产生不良的影响。亚里士多德也看到了悲剧能够给人特有的快感，能给人以感情的陶冶，这实质上意味着他看到了悲剧具有特殊的教育作用。自古希腊以降，柏拉图、亚里士多德、贺拉斯、布瓦洛、狄德罗和黑格尔等，都非常重视文艺对情感的升华作用。在中国古代，从孔子的诗教，到《乐记》的"慎所以感"和"以道制欲"，在中国美学史上几乎形成了文以载道和美教相结合的文化传统，深刻影响了中华民族的精神风貌。

在提高审美境界与主体的情感升华的问题上，我们应该正确认识雪中

---

① 人民文学出版社编辑部编：《古文观止详注》，人民文学出版社 2014 年版，第 678 页。

送炭和锦上添花的关系，正确理解"下里巴人"和"阳春白雪"的关系。为了促进人才开发，我们固然需要为广大人民群众雪中送炭，但更需要锦上添花。特别是随着人们生活水平的提高，当解决了生存问题以后，就应该马上解决发展问题。甚至可以说，在解决生存问题的同时，就应该考虑发展问题；在"输血"的同时，就应该同时强化"造血"的功能。我们固然有很多人吟唱"下里巴人"，但我们不能永远停留在"下里巴人"的层面上，而是让更多的人学会"阳春白雪"。在审美层面上，我们强调提高审美境界，就是要求通过激发人们对高尚精神的吁求，在人们的心灵深处播下审美理想的种子，以精神的力量去积极地反作用于外在环境，去增强个人的自信心，激发和诱导自己的各种潜能。

第三节　增强审美愉悦拓展主体的想象

在审美活动中，主体审美愉悦程度的高低，能够直接影响主体想象的拓展程度。一般来说，审美愉悦的程度愈高，愈有利于激发主体的想象；审美愉悦的程度愈低，就愈不利于激发主体的想象。因此，为了在审美活动中能够在较大程度上拓展主体的想象，主体就必须尽可能增强审美愉悦。

一　审美拓展想象的开放性和无限性

如前所述，审美境界具有多样性与层次性，这必然影响着审美主体审美愉悦的丰富性与层次性。审美愉悦作为特定的审美感受，既取决于审美客体的审美属性，又取决于主体的审美需要。

首先，丰富多彩的美构成了审美系统中的立体开放系统。无论是鬼斧神工、风景如画的自然美，还是伟大崇高、朴素亲切的现实美，它们都充满了美的生命活力。自然美是人化的自然；而现实美则是人们合规律性与合目的性的自由创造；艺术家有徘徊于真实与虚构之间的权利，可以在艺术构思中将审美表象自由地排列、组合、剪辑和变形等，从而创造出一个奇异而又诡谲的艺术世界。因此，在广度上，艺术世界可以囊括宇宙人生、古往今来；在深度上，它能揭示出生活的本质和人物深层的心理结构；在结构上，它可以大开大阖，打破时空限制，自由挥洒；在表现手法上，它可以运用叙述、议论、抒情、描写、夸张、变形等多种艺术方式；在艺术风格上，它可以显示出优美、崇高、壮美、自然、飘逸、洒脱、豪放、滑稽、幽默、荒诞等各具特色的审美风格。艺术世界的这种开放性能够对审美主体产生巨大的激发作用，促使人们打破原有的思维定式，激发思维的开放性，促进了发散思维的再扩张，在潜移默化中实现了诱发潜能的开放性。

其次，与潜能开发的开放性相联系，潜能开发还具有无限性的特点，即审美的无限性能够诱发潜能开发的无限性。如果说，审美对潜能的开发具有开放性，这揭示了审美开发潜能的方式和特点，而审美诱发潜能的无限性，则阐明了审美促进潜能开发所拥有开放性的纵深发展，即这种开放性在广度和范围上没有终点，是一种可持续的开放性。比如在对意境的欣赏过程中，因为意境美具有景外之景、言外之意、象外之象、境外之境的审美特点，往往能够使人产生无限的联想和想象，因而在很大程度上开发了欣赏者的想象力。比如屈原仰天长叹，为后人留下了奥妙无穷的《天问》这首长诗。屈原受着强烈的创造欲的催动，以问难的方式，出于对自然和历史的批判，一口气提出170多个问题。他从开天辟地问到天体构造；从神话传说时代，问到有史时代；从身外的一切，问到作者自己。行文瑰丽奇特，充满了激情与想象，引发了后人无数的猜测、联想和想象。至于古代的神话传说和诸多浪漫主义作品，无不"精骛八极，心游万仞"，引人遐想，令人荡气回肠，百读不厌。从人才开发的角度来看，许多优秀的作品能够使读者念念不忘，这说明了优秀作品一方面具有永久的艺术魅力；另一方面，读者对作品的每一次解读和反复吟咏，都是一次新的阐释和再创造，所以读者的想象力将会持续得到开发。

二 审美拓展想象的直接性和间接性

首先，审美能够直接引发想象，即审美主体通过日常的审美实践，在丰富审美经验和审美认识，提高审美趣味和审美理想的基础上，能够直接发展审美能力，因为审美能力绝不是个人单纯审美经验的感性积淀，而是蕴含着逻辑思维和形象思维的相互融合和渗透。审美能够体现个人的兴趣爱好，而从创造学的角度来说，兴趣是最好的老师，个人的兴趣爱好能够不知不觉地激发自己的潜能。这就意味着一个人如果经常欣赏某一类美的事物，那么，这类美的事物，也必然能够促进他潜能的开发。从存在决定意识的哲学角度来看，一个人经常与特定的审美客体建构审美关系，主体在获得审美愉悦的同时，客观上就必然会受到这类审美客体的影响。读者如果喜欢读并且经常读李清照的词，慢慢也就可能变得婉约；读者如果喜欢并且经常读苏轼的豪放词，慢慢也就可能变得豪放。由于"近朱者赤，近墨者黑"的普遍性，我们经常接触的事物就必然会直接影响我们的心情和性情；同样，我们所欣赏的审美对象也会直接影响我们的审美心理、审美趣味和审美能力。

其次，审美除了能够直接开发人们的潜能以外，还能够间接诱发人的潜能。这主要表现在两个方面：其一，是不知不觉和潜移默化。由于审美对人的影响具有使人不知不觉和潜移默化的特点，因此，主体通过长期的审美活动，就会慢慢丰富和完善自己的心灵，而个人也许并未意识到。其二，审美间接诱发主体的潜能还表现在审美不但给人们以情感的愉悦，而且还能促进人们的身心健康。而事实上，一个人如果心灵丰富、身心和谐，这在客观上将有助于间接促进智能优化和思维互补。

再从各种实用美学的角度来看，劳动美学、技术美学、环境美学、生态美学、商品美学等实用价值比较显著的美学，它们都在一定程度上阐释了美的产品、美的环境等能够使人产生审美的情感愉悦，能够促进劳动者自觉不自觉地调动较多的心理能量和体能，这不但提高了劳动效率，更重要的是激发了人们身心的多种潜能。比如在设计产品包装的颜色时，相同的产品如果包装成白色，搬运工搬运时就会感觉比较轻；而如果包装成黑色，搬运工就会感觉比较重。这是由于产品包装的色彩作用于搬运工的视觉以后，引起了相应的心理反应。显然，白色或者比较淡雅的颜色在一定程度上能够引起主体的情感愉悦，从而有利于激发自己的体能；反之，可能就难以激发主体的体能。

审美之所以能够诱发人的潜能，这完全有内在的审美生理机制作基础。美的形象信息刺激人的眼、耳等感受器，通过由神经元组成的传入神经，传导到大脑皮层相应部位；然后，经分析、综合后反馈到感受器，用以调节、控制感受器，使之更好地接受刺激；再将刺激回复到大脑皮层，由大脑对新、旧信息再次进行比较、综合、加工、贮存、转换，并通过传出神经，传导到手、足、眼、耳、鼻、舌等效应器；效应器又将信息反馈回大脑，经过大脑作用后，再输送到效应器；最后，经过多次类似的循环，对刺激物形成审美反应。在审美过程中，主体的思维由接受审美客体的刺激，再到个人对这些审美信息做出反应和能动的加工创造，要经历对信息的接收、传入、识别、反馈、处理、加工、贮存、转换、传出、反应、再生成等一系列复杂的思维活动。主体在审美过程中，以大脑皮层为核心部位，以听、视感官为主要审美感官，各种生理构造相互联系、相互作用，激活主体特有的整体性、自调性的有机动力系统。审美实践表明，经过长期的审美实践，人们就能够从审美中获得求知、向善和人生美化的多种价值；与此同时，人们在自由自觉、循序渐进的审美过程中，就能够潜移默化地开发自己的潜能。

第四节　审美：诱发潜能的加速器

审美具有多种功能，其中，从人才学的角度来看，它是诱发人类潜能的加速器，是开发潜能的普遍有效的一种重要方式。

审美作为诱发潜能的加速器，突出地表现为"诱发"潜能的特点。它像化育万物的春风和滋润万物的春雨，在人们的审美愉悦中"润物细无声"，潜移默化地慰藉着人们的心灵，诱发了人们的潜能。同时，审美诱发潜能还具有"加速器"的特点，即不仅能间接诱发人的潜能，而且还能直接启人心智，加速潜能开发的速度。

一 审美蕴含了感性与理性的统一、情感与理智的统一

审美是主体以直觉的方式对审美对象进行美的观照。审美观照中的直觉是感性的，又是理性的；它包含主体的情感，也蕴含主体的理智。可以说，审美蕴含了感性与理性的统一，也是情感与理智的统一。这种统一为开发人的各种潜在能力，奠定了完善的心理结构和思维基础。

从长远的观点来看，开发人的潜能首先需要人们自身具备完善的心理结构，即达到知、情、意及各种心理要素的和谐统一，实现心理诸要素的优化组合；否则，人们的潜能就容易畸形发展，或成为无源之水、无本之木，并且缺乏深厚的生命张力。审美作为人类生命活动的重要内容，有利于发展和完善人的审美心理结构。

所谓审美心理结构，是指审美主体内部反映事物审美特性及其相互联系的知、情、意系统和各种心理形式的有机组合结构。它是由多种因素、多层次有机组成的具有自调性、转换性和整体性的有机动力结构系统。其形成的原理是，人们在欣赏自然美、社会美和艺术美的过程中，事物的信息作用于人的感官，由传入神经传导到大脑皮层相应部位；同时，欣赏者经过对信息进行接收、识别、反馈、处理、加工、贮存、转换、传出、反应、再生成等一系列复杂的大脑活动，产生了审美效应。这样，经过长期丰富多彩的审美活动，人们就可能形成完善的审美心理结构。

开发潜能需要理性与感性的统一，也需要情感与理智的统一。人才学家王通讯认为，人才开发在提高智力的基础上，还应该激发活力。这在实质上正说明了开发潜能中提高智力和激发活力的统一性。而在过去的人才开发中，人们往往片面重视提高智力，重理性，轻感性，忽视激发内在的活力。这样，必然使人才的生命活力受到束缚和压抑。审美不仅可以补偿人们在现实中所缺少的审美愉悦，而且也可以滋润人们的情感，激发人们的感觉、知觉、体验、联想、想象等感性心理活动的能力，释放被社会角色及逻辑思维束缚的感性生命活力。

人才开发的实践表明：审美可以完善审美心理结构，促进整体心理结构的优化，实现两个统一。这不仅有利于促进人才的身心和谐、个性和谐

及能力互补，也为潜能的开发奠定了坚实的心理基础，成为诱发潜能的重要原动力。

二　审美诱发潜能体现了成才者的主体性和自由性

在人才开发的过程中，无论是使用性开发，还是政策性开发，抑或一般的自我开发，人才自身或多或少都具有一定程度的客体性和被动性，即成为被开发的对象。在审美诱发潜能的过程中，人才自身是以审美主体的角色进入审美关系中的，而不是以受教者或被开发对象的被动角色，去被动、消极地接受开发。因此，审美诱发潜能体现出鲜明的主体性和自由性。

审美诱发潜能的主体性是指，成才者在审美中能体现出自觉性和能动性。也就是说，个体是以主体的审美意识和审美能力，去自由自觉地欣赏美的事物，而不是以被开发对象的角色，去消极接受施教者的开发。特别是在社会转型期，审美可以促进"边际人"向现代人的生成与转化，拯救人们被各种思维定式所僵化的感性，激发人们的生命活力，诱导成才者的创造精神。

成才者开发潜能的自由性，是指成才者在审美愉悦中达到了"随心所欲不逾矩"的自由境界。在现实中得不到的，可以在审美中得到。也就是说，一方面，成才者可以对自然美、艺术美和社会美进行美的自由欣赏，充分展现爱美的天性和个性；另一方面，通过各种各样的审美活动，成才者可以自觉不自觉地获得心灵的解放，抛开利害关系和动物本能的束缚，更新与复活纯真的心灵，自由地唤醒各种沉睡的潜能。

在实际的审美活动中，我们融会于美丽的大自然和美好的人生世界。正是美的艺术、美的自然和美的人生，才激发了成才者融天地、人生于一体的宇宙人生感。这种宇宙人生感可以丰富和深化人生阅历，又可以促进思维的高度自由。在审美中，成才者可以"观古今于须臾，抚四海于一瞬"，使心灵达到"精骛八极，心游万仞"的自由境界。这正是创造性想象高度发挥的佳境。

三 审美在诱发潜能过程中的开放性、无限性和动力性

风格多样的美构成了一个立体的开放系统。无论是鬼斧神工、风景如画的自然美，还是崇高伟大、朴素亲切的现实美，它们都充满了生命活力：自然美是人化的自然，现实美则是人们合规律性与合目的性的自由创造。艺术家有徘徊于真实和虚构之间的权利，可以在艺术构思中将审美情感的表象自由地排列、组合、剪接、变形等，从而创造出一个奇异而又逼真的艺术世界。在广度上，艺术世界可以囊括宇宙人生、古往今来；在深度上，它能揭示出生活的本质、规律及人物形象深层的心理结构；在结构上，它可以大开大阖，打破时空限制，可以严谨有序，又可自由挥洒；在表现手法上，它可以运用叙述、议论、抒情、描写、夸张、变形等多种表现手法；在艺术风格上，它可以显示出崇高、优美、壮美、平淡、自然、飘逸、洒脱、豪放、滑稽、怪诞、幽默等多种风格。艺术世界的这种开放性能够激发成才者思维的开放性，使成才者打破旧思维定式的束缚，在促进发散思维发展的同时，诱发潜能的开放性。

与潜能开发的开放性相联系，潜能开发还具有无限性的特点，即审美的无限性诱发潜能开发的无限性。精美的艺术品言简意丰，言已尽而意无穷，能使人爱不释手，产生审美的无限性，即欣赏者每一次审美都是一次新的感受、新的体验，能产生新的审美联想和审美想象，其实质也正是一次很好的潜能开发。同时，审美的这种无限性必然导致潜能开发的无限性。

潜能开发的动力性是指审美在诱发潜能的过程中，能使成才者产生一种巨大的动力，促进潜能的开发。这种动力性可大致分为三个层面：第一，审美通过作用于人的生理机制，影响着人的呼吸、脉搏、血液循环等生理要素，激发人的肉体生命的活力；第二，审美激发了主体喜怒哀乐等各种情感的丰富性和各种内在的生命力，培养了主体的生命意志，使主体在现实中敢爱敢恨，无所畏惧地思考一切，评判一切，创造一切；第三，审美理想作为人们憧憬和希冀的最高最美的境界，激励着成才者的成就动机和改造世界的豪情壮志。

四　审美诱发潜能的直接性与间接性

首先，审美能够直接诱发潜能，即通过审美，成才者在丰富审美经验和审美认识，提高审美趣味和审美理想的基础上，直接发展了审美能力。这里有一点需要强调，审美能力绝不单纯是审美经验的感性积淀，而是以形象思维能力为主、抽象思维能力为辅，实现二者的高度统一。同时，还应该看到，审美很能体现出人的个性与兴趣爱好，尤其是一个人对某一美的事物愈喜爱，该事物亦愈能激发人的思维活力。

其次，审美还能间接诱发人的潜能，即审美不仅给人们情感愉悦，而且还能促进精神个性的和谐，有利于身心健康，进而间接促进智能优化和思维互补。从劳动美学的角度来看，劳动者欣赏劳动环境美和劳动产品的美，在精神与情感的愉悦中，能不自觉地调动较多的心理能量和体力能量，充分发挥创造潜能，达到提高生产效率的目的。

当然，审美是诱发潜能的加速器，但它不是唯一的，也不是万能的。审美尤其需要审美主体具备较高的美学素养。总的来看，与开发潜能的其他方式相比，审美诱发潜能是全方位的，又是整体性的，因为审美有益于人性的复归和人的全面发展，它激发形象思维，也激发逻辑思维乃至发散思维、聚集思维和直觉思维。这些思维方式相互作用、互相渗透、互相促进，能够极大地诱发大脑左右两半球的智能，并使各种智能在互补、优化中和谐地同步发展。

第五节　审美诱发潜能的特点和主要形式

审美活动是一种特殊的人才开发方式，也是一种富有人文性和可持续发展的潜能开发方式，能够在较大程度上全方位地促进人才开发，因而也是推进个体生命全面发展的文明形式。一般来说，审美诱发潜能集中表现了三个特点：一是自由自觉，二是潜移默化，三是循序渐进。在具体的审美过程中，由于一方面审美主体需要的特殊性和可变性，另一方面由于审美客体审美属性的独特性和丰富性，审美主体在特定的审美关系中，可能会产生特定的优美感、崇高感、悲剧感和喜剧感。因此，从审美对人才开发的实践来看，审美客体都能够以各自不同的审美内涵，开发着主体不同的潜能。

一 审美诱发潜能的特点

（一） 自由自觉

审美诱发潜能的第一个特点就是自由自觉。所谓自由自觉，就是指主体在运用审美的方式促进人才开发的时候，主体的意志、心灵和情感等主体心理要素都是处于无拘无束的自由状态。也就是说，个人是作为审美主体，主动地对审美对象进行审美的观照，而不是作为认识主体，对特定对象进行科学认识的求知活动，也不是作为实践主体，对特定对象进行加工或者改造的实践活动。换言之，个人不是为了某种功利性而去认识对象和改造对象，而仅仅是为了审美而观照对象，因而充分体现了主体心灵的自由性，是自由自觉的精神活动，而不是被迫的消极活动，因为只有在自由自觉的心灵活动中，主体的心灵才能够真正得到解放，个人的潜能才能够得到真正的开发。

（二） 潜移默化

审美活动不同于一般的教育活动，也不同于一般的人才开发活动，而是体现了审美对人才开发的独特作用。审美不仅是自由自觉的，而且对人才开发也是潜移默化的，在审美活动中也必须遵循审美的基本规律。

杜甫有一首诗《春夜喜雨》：

> 好雨知时节，当春乃发生。
> 随风潜入夜，润物细无声。
> 野径云俱黑，江船火独明。
> 晚看红湿处，花重锦官城。①

---

① 马玮主编：《中国古典诗词名家菁华赏析》，商务印书馆国际有限公司 2014 年版，第 169 页。

诗人细致地刻画了春雨的夜景，表达了诗人对春雨来得及时的喜悦心情。其中，"随风潜入夜，润物细无声"是诗人写景状物的神来之笔，诗人以拟人化的艺术手法，写了风的"潜"、雨的"润"，虽是无声，却似有声，虽是无情，却亦有情。诗人如此描绘春风春雨，非常传神地把春风拂面、春雨润泽万物的特点描绘得淋漓尽致；而"随风潜入夜，润物细无声"的本质特点恰恰就是潜移默化，万物在不知不觉中已经沐浴着春风春雨了。审美对人才开发的特点也是如此，主体必须在自由自觉的状态下观照审美对象，在不知不觉中受到美的事物的熏陶和影响，如沐春风，如饮甘霖，若饮醇醪。《红楼梦》第二十三回"西厢记妙词通细语　牡丹亭艳曲警芳心"，写林黛玉读《西厢记》，"自觉辞藻警人，余香满口。虽看完了书却只管出神，心内还默默记诵"①；写林黛玉听了汤显祖《牡丹亭》第十出，"原来是姹紫嫣红开遍，似这般都付与断井颓垣……"② "黛玉听了，倒也十分感慨缠绵，便止住步侧耳细听"，最后在不知不觉中"不觉心动神摇"，"亦发如醉如痴"。③ 很显然，黛玉欣赏戏文的过程，是激发美感的过程，也是诱发联想力和想象力的过程。这一过程不是一蹴而就的，而是在潜移默化中不知不觉实现的。

（三）循序渐进

通过审美进行人才开发，不仅需要主体的自由自觉和潜移默化，还需要循序渐进。在审美中的循序渐进，就是指审美主体要根据自己的知识结构和能力结构、年龄和性格特点、个人的生活阅历、兴趣和爱好等，确定自己在特定时空中的具体审美需要，然后由浅入深、由简到繁地对审美对象进行审美观照。比如对幼儿和儿童的审美开发，应该引导他们欣赏童话故事、神话故事、儿歌和一些比较通俗易懂的诗歌、简单的绘画、优美的音乐、优美的大自然等；对于少年和青年的审美开发，则主要引导他们欣赏各种文学经典名著、丰富多彩的各种艺术美、风格迥异的自然美等。毛

---

① （清）曹雪芹、高鹗：《红楼梦》，人民文学出版社1996年版，第315页。
② 同上书，第316页。
③ 同上书，第316—317页。

泽东曾经 5 次读《红楼梦》，实际上也是不知不觉的循序渐进，每读一次都会有新的收获。笔者在年轻时不喜欢读《西游记》，认为孙悟空消灭了一批妖怪，然后又有一批妖怪继续作怪，笔者那时候总感觉到《西游记》太不真实了，没有意思。直到 20 世纪 90 年代初，根据人才学研究的需要，笔者才渐渐发现了文学和人才学的内在关系，从《西游记》中感悟到了文本所具有的人事学、人才学乃至成功学的思想，开始喜欢《西游记》。由此可见，审美应该是一个循序渐进的发展过程，随着审美的不断深入，主体的审美能力、理解能力和想象能力也会随之得到提高。

二 审美愉悦诱发潜能的主要形式

审美愉悦诱发潜能的形式虽然因人而异，因时而异，但也有常见的几种主要形式，这主要是优美感、崇高感、悲剧感和喜剧感四种形式。这四种审美愉悦感对于人才开发来说，因为审美对象内容的不同而体现出人才开发各自不同的特点。

（一）优美感与潜能的诱发

优美，亦称秀美、阴柔美，是指审美对象纤巧、雅致、秀婉和柔和的特点。在中国古代美学中，类似优美的概念有秀丽、婉转、婉约、婉丽、绮丽、秀婉、纤巧、纤丽等。优美感亦称秀美感，是审美主体欣赏优美的事物所产生的一种柔和与舒适的审美感受，与崇高感和壮美感相对。主体在欣赏优美的事物时，事物的优美特性与主体审美感官的感受力、呼吸、脉搏的节律相协调，因而能够使主体在审美过程中产生愉悦、柔和的顺利接受的心理机制。优美感是审美主体与优美事物的关系自由和谐的表现，因此主体的心情表现为自由、舒畅与和谐。我们闲暇时欣赏优美的古典音乐，聆听现代清脆悦耳的《泉水叮咚响》，吟咏张若虚的诗歌《春江花月夜》，是何等优美！是何等愉悦！英国的李斯托威尔把优美感看作是一种不费力、无冲突、无痛苦和无混杂的喜悦。我国的朱光潜则认为产生优美感时的心境是单纯的、始终一致的。从优美感对人才开发的影响来看，它最重要的作用不是直接开发主体的潜能，而是为开发潜能提供良好的心境基础，具体说来，优美感可以减轻主体的心理焦虑、忧郁感、压抑感等许多不良情绪，以其"随风潜入夜，润物细无声"的细腻和温柔，慰藉和净化主体的心灵，抚平主体心灵的创伤，减轻主体的疲劳，促进主体的身心健康，从而为创造性灵感的萌动奠定良好的心理环境。

（二）崇高感与潜能的诱发

崇高是指形体上巨大有力或精神上伟大雄浑，令人惊心动魄、崇敬奋发、心向神往的事物的特性。西方的郎吉弩斯、博克和康德都曾经论及崇高。郎吉弩斯在《论崇高》中认为崇高的事物能够引起人们的"惊心动魄"，"肃然起敬畏之情"，引起对"比我们自己更神圣事物的爱"。中国古代一般是用"大"这个概念来形容崇高，如"大哉！尧之为君也。巍巍乎！唯天为大，唯尧则之"①。孟子还对"美"和"大"进行了区分："充实之谓美，充实而有光辉之谓大。"② 一般来说，崇高分为物体的崇高和精神的崇高。前者如物体的体积巨大，在形式上表现为高大、广阔、挺拔、粗犷等气势磅礴的姿态，具有超凡的物质力量，往往突破了比例、均衡、节奏与和谐等形式美的规律，超出了人们感官的把握能力，从而使人感到震慑和惊惧；后者是指人们在为社会进步事业中所表现出来的坚强意志、非凡才能、博大胸怀等高尚的品格、伟大的思想和超人的行为，体现了人的最优秀的本质力量。对于形体巨大的自然事物所显现的崇高美，人们只有凭借理性和能力自觉能够把握对象时，从而在对象中确证了主体的本质力量，彰显了主体超越自身的巨大威力，才能唤起主体的崇高感，因此，这种崇高感产生的心理过程大多是先惊惧后赞叹；对于精神的崇高，因为崇高的对象本身就是特定主体思想和行为的显现，所以，欣赏者面对精神的崇高，就会不由自主地产生庄严感、敬仰感、惊叹感、欣喜感和自豪感。崇高感与优美感相比，崇高感虽然也会有愉悦感，但还具有超越优美感的惊惧感、突兀感、叹服感和敬仰感。如果说优美感是主体与优美的事物之间平等的交流与对话，那么，崇高感则是崇高的事物对欣赏者一种比

---

① 龚笃清主编：《八股文汇编》，岳麓书社 2014 年版，第 850 页。
② 万丽华、蓝旭译注：《孟子》，中华书局 2007 年版，第 331 页。

较"专制"的"征服"。崇高感对于人才开发来说，之所以具有特别重要的意义，就在于崇高的事物能够校正个人的渺小，激发做人的尊严感，弘扬人的主体意识，塑造人的坚韧、勇敢、自信和自尊的精神个性，激励人们产生巨大的精神力量。作家王蒙在《自传》中说保尔·柯察金直接影响了他的生活道路的选择。他读了《毛泽东的青年时代》，感受到了毛泽东青年时期的雄心壮志，尤其是读了毛泽东的《沁园春·长沙》，"感到的是震动更是共鸣。青春原来可以这样强健，才华原来可以这样纵横，英气原来可以这样蓬勃，胸怀原来可以这样吞吐挥洒。我只能不揣冒昧地说，在近十五岁的时候，在中央团校学习革命的理论的时候，在华北平原的良乡，在晴朗的秋天的夕阳照耀之下，在河边和河水的浸泡里，在毛泽东的事迹与诗词的启发引导之下，我开始找到了青春的感觉，秋天的感觉，生命的感觉，而且是类似毛泽东青年时代的感觉。辽阔，自由，鲜明……"应该说，保尔的崇高理想和毛泽东的豪放与浪漫情怀极大影响了王蒙的思想和性格的形成，也在很大程度上影响了一代中国人。

（三）悲剧感与潜能的诱发

悲剧感是人们在观照悲剧性审美对象时所产生的悲伤、哀痛和震撼的情绪体验。这种悲剧感也能够在很大程度上促进人才的开发。悲剧的实质是在特定的社会历史条件下，真善美的力量由于暂时还相对比较弱小，而假恶丑的力量暂时还比较强大，因此真善美在与假恶丑的冲突过程中，必然会遭受暂时的失败，因而给人悲伤、哀痛和震撼的情绪体验。悲剧虽然使人产生悲伤、哀痛之感，但也能够使人产生巨大的震撼，因为悲剧不仅是哭哭啼啼，让观众感伤流泪，而且也能够催人积极向上，其实质是悲剧以特有的内涵震撼人心：悲中有勇，悲中有愤，悲中有壮，足以使仁人志士产生慷慨激昂之情。因此，我们运用悲剧促进人才开发，一方面可以通过欣赏悲剧使人在悲痛、怜悯、同情中产生审美愉悦，另一方面又通过悲剧特有的感染力，进一步坚定对美好事业的理想追求，化悲痛为力量，沿着真善美的道路继续前行，而这恰恰有利于促进人才的开发。古希腊悲剧特别繁荣，按照亚里士多德的说法，悲剧通过净化给人以特有的快感，实际上不仅仅如此，古希腊的文化繁荣和人才荟萃也许与悲剧的繁荣不无关系。但是，柏拉图却对悲剧不以为然，他认为悲剧能够激发观众的感伤癖和哀怜癖，观众通过看悲剧获得快乐是非常滑稽的。其实，柏拉图虽然看到了悲剧能够使人产生痛感和快感，但并没有认识到悲剧所特有的感染力量，因此才反对悲剧。事实上，从古希腊的命运悲剧到后来的社会和性格双重悲剧，都在很大程度上激励着观众以积极的心态去与命运抗争，与悲剧性格抗争，与社会黑暗势力抗争。毫无疑问，悲剧这种特有的精神力量使人们不再屈从于命运，也不再对腐朽势力逆来顺受，听天由命，而是激励人们积极抗争，努力去改变命运，去创造未来。因此，我们从对人才开发的角度来看，我们产生悲剧感的过程，也在一定程度上是激励我们开发潜能的心理过程。

（四）喜剧感与潜能的诱发

喜剧感是与悲剧感相对的一种审美感受，是由喜剧性审美对象所引起的轻松、愉悦和欢乐的情绪体验，有快乐、欢乐、欣喜和狂喜等不同的层次，一般分为否定性喜剧和肯定性喜剧两种形式。我们观赏否定性喜剧时，就会从滑稽剧和讽刺剧中看到对象本质上的假恶丑，进一步认识到对象的滑稽、卑劣和渺小，从而以此为反面的人生镜子，以自信的心态对假恶丑的对象进行讽刺、嘲笑和蔑视。比如文学史上四大吝啬鬼的贪婪甚至有些变态，都给人留下了深刻的印象。在现代喜剧中，《死去活来》和《一主二仆》等，都极其深刻地揭示了人生的世态炎凉，观众观看这些否定性喜剧，能够在对对象的冷嘲热讽中轻松宣泄内心的喜悦或愤怒，从而获得喜剧感。与否定性喜剧不同，肯定性喜剧则是以幽默和诙谐引起喜剧感的，也是主体在发自内心的欢喜中发现了对象的合规律性与合目的性，体现了巧合感、智慧感、惊异感和快感的融合。在这种喜剧中，主人公往往或者憨态可掬，或者智慧过人；故事情节曲折离奇，或者荒诞滑稽，具有极强的偶然性和巧合性，结果大多是皆大欢喜。从喜剧感来看人才开发，喜剧感最突出的特点有两个：其一，是通过对否定性喜剧的欣赏，我们可以通过对假恶丑的对象进行嘲笑、讽刺、批判和否定，进一步激发我们追求真善美的决心和信心；其二，是通过欣赏肯定性喜剧，从作品中感悟和体验人生的智慧，激发我们对美好生活的热爱。喜剧最主要的风格和灵魂就是幽默和诙谐，而从创造力的角度来看，幽默和诙谐通常是一个人聪明和智慧的表现，因此，如果我们的生活中缺乏幽默和诙谐，就会在一定程度上制约和影响我们的潜能开发，所以，我们应该自觉学会欣赏喜剧，来增强我们的幽默和诙谐感，由此来促进我们的人才开发。

总的来看，审美诱发人的潜能既有生理科学为依据，又为大量的审美实践所证明。在审美实践中，我们可以广泛运用美学原理，全方位地促进人才开发，通过引导人们阅读文学名著，举办诗歌朗诵会，欣赏音乐，观看影视、绘画、雕塑、人工园林、建筑艺术等，可以组织人们在旅游中欣赏自然美和各种历史人文景观；可以组织人们观看劳动环境的美、劳动过程的美和劳动产品的美；可以组织人们学习社会生活中的各种现实美，包括先进人物和先进事迹等；可以引导人们结合自己的实际，了解一般的美学原理，充分利用各种艺术美学、劳动美学、技术美学、生活美学进行各种审美创造，如艺术创造、工艺品制作、创造美的产品等；作为管理者，还可以充分利用美学原理，对人力资源进行美学的管理，通过以美的事物、美的方式，以美感人，以美育人，以美来开发人的想象力，增强组织的凝聚力，提高组织的发展力。我们还应该看到，审美诱发潜能是全方位的，又是整体性的，它能够以美的感性显现，积极促进人性的回归和人的全面发展。同时，审美不仅能够激发人的形象思维，而且也能够激发人的逻辑思维、辐射思维和辐集思维，使多种思维方式在相互作用、相互渗透、相互促进、相互补充的过程中，极大地促进大脑左右半球功能的协调发展，使人的各种智能和情感在互补优化中和谐健康地同步发展。当然，我们还需要注意的是，审美虽然有助于激发人的潜能，但它不是唯一的，更不是万能的，审美本身需要主体有较高的美学素养，既需要个人持之以恒的耐心和恒心，又需要个人拥有自由的心灵，自觉在潜移默化中循序渐进地开发自己的各种潜能。

第四章

审美经济研究

随着美学对社会各种实践活动的渗入，审美愈加影响到各种经济活动，成为发展经济的一种重要的软实力。审美不仅直接促进了各种商品的外在形式美，而且也体现了吸引消费者眼球最重要的魅力，并且成为企业文化重要的灵魂。

第一节　和谐的劳动关系美

在审美文化广泛渗透到各类经济活动的过程中，创造和谐的劳动关系美，最重要的就是企业管理者和员工把劳动视为自由自觉的活动，从而在劳动的同时能够自由地实现人之所以为人的主体性。为了创造和谐的劳动关系之美，应该确立员工在企业的认识主体、实践主体和审美主体地位，建立企业与员工之间新型的合作组织，形成共生共荣与积极的互动关系，体现出员工劳动的自由自觉性，促进员工生命活动的审美化，实现员工的创造性社会本质。

一　劳动关系不和谐的表现及其因果

企业能否与员工构建和谐的劳动关系，这不仅仅直接影响企业的经济效益，而且也直接影响员工的生命是否能够和谐发展。大而言之，从构建和谐社会的角度来看，劳动关系是否和谐必然彰显着人际关系的和谐与否；而社会的和谐在很大程度上取决于人际关系的和谐。因此，创造和谐的劳动关系美，就显得愈发必要。

（一）劳动关系缺乏和谐美的表现

劳动关系是企业内部最基本的关系。劳动关系是否具有和谐美，直接决定和影响企业的存在和发展。劳动关系是抽象的，也是隐性的，客观上很容易被企业和员工所忽视。因此，为了创造和谐的劳动关系美，就必须对劳动关系不和谐的表现及其因果进行探究。

1. 管理者缺乏合作意识

作为企业的管理者，许多管理者往往错误地认为员工是被管理者，自己才是管理者，因而非常看重自己的管理者身份。从概念上来看，员工既包括工人，也包括职员。问题在于管理者并没有认识到自己也是员工，而是把自己视为管理干部，把自己看得高于一般员工。因此，在管理者眼里，他们与一般员工的关系就不再是合作关系和同事关系，而是扭曲为领导和被领导的关系。其实，管理的奥秘就在于管理者要从管人转移到管事上，而不在于管人。这是因为，任何一个人从内心里都不愿意接受别人的管束，这就是为什么即使在家庭内部，孩子长大成人以后，因为具有了相当的独立性，因而就不再像孩提时代那样能够接受家长的教育或管理。由此可见，作为聪明的管理者，在企业管理的过程中，应该把注意力集中到管事和管物上，因而与员工保持平等的合作关系和同事关系，双方签订聘任合同，要具有合理性、合法性与公平性，而不再是企业单向度的"霸王条款"。

2. 员工缺乏对企业的有效参与

管理者缺乏合作意识，实际上也意味着"员工身份"的缺失，这在客观上必然压抑和束缚了大多数员工的主体性。对于员工来讲，本来都具有关心企业发展的热心、爱心和责任心，都希望企业发展越来越好，因此也都能够自觉为企业的发展献计献策。但是，如果管理者高高在上、盛气凌人、主观主义等，就必然压抑和束缚了员工的积极性，员工对于企业的生产效益及其长远发展，就有可能采取冷漠的态度，事不关己，高高挂起，具有多一事不如少一事的消极态度：企业给多少钱，就为企业干多少活。劳动关系缺乏和谐美的原因之一，就是员工主人翁的责任感比较淡薄，表现为缺乏对企业发展的有效参与。

3. 企业与员工关系缺乏和谐美

管理者缺乏合作意识，企业与员工的关系就必然趋向于紧张乃至对立，缺乏和谐美，这也是劳动关系不和谐的重要表现。一方面企业把员工看作是企业利益的对立面，管理者认为，一旦给员工增加了工资或奖金，或者为员工提供了培训等，这意味着企业为员工的付出，因而仿佛损害了企业的利益，所以，企业往往把员工看作是企业利益的竞争者，甚至是企业利益的对立面。于是，员工为企业干多少活，企业就给员工发多少钱，这种"按劳分配"看似合情、合理、合法，但实际上是一种消极分配。另一方面，由于企业与员工的关系紧张，客观上没有上情下达和"下情上达"的畅通渠道，企业与员工之间的信道不通，员工缺乏对企业的有效参与，必然导致企业与员工的关系越来越紧张。

劳动关系不和谐具有多种表现，无论是企业还是员工，都应该对劳动关系不和谐进行深入的反思，充分认识劳动关系不和谐的危害性，对其原因和结果进行学理性分析。

（二）劳动关系缺乏和谐美的因果探析

1. 劳动关系不和谐的原因

产生不和谐的首要原因就是企业管理者没有掌握企业管理的领导科学与艺术，没有认识到劳动关系不和谐的严重危害。具体而言，管理者没有优化的知识结构和能力结构，缺乏领导艺术，缺乏人格魅力，德不足以服众，才不足以率众，由于把劳动关系简单化，缺乏科学的管理和人性化管理，结果导致企业一盘散沙，员工成了散兵游勇，不但没有"狮羊效应"，反而是"羊狮效应"①。其次，员工的素质不高也是造成劳动关系不和谐的重要原因。由于企业与员工双方都存在严重的不足，因此双方在价值取向

---

① 薛永武：《狮羊效应与羊狮效应》，《中国人才》1996 年第 1 期。

上必然存在比较大的差异与对立：企业追求自身的经济效益，员工则关心自己的薪金和其他福利，企业和员工对双方的发展目标彼此之间缺乏认同和共识。

2. 劳动关系不和谐的结果

因为劳动关系不和谐，企业和员工把大量时间和精力耗费于双方紧张的劳动关系之中，互相扯皮推诿，互相制约甚至相互对立。久而久之，企业难以扩大规模，也更难以上层次；员工在工作岗位上越干越不开心，精神萎靡，只能消极怠工。由于企业与员工之间的关系不是积极的互动和良性循环，而是消极的制约和被动的阻塞，企业必然缺乏凝聚力和发展力，因此，企业效益长期徘徊不前，乃至滑坡亏损，这是劳动关系不和谐最直接的结果。从长远的观点来看，劳动关系如果不和谐，又得不到及时协调与沟通，就会更多地表现为企业与员工的对立，而不是统一，不但难以形成企业发展的合力，甚至会走向衰亡，成为构建和谐社会的消极因素乃至阻力。

二　和谐劳动关系美的本质特征

企业为了与员工构建和谐的劳动关系，必须明确和谐劳动关系的内涵。所谓和谐的劳动关系，其本质特征表现在两个方面：第一，从企业的角度而言，就是企业的生产体现为科学性和高效率。企业生产的科学性，主要是指企业的生产具有较高的科学含量，既包括科学的生产，又包括科学的管理；企业的高效率，主要是指企业以较少的投入获得较大的产出，生产的产品数量多、质量好，企业能够获得较大的经济效益。第二，从员工的角度而言，和谐的劳动关系美最重要的就是把劳动视为自由自觉的活动，从而在劳动的同时能够在较大程度上自由地实现人之所以为人的主体性，实现认识主体、实践主体与审美主体的和谐统一。

但是就和谐劳动关系的两个本质特征而言，企业大多数拘泥于追求第一个特征，即企业生产的科学性和高效率，而对于员工是否能够进入自由自觉的劳动状态，则在很大程度上未能给予足够的重视，因而表现在对企业的管理方面，自觉不自觉地把精力主要集中在如何提高企业的生产效益方面，而不是促进员工主体性的实现上。如此一来，企业的劳动关系就只能是聘用和被聘用的简单的劳动关系：一方面，企业聘用员工主要是为了让员工能够为企业创造更多的经济效益；另一方面，员工为企业生产，又仅仅是为了得到一定的报酬，即把劳动仅仅视为一种谋生的手段。

自从进入资本主义社会以来，尽管一些空想社会主义者曾经设想过美好的社会化大生产，但实际上，企业主长期以来主要还是把员工当作"经济人"，而未能从根本上视员工为"社会人"。就我国企业而言，国有企业虽然在较大程度上一方面重视企业的经济效益，一方面也关心员工的福利待遇等，但也未能从根本上从深层次去关心员工对人的本质的追求；而有些民营企业在更大程度上主要谋求的是生产效益，不但直接压抑或束缚员工的主体性和人的本质，甚至就连员工基本的福利待遇也都严格控制，至于故意拖欠员工的工资，成为一些企业的常态，更甚至有些非法的煤矿主，竟然把员工视为奴隶，其劳动关系简直就是奴役和被奴役的剥削关系。实践证明，如果没有构建和谐的劳动关系美，企业就根本不可能在经济上科学发展，不可能可持续发展，也不可能促进员工的和谐发展，而整个国家也就不可能从根本上构建和谐社会。

三　构建和谐劳动关系美的几点思考

要构建和谐的劳动关系美，作为企业而言，不仅应该对现有的劳动关系进行科学的分析，而且还要对和谐劳动关系的本质内涵进行理性的探究，在此基础上才有可能寻找出积极有效的对策。

（一）管理者要确立全新的合作意识

劳动关系不和谐的主导因素在于管理者，换言之，管理者是劳动关系不和谐的主要矛盾方面。因此，管理者应该充分认识到劳动关系不和谐的严重危害，不仅要确立全新的合作意识，而且还要掌握企业管理的科学与艺术，进一步优化"山型人才"的知识结构和能力结构，提高领导艺术，增强人格魅力，德足以服众，才足以率众，自觉与员工进行积极的合作，树立同舟共济的思想，既要讲"厂兴我荣，厂衰我耻"，激发员工对企业目标的认同感和使命感，也要讲"我荣厂荣，我穷厂耻"，把员工的发展与企业的兴衰有机结合统一起来；既要加速企业发展，又要以人文本，进而把企业的整体利益与员工的利益融合起来。如果管理者具有了全新的合作意识，就会不自觉地把管理与人伦结合起来，从而体现出管理中的人伦之美，"管理就是一个外在的伦理，而伦理是一种内在的管理。伦理是一个自我管理，而管理一般说是涉及群体的，是一个群体性的伦理"①。如此一来，企业与员工的劳动关系就不会再是简单的管理和被管理的消极关系，而是拥有了人伦之美和人伦之情的内在意蕴。

（二）确立员工在企业的主体地位

社会主义制度从根本上来说，理所当然地应该体现出人民群众的主体地位，应该保障每个人实现认识主体、实践主体和审美主体的和谐统一。作为企业而言，员工是否具有企业的主体地位，这直接反映了企业的社会性质，因此，为了创造和谐的劳动关系美，企业就应该确立员工在企业的主体地位。其实，唯有员工才能够赋予企业以生命，如果一个企业没有员工，那么这个企业就不能算作是企业，而只能是一些厂房和设备而已。员工的主体地位不是企业赐予的，而是社会主义宪法和劳动法应有之意。对此，作为企业而言，不能高高在上，以居高临下的视野来俯视员工，而应该把员工当作企业的主体加以尊重，真正做到以人为本，只有积极听取员工的意见和建议，集思广益，才能够使企业具有凝聚力和发展力。在确立员工主体地位的基础上，企业还应该关注员工自身的发展。一般而言，员工在企业主要有两个发展走向：一是进入管理者的行列，一是走专业技术发展的道路。为此，企业"可以采用双重职业途径的方法，来满足不同价值观员工的需求"②，因为员工如果真正确立了主体地位，就能够激励其主人翁的责任感，把自己的发展与企业的发展紧密联系起来。

（三）企业与员工建立合作型组织

作为企业而言，不能把员工仅仅视为被管理者，而应该把员工看作新

---

① 成中英：《创造和谐》，上海文艺出版社 2002 年版，第 32 页。
② 胡杨等：《TBG 下员工流失分析及管理对策》，《中国人力资源开发》2007 年第 1 期。

型的合作伙伴，是企业本身的组成部分。因此，企业应该自觉与员工建立合作型组织，把劳动关系看作是企业与员工之间新型的合作关系，而不是简单的聘用和被聘用的关系，更不能看作是雇用和被雇用的被动关系。既然是合作型组织所具有的合作关系，那么就应该在符合法律的前提下，企业与员工之间相互理解、相互尊重、相互依存、相互促进、互惠互利、协调发展、和谐共生、共荣共赢。唯有如此，员工才能够把企业看作是自己的"家"，才能够形成"一损俱损，一荣俱荣"的共识，"合作意味着共同工作，有效的合作意味着高效率、有效地共同工作"①；也唯有如此，企业和员工之间才能够在公平合理的基础上，追求新的双赢。实际上，企业的厂房和机械设备这些硬件固然重要，但高素质的企业员工这些"软件"更为重要。因此不妨说，员工本身就是企业的组成部分，甚至是企业的主体部分。现代化的大生产最需要的绝不仅是现代化的生产设备，而是具有现代理念和现代技术的高素质员工。特别是随着员工学历和技能的提高，传统的企业组织以及劳动关系越来越暴露出其弊端，业已成为阻碍企业发展的消极因素；而企业与员工建立新型的合作组织，已经成为企业发展的必然走向和大势所趋。

（四）和谐的劳动关系美体现了积极的生命互动关系

和谐的劳动关系美绝不仅仅意味着企业和员工只是物质利益关系，而应该体现出企业与员工的共生共荣与积极的生命互动关系。作为有战略眼光的企业管理者，不应该竭泽而渔，而是放水养鱼，把企业与员工的关系看作是具有可持续发展的战略伙伴关系，追求共生共荣与积极的生命互动关系。在这方面，我们从企业与员工双向互动的关系来看，一方面，从企业的角度来看，企业为了追求经济效益，就必须全心全意地依靠员工；另一方面，从员工的角度来看，企业客观上为员工的存在和发展提供了干事创业的舞台。如果从手段和目的的辩证关系来看，企业与员工客观上互为手段和互为目的。但就总体而言，如果撇开企业单纯追求利润的遮蔽性，

---

① ［美］迈克尔·贝尔雷等：《超越团队：构建合作型组织的十大原则》，王晓玲、李琳莎译，华夏出版社 2005 年版，第 4 页。

就不难看出，企业生产作为员工生命活动重要的存在方式，绝不应该仅仅注重对经济效益的追求，而应该把企业生产看作促进员工全面发展与社会和谐进步的重要实践活动。因此，企业应该加大对员工的培训，舍得对员工进行全方位的投入，因为员工本身就是最好的企业品牌，就是最宝贵的人才资源。唯有把普通的人力提升为人才力，才能够促进企业的发展力；唯有一流的员工，才会有一流的企业。

（五）和谐的劳动关系美应该体现出员工劳动的自由自觉性

追求自由自觉的活动，这是人类区别于动物的重要因素乃至本质因素。因此，我们如果要判断一个企业的劳动关系是否具有和谐美，只要看该企业员工的劳动是否体现了自由自觉的活动，就可以一目了然。凡是处于和谐劳动关系的员工，就会精神饱满、心情愉悦地从事自己的工作，在劳动过程中表现出个人自由自觉的特点。在和谐的劳动关系中，员工不再仅仅把劳动看作是谋生的需要，而看作是个人自由自觉的生命活动，自己心甘情愿、任劳任怨、无怨无悔地为企业工作，即把自己的劳动看作是自己应有的责任，把自己的劳动看作是一种富有生命意义的价值活动。事实证明，员工如果以自由自觉的主体意识参与劳动，就会为企业的发展激发高度的热情，把企业的发展当作自己的事业，去呵护，去关心，去付出。为此，企业在安排工作时应该尽量照顾员工的兴趣爱好，充分发挥员工的能力特长，及时进行企业内部的岗位迁移。

（六）和谐的劳动关系应该体现出员工生命活动的审美化

企业文化是企业发展的内在生命，而企业审美文化则是企业文化的重要元素，但这一点很多企业管理者并不了解。员工在企业的生产活动是员工重要的生命活动，也是员工满足自身生存和发展的必由之路。随着社会的发展进步，人类的求真、向善与审美愈加融合聚焦为人类实践活动的永恒主题，由此而来的科学艺术化、艺术科学化，已经显示出二者高度互渗融合的发展趋势。一方面，员工劳动的科学化与科学的艺术化进一步走向新的统一；另一方面，员工劳动的审美化与员工生命活动的审美化也日益显示出新的融合。即科学艺术化、劳动审美化、生命审美化正在演奏企业发展进步的主旋律。因此，作为企业来说，应该学会运用美学的维度，对于员工进行人才资源的开发，以审美的眼光，注重运用劳动美学、技术美学和生命美学的原理，把美学的精髓运用于劳动关系之中，让企业内部的人际关系充满了美，让员工的劳动过程体现着美，促进员工生命活动的审美化，促进员工实现认识主体、实践主体和审美主体三位一体的和谐统一。

（七）和谐的劳动关系美体现了员工的创造性社会本质

和谐的劳动关系美还应该体现员工的创造性社会本质。也就是说，员工不仅要适应企业的工作环境，而且还要改造环境，做环境的主人，从而把劳动关系自觉不自觉地演变为一种发展关系，即把劳动关系看作是自身生命的拓展，是一种生命价值的实现和潜能的开发。通过积极的劳动关系，员工可以从中实现自身的创造性社会本质。劳动关系在本质上不是员工与劳动环境、生产设备和劳动产品的关系，而是既有员工与企业管理者的关系，也有员工与员工之间乃至员工与社会之间的复杂关系，因而归根结底是人与人之间的互动关系，在一定程度上蕴含了一切社会关系的总和，因而也必然是员工社会本质的反映和彰显。

从企业的角度来讲，管理者对于构建劳动关系的和谐美责无旁贷。作为管理者，应该力求做到四个字，即情、美、理、法，积极促进和谐劳动关系的形成。第一，表现一个"情"字。所谓"情"，就是要求管理者对事业要有热爱之情，对员工要有关爱之情。第二，感人一个"美"字。所谓"美"，就是要求管理者重温孔子"其身正，不令而行"的教诲，读点美学，树立自己的美好形象，通过内强筋骨、外塑形象，把内在美和外在美和谐统一起来，以自己优良的美好形象，感染、熏陶和激励员工。第三，说人一个"理"字。所谓"理"，就是要求管理者要尽可能地熟悉管理学、经济学、哲学、心理学、社会学、教育学和美学等若干学科的基本原理，在企业管理以及与员工的交往过程中，能够以理服人，自觉与员工进行心灵和情感的多方面沟通，让员工从内心里认同企业的发展目标，而不是以力服人，更不能以权压人。第四，管理一个"法"字。所谓"法"，就是要求管理者要懂法，自觉守法，依法进行管理，企业制定的规章制度也应该符合国家的宪法、刑法和劳动法等法律，而不能搞"家天下"，"一言堂"。

构建和谐的劳动关系美，能够促进企业的凝聚力、发展力和审美创造力，因而是企业发展的重要生产力，也是构建和谐社会这个总目标对企业提出的战略要求。构建和谐的社会关系，这是企业与员工之间的黏合剂和重要纽带，需要企业管理者卓越的管理能力，也需要员工的共同参与和群策群力。唯有构建和谐的劳动关系，才能够实现企业和员工的双赢，也才能有利于促进社会的和谐发展。

第二节　经济发展的美学维度

随着社会发展的全面进步，各种美学异彩纷呈，业已广泛渗透到各种经济活动之中，因此，研究新常态下的经济发展，特别是作为绿色产业的文化产业等，都需要切入美学维度，才能更好地促进经济发展。

一　从真、善、美的统一看经济的和谐发展

康德通过《纯粹理性批判》《实践理性批判》和《判断力批判》尝试把认识论、伦理学和美学沟通起来，其实质是尝试对真善美三大主体的融合与统一，客观上恰恰反映了人类对求真、向善与审美的价值欲求，而从人类社会发展史的角度来看，求真、向善和审美是人类社会永恒的三大主题。

我们在各类经济活动中，从美学角度来看，劳动美学、广告美学、设计美学、商品美学、环境美学等诸多美学已经融入各类经济活动，成为企业进行商品生产的重要软实力。从产品创造的角度来看，一个产品不仅要具有较高的实用价值，而且还需要具有审美价值。在商品生产中，企业应该注重商品的真善美，就连药品的包装、各类图书的设计、各类日常用品等，也都需要具有美的风采。

在如火如荼的文化产业领域，各类文化产品都需要具有审美的意蕴，

以文艺产品为龙头的文化创意产业，更是需要凸显审美的意蕴，因为文艺或者艺术的本质特征就在于审美。近些年，我国旅游业迅速发展，无论是传统的人文景观，还是各类自然景观，几乎都具有文化旅游的内涵，即使自然景观经过人化自然的历史变迁，客观上都已经具有了文化内涵和审美内涵。近几年，我国许多城市建设了很多主题公园，这些主题公园不但具有公共文化服务体系的内涵，而且很多同时兼具文化产业的内涵，体现了真善美的和谐统一，具有文化内涵、娱乐、休闲和审美特性。从影响和制约我国文化创意发展的原因来看，除了文化体制等因素以外，影响和制约文化创意发展的最重要的原因就是缺乏文化品位和审美性。

从商品消费的角度来看，人们进行消费，物美价廉是消费者普遍的消费取向。顾客到商店不仅仅是买东西，更希望得到一种审美的体验，而多数人已从单纯的物质购买，上升为体验购买或个性购买，不愿意单向度地购买那种千篇一律、缺乏情调与风格的产品。特别是广大女性在购物时虽然注重货比三家，但前提是"逛商店"，这个"逛"字就集中凸显了女性对各类商品的审美观照与审美体验。逛，就是闲游，游览。所以，人们也常有逛灯、逛景、闲逛、逛游、逛会、逛街、逛公园等说法，来形容人们闲暇时对美景的欣赏。可以说，在整个经济活动中，个性化、审美化的生产与消费，已经愈来愈呈现出审美多样化和个性化的趋向。

二 审美需要是经济发展的重要动力

（一）对经济发展实用理性的反思

在社会发展史上，社会需要是促进社会发展的重要动力，而审美需要不仅是促进审美实践的重要动力，也是促进经济发展的重要动力，或者说是经济审美化的重要动力。

所谓经济审美化，是指审美因素对经济活动的融入和渗透，使经济发展愈加体现出审美的意蕴。经济审美化的逻辑起点是主体情感和精神的愉悦。愉悦或者说快乐，既是经济学概念，又是一个美学概念。它是连接经济活动与审美活动的中介。英国古典经济学家边沁曾经把快乐作为其经济学研究的核心。边沁在《道德与立法原理导论》一书中，把快乐和痛苦作为终极价值，认为"是非标准，因果联系，俱由其定夺"。如果认为快乐过于微观，那么对应快乐的幸福，则具有宏观价值。

在英国经济学家马歇尔以后的西方主流经济学中，实用理性占据了经济学的价值体系，人们认为快乐等情感不可测度。经济学对情感的忽视，源于对理性的独尊。所以，在整个工业化运动中，人们不再把效用当作引致快乐的手段，而是把效用本身当作追求的目的。以效用取代快乐，隐含着一个"有钱即快乐"的潜命题。在这个命题中，有效用就有快乐；只要效用最大化，快乐就最大化。西方主流经济学把工具理性作为人性基础，形成理性经济人假设，实质上是把异化当作了人性的基础，人被经济化了。经济审美化则丰富了经济学的人性假设基础，要求通过对人性的完善，来实现人生的快乐和幸福，因此经济审美化能够成为促进经济发展的重要动力。

（二）人类的爱美之心是发展审美经济的心理基础和哲学基础

托马斯·阿奎那："爱美之心，人皆有之。"人类的爱美之心是发展审美经济的心理基础和哲学基础。人类既然爱美，则有求美、美育、设计美、创造美、购美、赏美、享受美的实践活动。爱美之心表现出来就是对美的欣赏和创造。审美需求实质上是一种自我实现需求，外化为特定的审美活动，由审美活动进而转化为经济活动。

在现实生活中，人们发现经济与审美融合的现象越来越多，体验经济、娱乐经济、文化产业、休闲产业、情感消费……越来越多的产业渗入了审美的因素，越来越多的审美活动渗入了经济的因素。从我们的爱美之心，可以直接影响和促进审美融入各类商品的生产：服装业、美容美发、化妆品、美食（餐饮业）、环境的美（绿化和美化）、劳动产品的美、家居之美（建筑艺术、家具的美、室内装修、室内布局摆设）、日常生活的美（生活美学和生命美学等）无处不体现美的风采。

近些年迅速发展的美女经济，不管我们是否承认，美女经济是客观存在的，而且是体现人类爱美之心的。历史上，战国时代的范蠡携西施出游时，曾经因为缺乏盘缠，而通过让人们缴费欣赏西施之美的方式，解决盘缠问题。从战国时代人们欣赏西施之美到现在的美女经济，我们就不难发现，企业的礼仪小姐和形象大使对于企业产品营销的特殊价值。当然，我们也应该注意当下所谓美女经济存在庸俗化的问题，要对美女经济进行必要的反思。

我们研究人类的爱美之心，目的在于一方面研究通过审美活动提升经济活动的层次，丰富和扩大产品的文化内涵；另一方面，通过研究经济活动，来丰富审美活动，扩大审美活动的领域和范围。可以说，经济审美化既体现了经济发展的内在要求，也能够通过审美经济的发展，不断满足人们日益增长的审美需要，促进精神与物质的完美统一。

（三）经济审美化对经济决策产生的广泛影响

随着美学对经济活动的广泛渗透所产生的重要影响，审美经济已经成为重要的经济业态，审美实践和经济发展的实践证明，经济的审美特性能够促进经济的和谐发展与可持续发展。

审美能够激发企业研发人员的联想和想象能力，诱导创新思维和创新能力，开发多种潜能，促进"金点子"和各类文化创意，从而提高产品的文化和审美附加值。因此，我们需要把握经济审美化对未来经济发展的重要影响。

第一，经济审美化影响我国宏观经济决策从片面追求 GDP 的倾向转向包括情感特征在内的国民幸福总值。在这方面，日本提出了国民酷总值 GNC 的概念，"酷"（COOL）代表的是快乐度，快乐与幸福是同一个概念，"国民酷值"（GNC）即"国民幸福总值"（GNH）。从这个角度来看，经济审美化必然对我国未来的产业转型产生重要的影响，有利于从根本上克服粗犷式的产业形态和经营模式。

第二，影响我国产业经济决策向审美型产业倾斜。随着我国文化产业的迅速发展，各类休闲业、影视业、游戏业、动漫业、时装业、娱乐业等纷纷向审美型靠拢，尽量展示各类产品的审美意蕴。日本"酷文化"，包括动漫、游戏、娱乐、时装等，生产规模已达到 1300 亿美元，10 年翻三番，超过汽车、钢铁产业，日本正从一个"制造的日本"转向"文化的日本"，审美型产业已超过制造业，成为国家竞争力的新支柱。我国文化产业在"互联网＋"的新结构模式中，应该在"互联网＋文化"的基础上，再融入审美、艺术与娱乐等元素，进一步彰显文化产业的审美内涵和艺术内涵。

第三，企业经济决策从价格战的战略转向追求人才战略、文化战略和美学战略。经济审美化的本质是实现员工本质的自由发展，促进员工的认识主体、实际主体和审美主体的和谐统一，因此，企业经济决策必然应该从价格战战略转向以人为本的人才战略；从文化战略的角度来看，审美活动本身就是一种非常重要的文化活动，彰显了审美主体的文化艺术素养和美学素养；而美学战略则是企业审美文化的抽象和提升，如前所述，审美文化是企业文化中非常重要的一种文化形态，企业应该把审美文化提升到美学战略的高度来认识和建设企业的审美文化。

随着经济审美化的深入发展，经济学与美学发生了越来越紧密的联系，因此，建立一门新的学科——审美经济学，势在必行。审美经济学作为一门美学和经济学的交叉学科，主要研究一切经济活动中的审美因素，以及审美因素对经济活动、社会发展和生活方式等的复杂影响。

三　大审美经济是现代社会和未来社会经济发展的重要走向

所谓大审美经济，是生产主体和消费主体在生产和消费过程中所体现出来的，是具有普遍意义审美特性的经济形态，体现了生产主体和消费主体多元互动、互益互生的审美关系，即企业和客户之间呈现为一种互选择、互体验、互审美、共生共荣的和谐关系。

（一）工业审美经济的维度

1. 企业管理的美学维度

企业管理的美学维度要求培养美的员工，建设美的工作环境，体验劳动过程的美，创造出美的产品。此外，还要求尽量创造出人际关系和企业形象的美等。

塑造员工的美。企业不仅要遵从生产规律，还要按照美的规律来生产，要美化生产环境，也要美化劳动主体，用审美教育潜移默化地提高员工的审美素质，促进员工的全面发展。

建设美的工作环境。生产环境直接影响人们创造能力的发挥，因此，生产厂房和劳动环境不仅是工作场所，也应当是生产者的审美对象。

引导员工体验劳动过程的美。自由劳动是人的本质力量对象化的感性显现。员工通过自由劳动，在生产的过程中不断显现出审美的自由度，实现了人的本质力量。因此，员工创造产品的过程也就是塑造美的主体的过程，这是一个双向的审美渗透过程。通过劳动的审美化，员工的感官和心理机能得到和谐的发展。劳动过程的美应该从以下几个方面体现出来：第一，车间厂房设备和工艺流程形成一种整体的、序列整齐的形式美；第二，劳动环境、劳动过程和劳动产品的色彩美，以使员工感到赏心悦目；第三，根据具体的生产特点，播放适当的音乐，用以消除噪声的影响，减轻生产者心理和生理上的疲劳；第四，劳动审美要和员工业余审美活动相结合，由企业组织相应的业余书法、绘画、文学创作、舞蹈、摄影、文艺演出等多种审美活动，来丰富职工的审美趣味，发展员工的审美能力。

2. 企业生产的美学维度

企业生产的美学维度包括劳动主体、生产环境、生产过程和劳动产品的美。如厂房内外的环境绿化和美化、生产设备干净美观、产品的美等。

（1）企业生产需要技术美学的支撑

技术美学作为一门独立的现代美学应用学科，诞生于 20 世纪 30 年代，运用于工业生产中，因而又称工业美学、生产美学或劳动美学。技术美学是现代生产方式和商品经济高度发展的产物，是社会科学和技术科学相互渗透、相互融合的产物，是艺术与技术的结合。

在西方，古希腊的毕达哥拉斯学派发现人是正方形的人，其黄金分割率蕴含了一般的形式美的规律，极大地影响了产品对形式美的设计。苏格拉底首先对技术产品、实用品的美进行了探讨，开启了物质产品中美学问题的新思路。中国古代有着极为灿烂的科技文明，技术美的创造及思想也极为丰富和发达。中国古代技术美学思想大部分保留在各种工艺学、科学著作中，如先秦的《考工记》、明代宋应星的《天工开物》等。技术美学研究不仅要解决带有普遍意义的设计观念、方法等宏观问题，也应该关注设计实践中的具体问题，把技术美学的基本观点微观化、具体化，用于解决物质生产和生活领域审美创造中的许多复杂的问题。

首先，为产品设计和造型提出综合性要求，全面考虑人的物质实用和精神心理双重需求，因而人性化设计成为当代设计的新潮。其次，技术美是技术美学的最高范畴，它是技术活动和产品所表现的审美价值，是一种综合性的美。技术美的主要内容是功能美，也包括形式美和艺术美的因素。它具体包括技巧、艺术设计、标准化、规范化、款式、色彩、风格等方面。如派克钢笔，便是按美的使用原则进行改造，将笔杆上下设计成流线型，笔的面貌焕然一新，书写省力，成为举世闻名的畅销产品。家用电器、家具等许多产品不断更新换代，都运用了技术美学方法。再次，技术美学既要研究产品的美，也要研究劳动的美，而劳动美学主要研究劳动活动本身的审美价值，包括研究劳动主体美、劳动工具美、劳动环境美、劳动组织美和劳动产品美。

劳动主体美，包括劳动者内在素质的美和外在形象的美，也包括对劳动者的美育。劳动主体美是心灵智能和外在形象的和谐统一，是劳动美的基础性环节，在劳动美学研究中居于十分重要的地位。

劳动工具美，主要体现在劳动工具的内在功能和外在形式的统一。劳动工具的美学特征直接影响劳动效率，是劳动美学研究的又一重要方面。

劳动环境美，着重研究劳动环境和生产条件的美学特征，同时研究环境对人的美感的激励和影响以及对劳动者身心健康和劳动效率的作用。

劳动组织美，着重研究劳动组织过程的审美要求和审美特征，建构健康、审美和谐的劳动群体组织。

劳动产品美，主要表现为劳动产品的科学性、实用性和流行性，包括劳动产品的适用、效率、安全、舒适和优美等。

随着美学对社会实践的广泛渗透，一方面美学思想已经渗透到生产劳动领域和科学技术系统中去；另一方面，生产劳动越来越成为自由的创造性劳动，劳动活动的自主特征为劳动的艺术化开辟了广阔前景。

（2）企业生产需要商品美学的支撑

商品美学是指研究人对商品的审美关系的一门学科。根据商品的生产规律和消费规律，商品美学应该特别关注产品的"实用、物美、价廉"这六个字的内涵。可以说"实用、物美、价廉"是商品生产最重要的原则。

我们以汽车为例。汽车作为商品，应该具有载重、速度、安全和审美的基本特点。汽车的美、汽车外形突出文化个性，通过富有创新意义的外形设计，表现出优雅流畅的车身曲线或者文化内涵。最新上市的奔驰新S级给人感觉则是越来越"性感"，设计者借鉴了上一代的设计风格，车的外观、车灯、车尾的线条变化不大，但局部的改变综合起来，使外在形象具有了新的意味。宝马一直领导着运动型轿车消费者的审美观，新一代宝马3系变得更加丰满，少了些许锐气，多了一些厚重，前大灯的外"眼角"明显向侧面倾斜，使得其棱角成为典型的锐角，从而凸显该车内敛的锐气。但目前来看，轿车比较追求美的风格，货车对形式美重视不够。

商品美的形式有材质美、造型美、色彩美、装饰美和包装美，应该体现出具体可感的艺术效果，实用而又精美的商品容易推销，实用但形式不美的商品不易推销，不实用又不美的商品无法推销。对物美价廉实用的商品的喜爱和追求，促进了商品内在品质及外观美的统一，企业因生产美的商品增加经济效益。企业如果追求商品使用价值与审美价值的有机统一，就有利于提高商品的价值。

商品美学重视商品包装的审美效果。某杂志封面"第二届国家期刊奖百种重点期刊"图案非常小，影响美观。上海生产的大白兔奶糖深受儿童喜爱；无锡针织制衣厂的衬衣用"红豆"作商标颇具匠心，人们看见"红豆"一词就会联想到王维的诗："红豆生南国，春来发几枝，愿君多采撷，此物最相思。"商品的包装是产品第一位的外在形式，产品设计者应该高度重视包装的美学效果。

3. 市场营销的审美维度

在市场经济条件下，酒香也怕巷子深，在确保产品质量的前提下，只有通过科学有效的营销方式，才能够让自己的产品获得更多消费者的青睐。

（1）内强筋骨、外塑形象是企业而营销最重要的发展战略

企业内强筋骨、外塑形象，是产品推向市场的重要前提。所谓内强筋骨，是指企业打铁还要自身硬，先练好内功，努力在产品质量上下功夫，真正生产出符合质量标准的合格产品，比如结实耐用、卫生环保，符合消费者的消费心理、消费习惯和生活方式等；所谓外塑形象，就是在内强筋骨的基础上，加大企业的外宣力度，通过各种传统媒体和现代媒体，尽最大努力扩大企业和产品的知名度，提升企业和产品的美誉度。这样，通过内强筋骨与外塑形象的完美结合，非常有利于全面赢得消费者的关注并提高其满意度。

（2）营销人员应该具有较高的美学素养

企业虽然可以通过各种媒体扩大企业和产品的知名度和满意度，但最重要的是企业员工的总体素质和美学素质。对于企业的营销人员而言，尤其需要具有较高的美学素养。营销人员是企业活的文化符号，其素质的高低直接代表和影响企业的外在形象，因此，营销人员更应该内强筋骨，外塑形象。

营销人员的内强筋骨，是指营销人员应该具有较高的文化素养和美学素养，具有较高的专业知识，熟悉企业的历史、发展过程、发展战略、产品生产过程、生产原理、产品的特点功能，有什么优点和不足等，对所营销的产品了如指掌，甚至还要求对其他企业的同类产品也应该了解，做到知己知彼，心中有数。此外，还要懂得顾客消费心理，才能在推销中有的放矢，富有针对性。

营销人员的外塑形象，是指营销人员应该塑造理想的职业形象，体现出外在的形象美，如穿着得体、语言富有亲和力等。营销人员是企业形象的重要代表，只有掌握职场礼仪，才能更好地塑造美好的形象。企业很多成功的营销案例都表明，营销人员的职场形象与职场礼仪直接影响企业的形象，也直接影响营销的效果。

（二）农业审美经济的维度

近几年，随着农业美学的萌芽，随着乡村游的崛起，农业审美经济已经悄然兴起。农业美学主要研究农业的美，主要是对农业产品美、农业劳动美、田

园风光美、乡村生活情调美的研究，其核心是构建现代农业审美景观。

1. 农业产品美

农业产品美既是农业美学研究的重点，也是农业审美经济的重要内涵。为了创造农业产品美，我们应该掌握自然性原则、生态性原则和审美性原则。农业产品美，是指各种农业产品的外在形式能够体现结构与外在形式的美，如水果的外在形式符合具体水果特定的形式特征，给人感觉比较漂亮好看。在纯自然的农产品面前，从消费者的角度来看，消费者大多喜欢买看起来比较漂亮的农业产品，而不太喜欢那些不符合形式规则的看似不太周正的产品。

2. 农业劳动美

农业劳动美是指劳动者主体的美、劳动工具的美和劳动过程的美。我们确认和欣赏农业劳动美，有利于增加农业劳动者热爱农业的情感，有利于吸引更多的人创造农业劳动美。针对目前大量农民进城打工导致农村田园荒芜的现象，我们有必要重新审视和发现农业劳动美。当然，只有农业劳动者真正转化为农业工人、传统小农生产方式转化为现代化农业大生产的时候，才能缩小城乡之间的差别，更好地创造农业劳动美。

3. 田园风光与乡村生活的情调美

近些年的农业生态旅游非常火爆，实质上就是城市居民到城乡接合部或者直接到农村去欣赏田园风光与乡村生活的情调美。陶渊明"采菊东篱下，悠然见南山。山气日夕佳，飞鸟相与还"[①]。吟咏自然之美不露痕迹，平淡自然，浑然天成；辛弃疾"明月别枝惊鹊，清风半夜鸣蝉。稻花香里说丰年，听取蛙声一片。七八个星天外，两三点雨山前。旧时茅店社林边，路转溪桥忽见"[②]。则描绘了一幅多姿多彩的乡村夜景图：明月升上树梢惊飞了栖息在枝头的喜鹊，清凉的晚风中传来了远处的蝉鸣声，而稻花的香气与闪烁的星星和淅淅沥沥的小雨，则构成了一幅田园风光图，令人

---

① 陶渊明：《饮酒》（其五），孙广才、吴林飞选注《中国古代诗歌选读》，东南大学出版社2014年版，第195页。

② 辛弃疾：《西江月·夜行黄沙道中》，邓萌柯编著《中华诗词名篇解读》，商务印书馆2014年版，第342页。

浮想联翩、心旷神怡。古代文人学士尚且如此喜欢田园风光，如今随着新村建设的步伐，随着农业美学的广泛影响，我们应该建设更多的最美乡村，创造出更多丰富多彩的田园风光与乡村生活的情调美，愈加体现出农村生活的诗化与美化，这是促进乡村游和经济发展的重要因素。

　　总之，审美是人类生命活动的重要内容，也是经济发展的重要动力。审美经济体现了经济的和谐发展，也是社会和谐发展的重要标志。人类需要审美，经济需要审美，而审美经济的发展则体现了合规律性、合目的性与审美性的和谐统一。

第五章

建构海洋美学的构想[*]

从实践的角度来看，为了促进海洋经济的和谐发展，我们不仅应该在法律上继续完善对海洋资源的保护，而且还应该从美学的角度出发，在坚持统筹兼顾、深化海洋综合管理、促进海洋可持续发展的同时，对海洋的生态进行系统的美学研究，以促进海洋审美经济的和谐发展；从美学理论创新的角度来看，通过研究海洋美学，以审美的眼光审视海洋与人文的关系，促进人类的诗意栖居，业已成为美学理论创新的重要突破口。

第一节　建构海洋美学的动力

一　美学是促进海洋美学发展的重要理论动力

从学理上来看，任何一门新的学科建构，都离不开特定的动力。海洋美学的建构，一方面离不开美学一般理论和各类部门美学的支撑，另一方面也离不开海洋实践对海洋美学研究的迫切需要。

美学一般理论和各类部门美学向社会各个领域的广泛渗透客观上促进了海洋美学的构建。20 世纪 80 年代以来，中国美学异军突起，掀起了美学研究的大潮，尤其是美学向社会各个领域的广泛渗透以及部门美学异军

＊ 本章是教育部人文社科基地项目"海洋美学基本问题研究"的部分内容。

突起、异彩纷呈，客观上为建构海洋美学提供了契机和理论动力。在美学向社会各个领域的渗透方面，美学几乎无所不在，如生命美学、人才美学、环境美学、生态美学、劳动美学、科学美学、工业美学（亦称技术美学、商品美学）、农业美学、服装美学、广告美学、政治美学、苦难美学以及各类艺术美学等。这些部门美学彰显了美学研究的普适性和广泛性，也说明了美学研究的生命力。在上述部门美学中，其中工业美学和农业美学都是以区域内涵作为美学研究对象的，从理论建构的角度来看，我们既然可以研究工业美学和农业美学，理所当然也可以研究海洋美学。周玫和梁芷铭认为："海洋美学作为一个开拓性的新生领域，具有重大的学术创新意义。"[1] 岑亚霞认为，应该"从美学的人文视角研究海洋，并把'海洋美学'作为一门独立的学科来建构和研究"[2]。笔者在 2011 年 9 月 25 日中国海洋大学召开的《海洋文化哲学论坛》会议上，作了关于海洋美学的主题发言，10 月 24 日笔者又向 2011 海洋教育国际研讨会提交了《建构海洋美学的构想》的大会论文。在海洋美学的研究中，近些年出现了一批研究海洋文学的成果，为海洋美学研究提供了新的视角。

二　治理海洋污染迫切需要我们对海洋美学的探索

改革开放以来，伴随着海洋经济的发展以及沿海城市的发展，我国在改变海洋环境的同时，也出现了填海造田、建设人工岛以及环境污染的现象。在填海造田方面，有的地方甚至喊出"向大海要地"的激昂口号，开始大规模围海造田。近期在中国多地掀起的"填海造地"热引起官方的警觉。

我国近些年来，陆域污水入海、填海造田、建岛、过分捕捞等活动，造成了海洋生态的破坏，海洋污染十分严重。在海洋遭受污染的状况下，近海不再是蓝色美丽的海洋，而成为漂浮着多种污染物的丑陋的海洋。遭受污染的海洋不仅失去了往日自然海洋的美丽和魅力，也制约和影响了海洋经济的可持续发展。因此海洋只有按照审美的要求，在维护海洋

---

[1]　周玫、梁芷铭：《"海洋美学"的提出、界定与理论构成》，《美与时代》（下旬）2011 年第 6 期。
[2]　岑亚霞：《海洋美学刍议》，《燕山大学学报》（哲学社会科学版）2012 年第 1 期。

生态健康的前提下，把握经济新常态下对海陆统筹的新要求，对过去粗放式甚至是掠夺式的资源开发进行深刻反思，注重海陆统筹科学发展，采取各种措施和多种形式统筹海陆关系，才能保障海洋经济与陆域经济的协调发展。

根据记者庞无忌的报道，国土部部长姜大明在 2014 年 9 月 30 日召开的第 27 次部长办公会议上，提出沿海滩涂开发与保护等问题，要求遵循自然规律，加强陆海统筹，优化空间格局，科学划定和坚守海洋生态红线，严格围填海造地的管理与监督，特别是对部分湾口小、海水自净能力弱的海湾，要坚决禁止围填海活动。近些年，我国地方政府大规模"填海造地"的消息屡见不鲜。辽宁大连自 2012 年开工建设新机场，计划 5 年内建成"世界最大的海上机场"；海南三亚也计划填海建设 28 平方千米的大型空港，预计投资上千亿元；天津滨海新区、河北曹妃甸等地区都在不断扩大填海面积。随着海岸线被陆地蚕食，候鸟栖息的潮间带被吞噬，海岸生态系统也受到威胁。根据国家海洋局公开的数据，最近 10 年，中国填海造地海域使用确权面积达 1100 多平方千米。围海造地使大陆海岸线变形缩减，直接威胁海岸生态链。① 由此可见，围海造田造成的后果是极其严重的，客观上改变了海岸线的位置和海岛结构形态，破坏了生态多样性的平衡，也影响了海域的自然生态景观。

从国际视域来看，荷兰、日本、美国等具有围海造田传统的国家，已经先后出现海岸侵蚀、土地盐化、物种减少等问题。荷兰和日本已经开始反思过去围海造田所产生的负面影响，开始自觉还陆归海，为恢复海洋生态做了积极探索。

此外，从海洋污染来看，随着沿海经济热的不断升温，海洋污染愈加令人担忧。在海洋污染方面，主要有海洋开发和海洋工程兴建、海洋石油勘探开发、倾倒废物、船舶排放、海上事故、湿地人为破坏和陆源污染等造成的各种污染。这些污染不仅严重影响了海洋生态的和谐发展，也影响

① 庞无忌：《中国多地掀起"填海造地"　官方划定海洋生态红线》，http://www.chinanews.com/gn/2014/10—06/6651464.shtml。

了海洋经济的可持续发展,更从根本上扭曲了人类与自然、人文与海洋的辩证关系。从哲学的角度来看,人与自然本来应该天人合一、人海合一、共生共荣;从美学的角度来看,美是以善为前提和基础的,事物离开了善的本质,也就失去了美的真正内涵,虽然美不等于善,但美却离不开善,最起码不能有害或者是恶的。因此,我们从审美的角度来看,围海造田和人工岛虽然建设了一些新的人文景观,也在一定程度上促进了地方经济的发展,但客观上破坏了海洋生态的平衡,产生了一些负面的影响。至于各种海洋污染直接构成了对人类的危害,这本身就是恶。

很显然,当人类的行为客观上污染了海洋的时候,这既是恶,又构成了丑,而不可能是美。我们热爱的海洋应该是美丽的、清澈的、干净的、蔚蓝的,而绝不是浑浊的、肮脏的,不能是到处漂着各种废弃物和油污的垃圾场。我们既要从善的角度出发,去认识、利用和改造海洋,也要以审美的眼光,去发现海洋的美,去保护海洋的美,去创造海洋的美,努力把海洋的善和海洋的美和谐统一起来,这就需要我们加强对海洋美学的研究,把美学的角度视为判断、改造和发展海洋经济的重要尺度,把对海洋的求真、向善与审美和谐统一起来。

三 发展海洋经济呼唤海洋美学的建构

在世界经济一体化的背景下,发展海洋经济离不开对海洋生态环境的保护,因此,为了保护海洋生态的健康,促进我国乃至世界经济社会的和谐发展,有必要加大研究海洋美学的力度,因为海洋经济的发展需要海洋美学的支持。

(一) 发展海洋经济需要海陆统筹的统一规划与整体设计之美

发展海洋经济,客观上需要我们对海陆统筹进行统一规划与整体设计。海域与陆域是既相对独立,又相互联系的一个整体系统,海陆统筹注重以陆域与海域之间物流、信息流等联系为出发点,站在宏观角度,鸟瞰海域与陆域,根据海陆两个地理单元的内在特性与联系,运用系统论和协同论的思想,通过统一规划与宏观设计,促进两个独立系统之间的相辅相成，能够进行顺畅的资源交换与流通，创造出海域与陆域的地理、社会、经济、文化、生态系统融合统一的整体美。

（二）发展海洋经济需要保护海洋的生态之美

海洋的生态系统极为脆弱，又位于生物区的底部，陆域人为过程和自然过程产生的废弃物绝大部分要随着河流注入大海，海洋污染物的80%以上来自陆源，而且海洋污染总负荷一般集中在占海洋面积1‰的海岸地区，海岸带地区是极为严重的环境污染区域。改革开放以来，随着对经济发展的过分强调，沿海城市向海洋进军，通过建筑人工岛、填海造地等人工活动，进一步加重了我国海岸线的污染。尤其是海岸线一带，生物多样性如果遭到破坏，就很难恢复海洋的生态健康。因此，必须实施海域与陆地统筹治理与防护，实施陆海联动、统筹规划，才能解决海洋环境污染与生态破坏的问题；只有通过保护海洋的生态之美，才能更好地促进海洋经济的科学发展与可持续发展。

（三）发展海洋经济需要海洋与陆域资源开发衔接互补的和谐美

发展海洋经济需要海洋与陆域资源开发衔接互补的和谐美。从全球范围来看，陆域与海洋有着明显的区分，海洋与陆域这两大区域是自然界中彼此之间既有矛盾，又互相包容的两个实体。陆域与海洋所蕴藏与出产的资源各有优长，各具特色，互为补充，共同为人类社会可持续发展提供丰富的资源支撑。

海域资源开发与陆域资源开发相衔接，就是要依据我国海洋经济当前发展阶段的现实情况和长远发展的宏伟目标，同时考虑我国陆地资源和海洋资源的稀缺性或有限性、区域性与海洋资源整体性、多用性和丰富性的特点，从陆地资源需求的紧迫性、海洋资源的丰富潜力和陆海资源差异性等多方面因素出发，充分利用海陆资源，加快海陆产业发展。加快海洋资源勘探开发的步伐，需要陆地提供资金和技术支持，形成以海带陆、以陆促海的发展局面，提高海洋资源开发利用的科技力量；制定海洋资源开发的近期、中期与远期规划，制定和完善相关海洋政策，树立向深海和远海开发的新理念，最大化地拓展我国海洋资源的开发能力。与此同时，还要依据海洋资源的自然状况与陆域经济布局和能源的具体需求，加速推进海洋资源的高效利用，建立海洋资源与陆地资源开发的科学机制和环境保护机制。

（四）发展海洋文化产业成为发展海洋经济的重要动力

海洋文化产业既是海洋文化重要载体，也是海洋经济的一种特殊业态。随着文化产业的迅速发展，海洋文化产业发展虽然比较迅猛，但总体上依然处于粗犷式发展的状态，这其中与缺失海洋美学的支持不无关系。

从海洋美学研究的内容来看，第一，从审美史的角度出发，海洋美学需要研究人类对海洋的审美需要，研究人类与海洋的审美关系，包括研究人类对海洋的审美发现、人类与海洋关系的审美演变、人类与海洋的诗意栖居；第二，研究海洋的审美价值，包括从宏观上研究太平洋之美、印度洋之美、北冰洋之美和大西洋之美，也包括从微观的角度出发研究海洋生物之美，包括海洋动物之美、海洋植物之美和海洋微生物之美；研究海洋非生物之美，包括海浪之美、海岛之美、海滩之美、海礁之美、海风之美、海滨砂矿之美、多金属结核之美和可燃冰之美；第三，研究海洋文化之美，包括海洋旅游文化之美、滨海城市文化之美和海洋文化产业之美；第四，研究海洋艺术之美，包括海洋文学之美、海洋影视之美、海洋戏剧之美、海洋音乐之美、海洋绘画之美和海洋雕塑之美。

从海洋美学研究的上述内容来看，海洋美学除了研究海洋美学发展史和海洋美学基本理论以外，还研究海洋文化之美和海洋艺术之美。从发展海洋文化产业的角度来看，海洋文化产业的发展一方面能够为研究海洋美学提供现实的题材和研究对象；另一方面，发展海洋文化产业也非常需要海洋美学的理论指导。目前我国海洋文化产业发展还缺乏文化与美学内涵，客观上就与我们的海洋美学研究滞后有很大的关系。正因为理论对于实践具有重要的指导作用，所以，达·芬奇才把理论视为统帅，而把实践视为士兵。

第二节　建构海洋美学的学科依托

海洋美学是美学的一个分支，也是美学的一种部门美学。因此，建构海洋美学既要借鉴美学的基本原理和方法，又要借鉴海洋科学、生态美学与环境美学的基本知识和原理，才能对海洋美学进行系统的学理研究。

一　美学基本理论对海洋美学的支撑

美学基本理论需要研究审美主体及其审美需要、审美客体、审美关系和审美价值。海洋美学也需要研究人类作为审美主体对海洋的审美观照，要研究海洋作为审美客体的审美属性，要研究人类作为审美主体对海洋的审美需要，研究人类作为审美主体与审美客体的海洋形成的审美关系，研究海洋的审美价值，比如海洋的形式美、海洋的人文美、海洋的意象之美、海洋与蓝天和谐统一的水天相接之美等。因此，研究海洋美学需要从美学基本理论中获取理论营养。

二　海洋科学对海洋美学的支撑

海洋科学作为一门自然科学，研究的范围十分广泛。现代海洋科学分为基础性学科研究和应用性技术研究。基础性学科是直接以海洋的自然现象和过程为研究对象，探索其发展规律；应用性技术学科则是研究如何运用这些自然规律为人类服务的具体科学。在海洋科学中，海洋物理学是以物理学的理论、技术和方法研究发生于海洋中的各种物理现象及其变化规律的学科，主要包括物理海洋学、海洋气象学、海洋声学、海洋光学、海洋电磁学、河口海岸带动力学等。海洋化学是研究海洋各部分的化学组成、物质分布、化学性质和化学过程的学科。研究的内容主要是海洋水层和海底沉积以及海洋—大气边界层中的化学组成、物质的分布和转化，以及海洋水体、海洋生物体和海底沉积层中的化学资源开发利用中的化学问题等。海洋生物学是研究海洋中一切生命现象和过程及其规律的学科，主要研究海洋中生命的起源和演化，海洋生物的分类和分布、形态和生活史、生长和发育、生理和生化、遗传，特别是生态的研究，以阐明海洋生物的习性和特点与海洋环境之间的关系，揭示海洋中发生的各种生物学现象及其规律，为开发、利用和发展海洋生物资源服务。运用海洋科学研究海洋美学，我们可以根据海洋科学涉及的海洋生物多样性，研究丰富多彩的海洋生物之美；根据海洋的声学特性、潮汐、潮流和海浪，研究海洋的浩瀚之美；根据海洋资源的开发与保护等，研究海洋的环境之美、海洋旅游之美。

通过研究海洋科学，在遵循海洋科学求真向善这一价值取向的基础上，海洋美学需要研究海洋与海洋生物的特性及其丰富多彩的审美意蕴。从这个角度来看，海洋科学为海洋美学研究提供了自然科学的基础；海洋美学在吸取海洋科学的基础上，更加注重海洋整体论和审美论，即研究海洋的整体和谐与整体美。

三　生态美学对海洋美学的支撑

生态美学从广义上来说包括人与自然、社会及人自身的生态审美关系，是一种符合生态规律的当代存在论美学。随着人们对海洋和环境的重视，生态美学不仅丰富和深化了美学研究，而且对于研究海洋美学也产生了很大的影响。

20世纪以来，生态学家提出了保护环境、维护人与自然的和谐发展等一系列力求解决自然困境的主张。国外生态美学兴起于20世纪80年代，1982年，由艾伦·卡尔森（Allen Carlson）和巴里·萨德勒（Barry Sadler）主编的《环境美学：阐释性论文集》（*Environmental Aesthetics：EssaysinInterpretation*，1982）在加拿大维多利亚大学出版社出版，标志着生态美学或环境美学的兴起。在西方首倡"生态美学"的是捷克学者和艺术家米洛斯拉夫·克里瓦（Miroslav Klivar）。

中国生态美学在1992年前后提出，1994年，李欣复在《南京社会科学》1994年第12期发表《论生态美学》一文，提出"生态平衡是最高价值的美""自然万物的和谐协调发展"与"建设新的生态文明事业"三大美学观念。此后，曾繁仁对生态美学进行了重要的理论建构，2003 年在吉林人民出版社出版了《生态存在论美学》，2010 年在商务印书馆出版了《生态美学导论》，2012 年又在人民出版社出版了《中西对话中的生态美学》，奠定了他在我国生态美学领域的领军地位。曾繁仁大力倡导生态美学，比较全面地论述与初步构建了当代具有中国特色的生态美学体系。他认为"生态美学作为生态文明新时代的新的美学形态，具有既适应时代又与中国传统美学相衔接的重要特点"①。曾繁仁与国内大部分学者认为，生态系统中的审美问题、生存环境的美丑问题，都属于生态美学研究的范围。

笔者认为，生态美学既可以从生态学的角度思考美学问题，又可以从美学的角度思考生态环境建设问题。值得注意的是，《保护世界文化和自然遗产公约》第 2 条规定入选世界文化遗产中自然遗产的标准是："从审美或科学角度看具有突出的普遍价值的由物质和生物结构或这类结构群组成的自然面貌；从科学或保护角度看具有突出的普遍价值的地质和自然地理结构以及明确划为受威胁的动物和植物生境区；从科学、保护或自然美角度看具有突出的普遍价值的天然名胜或明确划分的自然区域。"由此来看，我们建构海洋美学既是保护海洋自然环境的需要，也有利于申请以及保护世界文化自然遗产。

根据我国生态文明建设的需要，特别是依据生态美学的理论，我们有必要从理论上开辟一门新的部门美学即海洋美学，这不仅是美学学科建设的需要，也是我国建设生态文明的客观需要。我们应该通过研究海洋美学，从文化建设的高度来审视海洋审美文化，建设人类诗意栖居的海洋家园。

四　环境美学对海洋美学的支撑

环境美学也是支撑海洋美学的重要学科。环境美学所论说的环境，是具有广义的环境概念，已经由人类中心扩大到生态整体，特别强调环境的

---

① 曾繁仁：《中西对话中的生态美学·自序》，人民出版社 2012 年版，第 2 页。

整体意义和整体价值。

1986 年，芬兰约恩苏大学教授瑟帕玛出版了《环境之美：环境美学的基本模式》。环境美学注重研究人类对环境的审美需要，研究环境的审美价值，探讨维护和创造环境整体美的途径和方法。从环境美学看生态美学和海洋美学，环境美的灵魂是生态美，也包括海洋的环境美，因此，研究海洋美学可以从环境美学中汲取营养。目前国内外虽然对海洋生态学和环境美学都分别进行了深入研究，而且生态美学研究异军突起，但是，由于学科壁垒的局限，许多研究者受到学术视野的遮蔽，海洋生态学研究主要成为自然科学的研究对象，而美学则成为人文社会科学的研究对象，两者各自为政，画地为牢，进行封闭式的研究，缺乏有机统一的交叉研究。这样，对于海洋科学的研究而言，客观上就缺少了美学这一重要的人文维度，而美学研究则忽视了海洋这一非常重要的研究对象。

作为生态学与美学的融合，海洋美学是由海洋生态学和美学组成的新的学科整合，体现了自然环境的美化与人类生存、发展的和谐相处，蕴含了人类与海洋共生共荣的互动关系。海洋美学作为海洋生态学与美学的有机结合，既是从海洋生态学的角度研究美学问题，又是从美学的角度研究海洋的生态问题，通过沟通海洋生态学与美学之间的内在关系，将生态学的重要观点和原理融入美学之中，又把美学的重要观点和原理引入海洋生态学，从而形成一种崭新的海洋美学理论形态。

第三节　海洋美学研究的主要对象

海洋美学研究在借鉴海洋科学的基础上，拟从生态学与美学交叉渗透的角度出发，运用生态学和美学的原理，通过分析海洋生态系统的审美特征，对海洋的生态进行全方位、系统的美学研究，力求沟通作为自然科学的海洋生态系统与作为人文科学的美学研究之间的内在联系，为人类与自然、人类与大海的关系提供新的研究思路，探讨人类与海洋和谐相处，建构诗意栖居的生活家园和心灵家园的途径和方法。

一 研究人类对海洋的审美需要

人类不仅需要海洋为人类提供海洋资源和人类活动的空间，需要从求真向善的角度来对待海洋，从关系国家安危和海洋强国的战略角度来看待海洋，而且也非常需要把海洋作为人类的审美对象。

从人类对海洋的审美关系来看，随着生产力的提高和航海技术的发展，人类在征服海洋的基础上，自然而然地产生了对海洋的审美意识和审美情感，自觉不自觉地把海洋纳入人类的审美视野，逐渐形成和发展了人类对海洋的审美意识、审美趣味和审美需要。伴随着社会发展的整体进步，人类追求的诗意栖居不仅体现在心灵的和谐与自由，而且也体现在走向海洋和拥抱海洋。我国改革开放以来，人才"孔雀东南飞"现象不仅表现为各类人才向东南沿海城市流动，而且也在一定程度上彰显了人才对海洋之美的欣赏，各类流动的人才在追求事业发展的同时，也在自觉不自觉地寻觅诗意栖居——面向大海，融入大海，与海洋相亲相爱。

因此，海洋美学需要通过研究人类对海洋形成的审美意识、审美趣味等主观要素，进而把握人类对海洋多方面的审美需要；而只有了解和把握了人类对于海洋的审美需要，才能够把建设美丽的海洋——海洋之美纳入人类的真正视野。

二 研究人类与海洋的审美关系

海洋美学需要研究人类与海洋的审美关系。在这方面，海洋美学可以研究三个层面的内容：人类与海洋审美关系的形成，人类与海洋审美关系的发展，人类与海洋审美关系的普适性和恒定性。

（一）人类与海洋审美关系的形成

在人类航海史以前，人类面对浩瀚而又深不可测的大海，只能充满敬畏和恐惧之情，不可能把大海视为审美对象，因此，赫拉克利特才认为海水对鱼是舒服的，而对于人则是不舒服的。从航海史的角度来看，人类只有具备了一定的航海能力以后，在一定程度上能够驾驭大海，这才有可能逐渐形成对海洋的审美意识，开始形成与海洋的审美关系。海洋美学可以通过回眸航海史和海洋文明史的视角，研究人类古代如何在征服大海中形成对海洋的审美意识，由此进一步探讨人类与海洋形成审美关系的漫长过程。

（二）人类与海洋审美关系的发展

人类在航海的初期阶段，由于受到航海技术和航海能力的限制，人类与海洋形成的审美关系是初步的、简单的和不稳定的。只有航海技术真正有了长足的发展以后，人类面对汹涌澎湃的海洋，才能够真正体现出人类的主体性，逐步与海洋形成比较稳定的审美关系。当然，这是从总体上来看待人类与海洋的审美关系；如果从具体的审美关系来看，个体社会成员与海洋的审美关系客观上必然要受到自身与海洋具体利害关系的制约。一般而言，特定的社会成员愈能了解大海，愈能征服大海，愈能欣赏和体验海洋之美；反之，特定的社会成员不了解大海，没有征服大海的力量，面对大海只能产生敬畏乃至恐惧之情，客观上也不可能形成与大海的审美关系，也无法欣赏海洋的美。简而言之，人类只有在感到海洋对自身无害的前提下，才能够对大海产生美感。

（三）人类与海洋审美关系的普适性

回眸人类与海洋的审美关系史，我们可以发现，人类对海洋的审美关系客观上有一个漫长的形成与发展的过程，而且这种审美关系是随着人类与海洋关系的变化而不断发生变化的，但不论怎样发生变化，人类与海洋的审美关系仍然具有较大程度的普适性。也就是说，在社会发展进步史上，人类与海洋的审美关系是历史生成的，因此具有一定程度的客观规定性。因为美是以善为前提的，人类已经发现了海洋对人类具有多方面的价值，海洋的各种物产能够给人类带来巨大的经济价值，沿海环境也非常适宜人类生活和居住，在与海洋在长期的互动关系中，人类还赋予了海洋积极的人文精神，如海纳百川所蕴含的包容精神等。因此，从审美的角度来看，人类与海洋的审美关系在较大程度上超越了国家、民族，甚至是阶级，尤其是海洋自身的形式美及其各类海洋生物的形式美客观上直接为人类提供了丰富多彩的审美对象，由此也说明了人类与海洋审美关系的普适性。在这方面，近些年滨海城市的旅游热、海洋文化热和海洋文化产业热，客观上都表明了人类与海洋审美关系的普适性。

（四）人类与海洋审美关系的恒定性

从客观上讲，由于海洋一方面能够为人类提供巨大的海洋资源，能够为人类提供巨大的活动空间，另一方面海洋还能够成为人类特殊而又重要的审美对象。人类与海洋所形成的审美关系虽然是历史的，是发展变化的，但由于人类在许多方面离不开海洋，客观上与海洋形成了非常亲密的关系，这就形成了人类与海洋审美关系的恒定性。当然，这种恒定性是以历史性、历时性、发展性、客观性和普适性为基础的。但有一点可以肯定，人类过去喜欢海洋，现在喜欢海洋，将来会更加喜欢海洋。随着社会的发展进步，随着航海技术的发展，随着海洋文化产业的发展，随着人类闲暇时间的增多，人类将会更加亲近海洋。

三　研究海洋审美文化艺术的特性

人类与海洋形成审美关系以来，人类对海洋的审美观照，成为海洋审美文化艺术的重要驱动力。因此，海洋美学必然要研究海洋的人文特性，研究人类以海洋及其海洋劳动和生活、旅游等实践活动为描写对象的文学、音乐、绘画、雕塑和工艺品等，研究海洋文化产业的审美特性等。

（一）研究海洋的人文特性

海洋作为自然事物，随着人类社会的发展进步，逐渐具有了人化自然的韵味，人类自觉不自觉地把海洋与人文结合起来，如海纳百川、海枯石烂、海底捞月、海阔天空、海誓山盟、海角天涯、海底捞针、海市蜃楼、海晏河清，甚至海外留学人员回国被称为"海归""海带""海豚"等。特别是在海洋文化中，人类所体现出征服大自然的主体精神、崇尚自由的天性、强烈的竞争意识和超越意识，充分体现出了海洋文化所特有的开放性、外向性、兼容性、冒险性、浩瀚性、开拓性和进取精神。尤其是随着海洋文明的发展，海洋文明之美愈加成为人们关注的话题。因此，海洋美学可以研究海洋的人文特性，以此为视角，深入研究海洋与人类的亲缘关系，把握海洋所蕴含的人文之美。

（二）研究海洋美学

在人类与海洋的审美关系史上，作为文化遗产，人类创造了大量以海洋及其海洋劳动和生活、旅游等实践活动为描写对象的文学、音乐、绘画、雕塑和工艺品等。这些作品大多直接或间接反映了人类的海洋生活，表达了人类对海洋的情感和人文意识，尤其是丰富多彩的海洋意象在文学艺术中具有多方面的表现，从传统海洋意象中的神性，到传统海洋意象中的父性，海洋意象往往具有丰富的文化内涵和审美意蕴。另外，众所周知的妈祖文化作为一种特殊的海洋文化，也是一种具有普世性的民俗文化，更是一种具有审美价值的审美文化。妈祖形象、妈祖建筑、妈祖民俗与妈祖艺术的审美性都紧密依附于海洋的自然环境和沿海风俗，构成了丰富多彩、琳琅满目的审美形象。这些妈祖文化作为海洋文化的组成部分，客观上成为海洋美学需要关注的研究内容。

（三）研究海洋文化产业的审美特性

文化产业是新兴的朝阳产业，而海洋文化产业在未来的产业发展中，随着海洋强国战略的实施，必将会强势融入我国迅速发展的文化产业，成为文化产业异军突起的一种重要力量。如海上艺术与体育表演、祭海大典、海洋生物仿真表演、海洋生物动漫游戏、海洋生物面具化装舞会、游艇艺术表演、各种海滨旅游等。这些各具特色的海洋文化产业都具有独特的审美属性。海洋美学可以根据这些海洋文化产业的不同特点，对具体的研究对象进行深入探幽。

四　研究海洋的审美价值

研究海洋美学可以从海洋生态系统的审美属性与其满足人类对海洋的审美需要相统一的高度出发，探讨海洋丰富的审美价值，比如海纳百川对人生的审美教育价值等。

（一）探讨海洋生态系统的审美属性

通过研究人类与海洋的审美关系，探讨海洋生态系统的审美属性，通过对海洋生物结构的特征和色彩进行审美鉴赏与分析等，可以极大地拓展人们的审美视野。探讨海洋生态系统的审美属性，可以切入两个维度：第一，研究海洋外在的生态系统的审美属性，包括静态之美和动态之美。海洋的静态之美，是指有海的地方必然有山，有蓝色的天空，这在客观上构成了山水与蓝天相谐的自然美；海洋的动态之美，是指海浪撞击岸边礁石所构成的浪花之美，在海风的催动下各种狂涛巨浪之美等。第二，研究海洋生物多样性的结构与形态之美。海洋各种生物在数量上数不胜数，在结构和外在形态上更是各具特色、琳琅满目、异彩纷呈。海洋美学可以研究海洋生态系统丰富的审美属性，既可以对某类海洋生物进行具体的美学研究，又可以对海洋生物进行宏观、整体的美学研究。

（二）人类对海洋的审美需要

在人类与海洋构成的关系史上，人类不仅需要从海洋中获得实际的物质利益，而且还有对海洋的审美需要，从海洋中获得审美价值。大海的浩瀚、辽阔、深邃与波澜壮阔、大气磅礴，蕴含了一种力量的美、一种崇高的美、一种浩瀚的壮美，也是一种启人智慧的特殊之美。对于人类而言，大凡具有较高审美意识的审美主体，大多能够欣赏海洋的这种美，即人类对海洋的审美需要具有普世性和永恒性，从而决定了人类对海洋审美关系的可持续发展。海洋美学要研究海洋的美，离不开对人类海洋审美需要的研究，正是因为人类对海洋的审美需要，才影响和决定了人类与海洋审美关系的形成和发展。

（三）海洋审美价值的形成与发展

海洋的审美价值一方面取决于人类对海洋的审美需要，另一方面又取决于海洋作为审美客体所具有的特殊的审美属性，即海洋的审美价值是在人类这一审美主体与海洋作为审美客体所形成的审美关系中形成的，并且随着人类与海洋审美关系的发展变化而发展变化。因此，海洋美学研究海洋审美价值的形成与发展，必须把海洋的审美价值纳入人类与海洋所形成的审美关系中加以考察，并且以动态的研究视野，既要注重研究人类对海洋的审美需要，又要研究海洋作为审美客体自身审美属性的某些发展变化。比如海洋人文景观如果能够成功实现海洋的人化自然，就有利于提升海洋的审美价值；反之，如果海洋人文景观的人化自然失败，造成海洋污染，就必然降低海洋的审美价值。

五　研究海洋生态文明与沿海城市建筑、人文景观的和谐之美

近些年来，世界各国愈加重视海洋经济的发展，海洋经济已经成为国家经济发展的重要资源。从建构海洋美学的角度来看，我们应该把海洋经济的可持续发展与海洋生态的文明发展和谐统一起来，促进海洋经济又好又快的发展，一方面以海洋经济的发展促进海洋审美的拓展与丰富；另一方面，注重从天空、海洋和海岸三者和谐统一的视角出发，对海洋进行立体的审美研究，以海洋的审美性促进海洋经济的科学发展，促进海洋经济与海洋美学的积极互动。海洋美学在研究上述内容的同时，还要研究海洋生态文明与沿海城市建筑、人文景观的和谐之美，这实际上也是对海洋审美客体外延的延伸，是对海洋人文化的美学认同。在这方面，海洋美学尤其要关注海岸带经济化与审美化的融合，避免单纯为了经济利益，而忽略了海岸带的人文意蕴与审美建构。

综上所述，无论是从海洋审美经济和美学自身的建设来看，抑或从社会发展的整体进步需要来看，构建海洋美学都是必要的。如果说工业美学主要研究陆地工业生产及其产品的美，农业美学主要研究农业生态之美与农业劳动产品之美，那么，海洋美学则主要从美学的角度出发，在坚持统筹兼顾、深化海洋综合管理、促进海洋可持续发展的同时，对海洋的生态进行系统的美学研究，以审美的眼光审视海洋与人文的关系，促进海洋审美经济的和谐发展，引导人类走向海洋的诗意栖居。

后　记

　　本书是笔者在总结前期研究成果的基础上编著完稿的。从编的角度来说，这部著作吸收了笔者此前研究的两方面内容：一是笔者在《文学评论》《中国文化研究》《中国社会科学战线》《山东大学学报》《理论学刊》和《中国人力资源开发》等刊物上发表的文章中的一些内容；二是拙著《西方美学论稿》和《人才与审美》两部著作中的部分内容。从著的角度来说，一方面，无论是对已发论文的采纳，还是对拙著的采纳，笔者都进行了拓展和深化，在文字表述上也进行了较大修改，因此，是编中有著，编著结合；另一方面，在本书第三编美学研究中，笔者尝试对审美价值与主体性这一美学研究难点进行新的探索；对人才美学、审美与人才开发、审美经济、农业审美经济和海洋美学等新的美学命题，进行了跨学科的新思考。

　　本书能够付之梨枣，要感谢中国社会科学出版社的责任编辑安芳张湉老师，感谢冷卫国教授对拙著出版的关心，感谢中国海洋大学给予的经费支持。笔者的研究生龙晓璇帮助整理了部分资料。

　　由于时间匆忙，疏漏与错误之处在所难免，敬请学界朋友和广大读者不吝赐教。

薛永武

2016 年 1 月 1 日

2